황정견시집주 1
黃庭堅詩集注

Anotations of Hwang Jeong-gyeon's Poems

옮긴이

박종훈 朴鍾勳 Park Chong-hoon
자곡서당(芝谷書堂)에서 한학(漢學)을 연수했으며, 조선대학교 국어국문학부(고전번역전공)에 재직 중이다.

박민정 朴玟貞 Park Min-jung
고려대학교에서 중국고전시 박사학위를, 중국저장대학(浙江大學)에서 대외한어교학 박사학위를 취득했다. 현재 세종사이버대학교 국제학과 교수로 재직 중이다.

이관성 李灌成 Lee Kwan-sung
곡부서당에서 서암 김희진 선생에게 한문을 배웠다. 현재 퇴계학연구원에 재직 중이다.

황정견시집주 1

초판발행 2024년 8월 15일

지은이 황정견
옮긴이 박종훈·박민정·이관성

펴낸이 박성모
펴낸곳 소명출판
출판등록 제1998-000017호
주소 06641 서울시 서초구 사임당로14길 15 서광빌딩 2층
전화 02-585-7840
팩스 02-585-7848
이메일 somyungbooks@daum.net
홈페이지 www.somyong.co.kr

ISBN 979-11-5905-915-5 94820
979-11-5905-914-8 (전14권)
정가 30,000원

이 저서는 2019년 대한민국 교육부와 한국연구재단의 지원을 받아 수행된 연구임 (NRF-2019S1A5A7069036).
This work was supported by the Ministry of Education of the Republic of Korea and the National Research Foundation of Korea (NRF-2019S1A5A7069036).

한 국 연 구 재 단
학술명저번역총서

황정견시집주 1

黃庭堅詩集注

Anotations of Hwang Jeong-gyeon's Poems

황정견 저

박종훈 · 박민정 · 이관성 역

일러두기

1. 본 번역은 『黃庭堅詩集注』(전5책)(北京 : 中華書局, 2007)를 저본으로 삼았다.
2. 위 저본에 있는 '교감기'는 해당 구절의 원문에 각주로 붙였고 [교감기]라고 표시해 두어, 번역자가 붙인 각주와 구별했다.
3. 서명과 작품명이 동시에 나올 때는 '『 』'로 모았고, 작품명만 나올 때는 '「 」'로 처리했다.
4. 번역문과 원문 중에 나오는 소자(小字)는 '【 】'로 표시해 묶어 두었다.
5. 번역문과 원문 중에 나오는 '○'는 저본에 있는 것을 그대로 옮겨온 것으로, 주석 부분에 추가로 주석을 붙인 부분이다.
6. 번역문에는 1차 인용, 2차 인용, 3차 인용까지 된 경우가 있는데, 모두 큰따옴표("")로 처리했다.

1. 황정견은 누구인가?

황정견黃庭堅,1045~1105은 북송北宋의 대표 시인으로, 자는 노직魯直, 호는 산곡山谷 또는 부옹涪翁이며 홍주洪州 분녕分寧, 지금의 장시江西성 슈수이修水 사람이다. 소식蘇軾,1036~1101의 문하생 중 가장 핵심적인 인물로, 장뢰張耒·조보지晁補之·진관秦觀 등과 함께 '소문사학사蘇門四學士'로 불린다. 어릴 때부터 총명했던 황정견은 23세에 진사에 급제하여 국사편수관까지 역임했으나 이후 여러 지방관과 유배지를 전전하는 등 벼슬길이 순탄치 않았다. 두보杜甫,712~770를 존경했고 소식의 시학詩學을 계승했으며, 소식과 함께 소·황蘇·黃으로 불린다.

중국시가의 최고 전성기라 할 수 있는 당대唐代를 뒤이어 등장한 북송의 시인들에게는 당시에서 벗어난 송시만의 특징을 만들어 내야 하는 일종의 숙명이 있었다. 이러한 숙명은 북송 초 서곤체에 의해 시도되었으며 북송 중기에 이르러 비로소 송시다운 시가 시대를 풍미하기에 이르렀다. 황정견이 그 중심에 있었으며 그를 중심으로 진사도陳師道 등 25명의 시인이 황정견의 문학을 계승하며 하나의 유파로 활동했다. 이들을 일컬어 '강서시파江西詩派'라 했는데, 이 명칭은 남송 여본중呂本中,1084~1145의 『강서시사종파도江西詩社宗派圖』에서 비롯되었다. 25인 모두 강서江西 출신은 아니지만, 여본중은 유파의 시조인 황정견이 강서

출신이라는 점에서 강서시파로 붙인 것이다. 시파의 성원들은 모두 두보를 배웠기에 송대 방회方回, 1227~1305는 두보와 황정견, 진사도, 진여의陳與義를 강서시파의 일조삼종一朝三宗이라 칭하였다.

여본중이 『강서종파시집江西宗派詩集』 115권을 편찬했으며, 뒤이어 증굉曾紘, 1022~1068이 『강서속종파시江西續宗派詩』 2권을 편찬했다. 송대 시단에 있어서 황정견의 영향력은 남송南宋에까지도 미쳤는데, 우무尤袤, 양만리楊萬里, 범성대范成大, 육유陸游, 소덕조蕭德藻 같은 남송의 대가들도 모두 그 풍조에 영향을 받았다. 황정견강서시파의 시풍詩風은 송대 뿐만 아니라 원대元代 및 조선의 시단에도 적지 않은 영향을 미쳤다.

2. 북송의 시대 배경과 문학풍조

송나라는 개국開國 왕조인 태조부터 인종조仁宗朝를 거치면서 만당晚唐·오대五代의 장기간 혼란했던 국면이 어느 정도 정리되어 나라가 안정되고 백성들의 생활환경 또한 비교적 안정을 찾게 되었다. 전대前代의 가혹했던 정세가 완화됨에 따라 농업이 급속도로 발달하였고 안정된 농업의 경제적 기초 위에서 상공업이 번창하고 번화한 도시가 등장하는 등 사회 전반에 걸쳐 전대에 비해 상당한 풍요를 구가하게 되었다. 이처럼 사회 전체가 안정되고 발전함에 따라 일반 백성들은 점차 단조로운 것보다는 복잡하고 화려한 것을 추구하게 되었다. 시대적·사회적 환경은 곧 문학 출현의 배경이고, 문학은 사회생활이 반영된 예술이라고 할 만큼 불가분의 관계에 있다. 유협劉勰이 "문학의 변천은 사회 정황에 따르다文變染乎世情, 興廢繫乎時序"고 한 것처럼, 사회의 각종 요인은 문학적 현상을 결정하기 때문에 이러한 요소의 변화는 필연적으로 문학 풍조의 변혁을 동반한다. 송초 시체詩體의 변천은 이러한 사실을 보여주는 객관적인 증거이다. 특히 송대에는 일찍부터 학문이 중시되었다. 이는 주로 군주들의 독서열과 학문 제창으로 하나의 사회적 풍조로 자리잡게 되어 송대의 중문중학重文重學적 분위기가 마련되었다.

중국 시가의 전성기라 할 수 있는 당대唐代가 마무리되고 뒤이어 등장한 북송 초는 중국시가발전사 측면에서 보면 일종의 '답습의 시기'이면서 '개혁의 시기'였다고 할 수 있다. 이 시기 시단에서는 백체白體, 만당체晩唐體, 서곤체西崑體 등 세 시풍이 크게 유행했다. 이중 개국 초 성세기상盛世氣象 및 시대 분위기와 사람들이 추구하던 심미취향에 매우 적합했던 서곤체가 시간상 가장 늦게, 가장 긴 기간 동안 성행했고 결과적으로 이러한 시대적 문학적 요구는 황정견 시를 통해 꽃을 피우며 북송 시단 및 송대 시단을 대표하게 되었다.

3. 황정견 시의 특징과 시사적 위상

황정견은 시를 지을 때 힘써 시의 표현을 다지고 시법을 엄격히 지켜 한 마디 한 글자도 가벼이 쓰지 않았다. 황정견은 수많은 대가들을 본받으려고 했지만, 그중에서도 두보杜甫를 가장 존중했다. 황정견은 두보 시의 예술적인 성취나 사회시社會詩 같은 내용 측면에서의 계승보다는, 엄정한 시율과 교묘巧妙한 표현 등 시의 형식적 측면을 본받으려 했다. 『창랑시화滄浪詩話』·『시인옥설詩人玉屑』·『허언주시화許彦周詩話』·『후산시화后山詩話』·『왕직방시화王直方詩話』·『초계어은총화苕溪漁隱叢話』 등에 보이는 황정견 시론의 요점을 정리하면 대략 다음과 같다.

첫째, 시의 조구법造句法으로서의 환골법換骨法과 탈태법奪胎法이다. 이에 대해 황정견은 "시의 의미는 무궁한데 사람의 재주는 한계가 있다. 한계가 있는 재주로 무궁한 의미를 좇으려고 하니, 비록 도잠과 두보라고 하더라도 공교롭기 어렵다. 원시의 의미를 바꾸지 않고 그 시어를 짓는 것을 환골법이라고 하고, 원시의 의미를 본떠서 형용하는 것을 탈태법이라고 한다[詩意無窮, 而人才有限. 以有限之才, 追無窮之意, 雖淵明少陵, 不得工也. 不易其意而造其語, 謂之換骨法. 規摹其意而形容之, 謂之奪胎法]"라고 한 바 있다『시인옥설(詩人玉屑)』에보인다. 이로 보건대, 황정견이 언급한 환골법은 의경을 유사하게 하면서 어휘만 조금 바꾼 것을 일컫고, 탈태법은 의경을 변형하여 사용하는 방법이라고 할 수 있다.

예를 들면, 당대唐代 유우석劉禹錫의 "멀리 동정호의 수면을 바라보니, 흰 은쟁반 속에 하나의 푸른 고동 있는 듯[遙望洞庭湖水面, 白銀盤里一靑螺]"를 근거로 황정견이 "아쉬워라, 호수의 수면에 가지 못해, 은빛 물결 속에서 푸른 산을 보지 못한 것[可惜不當湖水面, 銀山堆裏看靑山]"이라 읊은 것은 환골법이고 백거이白居易의 "사람의 한평생 밤이 절반이고, 한 해의 봄철은 많지 않다오[百年夜分半, 一歲春無多]"라 한 것을 기반으로 황정견이 "한평생 절반은 밤으로 나눠 흘러가고, 한 해에도 많지 않노니 봄 잠시 오네[百年中去夜分半, 一歲無多春再來]"라고 읊은 것은 탈태법이다. 황정견이 환골법과 탈태법을 활용한 작품에 대해서는 『시인옥설詩人玉屑』에서 언급한 바 있다.

둘째, 요체拗體의 추구이다. 요체란 근체시의 평측平仄 격식을 반드시 엄정하게 따르지는 않은 것을 말한다. 이를테면, 평성이 들어가야 할 자리에 측성을 두거나 측성의 위치에 평성을 두어 율격적 참신성을 획득하는 방식으로 두보와 한유韓愈도 추구했던 것이다. 황정견은 더욱 특이한 표현을 추구하기 위해 시율에 어긋나는 기자奇字를 자주 사용하면서 강서시파 특징 중 하나가 되었다. 이와 관련하여, 송대 위경지魏慶之가 찬술한 『시인옥설詩人玉屑』에 '촉구환운법促句換韻法'과 '환자대구법換字對句法' 등을 소개하면서, "기세를 떨쳐 평범하지 않으려는 의도에서 비롯되었다. 이전에는 이러한 체제로 시를 지은 사람은 없었는데, 오직 황정견이 그것을 바꾸었다[欲其氣挺然不群, 前此未有人作此體, 獨魯直變之]"라는 평어가 보인다.

셋째, 진부한 표현이나 속된 말을 배척하고 특이한 말과 기이한 표현을 추구했다. 구체적으로는 술어를 중심으로 평이한 글자를 기이하게 단련鍛鍊시켰고 조자助字의 사용에 힘을 특히 기울였으며, 매우 궁벽하고 어려운 글자를 사용했고 기이한 풍격을 형성하기 위해 전대前代 시에서 잘 쓰지 않던 비속非俗한 표현을 시어로 구사하여 참신한 의경을 만들어내곤 했다. 이와 관련해 황정견은 "차라리 음률이 조화롭지 않을지언정 구句를 약하게 만들지 말아야 하며, 차라리 글자 구사가 공교롭지 않을지언정 시어를 속되게 만들어서는 안 된다[寧律不諧, 而不使句弱. 寧用字不工, 不使語俗]"라고 했으며『시인옥설(詩人玉屑)』, 황정견의 시구 중에는 "다른 사람을 따라 계획을 세우는 것은 결국 사람에게 뒤지게 된다[隨人作計終後時]"라는 구절과 "문장에게 가장 피해야 할 것은 다른 사람을 따라 짓는 것이다[文章最忌隨人後]"라는 구절도 있다.

또한 엄우嚴尤는『창랑시화滄浪詩話』에서 "소식과 황정견에 이르러 비로소 자신의 기법에서 나온 것을 시로 여기며, 당대 시인들의 시풍에서 벗어난 것이다. 황정견은 공교로운 말을 쓰는 것이 더욱 심해졌고, 그 후로 시를 짓는 자리에서 황정견의 시풍이 성행했는데 세상에서는 '강서종파'라 불렀다[至東坡山谷始自出己法以爲詩, 唐人之風變矣. 山谷用工尤深刻, 其後法席盛行, 海內稱爲江西宗派]"라고 했다. 송대 허의許顗의『허언주시화許彦周詩話』에 "시를 지을 때 평이하고 비루한 기운을 제거하지 않으면 매우 잘못된 작품이 된다. 객이 묻기를 "어떻게 하면 그런 것을 제거할 수 있습니까" 라 하였다. 이에 내가 "당의 의산 이상은의 시와 본조 황정견의 시를 숙독하여 깊이 생각하면 제거할 수 있다"라고 대답했다作詩淺易鄙陋之氣不除, 大可惡. 客問, 何從去之. 僕曰, 熟讀唐李義山詩與本朝黃魯直詩而深思之, 則去也"라는 구절이 보인다. 이밖에 『후산시화后山詩話』이나 『왕직방시화王直方詩話』 및 『초계어은총화苕溪漁隱叢話』 등에도 황정견이 시어 사용에 있어서의 기이한 측면에 대한 언급이 보인다.

넷째, 전고典故의 정밀한 사용을 추구했다. 이는 황정견 시론의 "한 글자도 유래가 없는 것은 없다無一字無來處]"와 연관된다. 강서시파는 독서를 중시했는데, 이것은 구법의 차원에서 전대 시의 장점을 수용하기 위한 것이지만, 이는 전고의 교묘巧妙한 활용이라는 결과로 표현되기도 했다. 그러면서 전인의 전고를 그대로 답습하지 않고 자신의 의도에 맞게 변용했다.

이와 같은 황정견의 환골탈태법과 요체와 기이한 표현 및 전고의 활용이라는 창작법에 대해 부정적 평가도 적지 않다. 『예원치언』에서는 "시격이 소식과 황정견으로부터 변했다고 한 논의는 옳다. 황정견의 뜻은 소식이 불만스러워 곧바로 능가하려 했는데도 소식보다 못하다. 어째서인가? 교묘하게 하려고 하면 할수록 졸렬해지고 새롭게 하려고 하면 할수록 진부해지며, 가까워지려고 하면 할수록 멀어지기 때문이다[詩格變自蘇黃, 固也. 黃意不滿蘇, 直欲凌其上, 然故不如蘇也. 何者. 愈巧愈拙, 愈新愈陳, 愈近愈遠]", "노직 황정견은 소승이 되기에는 부족하고 다만 외도일 따름이며, 이미 방생 가운데 빠져 있었다[魯直不足小乘, 直是外道耳, 已墮傍生趣中]", "노직 황정견은 생경生硬한 기법을 구사했는데 어떤 경우는 졸렬하고 어떤 경우는 공교로우니, 두보의 가행체에서 본받았다[魯直用生拗句法, 或拙或巧, 從老杜歌行中來]"라고 평가했다. 이러한 부정적 평가는 황정견 시의 파급력에 대한 반증이기도 하다. 황정견을 중심으로 한 강서시파가 당대當代는 물론 후대 및 조선의 문인들에도 적지 않은 영향을 미쳤다.

한국 한시는 중종中宗 연간에 큰 성과를 이루어 이행李荇, 1478~1534, 박상朴祥, 1474~1530, 신광한申光漢, 1484~1555, 김정金淨, 1486~1521, 정사룡鄭士龍, 1491~1570, 박은朴闇, 1479~1504 등의 시인을 배출했고 선조宣祖 연간에는 이를 이어 노수신盧守愼, 1515~1590, 황정욱黃廷彧, 1532~1607, 최경창崔慶昌, 1539~1583, 백광훈白光勳, 1537~1582, 이달李達, 1539~1612 등 걸출한 시인을 배출했다. 이때 우리 한시의 흐름은 고려 이래 지속되어 온 소식을 위주로 한 송시풍宋詩風의 연장선상에 있다가, 황정견과 진사도를 배우게 되었으며, 다시 변해 당시唐詩를 배우게 되었다. 이에 따라 이 시기 시인은 송시를 모범으로 삼는 부류와 당시를 모범으로 삼는 경우로 대별된다. 또한 송시를 모범으로 삼는 경우도 다시 소식을 배우고자 했던 인물과 황정견이나 진사도를 배우고자 했던 인물로 나눌 수 있다. 그만큼 황정견의 영향력이 컸다는 것을 알 수 있다.

황정견과 진사도를 배웠다고 언급되는 시인으로는 박은, 이행, 박상, 정사룡, 노수신, 황정욱 등을 들 수 있다. 이들은 각기 한 시대를 대표하는 시인으로, 우리 한시사韓詩史에서 심도 있게 다루어지고 있다. 이들 시인을 '해동강서시파海東江西詩派'라고 규정하고 있는데, 그 이유는 황정견과 진사도로 대표되는 '강서시파'의 영향력 아래에서 찾아볼 수 있다.

이인로李仁老, 1152~1220는 『보한집補閑集』에서 "소식과 황정견의 문집을 읽는 것이 좋은 시를 짓는 방법이다"라고 했으니, 고려 중기에 황정견의 문집이 유통되고 있었음을 확인할 수 있다. 이후 공민왕恭愍王 때에는 『산곡시집주山谷詩集註』가 간행되었고 조선조에는 황정견을 중심으로 한 강서시파 시인의 작품을 뽑은 시선집이나 문집이 여러 차례 간행되었다. 안평대군安平大君도 황정견 등을 포함한 『팔가시선八家詩選』을 엮었고 황정견 시를 가려 뽑아 『산곡정수山谷精粹』를 엮은 바 있다. 성종成宗 때에도 한 차례 황정견 시집을 간행했고 성종의 명으로 언해諺解를 시도했지만 실행되지는 못했다. 이후 유호인俞好仁, 1445~1494이 『황산곡집黃山谷集』을 발간하였고 중종에서 명종 연간에 황정견의 문집이 인간印刊되었다. 황정견 시문집에 대한 잇닿은 간행은 고려와 조선의 시인들이 지속적으로 강서시파를 배우고자 했다는 당대當代 시단의 흐름을 반영한 것이다.

고려시대부터 조선 초기까지 강서시파의 영향을 확인할 수 있는 시인으로 이인로李仁老, 임춘林椿, ?~?, 이담李湛, ?~?, 이색李穡, 1328~1396, 신숙주申叔舟, 1417~1475, 성삼문成三問, 1418~1456, 조수趙須, ?~?, 김종직金宗直, 1431~1492,

홍귀달洪貴達, 1438~1504, 권오복權五福, 1467~1498, 김극성金克成, 1474~1540, 조신曹伸, 1454~1529 등 셀 수 없을 정도이다. 이러한 흐름은 두보의 시를 배우고자 한 것으로 파악되는데, 앞서 보았듯이 황정견이 두시杜詩를 가장 잘 배웠다고 칭송되고 있었기에, 황정견을 통해 두보의 시에 접근해 보려는 노력도 깔려있었다고 할 수 있다. 정사룡도 이달에게 두시를 가르쳤고 노수신은 그의 시가 두시의 법도를 얻은 것으로 평가되고 있으며, 황정욱도 두보의 시를 엿보고 있다는 지적을 받고 있다. 그 밖에 박은, 이행, 박상의 시가 두시의 숙독에서 나온 것을 작품의 도처에서 확인할 수 있다. 이러한 경향으로 볼 때, 두보의 시를 배우는 한 일환으로 강서시파의 핵심인 황정견에 관심을 기울인 것으로 보인다. 이 밖에도 조선 초 화려한 대각臺閣의 시풍에 대한 반발도 강서시파의 작품을 배우고자 하는 한 배경으로 작용했다.

지속적인 강서시파 관련 서적의 수입과 인간印刊을 바탕으로 강서시파에 대한 학습이 고려에서부터 조선 초까지 지속되었고 이를 배경으로 강서시파를 배우고자하는 움직임이 성종 연간에 집중적으로 나타났으며, 한시사에게 거론되는 주요 시인들이 등장하게 되었다. 이러한 연장선상에서 소위 '해동강서시파'가 출현하게 된다.

해동강서시파는 강서시파의 영향을 받고 이에 따라 유사한 시풍을 견지했던 일군의 시인을 지칭하는 개념이다. 이 점에서 해동강서시파는 강서시파의 시풍이나 창작방법론을 대거 수용하고 이에서 한 걸음 더 나아가 자신만의 변용을 꾀한 시인들이라 평가할 수 있다. 황정견을 위주로 한 강서시파를 배웠다고 언급되는 해동강서시파의 시인으로는 박은, 이행, 박상, 정사룡, 노수신, 황정욱 등을 들 수 있다. 이들 시인들이 강서시파의 배웠다는 구체적인 기록도 남아 있다.

해동강서시파의 시가 중국 강서시파의 작법을 수용했다는 것은 단순히 자구를 모방하는 차원의 것이 아니라, 시를 쓰는 법을 배워 우리의 정서와 실정에 맞는 시를 쓰기 위해 노력한 것이다. 결국 해동강서시파의 작품에 대한 올바른 접근은 강서시파에 대한 접근에서부터 비롯되어야 한다. 시작법을 어떻게 수용하고 있는지, 또 어떠한 변용이 이루어진 것인지에 대한 입체적인 접근이 있어야만 해동강서시파에 대한 올바른 평가를 내릴 수 있다. 그 출발점이 바로 해동강서시파에 지대한 영향을 미쳤던 황정견 문집에 대한 완역이다.

4. 『황정견시집주黃庭堅詩集注』는?

『황정견시집주』는 북경北京 중화서국中華書局에서 2007년에 출간한 책이다. 전5책으로 『산곡시집주山谷詩集注』 권1~20, 『산곡외집시주山谷外集詩注』 권1~17, 『산곡별집시주山谷別集詩注』 상·하, 『산곡시외집보山谷詩外集補』 권1~4, 『산곡시별집보山谷集別集補』 권1로 구성되어 있다.

『산곡시집주』 권1~20은 송宋 임연任淵이, 『산곡외집시주』 권1~17

은 송宋 사용史容이,『산곡별집시주』상·하는 송宋 사계온史季溫이 각각 주석을 붙여놓은 것이다. 『산곡시외집보』권1~4와 『산곡시별집보』권1은 청淸 사계곤謝啓崑이 엮은 것이다.

『황정견시집주』의 체계와 구성을 정리하면 다음 표와 같다.

책	권	비고
제1책	집주(集注) 권1~9	임연(任淵) 주(注)
제2책	집주(集注) 권10~20	
제3책	외집시주(外集詩注) 권1~8	사용(史容) 주(注)
제4책	외집시주(外集詩注) 권9~17	사용(史容) 주(注)
제5책	별집시주(別集詩注) 上·下	사계온(史季溫) 주(注)
	외보유(外補遺) 권1~4	사계곤(謝啓崑) 주(注)
	별집보(別集補)	

각 권에 수록된 시작품 수를 일람하면 다음 표와 같다.

권 수	수록 작품 수	권 수	수록 작품 수
山谷詩集注卷第一	22제(題) 30수(首)	山谷外集詩注卷第三	23제(題) 61수(首)
山谷詩集注卷第二	14제(題) 18수(首)	山谷外集詩注卷第四	18제(題) 31수(首)
山谷詩集注卷第三	19제(題) 30수(首)	山谷外集詩注卷第五	13제(題) 43수(首)
山谷詩集注卷第四	8제(題) 30수(首)	山谷外集詩注卷第六	20제(題) 25수(首)
山谷詩集注卷第五	9제(題) 29수(首)	山谷外集詩注卷第七	27제(題) 31수(首)
山谷詩集注卷第六	28제(題) 29수(首)	山谷外集詩注卷第八	27제(題) 40수(首)
山谷詩集注卷第七	25제(題) 40수(首)	山谷外集詩注卷第九	35제(題) 39수(首)
山谷詩集注卷第八	21제(題) 28수(首)	山谷外集詩注卷第十	30제(題) 33수(首)
山谷詩集注卷第九	28제(題) 44수(首)	山谷外集詩注卷第十一	29제(題) 45수(首)
山谷詩集注卷第十	17제(題) 23수(首)	山谷外集詩注卷第十二	28제(題) 50수(首)
山谷詩集注卷第十一	23제(題) 47수(首)	山谷外集詩注卷第十三	34제(題) 48수(首)
山谷詩集注卷第十二	28제(題) 50수(首)	山谷外集詩注卷第十四	23제(題) 46수(首)
山谷詩集注卷第十三	27제(題) 41수(首)	山谷外集詩注卷第十五	34제(題) 40수(首)

권 수	수록 작품 수	권 수	수록 작품 수
山谷詩集注卷第十四	14제(題) 43수(首)	山谷外集詩注卷第十六	35제(題) 47수(首)
山谷詩集注卷第十五	29제(題) 54수(首)	山谷外集詩注卷第十七	27제(題) 44수(首)
山谷詩集注卷第十六	18제(題) 42수(首)	山谷別集詩注卷上	36제(題) 37수(首)
山谷詩集注卷第十七	25제(題) 29수(首)	山谷別集詩注卷下	25제(題) 46수(首)
山谷詩集注卷第十八	17제(題) 27수(首)	山谷詩外集補卷第一	50제(題) 58수(首)
山谷詩集注卷第十九	28제(題) 45수(首)	山谷詩外集補卷第二	70제(題) 93수(首)
山谷詩集注卷第二十	19제(題) 27수(首)	山谷詩外集補卷第三	91제(題) 138수(首)
山谷外集詩注卷第一	24제(題) 29수(首)	山谷詩外集補卷第四	95제(題) 128수(首)
山谷外集詩注卷第二	22제(題) 30수(首)	山谷詩別集補	25제(題) 28수(首)
총 1,260제(題) 1,916수(首)			

『황정견시집주』에는 총 1,260제題 1,916수首의 시작품이 수록되어 있다. 이 거질의 서적에 임연任淵·사용史容·사계온史季溫·사계곤謝啓崑이 주석을 부기했는데, 이를 통해서도 황정견의 박학다식함을 재삼 확인할 수도 있다.

임연·사용·사계온·사계곤은 주석에서 시구의 전체적인 표현이나 단어 및 고사와 관련해 『시경』·『논어』·『장자』·『초사』·『문선』·『한서』·『사기』·『이아』·『좌전』·『세설신어』·『본초강목』·『회남자』·『포박자』·『국어』·『서경잡기』·『전국책』·『법언』·『옥대신영』·『풍토기』·『초학기』·『한시외전』·『모시정의』·『원각경』·『노자』·『명황잡록』·『이원』·『진서』·『제민요술』·『오초춘추』·『신서』·『이문집』·『촉지』·『통전』·『남사』·『전등록』·『초목소』·『당본초』·『왕자년습유기』·『도경본초』·『유마경』·『춘추고이우』·『초일경』·『전심법요』·『여씨춘추』·『부자』·『수환록』·『박물지』·『당서』·『신어』·『적곡자』·『순자』·『삼보결록』·『담원』·『한서음의』·『공자가어』·『당척언』·『극담록』·『유양잡조』·『운서』·『묘법연화경』·『지도론』·『육도삼략』·『금강경』·『양양기』·『관자』·『보적경』 등의 용례를 들어 자세하게 구절의 의미를 부연 설명했다. 또한 두보를 필두로 ·도잠·소식·한유·백거이·유종원·이백·유몽득·소무·이하·좌사·안연년·송옥·장적·맹교·유신·왕안석·구양수·반악·전기·하손·송기·범중엄·혜강·예형·왕직방·사령운·권덕여·사마상여·매요신·유우석·노동·구준·조하·강엄·장졸 등의 작품에 보이는 구절을 주석으로 부연하여 작품의 전례前例와 전체적인 의미를 상세하게 서술했다. 이밖에도 여타의 시화집에 보이는 황정견의 작품과 관련된 시화를 주석으로 부기하여, 작품의 창작배경이나 자신의 상황 및 의미를 자세하게 설명한 있다.

이처럼 『황정견시집주』 전5책은 황정견 작품의 구절 및 시어詩語 하나하나가 갖는 전례와 창작배경 그리고 구절의 의미 및 전체적인 의미를 상세하게 주석을 통해 소개해 주어, 황정견 작품의 세밀한 이해를 돕고 있다.

5. 향후 연구 전망

황정견과 강서시파에 대한 연구는 지금까지 꾸준히 진행되어 왔다. 그러나 아직까지 황정견 시작품에 대한 전체적인 번역이 이루어지지 않았기에, 구체적인 실상의 일면만을 위주로 하거나 혹은 피상적으로 연구가 진행되었다는 점에서 아쉬움이 남는다. 이에 상세한 주석을 통해 작품에 대한 이해를 돕는『황정견시집주』에 대한 완역은, 부족하나마 후학들에게 실질적으로 황정견 시를 이해하기 위한 토대 내지는 발판의 역할 정도는 할 수 있을 것으로 판단되며, 이를 계기로 유관 연구가 활발하게 진행되기를 기대하는 바이다.

첫째, 중국 문학 연구의 측면에서도 황정견을 중심으로 한 강서시파에 대한 연구가 활발하게 진행 될 것으로 기대한다. 강서시파 시론의 핵심이라고 할 수 있는 시의 조구법造句法으로서의 환골법換骨法과 탈태법奪胎法, 요체拗體의 추구, 진부한 표현이나 속된 말을 배척하고 특이한 말과 기이한 표현을 추구, 전고의 정밀한 사용 등에 대한 실제적인 접근이 이루어질 수 있는 계기가 될 것이며, 이로 인해 황정견뿐만 아니라 강서시파, 그리고 강서시파의 영향을 받았던 원대 시인에 대한 연구가 활발하게 진행 될 것이다.

둘째, 조선 문단에 대한 연구도 활발해질 것으로 기대한다. 고려 이후 지속적인 강서시파 관련 서적의 수입과 인간印刊을 바탕으로 강서시파에 대한 학습이 고려에서부터 조선 초까지 지속되었고 이를 배경으로 강서시파를 배우고자하는 움직임이 성종 연간에 집중적으로 나타났으며, 한시사에게 거론되는 주요 시인들이 등장하게 되었다. 이러한 연장선상에서 소위 '해동강서시파'가 출현했다.

해동강서시파로 지목된 박은朴誾, 이행李荇, 박상朴祥, 정사룡鄭士龍, 노수신盧守愼, 황정욱黃廷彧 등 이외에도 이인로李仁老, 임춘林椿, 이담李湛, 이색李穡, 신숙주申叔舟, 성삼문成三問, 조수趙須, 김종직金宗直, 홍귀달洪貴達, 권오복權五福, 김극성金克成, 조신曺伸 등도 모두 황정견이 주축이 된 강서시파의 영향 하에 있다는 연구 성과도 보고된 바 있다.

이로 보건대, 『황정견시집주』전5권의 완역은 강서시파의 영향을 받았던, 소위 해동강서시파의 실체를 밝히는데 적지 않은 도움이 될 것으로 보인다. 또한 어떠한 부분에서 적극적으로 수용하려고 했는지, 그 목적이 무엇이었는지에 대한 연구의 초석이 될 것이다. 더불어, 강서시파의 영향 하에서 해동강서시파는 어떠한 변용을 통해, 각 개인의 특장을 살려 나갔는지에 대한 연구도 활발하게 진행될 것이다. 시인 개개인에 대한 접근을 통해, 해동강서시파의 특장을 밝히는데 있어 출발점이 될 것으로 기대한다.

황정견시집의 완역은 황정견 시작품과 중국 강서시파의 실체를 밝힐 수 있는 계기가 될 것이며, 동시에 지속적인 관심을 쏟았던 조선의 해동강서시파의 영향 관계 및 변용에 대한 연구가 본격적으로 진행될 수 있는 초석이 되리라 기대한다.

　대저 시로써 세상에 이름을 날린 자는 한 글자 한 구절을 반드시 달로 분기로 단련하여 일찍이 함부로 드러내지 않고서 반드시 심사숙고한 바가 있다. 옛날 중산中山 의 유우석劉禹錫이 일찍이 말하기를 '시에 벽자僻字를 사용할 때는 반드시 근거한 바가 있어야 한다'라고 했다. 공고功 송지문宋之問의 「도중한식塗中寒食」에서 "말 위에서 한식을 맞으니, 봄이 와도 당락을 보지 못하네[馬上逢寒食, 春來不見錫]"라고 하였다. 일찍이 '당錫'이란 글자가 벽자임을 의아하게 생각하였는데, 이윽고 『모시毛詩』의 고주瞽注를 읽고 나서 이에 육경 가운데 오직 이 주에서 이 '당錫'자에 대한 설명이 있는 것을 알게 되었다. 경문공景文公 송기宋祁 또한 이르기를 "몽득夢得 유우석이 일찍이 「구일九日」이란 시를 지으면서 '고餻'자를 쓰려고 하였는데 생각해보니 육경에 이 글자가 없어서 결국 쓰지 못하였다"라고 했다. 그러므로 경문공 송기의 「구일식고九日食餻」에서 "유랑은 기꺼이 '고餻'자를 쓰지 않았으니, 세상 당대의 호걸을 헛되이 저버렸어라[劉郎不肯題餻字, 虛負人間一世豪]"라고 했다. 이처럼 전배들의 글자 사용은 엄밀하였으니 이 시주詩注를 짓게 된 까닭이다.

　본조 산곡山谷 노인의 시는 『이소離騷』와 『시경·이아雅』의 변체變體를 다하였으며 후산後山 진사도陳師道가 그 뒤를 이어 더욱 그 결정을 맺었다. 그러므로 두 사람의 시는 한 구절 한 글자가 고인古人 예닐곱 명을 합쳐 놓은 것과 같다. 대개 그 학문은 유儒, 불佛, 노老, 장莊의 깊은 이치를 통달하였으며, 아래로 의서醫術, 복서卜筮, 백가百家의 학설에 이르기까지 그 정수를 모두 캐어내어 시로 발하지 않음이 없다.

처음 산곡이 우리 고을에 와서 암곡 사이를 소요할 때 나는 경전經典을 배웠다. 한가한 날에는 인하여 두 사람의 시를 가지고 조금씩 주를 달았는데, 과문하여 그 깊은 의미를 자세히 파악하기 어려운 것이 한스러웠다. 일단 집에 보관하고서 훗날 나와 기호가 같은 군자를 기다려 서로 그 의미를 넓혀 나갔으면 한다.

정화政和 신묘년辛卯年, 1111 중양절重陽節에 쓰다.

大凡以詩名世者, 一字一句, 必月鍛季鍊, 未嘗輕發, 必有所考. 昔中山劉禹錫嘗云, 詩用僻字, 須要有來去處. 宋考功詩云, 馬上逢寒食, 春來不見餳. 嘗疑此字僻, 因讀毛詩有餳注, 乃知六經中唯此注有此餳字, 而宋景文公亦云, 夢得嘗作九日詩, 欲用餻字. 思六經中無此字, 不復爲. 故景文九日食餻詩云, 劉郞不肯題餻字, 虛負人間一世豪. 前輩用字嚴密如此, 此詩注之所以作也. 本朝山谷老人之詩, 盡極騷雅之變, 後山從其游, 將寒冰焉. 故二家之詩, 一句一字有歷古人六七作者. 蓋其學該通乎儒釋老莊之奧, 下至於醫卜百家之說, 莫不盡摘其英華, 以發之於詩. 始山谷來吾鄕, 徜徉於巖谷之間, 余得以執經焉. 暇日因取二家之詩, 略注其一二. 第恨寡陋, 弗詳其祕. 姑藏於家, 以待後之君子有同好者, 相與廣之. 政和辛卯重陽日書.[1]

---

1   [교감기] 근래 사람 모회신(冒懷辛)이 상단의 문자를 고정(考訂)하면서 "이 편의 서문은 광서(光緖) 26년(1900)에 의녕(義寧) 진씨(陳氏)가 복각(復刻)한 『산곡시집주(山谷詩集注)』의 권 머리에 실려 있다. 원문(原文)과 파양(鄱陽) 허윤(許尹)의 서문은 함께 이어져 허윤 서문의 제1단락이 되어버렸다. 현재는 내용에

육경六經은 도道를 실어서 후세에 전해주는 것인데, 『시경』은 예의禮義에 멈추니 도가 존재하는 바이다. 『주시周詩』 305편 가운데 그 뜻은 남아 있지만 그 가사가 없어진 것은 6편이다. 크게는 천지와 해와 별의 변화에서부터 작게는 충조초목蟲鳥草木의 변화까지, 엄한 군신과 부자, 분별이 있는 부부와 남녀, 온순한 형제, 무리의 붕우, 기뻐도 더러움에 이르지 않고 원망하여도 어지러움에 이르지 않으며 간하여도 고자질에 이르지 않고 화를 내어도 사람을 끊지 않으니, 이것이 『시경』의 대략이다. 옛날 청묘淸廟에 올라 노래하며 제후들과 회맹할 때, 계자季子가 본 것과 정인鄭人이 노래한 것, 사대부들이 서로 상대할 때 이것을 제쳐두고 서로 마음을 통할 것이 없다. 공자孔子가 "이 시를 지은 자는 그 도를 아는구나"라고 했으며, 또한 "시를 배우지 말았으면 말을 할 수 없다"라고 했으니, 대개 세상에서 시를 사용하는 것이 이와 같다. 周나라가 쇠하여 관원이 제 임무를 못하고 학교가 폐하여 대아大雅가 지어지지 못한 지 오래되었다. 한나라 이후로 시도詩道가 침체되고 무너져서 진晉, 송宋, 제齊, 양에 이르러서는 음란한 소리가 극심해졌다. 조식, 유정劉楨, 심전기沈佺期, 사령운謝靈運의 시는 공교롭지 않은 것은 아니지만 화려한 비단에 아름답게 장식한 것 같아 귀공자에게 베풀 수는 있지만 백성들에게 쓸 수는 없다. 연명淵明 도잠陶潛과 소주蘇州 위응

근거하여 이것이 임연(任淵)이 손수 쓴 서문임을 확정하고서 인하여 허윤의 서문에서 뽑아내어 기록한다"라고 하였으니 이 말을 『후산시주보전(後山詩注補箋)·부록(附錄)』과 참고하여 볼 것이다.

물위應物의 시는 적막하고 고고枯槁하여 마치 깊은 계수나무 아래 난초 떨기 같아 산림에는 어울리지만 조정에 놓을 수는 없다. 태백太白 이백李白과 마힐摩詰 왕유王維의 시는 어지러운 구름이 허공에 펼쳐지고 차가운 달이 물에 비친 것 같아 비록 천만으로 변화하지만 사물에 미치는 곳은 또한 적었다. 맹교孟郊와 가도賈島의 시는 산한酸寒하고 험루儉陋하여 새우와 조개를 한 번 먹으면 곧 마치니 비록 하루 종일 씹어도 배가 부르지 않는 것과 같다. 다만 두보杜甫의 시는 고금을 드나들어 천하에 두루 퍼져 충의忠義의 기기氣가 성대하니 이를 능가하는 후대의 작자는 없다.

송宋나라가 일어나고 이백 년이 흘러 문장의 성대함은 삼대三代를 뒤좇을만한데, 시로 세상에 이름을 날린 자로 예장豫章의 노직魯直 황정견黃庭堅이 있으며 그 후로는 황정견을 배웠으나 그에 약간 미치지 못한 자로 후산後山 무기無己 진사도陳師道가 있다. 두 공의 시는 모두 노두老杜에서 근본 하였으나 그를 직접적으로 따라 하진 않았다. 용사用事는 대단히 치밀한데다 유가와 불가를 두루 섭렵하였으며, 우초虞初의 패관소설稗官小說과 『준영雋永』·『홍보鴻寶』 등의 책에다가 일상생활의 수렵까지 모두 망라하였다. 후대의 학자들이 이 시의 비밀을 보지 못하여 이따금 알기 어려움에 어려움을 느낀다. 삼강三江의 군자 임연任淵은 군서群書에 박학하고 옛사람을 거슬러 올라가 벗하였는데, 한가한 날에 드디어 두 사람의 시에 주해를 내었으며 또한 시를 지은 본의의 시말에 대해 깊이 따져 학자들에게 알려주었다. 그러나 세상의 전주箋注와 같지 않고 다만 출처만을 드러내었을 뿐이다. 이윽고 완성되자 나에게 주면서 그 서문을 지어달라고 하였다.

　내가 일찍이 두 시인의 시흥詩興이 고원高遠함에 의탁하여 읽어도 무슨 의미인지 알 수 없는 것을 걱정하였다. 임연 군의 풀이를 얻고서 여러 날에 걸쳐 음미해 보니 마치 꿈에서 깬 것 같고 술에 취했다가 깬 것 같으며, 앉은뱅이가 일어서게 된 것과 같으니 어찌 통쾌하지 않으랴. 비록 그러나 그림을 논하는 자는 형체는 비슷하게 할 수는 있지만 그림을 그려낸 심정을 포착하여 말로 표현하기 어렵고, 거문고 소리를 들은 자는 몇 번째 줄인 줄은 알지만 그 음은 설명하기 어렵다. 천하의 이치 가운데 형명도수形名度數에 관련된 것은 전할 수 있지만, 형명도수를 넘어서는 것은 전할 수 없다. 옛날 후산 진사도가 소장少章 진구秦覯에게 답하기를 "나의 시는 예장豫章의 시이다. 그러나 내가 예장에게 들은 것은 그 자상한 것을 말하고 싶지만, 예장이 나에게 말해주지 않았고 나 또한 그대를 위해 말하고 싶어도 못한다"라고 했다. 오호라, 후산의 말은 아마도 이를 가리킬 것이다. 지금 자연子淵 임연이 이미 두 공에게서 얻은 것을 글로 드러내었다. 정미하여 오묘한 이치는 옛말에 이른바 '맛 너머의 맛'이란 것에 해당한다. 비록 황정견과 진사도가 다시 태어난다 해도 서로 전할 수 없으니, 자연이 어찌 말해줄 수 있으랴. 학자들은 마땅히 스스로 얻는 것이 옳을 것이다.

　자연子淵의 이름은 연淵으로 일찍이 문예류시유사文藝類試有司로써 사천四川의 제일이 되었다. 대개 금일의 국중의 선비이며 천하의 선비이다.

　소흥紹興 을해년乙亥年, 1155 12월 파양鄱陽 허윤許尹은 삼가 서문을 쓰다.

六經所以載道而之後世,[2] 而詩者, 止乎禮義, 道之所存也. 周詩三百五篇, 有其義而亡其辭者, 六篇而已. 大而天地日星之變, 小而蟲鳥草木之化, 嚴而君臣父子, 別而夫婦男女, 順而兄弟, 羣而朋友, 喜不至瀆, 怨不至亂, 諫不至訐, 怒不至絶, 此詩之大略也. 古者登歌淸廟, 會盟諸侯, 季子之所觀, 鄭人之所賦, 與夫士大夫交接之際, 未有舍此而能達者. 孔子曰, 爲此詩者, 其知道乎! 又曰, 不學詩, 無以言. 蓋詩之用於世如此.

周衰, 官失學廢, 大雅不作久矣. 由漢以來, 詩道浸微陵夷, 至於晉宋齊梁之間, 哇淫甚矣. 曹劉沈謝之詩, 非不工也, 如刻繪染縠, 可施之貴介公子, 而不可用之黎庶. 陶淵明韋蘇州之詩, 寂寞枯槁, 如叢蘭幽桂, 可宜於山林, 而不可置於朝廷之上. 李太白王摩詰之詩, 如亂雲敷空, 寒月照水, 雖千變萬化, 而及物之功亦少. 孟郊賈島之詩, 酸寒儉陋, 如蝦蠏蜆蛤, 一啖便了, 雖咀嚼終日, 而不能飽人. 唯杜少陵之詩, 出入今古, 衣被天下, 藹然有忠義之氣, 後之作者, 未有加焉.

宋興二百年, 文章之盛, 追還三代. 而以詩名世者, 豫章黃庭堅魯直, 其後學黃而不至者, 後山陳師道無已. 二公之詩皆本於老杜而不爲者也. 其用事深密, 雜以儒佛. 虞初稗官之說, 雋永鴻寶之書, 牢籠漁獵, 取諸左右. 後生晚學, 此祕未覩者, 往往苦其難知. 三江任君子淵, 博極羣書, 尙友古人. 暇日遂以二家詩爲之注解, 且爲原本立意始末, 以曉學者. 非若世之箋訓, 但能標題出處而已也. 旣成, 以授僕, 欲以言冠其首.

予嘗患二家詩興寄高遠, 讀之有不可曉者. 得君之解, 玩味累日, 如夢而寤,

---

2 [교감기] ‘而’는 전본에는 ‘傳’으로 되어 있는데, 의미가 더 분명하다.

如醉而醒, 如痿人之獲起也, 豈不快哉. 雖然論畫者可以形似, 而捧心者難言, 聞絃者可以數知, 而至音者難説. 天下之理涉於形名度數者可傳也, 其出於刑名度數之表者, 不可得而傳也. 昔後山答秦少章云, 僕之詩, 豫章之詩也. 然僕所聞於豫章, 願言其詳, 豫章不以語僕, 僕亦不能爲足下道也. 嗚乎, 後山之言, 殆謂是耶, 今子淵既以所得於二公者筆之乎. 若乃精微要妙, 如古所謂味外味者, 雖使黃陳復生, 不能以相授, 子淵相得而言乎. 學者宜自得之可也.

子淵名淵, 嘗以文藝類試有司, 爲四川第一, 蓋今日之國士天下士也.

紹興乙亥冬十二月, 鄱陽許尹謹叙.

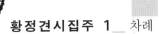

황정견시집주 전체 차례

산곡시집주
山谷詩集注

송 임연 저

宋 任淵 著

산곡시집주권제일山谷詩集注卷第一

예장豫章 황정견黃庭堅 노직魯直 찬撰.

황정견의 자字는 노직魯直, 호號는 산곡노인山谷老人이다.

豫章黃庭堅魯直撰

庭堅字魯直, 號山谷老人

천사天社 임연任淵[1] 주注.

임연의 자字는 자연子淵, 자서自署는 천사天社이다.

天社任淵注

淵字子淵, 自署天社

---

1 임연(任淵, 1090~1164) : 중국 송(宋)나라의 학자이며 주석가로 유명한데, 시
   (詩)의 대가(大家)들도 이해하기 힘들다는 진사도(陳師道)의 시에 주를 달아
   『후산시주(後山詩註)』를 펴낸 바 있다.

1. 고시 2수. 자첨 소식에게 올리다[2]

古詩3 二首. 上蘇子瞻

첫 번째 수 其一

전편은 '매梅'로 동파 소식을 비유했다. ○ 동파의 「보산곡서報山谷書」
에서 "「고풍」 2수는 유사한 사물을 빌려서 자신의 뜻을 의탁했으니,
옛 시인의 풍격을 얻었다"라고 했으니, 이 시를 높임이 이와 같았다.
그러므로 모든 작품의 앞에 놓는다.

前篇梅以屬東坡. ○ 東坡報山谷書云, 古風二首, 託物引類, 得古詩人之
風. 其推重如此, 故置諸篇首云.

---

2   이 시와 다음 수는 원풍 원년 무오년(1078년)에 지은 시로, 그해에 산곡은 북경
에 있었다. 동파는 서주(徐州)의 수령이었고 산곡은 북경에서 교수(敎授)로 있
었다. 산곡이 동파에게 처음 편지를 보내면서 아울러 이 두 수를 부쳤는데, 동파
도 또한 답서와 화답시를 보냈다. 산곡은 편지에서 "요즘은 위(魏)에서 벼슬하며
식량을 축내는데, 마침 합하께서 팽문(彭門)에서 막부를 열었다고 들었습니다"
라 하였으며, 또한 "「고풍」 두 장을 지어 여러 따르는 사람들에게도 지으라고 하
였습니다"라 하였으니, 바로 이 시를 가리킨다. 『동파집』에서 고증하니 대개 원
풍 원년에 있었던 일이다. 위(魏)는 북경이며 팽문은 서주(徐州)이다. 건염(建
炎) 연간에 산곡의 외조카 옥보(玉父) 홍염(洪炎)이 그 외삼촌의 문집을 편집하
였는데, 퇴청당(退聽堂) 이전의 시는 잘라내 버렸다. 퇴청당 이전 시를 다시 취하
지 않았는데 오직 「고풍」 2수만 취하여 시집의 앞에 실었다. 또한 이르기를 "노직
이 소공에게 지우를 받은 것은 그 근거한 바가 있음을 나타내었다"라 하였다. 지
금 이 말을 따른다. 퇴청당은 변경(汴京) 포지사(鋪池寺) 남쪽에 있는데, 산곡이
관직(館職)을 할 때 이곳에 붓과 벼루를 두었었다. ○「증유청노시(贈兪清老詩)」
에의 발문에서 "포지사 남쪽 퇴청당에서 지었다"라 하였으니, 그렇다면 이 당의
이름은 그 후에 그가 그곳에 거처함에 따라 그 이름을 내걸은 듯하다.

3   [교감기] '古詩'가 문집(文集)·장지본(蔣芝本)에는 '古風'으로 되어 있다.

江梅有佳實	강가 매화 좋은 열매 맺었는데
託根桃李場	뿌리를 복사, 오얏 과수원에 의탁했네.
桃李終不言	복사, 오얏은 끝내 칭송하지 않지만
朝露借恩光	아침 이슬은 은혜로운 빛을 주었지.
孤芳忌皎潔	희고 깨끗한 외론 꽃은 시기당하니
氷雪空自香	빙설 같은 자태 부질없이 향기로워라.
古來和鼎實	예로부터 솥 안의 조미료로 들어가
此物升廟廊	이 열매 묘당에 올랐었지.
歲月坐成晚	세월은 하염없어 세밑이 되었는데
烟雨靑已黃	안개비 속에 파란 매실 노랗게 익었네.
得升桃李盤	복사, 오얏 담던 쟁반에 올려져
以遠初見嘗	멀리서 전해져 처음으로 맛보셨네.
終然不可口	끝내는 입맛에 맞지 않으니
擲置官道傍	국도 옆에 버려졌어라.
但使本根在	다만 뿌리만 온전히 있다면
棄捐果何傷	버려진들 끝내 무엇을 슬퍼하리오.

【주석】

江梅有佳實 託根桃李場 : 『문선·고시』에서 "하늘하늘 외롭게 자란 대나무, 태산 비탈에 뿌리를 내렸네"라고 했는데, 이 구는 이 체제를 모방했다. 두보의 「강매江梅」란 시가 있고 또한 「서구소윤견과徐九少尹見過」

에서 "강에 비친 매화가 꽃을 터트리려 하는구나"라고 했다. 오숙吳淑의 『사류부事類賦·매梅』에서 "또한 과일 가운데 아름다운 열매로다"라고 했다. 『문선』에 실린 조경진趙景眞의 「여혜무제서與嵇茂齊書」에서 "북방 토양의 성질은 뿌리를 내리기 어렵다"라고 했다. 본문의 '장場'은 채마밭을 이른다. 승려 한산자寒山子의 「삼백삼수三百三首」에서 "어제저녁 어찌도 쓸쓸하던가, 과수원은 애틋하구나. 위쪽은 복사, 오얏 길이 낮고, 아래쪽은 난초, 향초 물가로다"라고 했는데, 산곡의 이 구절은 '장場'과 '도리桃李'를 따왔다. 산곡의 시율은 한 시대에 뛰어나니 용의用意, 의장가 높고 심원하여 쉽게 엿볼 수 없다. 그러나 글자를 놓거나 시어를 배치하는 것은 모두 근거한 바가 있다. 신노莘老 손각孫覺이 이르기를 "두보의 시에서 두 글자를 구사하면서 그 근거가 없는 경우가 없다"라고 했는데, 유몽득劉夢得이 이 시를 논하면서 또한 말하기를 "근거가 없는 글자를 전배前輩들은 구사하지 않았다. 산곡이 이 시어를 자주 뽑아 거론하였으니 아마도 자신이 그것으로 표현했던 것 같다. 안타깝게 생각하는 점은 그가 식견이 짧아 시어의 근원을 잘 알지 못한 것이다. 그러므로 일단 자신이 본 것을 그 아래에 주를 달았으니, 손가락으로 달을 가리키면 그 손가락을 보고 달을 가리키는 것인지 알아야 하듯이 형상 너머의 의미를 학자는 마땅히 스스로 깨달아야 한다"라고 했다.

文選古詩云, 冉冉孤生竹, 結根太山阿. 此句傚其體. 老杜有江梅詩, 又有詩云, 欲發照江梅. 吳淑事類梅賦云, 亦果中之佳實. 文選趙景眞與嵇茂齊書曰, 北土之性, 難以託根. 場謂場圃, 寒山子詩, 昨晚何悠悠, 場中可憐許. 上爲桃李逕, 下作蘭蓀渚. 此句並摘其字. 山谷詩律, 妙一世, 用意高遠, 未易窺測. 然置字下語, 皆有所從來. 孫莘老云, 老杜詩無兩字無來歷. 劉夢得論詩亦言, 無來歷字, 前輩未嘗用. 山谷屢拈此語, 蓋亦以自表見也. 第恨淺聞未能盡知其源委, 姑隨所見, 箋于其下, 庶幾因指以識月, 象外之意, 學者當自得[4]之.

桃李終不言 朝露借恩光 : 『한서 · 이광전李廣傳』 찬贊에서 "복사, 오얏은 말하지 않아도 저절로 그 아래 길이 생긴다"라고 했으니, 이것을 차용하여 강매江梅가 도리의 시기를 받는 것을 말하고 있다. 『문선 · 악부 · 음마장성굴행飮馬長城窟行』에서 "제 집에 들어서면 각자 사랑 나누지, 누가 기꺼이 님 소식 전해주나"라고 했으니, 이 구절은 그 의미를 차용했다. 낙천 백거이는 「유목有木」을 지어 "바람과 이내가 얼굴을 가리고, 비와 이슬이 무성함을 돕네"라고 했다. 『문선』에 실린 강엄의 「상서上書」에서 "대왕은 은혜로운 빛[恩光]을 내리셔서 안색을 돌아봐 주셨습니다"라고 했으니, 이 구절에서 은광恩光은 「상서」에서 가져왔다. 이후로 시구에 보이는 시어의 출전을 밝히면, 모두 이러한 형식을 취한다. 시의 의미는 즉, 동파가 당대에 시기를 당했지만 오직 임금의 지우를 받았다는 것이다.

漢書李廣傳贊曰, 桃李不言, 下自成蹊. 此借用言江梅爲桃李所忌. 文選樂府曰, 入門各自媚, 誰肯相爲言. 此用其意. 白樂天有木詩曰, 風烟借顔色, 雨露助華滋. 文選江淹上書曰, 大王惠以恩光, 顧以顔色. 此用其字, 下皆倣此.

---

4   [교감기] '得'이 원본(元本)에는 '知'로 되어 있다.

詩意謂東坡見嫉于當世, 獨爲人主所知耳.

孤芳忌皎潔 氷雪空自香 : 한유의 「맹생孟生」에서 "남다른 자질은 잡목 사이 있기 싫어하며, 외로운 꽃은 나무 사이에 살기 어렵네"라고 했다. 『문선』에 실린 안연년安延年의 「제굴원문祭屈原文」에서 "사물은 변함없는 꽃을 싫어하고 사람은 밝고 깨끗한 이를 싫어한다"라고 했다. 명원明遠 포조鮑照의 「학유공간체學劉公幹體」에서 "고운 햇살은 복사, 오얏의 계절이요, 밝고 깨끗한 이는 사랑 받지 못하네"라고 했다. 『악부』에 실린 진陳나라의 자경子卿 소무蘇武가 지은 「매화락梅花落」에서 "다만 꽃이 눈 같다고 말하고, 향기 풍겨 옴은 알지 못하네"라고 했다.

退之詩, 異質忌處羣, 孤芳難寄林. 文選顔延年祭屈原文云, 物忌堅芳, 人諱明潔. 鮑明遠詩, 艶陽桃李節, 皎潔不成姸. 樂府陳蘇子卿梅花落曰, 只言花是雪, 不悟有香來.

古來和鼎實 此物升廟廊 : 두보의 「고백행古柏行」에서 "예전부터 재주가 크면 등용되기 어려웠나니"라고 했다. 『문선』에 실린 안인安仁 반악潘岳의 「금곡집작시金谷集作詩」에서 "왕후王詡가 재상이 되고"라고 했다. 『서경』에서 "내가 만약 간을 맞춘 국을 만들거든 네가 소금과 매실이 되어라"라고 했다. 『문선·고시·정중유기수庭中有奇樹』에서 "이 물건이야 어찌 귀하랴만, 다만 이별한 지난날 떠오르네"라고 했다. 『신자愼子』에서 "낭묘廊廟의 재목은 한 그루 나무의 줄기가 아니다"라고 했다.

老杜詩, 古來才大難爲用. 文選潘安仁詩, 王生和鼎實. 書曰, 若作和羹, 爾
惟鹽梅. 文選古詩曰, 此物何足貴, 但感別經時. 愼子曰, 廊廟之材, 蓋非一木
之枝.

歲月坐成晚 烟雨靑已黃：『문선·고시, 행행중행行行重行行』에서 "그
대 그리다 나는 쇠약해지니, 세월이 벌써 노년이 되었네"라고 했다.
『옥대신영』에 실린 포조의 「잡시雜詩」에서 "안개비 내릴 때 날은 저무
는데, 이제 끝내 헤어지고 마는구나"라고 했다. 주처周處의 『풍토기風土
記』에서 "하지 전에 내리는 비를 황매우黃梅雨라 한다"라고 했다. 『초학
기初學記』에서 "매실이 익을 때 내리는 비를 매우梅雨라고 하는데, 강동
에서는 황매우라고 부른다"라고 했다.

文選古詩曰, 思君令人老, 歲月忽已晚. 玉臺新詠鮑照雜詩曰, 烟雨交將夕,
從此遂分形. 周處風土記云, 夏至前雨, 名黃梅雨. 初學記曰, 梅熟而雨曰梅
雨, 江東呼爲黃梅雨.

得升桃李盤 以遠初見嘗：한유의 「이화李花」에서 "얼음 쟁반에 여름에
올려지니 푸른 열매 부드럽네"라고 했다. 『한시외전韓詩外傳』에서 "전요
田饒가 말했다. "황곡黃鵠은 오덕五德[5]이 없는데도 그대가 오히려 귀하게

---

5   오덕(五德)：유교(儒敎)에서 말하는 사람의 다섯 가지 덕(德)으로 온화, 양순,
    공손, 검소, 겸양을 이르거나, 총명예지(聰明叡智), 관유온유(寬裕溫柔), 발강강
    의(發强剛毅), 제장중정(齊莊中正), 문리밀찰(文理密察)을 이른다.

여기는 것은 그것이 멀리서 왔기 때문일 것이다'"라고 했다. 동파는 중 앙에서 먼 촉지역 출신이다.

韓退之李花詩, 氷盤夏薦碧實脆. 韓詩外傳田饒曰, 黃鵠無五德, 君猶貴之, 以其所從來者遠矣. 東坡蓋蜀人.

終然不可口 擲置官道傍:『문선』에 실린 사령운의 「유적석진범해遊赤 石津泛海」에서 "끝까지 일찍 베임을 면하기를"이라고 했다. 두보의 「병 귤病橘」에서 "시원찮아 입에 맞지 않으니, 어찌 다만 껍질만 남기랴"라 고 했다.『장자』에서 "풀명자와 배, 귤과 유자는 모두 입맛에 좋다"라 고 했다. 이하李賀의 「송심아지가送沈亞之歌」에서 "황금 굴레 집어 던져 용마를 풀어 놓네"라고 했다. '관도방官道傍'은 왕융王戎이 길가에 있는 쓴 오얏 열매를 따지 않았다는『세설신어』의 내용을 인용했다. 이 구 절의 의미는 즉 동파가 지방 고을에 버려진 것을 말한다.

選詩, 終然謝夭伐. 老杜病橘詩, 紛然不適口, 豈止存其皮. 莊子曰, 粗棃橘 柚, 皆可于口. 李賀詩, 擲置黃金解龍馬. 官道傍, 用王說王戎不趣道傍苦[6]李 意, 詩意謂東坡棄置于外郡也.

但使本根在 棄捐果何傷: 세상에 처한 군자를 볼 때는 그의 향배가 어 떤가를 볼 것이요, 지우知遇와 불우不遇는 논할 것이 아니다.『좌전』에 서 "칡넝쿨도 오히려 자신의 뿌리를 보호할 줄 안다"라고 했다.『문선

6 　苦 : 중화서국본에는 '若'으로 되어 있으나 '苦'의 오자이다.

·고시·행행중행行行重行行』에서 "버려졌다고 다시 말하지 말고, 힘써 식사를 잘 하라"라고 했다. ○『좌전』에서 말하기를 "남이 아내를 앗아도 화를 내지 않더니, 한 번 너를 때렸다고 어찌 그리 슬퍼하는가"라고 했다.

君子之于世, 視其所立何如, 不在遇不遇也. 左傳曰, 葛藟猶能庇其本根. 文選古詩曰, 棄捐勿復道, 努力加餐飯. ○ 左傳曰, 一抶女, 庸何傷.

두 번째 수其二

뒤 작품은 '송松'으로 동파를 비유했고, '복령茯苓'으로 문하생 가운데 어진 이들을 비유했고, '토사菟絲'로 자신을 비유했다.

後篇松以屬東坡, 茯苓以屬門下士之賢者, 菟絲以自況.

青松出澗壑	푸른 솔이 계곡에 솟아
十里聞風聲	십 리에 솔바람 소리 들리네.
上有百尺絲	위에는 백 척의 토사가 감기고
下有千歲苓	아래엔 천년 묵은 복령이 있어라.
自性得久要	그 본성은 오래 젊음을 유지하게 하니
爲人制頹齡	사람을 위해 늙음을 막아주누나.
小草有遠志	작은 풀이지만 원대한 뜻을 지녔으니
相依在平生	소나무에 의지하여 일생을 보내네.

醫和不並世	의화 같은 명의가 세상에 없는데
深根且固蔕	깊은 뿌리에 꽃받침이 튼튼하다네.
人言可醫國	사람들은 나라도 고칠 수 있다 하니
何[7]用太早計	어찌 너무 서둘러 쓰려고 하는가.
小大材則殊	크고 작은 재주는 다르지만
氣味固相似	기질은 참으로 서로 비슷하여라.

【주석】

靑松出澗壑 十里聞風聲 : 『문선』에 실린 태충太衝 좌사左思의 「영사시詠史詩」에서 "울창하도다 계곡의 소나무여, 여리여리한 산꼭대기 작은 나무"라고 했다. 안연년顔延年의 「배능묘작拜陵廟作」에서 "솔바람은 길을 따라 세게 불고"라고 했다. 송옥宋玉의 「고당부高唐賦」에서 "그 바닥은 보이지 않고, 다만 솔바람 소리만 들리네"라고 했다. 이 구절의 의미는 동파가 큰 재주를 지니고도 낮은 관리에 머무르고 있지만 세상을 덮을 만한 명성은 가릴 수 없음을 말한다.

文選左太沖詠史詩, 鬱鬱澗底松, 離離山上苗. 顔延年詩, 松風遵路急. 宋玉高唐賦曰, 不見其底, 虛聞松聲. 詩意謂東坡以大材而沈下僚, 其蓋世之名, 則不可掩也.

有百尺絲 下有千歲苓 : 『회남자·설산훈說山訓』에서 "천 년 묵은 소나

---

7 [교감기] '何'가 전본(殿本)에는 '可'로 되어 있다.

무는 아래 복령이 있고 위에 토사가 있다"라고 했는데, 그 주에서 "복령은 천 년 묵은 송진이요, 토사는 나무 위에서 자라 뿌리가 없는데 달리 여라女蘿라고도 한다"라고 했다. 또 『시경·규변頍弁』을 살펴보니 "새삼덩굴과 더부살이가 소나무 잣나무에 뻗어 있네"라고 했는데, 그 주에서 "여라는 토사이니 즉 송라松蘿이다"라고 했다. 『모시정의毛詩正義』에서 "육기陸機의 소에서 '지금의 토사는 넝쿨이 풀 위로 뻗어 자라니, 송라가 아니다. 송라는 소나무 위에서 절로 뻗어 자란다'라고 했으니, 마땅히 그럴 것이다"라고 했다. 은거隱居 도홍경이 『본초강목·토사조菟絲條』에 주를 달면서 "옛날에 소나무 아래 복령이 자란다고 했는데, 지금 살펴보니 반드시 그런 것만은 아니다"라고 했다. 산곡의 이 구절을 읽으면서 마땅히 시어로 인해 의미를 해치지 말아야 한다.

淮南子說山訓曰, 千歲之松, 下有茯苓, 上有菟絲. 注云, 茯苓, 千歲松脂也. 菟絲, 生其上而無根, 一名女蘿. 又按頍弁詩, 蔦與女蘿, 施于松柏. 注云, 女蘿, 菟絲, 松蘿也. 正義則曰, 陸璣疏云, 今菟絲, 蔓連草上生, 非松蘿. 松蘿自蔓松上生. 事或當然. 陶隱居注本草菟絲條, 亦云舊言下有茯苓, 上有菟絲, 今未必爾. 讀山谷此句, 當不以詞害意也.

自性得久要 爲人制頹齡 : 이 구절은 복령을 가리킨다. 『본초강목·목부木部』의 「복령茯苓」을 살펴보니, 도홍경이 주를 달면서 "약이 되는 것은 썩은 좀이 없다. 일찍이 옛날 사람이 묻은 것을 얻었는데 대략 30년이 지났어도 색이 변하지 않았으니 참으로 온전하여 썩지 않는다는 말

이 분명하다"라고 했다. 또한『본초도경』에서 "오래 복용하면 정신이 편안해지고 건강해져서 허기가 지지 않고 오래 살 수 있게 된다"라고 했다.『원각경』에서 "원만한 깨달음의 자성은, 성품이 아닌 것으로 있는 성품이다"라고 했다.『논어』에서 "오랜 벗에게 평생의 약속을 잊지 않는다"라고 했다. 연명 도잠의「구일한거九日閑居」에서 "국화는 늙는 것을 막아주네"라고 했다.

此句指茯苓. 本草木部茯苓條, 陶隱居注曰, 爲藥無朽蛀. 嘗得昔人所埋, 計二十年[8]而色理無異, 明其眞全不朽矣. 而本經言, 久服安魂養神, 不飢延年. 圓覺經曰, 圓覺自性, 非性性有. 魯論曰, 久要, 不忘平生之言. 陶淵明詩, 菊爲制頹齡.[9]

小草有遠志 相依在平生 : 이 구절 아래로는 모두 토사를 가리킨다. 살펴보건대, '토사'는『본초강목 · 초부草部』에 있다.『세설신어』에서 "환온이 사안에게 '원지遠地는 또한 소초小草라고도 하는데, 어찌하여 한 물건인데 두 가지 이름이 있는가'라 묻자, 사안이 대답하지 못했는데, 옆에 있던 학륭이 "땅속에 묻혀 있으면 원지가 되고 땅 위로 나오면 소초가 됩니다"라 대답했다"라고 했다. 이는 고사를 빌려 토사를 가리키니, 즉 평범한 나무에 의착하지 않으니 뜻한 바가 원대한 것을 이른다.『좌전』에서 "수레의 덧방나무와 수레는 서로 의지한다"라고 했다. '평

생平生'이란 말은 바로 앞 '自性得久要'의 주에 보인다.

此句以下, 並指菟絲. 按菟絲, 在本草草部. 世說, 桓溫問謝安遠志又名小
草, 何以一物而有二名. 郝隆曰, 處則爲遠志, 出則爲小草. 此特借用, 以指菟
絲, 言其不依附凡木, 所志遠矣. 左傳曰, 輔車相依. 平生見前注.

醫和不並世 深根且固蔕 人言可醫國 可用太早計 : 『본초강목 · 토사조菟絲
條』의 장우석掌禹錫의 주에서 『포박자』를 인용하면서 "토사라는 풀의 아
래에는 복토伏兔의 뿌리가 있으니, 이 복토가 없다면 토사는 살지 못한
다. 그러나 실제로는 토사에 속한 것은 아니다"라고 했는데, 이 구절은
이를 차용했다. 또한 『본초강목』에서 "토사를 오래 복용하면 눈이 밝
아지고 몸이 가벼워지며 수명이 연장된다"라고 했다. 이 구절의 의미
는 즉, 어진 이에게 의탁하면 충분히 스스로 즐길 수 있는데, 당대의
지우를 받지 못하더라도 자중하여 세상에 나아가지 않으며 그에 급급
하지 않는다는 것을 말한다. 『국어國語 · 진어晉語』에서 "평공平公이 병이
나니 진백秦伯이 의화로 하여금 진맥하게 했다. 문자文子가 "국가의 병
도 치료할 수 있는가"라 묻자, 의화가 "최상의 의원은 국가를 치료하고
그 아래는 사람을 치료하는 것이 바로 의관醫官이다"라 대답했다"라고
했다. 『노자』에서 "이것을 뿌리가 깊고 꽃받침이 튼튼한 것이 세월이
지나도 사라지지 않는 도라 한다"라고 했다. 『사기 · 공자제자전』에서
"공자는 이들 네 사람보다 늦게 태어나 같은 세대를 살지 못했다"라고
했다. 『장자』에서 "공자, 그대는 너무 서두르는 것 같다"라고 했다.

本草菟絲條, 掌禹錫注引抱朴子云, 菟絲之草, 下有伏菟之根, 無此菟則絲
不生. 然實不屬也. 此詩借用. 而本經言, 菟絲久服, 明目輕身延年. 詩意謂依
附賢者, 足以自樂, 至其不爲當世所知, 則亦自重難進, 而未嘗汲汲也. 晉語,
平公有疾, 秦伯使醫和視之. 文子曰, 醫及國家乎. 對曰, 上醫醫國, 其次醫人,
固醫官也. 老子曰, 是謂深根固蔕, 長生久視之道. 史記孔子弟子傳曰, 孔子皆
後之, 不並世. 莊子曰, 且汝亦太早計.

小大材則殊 氣味固相似 : 『좌전』에서 "지금 초목에 비유하자면, 저의
군주와 진晉의 군주와의 관계는 진 군주의 냄새나 맛처럼 일체一體입니
다"라고 했다. 『명황잡록明皇雜錄』에서 "고력사高力士는 「영제詠薺」에서 "오
랑캐와 중국의 땅은 비록 다르지만, 그 맛은 끝내 다르지 않네"라 읊었
다"라고 했다.

左傳曰, 今譬於草木, 寡君在君, 君之臭味也. 明皇雜錄, 高力士詠薺詩曰,
夷夏雖有殊, 氣味終不改.

2. 순도가 대합을 얻고 다시 순천주舜泉酒를 찾으니, 순천주는 이미 다 떨어졌다. 관주官酒는 안주에 걸맞지 않으니 감히 보낼 수 없었다[10]

醇道得蛤蜊, 復索舜泉, 舜泉已酌盡, 官醞[11]不堪, 不敢送

靑州從事難再得	청주종사는 다시 얻기 어려우니
墻底數樽猶未眠	담장 밑 두어 잔에 아직 잠들지 못했네.
商畧督郵風味惡	독우가 맛이 나쁘다고 평하기에
不堪持到蛤蜊前	대합 안주에 가져가지 못하겠네.

【주석】

靑州從事難再得 牆底數樽猶未眠 商畧督郵風味惡 不堪持到蛤蜊前 : 『세설신어』에서 "환공에게 술을 잘 감별하는 주부主簿가 있었으니, 술이 올라오면 곧바로 그에게 먼저 맛보게 했다. 좋은 술을 '청주종사'라 불렀고, 나쁜 술을 '평원독우'라 불렀다"라고 했다. 그 주에서 "청주에 제

---

10 순천(舜泉)은 아마도 하중부(河中府)의 술 이름인 듯하다. 『외집』에 「화왕세필구순천시」의 수구(首句)에서 "식은 거친 밥을 아름다운 손님에게 주니, 좀 먹고 헤진 책 보는 내 이웃이 되었네"라 하였는데, 장방회(張方回)의 가본(家本)에 이 시를 북경 교수를 할 때 작품으로 보았는데, 이 시의 내용과 부합한다. 이 시부터 입관하기 전까지 홍옥보는 모두 편찬하여 싣지 않았다. 지금 『예장전집』에 이때의 시가 실려 있으나 또한 몇 편에 불과하다. 방회 대보(大父)의 이름은 훈(塤)으로 산곡의 누이 남편이다.

11 [교감기] '官醞'이 문집(文集)·고본(庫本)에는 '官酒'로 되어 있다.

군제郡이 있으며 평원에 격현鬲縣이 있다. '종사從事'는 술의 힘이 배꼽 아래까지 이르고 '독우'는 술의 힘이 횡경막 위에서 멈추기 때문이다" 라고 했다. 『한서·이부인전』에서 "미인은 다시 얻기 어렵다"라고 했다. 장적張籍의 「증요합소부贈姚合少府」에서 "술이 떨어지면 빈 병이 쓰러지네"라고 했다. 「개원전신기開元傳信記」에서 "누룩에서 풍미風味가 나니 잊을 수가 없다"라고 했는데, 이 구절은 그 내용을 반대로 사용했다. 『세설신어』에서 "흥공興公 손작孫綽이 현도玄度 허순許詢과 함께 백루정白 樓亭에 앉아서 과거의 명사들을 논평했다"라고 했다.

世說, 桓公有主簿善別酒, 有酒輒令先嘗. 好者謂靑州從事, 惡者謂平原督郵. 注云, 靑州有齊郡, 平原有鬲縣. 從事謂到齊下, 督郵謂到鬲上住也. 漢書李夫人傳曰, 佳人難再得. 張籍詩, 酒盡臥空瓶. 開元傳信記曰, 麴生風味, 不可忘也. 此反而用之. 世說, 孫綽, 許詢共在白亭樓,[12] 商畧先往名達.

---

12 [교감기] '白樓亭'은 본래 '白亭樓'로 되어 있다. 『세설신어·상예(賞譽)』 및 『태평어람』 권47에서 인용한 공화(孔華)의 『회계기(會稽記)』에 근거하여 글자를 앞뒤로 바꿔 바로잡는다.

3. 왕치천이 객사에서 지은 시에 차운하다. 2수[13]

次韻王穉川客舍. 二首[14]

팽산 황씨는 산곡이 이 작품을 손수 쓴 글씨를 가지고 있다고 한다. 그 글씨에 "치천 왕굉王紘은 원풍 초기에 수도 임안臨安에서 벼슬했다. 그의 집은 정주鼎州에 있었는데 어버이의 나이가 90이 넘었다. 일찍이 존귀한 집안에서 가무를 구경하다가 술에 취하여 돌아오다가 여관의 벽에 시를 지었다. '오랜 객의 신세 편지 보낼 기러기도 없는데, 귀뚜라미 우는데 꿈에서 자주 집을 찾았네. 부귀가 기녀 노래 구름 속으로 울리지만, 도화원 찾는 뱃노래 없구나"라고 했다. 내가 여관에 머무는 치천을 찾아가서 이 시에 화답했다"라고 했다.

彭山黃氏有山谷手書此詩云, 王紘穉川, 元豐初調官京師, 寓家鼎州, 親年

---

13 이 수부터 「차운공택구(次韻公擇舅)」까지는 원풍 3년 경신년에 지은 것이다. 이 해 봄에 산곡은 북경에 있었다. 대개 북경의 교관에서 파직된 뒤에 이부(吏部)에 전임되었다가 다시 길주(吉州) 태화현(太和縣)의 현령이 되었다. 예전에 있었던 「기이공택시(寄李公擇詩)」의 서문에서 "원풍 경신년에 황정견이 태화의 읍재가 되었다"라 하였다. 그 해 가을에 변경(汴京)에서 강남으로 돌아갔다. 『외집』에 「만방변주시(晚放汴州詩)」에서 "가을 소리가 산하에 가득하고"라 하였는데, 마지막에서 "또한 서른 식구 유지하기 위해, 강남으로 가는 꿈을 꾸네"라 하였다. 팽산(彭山) 황 씨(黃氏)에게 산곡이 손수 쓴 이 시가 있는데, 제목이 「왕굉치천원풍초조관경사(王紘稚川元豐初調官京師)」라고 하였으니, 응당 이 시기 산곡은 북경의 벼슬에서 물러난 뒤에 경사(京師)에 이르러 지은 것이다. 바로 다음 작품에 "지금쯤 장안성 안에는 꽃잎들 날리겠지"라고 하였으니, 대개 늦봄 시기이다.

14 [교감기] '次韻王穉川客舍二首'에 대해 문집(文集)에는 제목 아래 '舊詩'라는 두 글자의 주(注)가 있다.

九十餘矣. 嘗閱貴人家歌舞, 醉歸, 書其旅邸壁間云, 鴈外無書爲客久, 蛮邊有夢到家多. 畫堂玉佩縈雲響, 不及桃源欸乃歌. 余訪穉川于邸中而和之.

첫 번째 수其一

五更歸夢常苦短	오경에 귀향하는 꿈 늘 너무나 짧은데
一寸客愁無奈多	한 치 객의 근심 많으니 어찌할까.
慈母每占烏鵲喜	어머니는 늘상 오작이 울어대나 살펴보고
家人[15]應賦屍屢歌	부인은 응당 「염이가」를 지으리라.

【주석】

五更歸夢常苦短 一寸客愁無奈多 : 맹교孟郊의 「재하제再下第」에서 "하룻밤 아홉 번 탄식하니, 꿈이 짧아 집에도 가지 못하네"라고 했다. 『문선·단가행短歌行』에서 "올 날은 참으로 짧고, 흘러간 날은 참으로 길구나"라고 했다. 유신庾信의 「수부愁賦」에서 "한 치의 마음이지만, 만곡의 근심을 담는구나"라고 했다. 황씨본에는 '오경五更'으로 되어 있는데, 별본에는 간혹 '오호五湖'로 되어 있기도 하다.

孟郊詩, 一夕九起嗟, 夢短不到家. 文選短歌行曰, 來日苦短, 去日苦長. 庾信愁賦曰, 且將一寸心, 能容萬斛愁. 五更字從黃氏本, 而別本或作五湖.

15　[교감기] '家人'이 문집(文集)에는 '閨人'으로 되어 있다.

慈母每占烏鵲喜 家人應賦屎屎歌 : 황씨본에는 "慈母不嗔烏鵲語, 閨人應賦屎屎歌"로 되어 있다. 원주元注에서 "백리혜가 진나라에서 벼슬하는데 그 아내가 "백리혜의 다섯 마리 양가죽과 바꿨네. 이별할 때 사립문을 불사르며 암탉을 삶아주었는데, 오늘날 부귀해서 나를 잊었구나"라는 노래를 불렀다"라고 했다. 또 살펴보건대 『서경잡기西京雜記』에서 "육가陸賈가 "까치가 요란하게 울면 먼 길 나선 손님이 온다""라고 했다. 두보의 「득사제소식得舍弟消息」에서 "오늘 아침에 까마귀와 까치 기쁘게 지저귀니"라고 했다.

黃氏本作, 慈母不嗔烏鵲語, 閨人應賦屎屎歌. 元注曰, 百里奚仕秦, 其妻歌曰, 百里奚, 五羊皮. 憶別時, 烹伏雌, 炊屎屎, 今日富貴忘我爲. 又按西京雜記, 陸生曰, 乾鵲噪而行人至. 老杜詩, 浪傳烏鵲喜.

두 번째 수 其二

身如病鶴翅翎短	날개 부러진 병든 학 같은 몸이요
心似亂絲頭緖多	실마리 엉킨 실타래 같은 마음이라.
此曲朱門歌不得	이 곡조 부귀한 집에선 부르지 않으니
湖南湖北竹枝歌	호남과 호북의 죽지가와 같구나.

【주석】

身如病鶴翅翎短 心似亂絲頭緖多 : 개보 왕안석의 「절익학折翼鶴」에서 "눈

앞에 날개 쭈욱 늘어뜨려 불쌍하니, 그때 잘못 날개 부러뜨린 것 후회하네"라고 했다. 한유의 「남산유고수행南山有高樹行」에서 "길은 멀고 날개는 짧기만 해서, 그대를 데리고 돌아올 수 없구나"라고 했다. 악부「화산기華山畿」에서 "뱃속이 엉크러진 실 같네"라고 했다. 두보의 「기두위寄杜位」에서 "옥루산에서 편지 쓰려니 마음이 어지러운데"라고 했다. 이백의 「형주가荊州歌」에서 "고치 켜며 그대 생각에 잠기매 실마리 엉키네"라고 했다. 동파의 시에서 "병든 후에 공연히 파리한 학에 놀라네"라고 했다.

王介甫折翼鶴詩云, 每憐今日長垂翅, 却悔當時誤剪翎. 退之南山有高樹行曰, 路遠翅翎短, 不能持汝歸. 樂府華山畿曰, 腹中如亂絲. 老杜詩, 玉壘題詩心緒亂. 太白詩, 繰絲憶君頭緒多. 坡詩, 病後空驚鶴瘦.[16]

此曲朱門歌不得 湖南湖北竹枝歌 : 두보의 「상위좌상上韋左相」에서 "공에게 이 노래를 부르노니"라고 했다. 구양수의 「증왕개보贈王介甫」에서 "부귀가의 노래와 춤 새 유행을 다투는데"라고 했다. 「죽지가」는 다음 작품에 주가 보인다.

老杜詩, 爲公歌此曲. 歐陽公詩, 朱門歌舞争新態. 竹枝歌見下注.

---

16 [교감기] '파시(坡詩)' 이하는 전보(殿本)의 주(注)에는 없다.

4. 왕치천이 이미 수도 임안에서 벼슬을 얻었는데,
미인에게 빠져 집으로 돌아가지 않았다. 내가 임부인을 대
신하여 「애내곡」 2편을 지어 그에게 주었다[17]
【죽지가는 본래 파촉에서 나왔는데, 호상 지역까지 유행했다.】
애내는 호남 지방의 노래이다
【애欸의 음音은 오襖이고, 내乃의 음音은 애藹이다】
王稚川旣得官[18]都下, 有所盼未歸. 予戱作林夫人欸乃曲二章與之.【竹枝歌, 本
出三巴, 其流在湖湘耳.】欸乃, 湖南歌也.【欸音襖, 乃音藹】

팽산 황씨는 산곡이 이 시를 손수 쓴 구본舊本을 가지고 있는데, "내
가 왕치천의 아내인 임부인을 대신해서 치천에게 시를 지어 주었다.
당시 치천은 임안에서 미인에게 빠져 시간을 보내며 돌아가지 않았다"
라 적혀 있다.

黃氏有山谷手寫舊本, 題云, 予復代稚川之妻林夫人寄稚川, 時稚川在都
下, 有所顧盼, 留連未歸也.

---

17 앞 작품의 운자를 차운하였다.
18 [교감기] '得官'이 문집(文集)에는 '待官'으로 되어 있고 주(注)에서 "다른 판본에
    는 '得'으로 되어 있다"라고 했다. 또한 전본(殿本)에는 이 작품의 제목이 '欸乃歌
    二章戱王稗川'이라 되어 있다.

첫 번째 수其一

花上盈盈人不歸	꽃봉오리 활짝 폈는데 사람은 돌아오지 않고
棗下纂纂實已垂	대추나무 아래 사람 모이니 열매 이미 늘어졌네.
臘雪在時聽馬嘶	그 당시 납월 눈 내릴 때 떠나는 말 울음 들었는데
長安城中花片飛	지금쯤 장안성 안에는 꽃잎들 날리겠지.

【주석】

花上盈盈人不歸 棗下纂纂實已垂 : 황씨본의 앞 작품에는 "花上盈盈人不歸, 棗下纂纂實已垂. 尋師訪道魚千里, 蓋世功名黍一炊"로 되어 있다. 살펴보건대『초학기·가문歌門』에서 유경숙劉敬叔이 지은『이원異苑』을 실었으니, "임천臨川의 섭포聶包가 죽은 지 두어 해가 지났는데 홀연히 남풍南豊에 나타났다. 심도습沈道襲과 함께 술을 마시고 노래를 부르며 즐겼는데, 노래가 매우 운치가 있었다. 매번 노래를 부를 때 "꽃봉오리 활짝 필 때 떠난다는 소식 들었는데, 응당 돌아와야 하거늘 죽어 다시 살았다는 소리 듣지 못했네""라고 했다.『문선』에 실린 반악의「생부笙賦」에서 "노래하기를, "대추나무 아래 사람 모여드니, 붉은 열매 늘어져 있네. 맥없이 떨어지면 말라비틀어진 가지 되네. 인생이 즐거움을 누리지 못한다면 죽어서 어찌 헛되이 시호를 받을까""라고 했는데, 이선李善이 주를 내면서「고돌차가古咄嗟[19]歌」를 인용했으니, "대추나무 아

래 사람들 많이도 모였으니, 영화는 각기 때가 있구나. 대추가 처음 붉어갈 때, 사람들이 사방에서 모여들었네. 대추가 오늘 다 떨어지니 누가 올려다볼 것인가"라고 했다. 십방什邡의 장씨는 산곡이 이 시를 손수 쓴 글씨를 가지고 있는데, 금본今本과 거의 같다. 다만 한두 글자가 조금 다른데 '實已垂'는 '實已稀'로 되어 있으며, 또한 발문에서 "송대에 귀녀鬼女가 어떤 백성의 집에 이르러 「화상영영花上盈盈」곡을 노래했는데 소리가 비원에 젖어 들을 수가 없었다. 반악의 「한거부閑居賦」에서, "노래하기를 "대추나무 아래 사람 모여 있는데""라고 했다. 이 글에서 인용한 것은 사실과 약간 어긋나니 원문을 확인하지 않고 기억에 따라 떠오르는 데로 그 대강을 기록했기 때문이다.

黃氏本前章曰, 花上盈盈人不歸, 棗下纂纂實已垂. 尋師訪道魚千里, 蓋世功名黍一炊. 按初學記歌門載劉敬叔異苑曰, 臨川聶包死數年, 忽詣南豐. 見沈道襲歌笑, 每歌輒作花上盈盈正聞行, 當歸不聞死復生. 文選潘岳笙賦, 歌曰, 棗下纂纂, 朱實離離. 宛其落[20]矣, 化爲枯枝. 人生不能行樂, 死何以虛諡爲. 李善注引古咄唶[21]歌曰, 棗下何攢攢,[22] 榮華各有時. 棗欲初赤時, 人從四邊來. 棗適今日賜, 誰能仰視之. 什邡張氏有山谷手書此詩, 與今本正同, 唯一二字稍異, 實已垂作實已稀, 又有跋云. 宋時有鬼女至人家, 歌花上盈盈曲, 聲

---

19 [교감기] '唶'가 『문선(文選)』에는 '嗜'으로 되어 있다.
20 [교감기] '死'가 전본(殿本)에는 '落'으로 되어 있다. 『육신주문선(六臣注文選)』에는 '死'로 되어 있다.
21 [교감기] '唶'가 『문선(文選)』에는 '嗜'으로 되어 있다.
22 [교감기] '攢攢'이 『문선(文選)』에는 '攢攢'으로 되어 있다.

悲怨, 不可聽. 潘岳間居賦中, 歌曰, 棗下纂纂云云. 所援引小有牴牾, 蓋隨所記憶, 畧舉大概耳.

臘雪在時聽馬嘶 長安城中花片飛: 장씨본에는 '聽嘶馬'로 되어 있다. 두보의 「곡강曲江」에서 "한 조각 꽃잎 날려도 봄빛 줄어드는데, 바람에 온통 떨어져 버리니 참으로 시름에 젖네"라고 했다. '장안長安'은 아마도 변경汴京을 말하는 것으로 보인다.

張氏本作聽嘶馬. 老杜詩, 一片花飛減卻春, 風飄萬點正愁人. 長安蓋借言汴京.

두 번째 수其二

從師學道魚千里	천 리 헤엄치는 물고기처럼 스승 찾아 도를 배우는데
蓋世功名黍一炊	하늘 덮는 공명도 밥 한 그릇 봉양만 못하네.
日日倚門人不見	날마다 문에서 기다려도 낭군은 보이지 않으니
看盡林烏反哺兒	어미 봉양하는 숲의 까마귀 잘 살펴보시라.

【주석】

從師學道魚千里 蓋世功名黍一炊: 황씨본의 뒷 작품은 '臥氷泣竹慰母飢, 天吳紫鳳補兒衣. 臘雪在時聽嘶馬, 長安城中花片飛'로 되어 있다. 이상

네 구는 아마도 이전에 지은 것인데 후에 바야흐로 다시 수정했다. 지금 이곳에 덧붙이니 날로 새로워지는 전배들의 노력을 알 수 있다.『후한서·이고전李固傳』에서 "천 리 길을 멀다 않고 걸어 다니면서 스승을 찾았다"라고 했다.『진서·하후담전夏侯湛傳』에서 "옛날 사람들은 천 리를 걸어서 스승을 찾았다"라고 했다.『한서·항우전』에서 "힘은 산을 뽑아내고 기운은 세상을 덮네"라고 했다.『장자』에서 "공이 천하를 덮어도 자신이 한 일로 여기지 않는다"라고 했다. 장씨본에는 산곡의 발문이 있으니 "'어천리魚千里'는 도주공陶朱公의 양어법養魚法이다. 대개 물고기가 멀리 돌아다니면 살이 찐다. 연못 속에서 물고기를 기르면 파리해질까 염려스러우니, 그러므로 연못 안에 돌로 아홉 개의 섬을 만들면 물고기가 그것을 맴돌아 하루에 천리를 헤엄친다. '서취黍炊'는 즉 순우분淳于棼이 개미구멍 안에서 백 년 동안 부귀를 누리를 꿈을 꾸다가 꿈에서 깨어나 바로 앉으니 부엌에서 황량黃粱을 짓는데 그때까지도 아직 익지 않았다"라고 했다. 이상이 산곡의 기록이다. 내가 살펴보건대,『제민요술齊民要術』에서 도주공의『양어경養魚經』을 실었으니, "여섯 묘畝의 넓이로 연못을 만들고 연못 안에 아홉 개의 섬에 여섯 물굽이를 만들어 잉어를 구하여 연못 안에 집어넣는다"라고 했다. 또 살펴보건대,『오초춘추吳楚春秋』에서 "범려가 "회계산에 물고기 사는 연못이 있는데, 연못 안에 세 강과 네 시냇물이 흘러들며 널따란 아홉 시내와 여섯 물굽이가 있다""라고 했다. 산곡은 본래 이 말을 인용했는데 다만 의미를 보태거나 줄였다. 그러나 이 구절의 의미는 즉, 천 리 길에서 마치 물고기가 연못을 오가며 헤엄치는 것처럼 도를 찾는 것은 부질없이 스스로 고달플 뿐이다. 이는 집으로 돌아가서 넉넉한 스승을 구하는 것만 못하다는 것이다. 유향의 『신서新序』에서 "구오자丘吾子가 말하기를 "나는 세 가지 잘못을 저질렀다. 어려서 학문을 좋아하여 천하를 두루 돌아다니다가 집에 돌아오니 나의 어버이가 돌아가신 것이 첫 번째 잘못이다"'라고 했는데, 산곡은 아마도 이 의미를 차용했다. 또 살펴보건대, 『이문집異聞集』에서 "도사인 여옹呂翁이 한단邯鄲 길가의 여관에서 묵었다. 소년인 노생盧生이 빈곤을 한탄했는데, 말을 마치자 졸음이 몰려왔다. 당시 주인은 황량 밥을 짓고 있었는데, 여옹이 품속을 뒤적이다가 베개를 꺼내어 노생에게 주었다. 베개의 양 끝에는 구멍이 있었다. 노생은 꿈속에서 구멍을 통해 어떤 집에 들어가서 50년을 부귀를 누리다가 늙고 병들어 죽었다. 기지개를 켜고 잠에서 깨어나 둘러보니 여옹이 곁에 있었으며 주인이 짓던 황량 밥은 아직 익지 않았다"라고 했다. 이는 산곡이 인용한 '개미굴에서의 꿈'과는 다른 고사로 『이문집』에 보이는데, 앞에 보이는 것처럼 산곡 자신이 주를 낼 때에는 『이문집』은 기억하지 못한 것 같다. 이 구절의 의미는 즉, 공명이 하늘을 덮더라도 어찌 검소한 음식으로 부모를 봉양하는 즐거움과 같겠는가라는 것이다.

黃氏本後章曰, 臥氷泣竹慰母飢, 天吳紫鳳補兒衣. 臘雪在時聽嘶馬, 長安城中花片飛. 四句蓋舊所作, 後方改定. 今附見于此, 庶知前輩有日新之功也. 後漢李固傳, 步行尋師, 不遠千里. 晉書夏侯湛傳曰, 古之人, 厥乃千里尋師.

漢書項羽傳曰, 力扨山兮氣蓋世. 莊子曰, 功蓋天下, 而似不自已. 張氏本有山谷跋云, 魚千里, 蓋陶朱公養魚法, 凡魚遠行則肥, 池中養魚慮其瘦, 故于池中聚石作九島, 魚繞之, 日行千里. 黍炊, 卽淳于棼夢富貴百年于蟻穴中, 破夢起坐, 舍中炊黃粱猶未熟也. 山谷之說如此. 予按齊民要術載陶朱公養魚經曰, 以六畝地爲池池, 中有九洲六谷, 求鯉魚內池中云云. 又按吳越春秋, 范蠡曰, 會稽之山有魚池, 水中有三江四瀆之流, 九溪六谷之廣. 山谷本引用此說, 特以意加損爾. 然詩意則謂千里訪道, 如魚之回旋往復, 徒自苦耳, 不若歸而求之有餘師. 劉向新序, 丘吾子曰, 吾有三失, 少好學問, 周遍天下, 還後吾親亡, 一失也. 山谷蓋用此意. 又按異聞集, 道者呂翁, 經邯鄲道上邸舍中. 有少年盧生, 自嘆其貧困. 言訖思寐, 時主人方炊黃粱爲饌, 翁乃探懷中枕, 以授生. 枕兩端有竅. 生夢中自竅入其家, 見其身富貴五十年, 老病而卒. 欠伸而悟, 顧呂翁在傍, 主人炊黃粱尙未熟. 山谷所引蟻穴夢, 自是一事, 亦見異聞集, 當是記憶不審耳. 詩意則謂功名正復蓋世, 豈若菽水奉親之樂耶.

日日倚門人不見 看盡林烏反哺兒：『전국책』에서 "제나라 왕손가王孫賈의 어머니가 그에게 말하기를 "네가 아침에 나가 저녁에 돌아오면 나는 집안 문에 기대어 기다리며, 저녁에 나가 돌아오지 않으면 마을 입구에 나가 기다린다""라고 했다. 전기錢起의 「성시상령고슬省試湘靈鼓瑟」에서 "곡이 끝나자 사람이 보이지 않네"라고 했다. 『문선』에 실린 속석束晳의 「보남해補南陔」에서 "지저귀는 숲의 새는 새끼에게 먹이를 받네"라고 했는데, 이선의 주에서 "새까만데 어미에게 먹이를 주는 새는 까

마귀이다"라고 했다. 두보의 「봉송녹사지섭유주奉送綠事之攝柳州」에서 "화려한 배는 바람 밀치며 나아가고, 숲의 까마귀는 애미 먹이려 울어대네"라고 했다.

戰國策, 齊王孫賈之母謂賈曰, 汝朝出而晚來, 則吾倚門而望. 暮出而不還, 則吾倚閭而望. 錢起詩, 曲終人不見. 文選束晳補亡陔詩曰, 嗷嗷林烏, 受哺于子. 李善注云, 純黑而反哺者烏也. 老杜詩, 舟鷁排風影. 林烏反哺聲.

5. 역사를 읊어 서중거에게 주다[23]

【원주에서 "중거는 귀가 먹어서 벼슬을 그만두었다"라고 했다】

詠史呈徐仲車【元注曰, 仲車以聵棄官】

『철종실록』에서 "서적徐積은 초주楚州 사람으로, 치평治平 4년1607에 진사 시험에 합격했다. 어머니를 효성스럽게 섬겨 마을 사람들이 감화되었다"라고 했다. 서적의 자는 중거로 산곡과 같은 해에 과거에 합격했다.

哲宗實録曰, 徐積, 楚州人, 治平四年擢進士第. 事母孝篤, 鄕闔化之. 積字仲車, 山谷同年生也.

諸葛見益州	제갈량이 익주를 맡을 때
釋未答三顧	쟁기 놓고 삼고초려에 응했네.
川流恨未平	강은 흘러도 한은 사라지지 않으니
武功原上路	무현武縣의 들판 길 위에 남아 있네.
杜微對諸葛	두미가 제갈량을 마주할 때
輿致但求去	수레로 모셔오나 다만 떠나가려 했네.
傾心倚經綸	정성 다해 그의 경륜을 바라는데

---

23 장방회 가본에 이 시를 태화 연간에 지은 시라고 하였다. 살펴보건대 중거는 초주(楚州)에 집이 있으시, 응당 산곡이 태화에 부임할 때 수로로 그곳을 지나갈 때 지었다.

坐上漫書疏	앉은 자리에서 하릴없이 필담을 나눴네.
白鷗渺蒹葭	흰 갈매기 갈대숲에 아득하고
霜鶻在指呼	서리 맞은 송골매를 손짓하며 부르네.
借問諸葛公	묻노니, 제갈량이여
如何[24]迎主簿	주부를 맞이하는 것이 어떠하뇨.

【주석】

諸葛見益州 釋未答三顧 : 『촉지・제갈량전』에서 "제갈량은 몸소 밭두둑 사이에서 농사지으며 살았다. 선주先主가 제갈량을 방문했는데 세 번 오고 나서야 만날 수 있었다. 제갈량이 후주後主에게 상소하기를 "선제께서 신을 비루하다 여기지 않고 외람되이 스스로 몸을 굽혀 초가에 세 번이나 저를 찾아왔습니다""라고 했다. 『촉지・선주전先主傳』에서 "건안 19년에 제갈량은 익주의 목사직을 겸임했다"라고 했다. 『문선』에 실린 휴문休文 심약沈約의 「안륙왕비安陸王碑」에서 "농부가 쟁기를 놓는다"라고 했다. 살펴보건대, 환관桓寬의 「염철론鹽鐵論」에서 "선비란 작자는 쟁기를 놓고 징험되지 않은 말을 배운다"라고 했다.

蜀志諸葛亮傳, 亮躬耕壟畝. 先主詣亮, 三往乃見. 上疏後主曰, 先帝不以臣卑鄙, 猥自枉屈, 三顧臣于草廬之中. 先主傳曰, 建安十九年, 復領益州牧. 文選沈休文安陸王碑曰, 農夫釋耒. 按鹽鐵論曰, 儒者釋耒耜而學不驗之語.

---

24 [교감기] '如何'가 문집(文集)・장지본(蔣芝本)에는 '何如'로 되어 있다.

川流恨未平 武功原上路 : 『제갈량전』에서 "건흥 12년 무현武縣의 오장
에 웅거하여 사마의와 위남에서 대치하다가 그해 8월에 죽었다"라고
했다. 두보의 「팔진도八陣圖」에서 "공은 삼분한 촉을 덮고, 이름은 팔진
도로 이뤘네. 강은 흘러도 돌은 굴러가지 않는데, 남긴 한은 오나라를
치지 못함이로다"라고 했다. 이 구절은 두보 시를 차용하여 위를 멸망
시키지 못한 것을 한으로 여기고 있다.

諸葛亮傳, 建興十二年, 據武功五丈原, 與司馬宣王對于渭南, 其年八月卒.
老杜武侯廟詩曰, 功蓋三分國, 名成八陣圖. 江流石不轉, 遺恨失呑吳. 此借用
以不得滅魏爲恨.

杜微對諸葛 興致但求去 傾心倚經綸 坐上漫書疏 : 『촉지·두미전杜微傳』에
서 "두미의 자는 국보國輔이다. 선주가 촉을 차지하자 두미는 귀머거리
를 자처하며 문을 닫아걸고 나오지 않았다. 승상 제갈량이 익주 목사
를 겸하게 되자, 인재를 골라 맞이했는데 덕이 많은 이들을 정밀하게
골라서 두미를 주부로 삼았다. 그가 굳건하게 사양했지만, 그를 천거
하여 데려왔다. 제갈량은 두미가 사람 말을 들을 수 없다고 여겨 마주
그에게 글을 써서 주었다. 두미는 자신이 늙고 병들었기에 고향으로
돌아가기를 요청했는데, 제갈량은 또다시 글을 써 주면서 "그대는 다
만 덕으로 시무時務를 보살피시오, 그대에게 군사軍事는 맡기지 않겠소"
라 한 뒤에 간의대부에 임명하여 두미의 뜻을 받아주었다"라고 했다.
중거는 귀머거리 병을 앓았기 때문에 이 일로 희롱했다.

蜀志杜微傳, 微字國輔. 先主定蜀, 微嘗稱聾, 閉門不出. 丞相亮領益州牧, 選迎皆妙簡舊德, 以微爲主簿. 固辭, 輿以致之. 亮以微不聞人語, 坐上與書. 微自乞老病求歸. 亮又與書曰, 君但當以德輔時耳, 不責君軍事. 拜爲諫議大夫, 以從其志. 仲車病聾, 故以此事戲之.

白鷗滄蒹葭 霜鶻在指呼 借問諸葛公 如何迎主簿 : 두보의 「증위좌승贈韋左丞」에서 "흰 갈매기 너른 바다에 자맥질하는데, 만 리 유랑객을 누가 잡아 두리오"라고 했다. 또 「송솔부정록사환향送率府程錄事還鄕」에서 "구름 위로 나는 송골매가 되어, 명령 따라 새 잡으러 내리꽂지 마시라"라고 했다. 살펴보건대, 『통전通典 · 선거문選擧門』에서 "진나라는 양나라 제도를 따랐으니 30살 이전에는 벼슬하지 못했다. 다만 여러 주에서 주부主簿를 맞이했으니 30살이 되지 않아도 벼슬할 수 있었다"라고 했다. ○ 하손何遜의 시에서 "가련하다 두 마리 흰 갈매기여, 아침저녁으로 물 위에서 노니는구나"라고 했다. '겸가蒹葭'라는 말은 『시경 · 진풍秦風』에 보인다.

老杜詩, 白鷗沒浩蕩, 萬里誰能馴. 又詩, 莫作翻雲鶻, 聞呼向禽急. 按通典選擧門, 陳依梁制, 諸州迎主簿, 得未壯而仕. ○ 何遜詩, 可憐雙白鷗, 朝夕水上游. 蒹葭字見詩.

6. 옛 팽택에 유숙하며 도연명을 회상하다[25]

宿舊彭澤懷陶令

팽택은 지금의 강주江州에 속하며, 옛 성은 현縣의 동쪽 40리에 있다. 소명태자가 지은 「도연명전陶淵明傳」에서 "도연명이 벗에게 이르기를, "애오라지 작은 고을의 수령이 되어[26] 은거 생활[27]의 밑천을 마련하려 하는데 가능할까"라고 했다. 이 말을 상관上官이 듣고 그를 팽택령彭澤令으로 삼았다. 세밑이 되었을 때, 군郡에서 보낸 독우督郵[28]가 현縣에 이르자 도연명은 그날로 인끈을 벗어던지고 벼슬에서 물러났다"라고 했다. 『남사南史 · 은일전隱逸傳』에서 "도잠의 자는 연명이다. 어떤 이는 그의 자가 심명深明이며 이름이 원량元亮이라고도 한다"라고 했다.

---

25 팽택은 강주(江州)에 있으니 또한 산곡이 지나가면서 지은 작품으로, 장방회의 가본에 그렇게 편차되어 있다. 살펴보건대 산곡은 남강군(南康軍)을 지나며 「제 유응지문(祭劉凝之文)」을 지으면서 "원풍 3년 경신년 12월 신유일"이라고 하였 다. 그가 팽택에서 유숙한 것은 아마도 같은 때인 듯하다. 그렇지 않으면 관직에 부임한 것이 그다음 해 봄이나 여름에 있었던 일인지 명확하지 않다.

26 작은 (…중략…) 되어 : '현가(絃歌)'는 고을의 수령이 되어 잘 다스린다는 말이 다. 『논어』, 「양화(陽貨)」에 공자(孔子)의 제자인 자유(子游)가 무성(武城)의 읍 재(邑宰)가 되어 백성들에게 예악을 가르쳤으므로, 곳곳마다 현가의 소리를 들 을 수 있었다는 내용이 보인다.

27 은거 생활 '삼경(三徑)'은 세 줄기 길인데, 시골로 돌아가서 전원생활을 즐긴다 는 의미이다. 한(漢)나라 장후(蔣詡)가 향리로 돌아가서 모든 교분을 끊은 채 정 원에다 오솔길 세 개[三徑]를 만들어 놓은 뒤에 오직 양중(羊仲) · 구중(求仲) 두 사람과 어울려 노닐었다는 고사가 있다. 『삼보결록(三輔決錄)』, 「도명(逃名)」에 보인다.

28 독우(督郵) : 지방 행정을 감찰하기 위해 나온 중앙 관원을 말한다.

彭澤今屬江州, 故城在縣東四十里. 昭明太子作淵明傳, 謂親朋曰, 聊欲絃歌, 以爲三徑之資, 可乎. 執事者以爲彭澤令. 歲終, 會郡遣督郵至縣. 淵明卽日解印綬去職. 南史隱逸傳曰, 陶潛字淵明. 或云字深明, 名元亮.

潛魚願深眇[29]	잠긴 물고기 깊고 먼 곳 원하는데
淵明無由逃	도연명은 어디 달아날 곳이 없네.
彭澤當此時	그 당시 팽택령은
沈冥一世豪	침착하니 한 시대의 호걸이었지.
司馬寒如灰	사마씨는 재처럼 미약하니
禮樂卯金刀	예악이 유유劉裕에게서 나왔어라.
歲晩以字行	만년에는 자로 행세하고
更始號元亮	다시 원량으로 불렸었지.
凄其望諸葛	처량하게 제갈량을 바랐으니
骯[30]髒猶漢相	촉한의 승상처럼 강직했네.
時無益州牧	당시 익주목이 없었으니
指揮[31]用諸將	제장을 지휘하여 부릴만한.
平生本朝心	평생 본조本朝를 향한 마음

---

29 [교감기] '深眇'가 문집(文集) 및 전본(殿本)에는 '深渺'로 되어 있다.
30 [교감기] '骯'이 문집(文集)에는 '抗'으로 되어 있다. 살펴보건대, 두 글자는 통용된다. 이후부터는 이 부분에 대해 교정하지 않겠다.
31 [교감기] '揮'가 문집(文集)에는 '撝'로 되어 있다. 살펴보건대, 두 글자는 통용된다. 이후부터는 이 부분에 대해 교정하지 않겠다.

歲月閱江浪	세월은 강물처럼 흘렀네.
空餘詩語工	공교로운 시만 부질없이 남겼는데
落筆九天上	하늘 위에서 붓이 떨어진 듯하여라.
向來非無人	이전부터 인물이 없는 것은 아니지만
此友獨可尙	이 벗을 오직 존숭하였노라.
屬予剛制酒	나에게 술을 절제하라 부탁하니
無用酌杯盞	술잔을 가득 채우지 말아야지.
欲招千載魂	천 년 전의 혼을 부르고자 하니
斯文或宜當	이 글이 혹시나 마음에 들려나.

【주석】

潛魚願深眇 淵明無由逃 彭澤當此時 沈冥一世豪 : 『장자·경상초庚桑楚』에서 "새와 짐승은 높은 곳을 싫어하지 않고 물고기와 자라는 깊은 곳을 싫어하지 않는다. 이처럼 자신의 몸과 생명을 온전히 지키는 사람은 그의 몸을 숨길 때 깊고 먼 것을 싫어하지 않는다"라고 했다. 『시경·정월正月』에서 "물고기가 연못에 있지만 또한 즐겁지 못하네. 깊숙이 엎드려 있지만 또한 뚜렷하게 드러나 있네"라고 했는데, 정현鄭玄의 「전箋」에서는 "연못의 물고기가 즐기는 것은 참으로 즐기는 것이 아니오. 물고기가 연못에 잠겨 엎드려 있다고 해도 또한 도망갈 수 없으니 매우 환하게 드러나 쉽게 볼 수 있다. 이것은 당시 조정에 있던 현자들이 도가 행해지지 않아 즐거운 것이 없고, 벼슬에서 물러나 곤궁하게

살면서 또한 행할 것이 없는 것을 비유했다"라고 했다. 양웅楊雄은『법언法言』에서 "촉의 장莊, 엄군평은 침착하고 차분하다"라고 했다. 자경子京 송기宋祁는「구일식고九日食糕」에서 "한 시대 대시인이라 헛되이 자부했네"라고 했다.

莊子曰, 鳥獸不厭高, 魚鱉不厭深. 夫全其形生之人, 藏其身也, 不厭深渺而已矣. 正月詩曰, 魚在于沼, 亦匪克樂. 潛雖伏矣, 亦孔之炤. 箋云, 池魚之所樂, 而非能樂, 其潛伏于淵, 又不足以逃, 甚炤炤易見. 以喻時賢者在朝廷, 道不行, 無所樂, 退而窮處, 又無所施也. 揚子曰, 蜀莊沈冥. 宋子京詩云, 虛負詩中一世豪.

司馬寒如灰 禮樂卯金刀 : 사마씨司馬氏 왕조인 동진東晉 말기에 예악과 정벌 등 정치는 유유劉裕[32]로부터 나왔다. 문정공文正公 범중엄范仲淹의「적량공비狄梁公碑」에서 "무후의 포악함은 불과 같고, 당 왕실 이 씨의 미약함은 재와 같다"라고 했다.『한서漢書·왕망전王莽傳』에서 "대저 '유劉'자는 '묘卯'와 '금金'과 '도刀'가 합쳐진 것이다"라고 했다.

東晉司馬氏末年, 禮樂征伐自劉裕出. 范文正公作狄梁公碑云, 武暴如火, 李寒如灰. 漢書王莽傳曰, 夫劉之爲字, 卯金刀也,

---

32 유유(劉裕, 363~422) : 남조 송나라 초대 황제다. 3년간의 재위기간 중 관리의 기강을 바로잡고, 호족의 세력을 억제시켰으며, 국가기관을 간소화·정예화했다. 공으로 408년 양주자사 녹상서사에 임명되어 권력을 장악했다. 420년 동진 최후의 황제인 공제에게 제위를 이양 받고 국호를 송이라고 했다.

歲晚以字行 更始號元亮 淒其望諸葛 骯髒猶漢相 : 두보는 「만등양상당晚登瀼上堂」에서 "처량하게 여망과 제갈량을 고대하고"라고 했다. 『촉지蜀志』에서 "건안建安 25년, 한漢나라 황제가 시해를 당했다는 소식을 듣고 선주先主는 상례를 시작하고 상복을 입었다. 26년 4월, 황제의 자리에 올라 장무章武라 연호를 정하고 제갈량을 승상으로 삼았다"라고 했다. 『후한서·조일전趙壹傳』에서 "아첨꾼은 총애를 받아 북당으로 올라가고, 강직한 이는 초라하게 문간에 기대섰네"라고 했는데, 주注에서 "'항장抗髒'은 굳세고 강직한 모습이다"라고 했다.

老杜詩, 淒其望呂葛. 蜀志, 建安二十五年, 傳聞漢帝見害, 先主發喪制服. 二十六年四月, 卽皇帝位, 改元章武, 以諸葛亮爲丞相. 後漢趙壹傳曰, 伊優北堂上, 骯髒倚門邊. 注云, 骯髒, 高亢婞直之貌也.

時無益州牧 指揮用諸將 : '익주목益州牧'은 앞의 「영사정서중거詠史呈徐仲車」에 설명이 보인다. 즉 제갈량을 가리킨다. 두보는 「영회고적詠懷古跡」에서 "지시가 만약 실행되었다면 소하, 조참은 무색하리"라고 했다. '지휘指揮'라는 글자는 「진평전陳平傳」에서 나왔다.

益州牧見前注. 老杜詩, 指揮若定失蕭曹. 字出陳平傳.

平生本朝心 歲月閱江浪 : 『남사·도잠전陶潛傳』에서 "도연명은 증조가 진나라에 재상을 지냈으므로 후대에 자신을 굽힌 것에 대해 부끄럽게 여겼다. 송 무제武帝의 왕업이 점차로 이뤄지게 되자 다시 벼슬하지 않

았으며, 저술한 작품에 연월을 쓸 때 의희義熙 이전에는 진나라의 연호를 썼으나 영초永初 이후로는 다만 갑자만 썼을 뿐이다"라고 했다. 『한서』에서 "소망지蕭望之는 평소 본조本朝에 뜻을 두었다"라고 했다. 『문선』에 실린 문거文擧 공융孔融의 「논성효장서論盛孝章書」에서 "세월은 멈추지 않고 시간은 물처럼 흐른다"라고 했다.

南史陶潛傳曰, 自以曾祖晉世宰輔, 耻復屈身後代. 自宋武帝王業漸隆, 不復肯仕, 所著文章, 皆題其年月, 義熙以前明書晉氏年號, 自永初以來, 唯云甲子而已. 漢書, 蕭望之雅意本朝. 文選孔文擧論盛孝章書曰, 歲月不居, 時節如流.

空餘詩語工 落筆九天上 : 세상의 말이 아님을 이른다. 이백의 「첩박명妾薄命」에서 "말이 하늘에서 떨어지면 바람 따라 구슬이 생기네"라고 했으니, 이 구절은 자못 이백 시의 의미를 채택했다. 『손자孫子』에서 "공격을 잘하는 자는 하늘 위에서 움직인다"라고 했다.

謂非世間語也. 太白詩, 欬唾落九天, 隨風生珠玉. 此句頗采其意. 孫子曰, 善攻者動于九天之上.

向來非無人 此友獨可尚 : 『맹자』에서 "천하의 훌륭한 선비를 벗으로 삼는 것도 부족하다고 여겨 또다시 시대를 거슬러 올라가 옛사람을 논하며 그들의 시를 외고 그들의 글을 읽으면 그 사람을 모를 수가 있겠는가. 이로써 옛사람이 살았던 시대를 논할 수 있으니 이것이 바로 위로 옛사람을 벗하는 것이다"라고 했다.

孟子曰, 頌其詩, 讀其書, 不知其人, 可乎. 是以論其世也, 是尙友也.

屬予剛制酒 無用酌杯盞 : 『서경』에서 "하물며 네가 술을 엄격히 절제함에 있어서랴"라고 했다.

書曰, 矧汝剛制于酒.

欲招千載魂 斯文或宜當 : 『초사』에 송옥의 「초혼招魂」이 있다. 개보 왕안석의 「수왕첨숙봉사강남방다법이해견기酬王瞻叔奉使江南訪茶法利害見寄」에서 "광언이 어찌 이치에 맞으랴"라고 했다. 살펴보건대, 한유의 「악양루별두사직岳陽樓別竇司直」에서 "아아! 참으로 노둔하고 느리니, 다만 마땅함을 잃을까 두렵네"라고 했다.

楚辭宋玉有招魂賦. 王介甫詩曰, 狂言豈宜當. 按韓退之詩, 吁嗟苦駑緩, 但懼失宜當.

7. 산곡의 석우동에 쓰다[33]

題山谷石牛洞

석우동은 서주舒州의 삼조산三祖山에 있다. 황우皇祐 연간에 형공 왕안
석이 서주 통수通守가 되었는데, 일찍이 시를 지어 "계곡물 졸졸 북에서
흐르고, 산은 이어져 곁을 에워쌌네. 근원을 찾으러 올라갔지만 찾지
못하고, 마침내 넋 놓고 바라보며 부질없이 돌아오네"라고 했다. 그러
므로 산곡도 이를 본떠 시를 지었다.

石牛洞在舒州三祖山. 皇祐中, 王荊公通守舒州, 嘗題詩云, 水泠泠而北出,
山靡靡以旁圍. 欲窮源而不得, 竟悵望以空歸. 故山谷亦擬作.

司命無心播物	조물주는 무심하게 만물을 낳고
祖師有記傳衣	조사가 가사 전한 기록이 있네.
白雲橫而不度	흰구름은 골짝을 덮어 움직이지 않고
高鳥倦而猶飛	높은 새는 힘이 들어도 날아가네.

---

33 구본에 있는 「기이공택시(寄李公擇詩)」의 서문에서 "내가 태화(太和)의 읍재
가 되었는데 외숙인 이공탁이 회남서도형옥(淮南西道刑獄)에 다시 임명되어
동안(同安)에서 왔으니 이에 환구(皖口)에서 만났다. 비바람이 치는 가운데 열
흘을 머물렀다"라 하였다. 이 시는 아마도 이 때 지어진 것으로 보인다. 동안,
환성은 모두 서주(舒州)에 속한다. 석우동은 서주의 삼조산(三祖山) 산곡사(山
谷寺)에 있다. 노직이 일찍이 이곳에서 노닐며 즐겼기에 인하여 산곡도인이라
자호하였다.

司命無心播物 祖師有記傳衣 : 첨산灊山은 서주 회령현 북쪽에 있는데, 구천사명진군九天司命眞君의 사당이 있다. 산곡사山谷寺는 현의 서쪽에 있는데, 삼조승三祖僧 천대사璨大師의 부도탑이 있다. 『한서』에 실린 가의의 「복조부鵩鳥賦」에서 "조화가 고르게 만물을 낳음에 한없이 넓어 끝이 없네"라고 했다. 『전등록傳燈錄·달마전達磨傳』에서 "가사를 혜가慧可에게 주면서 "안으로 법인法印을 전하여 마음을 깨쳤음을 증명하고 겉으로 가사를 전하여 종지를 확정한다. 그대가 지금 이 옷을 받아두었다가 증명으로 삼으면 교화에 지장이 없을 것이라. 내가 열반에 들고 200년이 지난 뒤에 옷은 더 이상 전해지지 않더라도 법은 항하사에 두루 전해지리라"라고 했다"라고 했다.

灊山在舒州懷寧縣北, 有九天司命眞君祠. 山谷寺在縣西, 有三祖僧璨大師塔. 漢書賈誼賦曰, 大鈞播物, 坱北無垠. 傳燈錄達磨傳, 以袈裟授慧可曰, 內傳法印, 以契證心, 外付袈裟, 以定宗旨. 汝今受此衣, 用以表明其化無礙. 吾滅後二百年, 衣止不傳, 法周沙界.

白雲橫而不度 高鳥倦而猶飛 : 한유의 「좌천지남관시질손상左遷至藍關示姪孫湘」에서 "구름 덮은 진령에 서니 집은 어디쯤인가"라고 했다. 두보의 「강각대우유회江閣對雨有懷」에서 "비 들판에 내리다가 해가 나오고, 구름은 강으로 들었다가 산을 넘어가네"라고 했다. 『한서·한신전韓信傳』에서 "높이 나는 새를 다 잡으면 좋은 활은 버려진다"라고 했다. 도

연명의 「귀거래사龜去來辭」에서 "새들은 날기에 지쳐 둥지로 돌아오네"
라고 했다.

退之詩, 雲橫秦嶺家何在. 老杜詩, 野留行地日, 江入度山雲. 漢書韓信傳
曰, 高鳥書, 良弓藏. 淵明歸去來辭曰, 鳥倦飛而知還.

8. 첨봉각에 쓰다[34]

題灊峰閣

청봉각은 서주徐州 제형사提刑司에 있다.

閣在舒州提刑司.

徐老海棠巢上	서전 노인은 해당 위에 움막 짓고
王翁主簿峯菴	왕도인은 주부봉에 암자 지었어라.
梅醨[35]破顔氷雪	매화꽃은 빙설 속에 활짝 피고
綠叢不見黃甘	푸른 잎에 노란 밀감 보이지 않누나.

【주석】

徐老海棠巢上 : 원주元注에서 "서전徐佺이 도를 즐기며 약방에 은거했다. 집에 해당화 두어 그루가 있었는데 그 위에 움막을 짓고 때때로 손님과 그곳에서 술을 마셨다"라고 했다.

元注云, 徐佺[36]樂道, 隱于藥肆中. 家有海棠數株, 結巢其上, 時與客巢飮其間.

王翁主簿峯菴 : 원주에서 "왕도인王道人이 사방에서 참선하다가 주부

---

34 전편의 시에 차운하였다. 첨산 또한 서주에 있다. 시에 '매화꽃'이란 말이 있으니, 아마도 겨울 끝 무렵에 지은 것 같다.

35 [교감기] '梅醨'가 문집(文集)·장지본(蔣芝本)에는 '梅蘂'로 되어 있다.

36 [교감기] '佺'이 고본(庫本)에는 '陰'으로 되어 있다.

봉主簿峯 위에 집을 짓고 살았는데, 모인毛人이 그곳에 찾아와 도를 물었다"라고 했다.

元注云, 王道人參禪四方, 歸結屋于主簿峯上, 嘗有毛人至其間問道.

梅蘦破顔氷雪 綠叢不見黃甘 : 낙천 백거이의 「천한만기인주天寒晚起引酒」에서 "한 번 미친 노래 부르고 한 번 크게 웃네"라고 했다. 동파 소식의 「차운이공택매화次韻李公擇梅花」에서 "그 누가 떠돌이를 위로할까, 아름다운 꽃을 하늘이 길렀구나"라고 했다. 또한 「회공택懷公擇」에서 "나와 같은 집 살던 외숙, 벼슬살이하러 첨산에 사네. 나에게 세 치 밀감을 보내니, 그 빛에 앉은 자리 환하네"라고 했다. 이 당시 이공택은 회서의 헌사憲使가 되었는데, 치소가 서주에 있었다.

樂天詩, 一放狂歌一破顔. 東坡和李公擇梅花詩云, 何人慰流落, 嘉蘦天爲種. 又懷公擇詩云, 我有同舍郞, 官居在灊岳. 遺我三寸柑, 照坐光卓犖. 時公擇作淮西憲使, 治所在舒州.

9. 외숙 이공택의 시에 차운하다[37]

次韻公擇舅

昨夢黃粱半熟	간밤 꿈에 기장밥 반쯤 익었는데
立談白璧一雙	이야기 자리에서 흰 구슬 한 쌍을 받았네.
驚鹿要須野草	잘 놀라는 사슴은 들판 풀을 찾고
鳴鷗本願秋江	우는 갈매기는 가을 강으로 날아드네.

【주석】

昨夢黃粱半熟 立談白璧一雙 驚鹿要須野草 鳴鷗本願秋江 : '황량黃粱'에 대한 주는 앞의 「왕치천기득환도하王稚川旣得官都下」에 보인다. 『사기·우경전虞卿傳』에서 "우경이 조趙 효성왕孝成王에게 유세했다. 왕은 그를 한 번 보고서 황금 백일百鎰과 흰 구슬 한 쌍을 주었다"라고 했다. 당唐나라 사람 왕건王建의 6언시 「전원락田園樂」에서 "두 번째 알현으로 만호후에 봉해지고, 이야기 자리에서 구슬 한 쌍을 받았네"라고 했다. 혜강의 「절교서絶交書」에서 "새와 사슴은 무성한 풀에 마음을 둔다"라고 했다.

黃粱見前注. 史記虞卿傳曰, 說趙孝成王, 一見賜黃金百鎰白璧一雙. 唐人王建六言詩曰, 再見封侯萬戶, 立談賜璧一雙. 嵇康絶交書曰, 禽鹿志在豐草.

---

37 전편의 시에 차운하였다. 이상(李常)의 자는 공택이다.

10. 공상에서 연밥을 먹는데 감회가 일어[38]

贛上食蓮有感

蓮實大如指	연밥의 크기가 엄지손가락만 한데
分甘念母慈	나눠 맛나게 먹으며 자모를 생각하네.
共房頭饊饊	모든 씨방에는 씨알이 나란하니
更深兄弟思	더더욱 형제 생각이 나는구나.
實中有幺荷	열매 안에 작은 잎이 있는데
拳如小兒手	어린아이 손처럼 말려 있어라.
令我念衆雛	나에게 병아리들 생각게 하니
迎門索棃棗	문을 오가며 배와 대추 찾아다니네.
蓮心政自苦	연심은 참으로 절로 쓰니
食苦何能甘	쓴 걸 먹고 어찌 달다 하랴.
甘餐恐腊毒	단 음식은 독이 될까 두려운데
素食則懷慙	놀고먹으니 부끄러운 마음 이누나.
蓮生於[39]泥中	연은 진흙 속에서 자라나지만

---

38 이 작품부터 「증정교(贈鄭交)」까지는 원풍 4년 신유년부터 6년 계해년에 지어
    졌다. 산곡은 이 당시 태화에 모두 3년 있었는데, 원풍 계해년이 되어 덕주(德州)
    덕평진(德平鎭)으로 옮겨서 그곳을 감독하였다. 산곡은 「대고산(大孤山)」시를
    새기면서 "이 해 계해 12월에, 나는 태화에서 덕평으로 옮겨 왔다"라 하였다. 공
    상은 즉 건주(虔州)로 길주와 이웃하였으며, 강서(江西) 외대(外臺)가 있는 곳이
    다. 산곡이 아마도 아뢸 일이 있어서 이곳에 온 듯하다.

39 [교감기] '於'가 전본(殿本)에는 '淤'로 되어 있다.

不與泥同調	진흙과 성질이 같지 않네.
食蓮誰不甘	연을 먹으면 뉘가 맛나지 않으랴만
知味良獨少	그 맛을 아는 이 참으로 적구나.
吾家雙井塘[40]	우리 집에 두 연못 있어
十里秋風香	십 리에 가을바람 향기 전하네.
安得同袍[41]子	어찌 그대와 솜옷을 같이 하랴
歸製芙蓉裳	돌아가 부용으로 바지를 만들어야지.

【주석】

蓮實大如指 分甘念母慈 : 『이아爾雅』에서 "하荷는 부거芙蕖로 그 꽃은 함담菡萏이라 하며 그 열매는 연蓮이라 하며 그 뿌리는 우藕라 하며 그 안에 있는 것을 적的이라 하며 적 안에 있는 것을 억薏이라 한다"라고 했는데, 그 주에서 "연蓮을 방房이라 이르며, 적的은 연 안의 열매이다"라고 했다. 『시경·남산유대南山有臺』의 정현 소疏에서 육기의 『초목소草木疏』를 인용하여 이르기를, "호깨나무는 백양白楊과 비슷한데 열매가 나무 끝에 열리며 크기는 손가락만 하다"라고 했다. 이 구절의 '지指'자는 이 말을 차용했으니, 엄지손가락을 의미한다. 『당본초唐本草』에서 "단사가 그 다음 큰 것으로 엄지손가락만 하다"라고 했다. 『진서·왕희지전』에서 "여러 자식을 거느리고 어린 손자를 안고서 맛있는 음식이

---

40 [교감기] '井塘'이 명 대전본(大全本)에는 '井蓮'으로 되어 있다.
41 [교감기] '同袍'가 문집(文集)에는 '同裘'로, 고본(庫本)에는 '同懷'로 되어 있다.

조금이라도 생기면 나눠 먹으며 목전의 기쁨을 즐겼다”라고 했다. ○
‘염모念母’란 말은 『시경·위양渭陽』에 보인다.

爾雅, 荷, 芙渠, 其華菡萏, 其實蓮, 其根藕, 其中菂, 菂中薏. 注曰, 蓮謂房
也, 菂, 蓮中實也. 南山有臺詩疏引陸璣草木疏云, 枸樹似白楊, 有子著樹端,
大如指. 此借用其字. 詩意謂拇指也. 唐本草亦曰, 丹砂其次大者, 如拇指. 晉
書王羲之傳曰, 率諸子, 抱弱孫, 有一味之甘, 割而分之, 以娛目前. ○ 念母
字見詩渭陽.

共房頭䚦䚦 更深兄弟思 : 『왕자년습유기王子年拾遺記』에서 “서왕모가 목
천자를 보고 흰 연을 진상했는데, 한 방房에 씨가 백 개 들었다”라고 했
다. 『시경·무양無羊』에서 “(양이) 뿔을 사이좋게 맞대고 있네”라고 했는
데, 이 구절은 이 말을 차용했다.

王子年拾遺記曰, 西王母見穆天子, 進素蓮, 一房百子. 詩曰其角濈濈, 此
借用.

實中有幺荷 拳如小兒手 令我念衆雛 迎門索黎棗 : ‘요하幺荷’는 작은 잎
을 이른다. 이백의 「억추포도화구류憶秋浦桃花舊遊」에서 “새 움에 두어 줄
기 고사리”라고 했다. 『도경본초圖經本草』에서 “줄[菰]의 뿌리가 오래 묵
으면 중심에서 백대白薹가 나오는데 마치 어린아이 팔뚝 같다. 그것을
고수菰手라고 부른다”라고 했다. 이 구절은 자못 그 의미를 채택했다.
정평正平 예형禰衡의 「앵무부鸚鵡賦」에서 “알지 못하는 여러 병아리 불쌍

하구나"라고 했다. 도연명의 「귀거래사」에서 "어린아이가 문에서 맞이하고"라고 했다. 또한 「책자責子」에서 "통이란 놈은 아홉 살이 되었어도, 다만 배와 밤만 찾는구나"라고 했다. ○ 산곡의 「관화觀化」 제1수에서 "고사리가 이미 어린이 주먹만 하네"라고 했는데, 장각張閣이 보고서 "이는 인내하는 사람이다"라고 했다. 당시 장각은 하내의 추관推官으로 통판 갈번葛繁과 함께 나물을 먹으며 경전에 통달했으므로 이런 말을 했다. 왕직방王直方이 이르기를 "산곡은 또한 이 시에서 "작은 잎이 어린아이 손처럼 말려 있네"라고 했으니, 두 시에서 구사한 것은 모두 오묘함이 있다"라고 했다.

幺荷謂小葉. 太白詩曰, 初拳幾枝蕨. 圖經本草曰, 菰根歲久者, 中心生白臺, 如小兒臂, 謂之菰手. 此句頗采其意. 禰正平鸚鵡賦曰, 愍衆雛之無知. 淵明歸去來辭曰, 稚子候門. 又責子詩曰, 通子垂九齡, 但覓梨與栗. ○ 公詩[42]有蕨芽已作小兒拳之句, 張閣見之云, 此忍人也. 時閣爲河內推官, 與通判葛繁, 皆蔬食誦經, 故有此語. 王直方云, 今此亦云幺荷拳如小兒手, 兩用皆有妙處.

蓮心政自苦 食苦何能甘 甘餐恐臘毒 素食則懷慙 : 『이아』에서 "'적的' 안에 '억薏'이 있다"라고 했는데, 주에서 "속은 쓴맛이 난다"라고 했다. 육기陸機의 『초목소草木疏』에서 "세속에 "쓰기가 억薏과 같다"는 말이 있다"라고 했으니, 시어의 의미가 이를 가리킨다. 『진서・사안전謝安傳』에서 "환온이 웃으면서 "참으로 절로 그렇지 않을 수 없겠소""라고 했다.

---

42 [교감기] 원본(元本)에는 '공시(公詩)' 앞에 '증주(增注)' 두 글자가 있다.

『국어』에서 "맛있는 음식은 실로 독이 들어있다"라고 했다. 『시경·벌단伐檀』에서 "일하지 않고는 먹지 않네"라고 했다.

爾雅, 芍中薏. 注曰, 中心苦. 陸璣草木疏曰, 里語云苦如薏, 是也. 晉書謝安傳曰, 正自不能爾耳. 又國語曰, 厚味實腊毒. 伐檀詩曰, 不素食兮.

蓮生淤泥中 不與泥同調 : 『유마경維摩經』에서 "비유컨대 높은 땅 육지에서는 연꽃이 자라지 않고, 습기 진 진흙에서 이 꽃이 피는 것과 같다"라 하였다. 『문선』에 실린 사령운 「칠리뢰七里瀨」에서 "시대가 달라도 지향은 같다네"라고 했다.

維摩經曰, 譬如高原陸地, 不生蓮花. 卑濕淤泥, 乃生此花. 選詩曰, 異代可同調.

食蓮誰不甘 知味良獨少 : 『중용』에서 "음식을 먹지 않은 사람은 없지만 그 맛을 아는 자는 드물다"라고 했다. 『진서』에서 "「환이가桓伊歌」에서 "신하되기도 참으로 어렵네"라고 했다"라고 했다.

中庸曰, 人莫不飮食也, 鮮能知味也. 晉書, 桓伊歌曰, 爲臣良獨難.

吾家雙井塘 十里秋風香 安得同袍子 歸製芙蓉裳 : '쌍정雙井'은 홍주洪州의 분녕현分寧縣에 있다. 『시경·무의無衣』에서 "어찌 그대 옷이 없다고 그대와 함께 군복을 입으리오"라고 했다. 이 구절은 이 의미를 차용했다. 개보 왕안석의 「화유수노和兪秀老」에서 또한 "나의 푸른 패옥을 풀

고 맹노 보검 벗어서, 만년에 그대와 군복을 함께 하리라"라고 했다.
『이소離騷』에서 "마름과 연으로 옷을 지어 저고리를 만들며, 부용을 모
아 치마를 만드네"라고 했다.

　雙井在洪州分寧縣. 詩曰, 豈曰無衣, 與子同袍. 此借用. 王介甫和俞秀老
詩亦曰, 解我苾珩脫孟勞, 暮年甘與子同袍. 離騷曰, 製芰荷以爲衣, 集芙蓉以
爲裳.

11. 가을날 생각이 일어 자유子由 소철蘇轍에게 보내다[43]

秋思寄子由[44]

黃落山川知晚秋	산천에 누런 잎 지니 늦가을이 왔는데
小蟲催女獻功裘	작은 곤충 갖옷 만드는 아낙 재촉하네.
老松閱世臥雲壑	오랜 세월 노송은 구름 골짜기에 누워 있는데
挽著滄江無萬牛	창강으로 끌고 갈 만 마리 소가 없구나.

【주석】

黃落山川知晚秋　小蟲催女獻功裘 : 『예기·월령』에서 "초목이 누렇게 떨어진다"라고 했다. 『춘추고이우春秋考異郵』에서 "입추에 귀뚜라미[促織]가 운다"라고 했는데, 송균宋均의 주에서 "촉직趣織은 귀뚜라미이다. 입추에 베 짜는 여자들의 일이 다급하기 때문에 재촉한다"라고 했다. 『주례·사구司裘』에서 "늦가을에 갖옷을 바친다"라고 했는데, 정현의 주에서 "사람이 정미하고 거센 것을 다루어 만드니 즉 여우 털이나 사슴 가죽 같은 종류를 이른다"라고 했다.

禮記月令曰, 草木黃落. 春秋考異郵曰, 立秋促織鳴. 宋均注曰, 趣織, 蟋蟀

43　이 당시 소황문(蘇黃門)은 좌천되어 균주(筠州)의 염주세(鹽酒稅)를 감독하였다. 균주와 길주는 모두 강서에 있다. 산곡이 일찍이 「여소황문서(與蘇黃門書)」에서 "아주 남쪽 고을의 수령이 되었는데, 다행히도 집사께서 이웃 고을에 계십니다"라 하였으며, 또한 "고안(高安)으로 가게 되면 반드시 문안을 여쭙겠습니다"라 하였다. 고안은 즉 균주로 황문의 이름은 철(轍)이며 자는 자유(子由)이다.

44　[교감기] 이 시 또한 『동파속집(東坡續集)』권2「절구(絕句)」에 보인다.

也, 立秋女功急, 故趣之. 周禮司裘, 季秋獻功裘. 注云, 人功微鼺, 謂狐青麑裘之屬.

老松閱世臥雲壑 挽著滄江無萬牛 : 두보의 「해민解悶」 제12수에서 "구름 골짜기의 포의는 복어 등 무늬로 늙어 죽는데"라고 했다. 또한 「고백행古柏行」에서 "큰 집 기울어 들보와 용마루 필요하여도, 만 마리 소가 산처럼 무거워 고개 돌리리라"라고 했다.

老杜詩, 雲壑布衣鮐背死. 又古相行, 大廈如傾要梁棟, 萬牛回首丘山重.

12. 이차옹에게 이별하며 주다[45]

贈別李次翁[46]

利欲薰心	이욕이 마음을 달궈
隨人翕張	사람 따라서 추이 정하네.
國好駿馬	나라에서 준마를 좋아하면
盡爲王良	모두 왕량이 되누나.
不有德人	덕스런 사람이 있지 않으니
俗無津梁	세속엔 구제할 다리가 없구나.
德人天遊	덕스런 사람은 하늘에서 노니니
秋月寒江	차가운 강에 가을 달빛 같네.
映徹萬物	만물을 밝게 비추며
玲瓏八[47]窗	여덟 창에 영롱하네.
于愛欲泥	사랑하기에 감춰두고 싶으니
如蓮生塘	못에 자라는 연꽃처럼.
處水超然	물에 있어도 초탈하여
出泥而香	진흙탕에서 자라 향기롭네.
孔竅穿穴	크게 뚫린 구멍에

---

45 장자회 가본에 따라 이곳에 편차하였다.
46 [교감기] 문집(文集)·고본(庫本)에는 시 제목아래 '四言'이라는 원주가 있다.
47 [교감기] '八'이 문집(文集)·고본(庫本)에는 '六'으로 되어 있고 전본(殿本)에는
    '入'으로 되어 있다.

明氷其相	자질은 밝은 얼음 같네.
維乃根華	저 뿌리와 꽃은
其本含光	본래 빛을 머금었네.
大雅次翁	너무도 고아한 차옹이여
用心不忘	마음 씀씀이 잊지 않았구나.
日問月學	날로 달로 학문을 하되
旅人念鄕	나그네로 고향을 생각하네.
能如斯蓮	능히 이 연과 같으니
汔⁴⁸可小康	이제 조금 편안할 수 있네.
在俗行李	속세의 나그네가 되었으나
密密堂堂	정정당당하게 행동하여라.
觀物慈哀	사물을 자애와 애틋함으로 바라보고
涖民愛⁴⁹莊	백성은 사랑과 장엄함으로 대하네.
成功萬年	만년토록 성공하려면
付之面牆	면벽하듯 해야 하지.
草衣石質	풀 옷에 바위 같은 자세로
與世低昂	세상과 함께해야 하네.

---

48 [교감기] '汔'이 원본(原本)에는 '訖'로 되어 있다. 여기서는 문집(文集)·원본(元本)·전본(殿本)을 따른다.

49 [교감기] '愛'가 문집(文集)에는 '慶'으로 되어 있다.

【주석】

利欲薰心 隨人翕張 國好駿馬 盡爲王良 : 한유의 「송고한서送高閑書」에서 "이로움과 욕심이 다투어 나아감에 얻는 것도 있고 잃는 것도 있는데"라고 했다. 『주역·간괘艮卦』의 구삼九三에서 "허리에서 멈추어 상체와 하체의 연결을 끊으니 그 위험이 마음을 태우는 듯하다"라고 했다. 『노자』에서 "장차 펼치려고 한다면 반드시 잠시 움츠리게 한다"라고 했다. '盡爲王良'은 즉 유속이 세상에서 좋아하는 것을 좇나니 우뚝 서서 홀로 행할 수 없다는 말이다.

韓退之送高閑序曰, 利欲鬭進, 有得有喪. 易艮之九三曰, 艮其限, 列其夤, 厲薰心. 老子曰, 將欲張之, 必固翕之. 盡爲王良, 言流俗之隨逐世好, 不能特立獨行也.

不有德人 俗無津梁 : 『장자』에서 "원풍苑風이 "원컨대 덕스런 사람에 대해 듣고 싶습니다""라고 했다. 장담張湛이 『열자列子』에 주를 내면서 "으뜸가는 도를 체득하여 세상의 다리가 되라"라고 했다. 문통文通 강엄江淹의 「잡체시雜體詩」에서 "도를 잃은 지 천 년이 지났으니, 찾아갈 다리를 누가 알랴"라고 했다. 『세설신어』에서 "유량庾亮이 일찍이 불사佛寺에 들어갔다가 누워 있는 부처를 보고 "이분은 세상의 대중을 구제하느라 피곤하다"라고 했다. 이에 당시 사람들이 명언이라고 했다"라고 했다.

莊子, 苑風曰, 願聞德人. 張湛注列子曰, 體道窮宗, 爲世津梁. 江文通詩曰,

道喪涉千載, 津梁誰能了. 世說, 庾亮嘗入佛寺, 見臥佛曰, 此子疲于津梁. 于
時以爲名言.

德人天遊 秋月寒江 :『장자』에서 "하늘이 뚫어준 것은 주야로 그침이
없는데 사람이 그 구멍을 막아버린다. 피부 안에 여러 겹의 공간이 있
고 마음속에는 자연의 도가 노닐 곳이 있다. 방 안에 빈 공간이 없으면
며느리와 시모가 다투게 되고 마음속에 자연의 도가 노닐 곳이 없으면
육정六情이 서로 어지럽힌다"라고 했다. 한산선사寒山禪師의 「시삼백삼
수詩三百三首」에서 "내 마음은 가을 달과 같아, 푸른 못에 희고 맑게 비추
네"라고 했다.

莊子曰, 天之穿之, 日夜無降, 人則顧塞其竇. 胞有重閬, 心有天遊, 室無空虛,
則婦姑勃磎, 心無天遊, 則六鑿相攘. 寒山子詩曰, 吾心似秋月, 碧潭淸皎潔.

徹萬物 玲瓏八窻 : 말하자면 마음의 허명虛明함이 이와 같다는 의미이
다. 운서韻書에서 "'영롱玲瓏'은 밝은 모양이다"라고 했다. 『예기・명당
위明堂位』의 소疏에서 『효경원신계』를 인용하면서 "명당은 창이 여덟
개며 문이 4개이다"라고 했다.

言心之虛明如此. 韻書曰, 玲瓏, 明貌. 禮記明堂位疏引孝經援神契曰, 明
堂八窻四達.

于愛欲泥 如蓮生塘 處水超然 出泥而香 孔竅穿穴 明冰其相 維乃根華 其

本含光 : 『원각경圓覺經』에서 "애욕이 원인이 되고 생명을 아낌이 그 결과이다"라고 했다. 『유마경』에서 "처첩과 시녀를 거느림을 보이되 항상 오욕의 진흙탕에서 멀리 떠난다"라고 했다. 또 말하기를, "비유컨대 높은 땅 육지에서는 연꽃이 자라지 않고, 낮고 습한 진흙땅이라야 비로소 이 꽃이 자라는 것과 같다"라고 했다. 『초일경超日經』에서 "세간에 머무르되 허공과 같으니, 연꽃이 물에 닿지 않음과 같아서 마음이 청정하여 세간을 뛰어넘는다"라고 했다. 『시경』에서 "금과 옥이 그 바탕이라네"라고 했는데, 주에서 "'상相'은 바탕이다"라고 했다. '규竅', '혈穴', '빙冰', '상相'은 모두 연[藕]을 이른다. 『문선』에 실린 자옥子玉 최원崔瑗의 「좌우명座右銘」에서 "물들여도 검게 되지 않아 귀하니, 어둠 속에서도 빛을 머금었도다"라고 했다.

圓覺經曰, 愛欲爲因, 愛命爲果. 維摩經曰, 示有妻妾婇女, 而常樂[50]遠離五欲淤泥. 又曰, 譬如高原陸地, 不生蓮花. 卑濕淤泥, 乃生此花. 超日經曰, 如蓮華, 不著水, 心淸淨, 超于彼. 詩曰, 金玉其相. 注云, 相, 質也. 竅穴冰相, 皆謂藕. 文選崔子玉座右銘曰, 在涅貴不淄, 曖曖內含光.

大雅次翁 用心不忘 日問月學 旅人念鄕 能如斯蓮 汔可小康 : 『한서·하간헌왕찬河間獻王贊』에서 "대단히 고아하니 무리보다 우뚝하네"라고 했다. 『맹자』에서 "반드시 그 일을 하고 미리 기대하지 말되 마음으로는 잊지 말고 조장하지 말아야 한다"라고 했다. '旅人念鄕'은 즉 잊지 않는

---

50 중화서국본에는 '樂'자가 있으나 원각경의 원문에는 樂자가 없다.

다는 말이니, 종의鍾儀[51]나 장석莊舃[52] 같은 이들이다. 『시경』에서 "조금 편안하게 해야 할 터이니"라고 했는데, 이 구절에서 차용했으니 즉 조금 편안히 거처할 수 있음을 말한다.

漢書河間獻王贊曰, 夫惟大雅, 卓爾不羣. 孟子曰, 必有事焉而勿正, 心勿忘, 勿助長也. 旅人念鄉, 言不忘也. 如鍾儀莊舃之類, 是已. 詩曰汔可小康. 比[53]借用, 言僅可以居安耳.

在俗行李 密密堂堂 : 당나라에 「밀밀당당密密堂堂」이란 민요가 있었으니, 이 구절은 그 내용을 차용했다. 『전등록』에 "탄연이 혜안국사에게 "어떤 것이 자기의 뜻입니까"라 묻자, 국사가 "마땅히 비밀스런 작용을 살펴야 한다"라 대답했다"라고 했다. 또한 "지공화상誌公和尙의 「불이송不二頌」에서 "대장부는 당당하게 움직이니, 노니는 것이 자유롭고

---

51 종의(鍾儀) : 춘추시대 초나라 사람이다. 진(晉)나라 군대와 싸우다가 포로로 잡혀 군중에 감금되었다. 군중을 순시하던 당시 진나라 군주인 경공(景公)이 창고에 갇힌 남방의 모자를 쓴 종의를 보고 누구냐고 물었다. 시종이 종의는 초나라 포로인데 악사(樂師)라고 고했다. 경공이 종의에게 거문고를 내주며 노래 한 곡을 연주하라고 명하자 그는 초나라의 노래를 연주하여 조국 초나라를 잊지 못하는 마음을 표현했다.

52 장석(莊舃) : 춘추시대 때 월나라의 평민 출신으로 초나라로 들어가 높은 관직을 지냈다. 한 번은 그가 병이 들자 초왕이 신하들에게 "장석은 월나라에서 빈궁하게 지내던 사람이었는데 지금은 초나라에서 고귀한 신분이 되었다. 지금도 그가 월나라를 그리워하겠는가?"라고 말하면서 시종을 시켜 그가 어떻게 지내고 있는지 살펴보게 했다. 시종이 돌아와 장석은 병상에서도 월나라 노래를 흥얼거리고 있음을 고했다.

53 중화서국본에는 '比'로 되어 있으나 '此'의 오기이다.

걸림이 없네"'라고 했다. 『좌전』에서 "여행객이 오가는데 그들이 곤핍한 것을 이바지했다"라고 했다.

唐有密密堂堂之謠, 此借用. 傳燈錄, 坦然問慧安國師曰, 如何是自己意. 師曰, 當觀密作用. 又誌公頌曰, 丈夫運用堂堂, 逍遙自在無妨. 左傳, 行李之往來, 供其乏困.[54]

觀物慈哀 涖民愛莊 : 『노논魯論』에서 "백성들을 장엄함으로 상대하면 그들이 공경하게 된다"라고 했다. 또 이르기를 "장엄함으로 임하지 않으면 백성들이 공경하지 않는다"라고 했다.

魯論曰, 臨之以莊則敬. 又云, 不莊以涖之, 則民不敬.[55]

成功萬年 付之面牆 草衣石質 與世低昂 : 원대한 사업을 이루려면 마땅히 달마가 소림사에서 9년 동안 면벽한 것처럼 하여 자신에게서 도를 구하여야 한다. 비록 풀로 옷을 만들어 입고 나무뿌리를 먹더라도 자신의 마음을 철과 바위처럼 단단하게 만들어야 한다. 그러나 세상을 버리지 않고 세상과 함께 숨을 쉬면서 에오라지 그 조류에 동행해야 한다. 당나라 황벽선사黃蘗禪師의 『전심법요傳心法要』에서 "부지런히 고통스럽게 수행하여 풀로 옷을 만들어 입고 나무뿌리를 먹어야 한다"라고 했다. 또한 권덕여權德興는 「초의선사연좌기草衣禪師宴坐記」를 지었다.

---

54 [교감기] '左傳' 이하는 원본(元本)에는 없다.
55 [교감기] '又云' 이하는 원본(元本)에는 없다.

『한서』에서 "사마천의 편지에서 "그러므로 잠시 시속을 좇아 부침하고 시세에 따라 처신했다""라고 했다. 『초사』에서 "말에 멍에 매어 낮고 높게 달리고"라고 했다.

欲成遠大事業, 當如少林之面壁, 自求巳事也. 雖草衣木食, 鐵石其心, 然未嘗違世, 亦與之俯仰, 聊同其波耳. 唐黃蘗禪師傳心法要曰, 勤苦修行, 草衣木食. 又權德輿有草衣禪師宴坐記. 漢書, 司馬遷書曰, 故且從俗浮沈, 與時俯仰. 楚辭曰, 服偃蹇以低昻.

13. 연아체[56]로 짓다[57]

演雅

桑蠶作繭自纏裹	누에는 고치를 만들어 자신을 감싸고
蛛蝥結網工遮邏	거미는 그물을 엮어서 벌레를 잡네.
燕無居舍經始忙	제비는 둥지 없어 짓느라 바삐 날고
蝶爲風光勾引破	나비는 풍광이 좋아 먹이를 잡지 않네.
老鶴銜石宿水飮	늙은 두루미가 돌을 물고 자맥질해 마시고
稺蜂趨衙供蜜課	어린 벌이 여왕벌 호위하며 꿀을 바치네.
鵲傳吉語安得閒	까치는 좋은 소식 전하니 어찌 한가하리오
雞催晨興不敢臥	닭은 새벽에 일어나라 재촉하느라 잠들지 못하네.
氣陵千里蠅附驥	천리마에 붙은 쇠파리 기세는 천 리를 달리고
枉過一生蟻旋磨	맷돌을 도는 개미는 일생을 헛되이 보내네.
蝨聞湯沸尙血食	이는 목욕물이 끓어도 여전히 피를 빨고
雀喜宮成自相賀	참새는 집 지어져 기뻐 서로 축하하네.
晴天振羽樂蜉蝣	맑은 하늘에 날갯짓하며 즐거운 하루살이

---

56 연아체 : 각 구마다 동물의 이름을 한 가지 이상 넣어 짓는 시체(詩體)를 말한다.
57 마지막 구에서 "강남 들판의 물은 하늘보다 푸른데, 그 가운데 흰 갈매기는 나처럼 한가롭네[江南野水碧於天 中有白鷗閑似我]"라 하였는데, 아마도 태화에 있을 때 지은 것 같다. 산방(山房) 계적(季敵) 이동(李彤)은 "이 작품은 산곡이 만년에 지워 없애버렸다"라고 하였다. 이동은 산곡 첫째 외삼촌의 아들이다.

空穴祝兒成蝶蠃[58]	빈 나무구멍에 애벌레 길러 나나니로 만드네.
蛞蜣轉丸賤蘇合	쇠똥구리 쇠똥 굴리며 소합향을 천하게 여기고
飛蛾赴燭甘死禍	나방은 촛불로 날라와 기꺼이 죽는구나.
井邊蠹李蠐苦肥	우물가 오얏 파먹은 굼벵이 한창 살 오르고
枝頭飮露蟬常餓	가지 끝에서 이슬 마시는 매미는 늘 굶주리네.
天螻伏隙錄人語	땅강아지는 구멍에 숨어서 사람 말을 기록하고
射工含沙須影過	물여우는 모래 머금어 지나는 사람 맞추네.
訓狐啄屋眞行怪	올빼미 지붕을 쪼아대니 행실이 괴이하고
蟏蛸報喜太多可	납거미 기쁜 일 전하니 대단히 좋구나.
鸕鶿密伺魚鰕便	가마우지는 물고기, 새우의 동정 은밀히 살피고
白鷺不禁塵土涴	백로는 흙먼지에 더러워짐을 참지 못하네.
絡緯何嘗省機織	귀뚜라미 어찌 베 짜는 일 잊으리오
布穀未應勤種播	뻐꾸기는 아직 파종을 권하지 않네.
五技鼫鼠笑鳩拙	다섯 재주의 다람쥐가 못난 비둘기 비웃고
百足馬蚿憐蟼跛	발 많은 노래기가 절름발이 자라 가엽다 하네.
老蚌胎中珠是賊	늙은 조개 뱃속의 진주는 자신을 해치고
醯雞甕裏天幾大	초파리에게 독 속의 하늘은 얼마나 클까.
螳蜋當轍恃長臂	사마귀는 긴 팔을 믿고 수레바퀴에 대항하고
熠燿宵行矜火照	반딧불이 밤에 다니며 밝게 비춘다 자랑하네.

---

58 [교감기] '蠃'가 원본(原本)에는 '贏'로 되어 있다. 여기서는 문집(文集)·전본(殿本)을 따른다.

提壺猶能勸沽酒	직박구리는 그래도 좋은 술 권할 줄 아는데
黃口只知貪飯顆	노란 부리 참새는 낱알 먹기에 바쁘네.
伯勞饒舌世不問	까치는 시끄럽게 지저귀어도 세상은 무심하고
鸚鵡纔言便關鎖	앵무새는 겨우 말하는데 새장에 갇혔네.
春蛙夏蜩更嘈雜	봄 개구리 여름 스르라미는 더욱 시끄럽고
土蚓壁蟫何碎瑣	지렁이와 좀은 어찌 그리 보잘것없는가.
江南野水碧於天	강남 들판의 물은 하늘보다 푸른데
中有白⁵⁹鷗閑似我	그 가운데 흰 갈매기는 나처럼 한가롭네.

【주석】

桑蠶作繭自纏裹 蛛螯結網工遮邏 : 백거이의 「강주부충주지강릉운운江
州赴忠州至江陵云云」이란 작품에서 "촛불의 나방을 누가 구하랴, 누에고치
스스로 실로 감쌌네"라고 했다. 『여씨춘추』에서 "탕 임금이 기도를 고
치게 하기를 "옛날 거미가 세 면面은 놔두고 한 면만 그물을 쳤으니 지
금 사람들은 그 느슨함을 배워야 한다""라고 했다. 『부자符子』에서 "공
자 중이重耳 대택大澤가에서 노닐다가 거미가 그물을 쳐서 벌레를 잡아
먹는 것을 보았다. 구범舅犯을 돌아보면서 "이 벌레는 지혜가 박하나 오
히려 그 지혜를 쓸 줄 안다""라고 했다.

樂天詩, 燭蛾誰救護, 蠶繭自纏縈. 呂氏春秋, 湯祝網曰, 蛛螯作網, 令⁶⁰人

---

59   [교감기] '白'이 문집(文集)·고본(庫本)에는 '狎'으로 되어 있다.
60   令 : 중화서국본에는 '슈'으로 되어 있으나 '슥'자의 오자이다.

學之. 符子曰, 公子重耳遊大澤之中, 見蜘蛛布網, 曳蠅執豸而食之. 顧舅犯曰, 此蟲也, 德[61]薄矣, 而猶役其智云云.

燕無居舍經始忙 蝶爲風光勾引破 : 『시경』에서 "일을 시작하되 빨리하지 마라"라고 했다. 두보의 「곡강曲江」 제2수에서 "봄 경치여, 우리 모두 어울려"라고 했으며, 또한 「낙화洛花」에서 "꽃 그림자 푸른 물에 은근히 잠기니"라고 했다. 백거이의 「류柳」에서 "봄바람에 살랑대니 정취가 끝이 없네"라고 했다.

詩曰, 經始勿亟. 老杜詩, 傳語風光共流轉. 又落花詩云, 影遭碧水潛勾引. 樂天柳詩, 勾引春風無限情.

老鸛銜石宿水飮 穉蜂趨衙供蜜課 : 사마상여의 「상림부上林賦」에서 "두 마리 두루미 내려앉네[雙鸛下]"라고 했는데, 주에서 "'청鶬'은 두루미[鴰]이다"라고 했다. 성유 매요신의 시에서 "서쪽 연못의 늙은 대머리 두루미에 비할 수 없네"라고 했다. 『수훤록樹萱錄』에서 "두어 마리의 새가 산속의 돌조각을 물고 나뭇가지에 앉았다가 조금 후에 다시 물속으로 들어가며, 또다시 서너 마리의 새가 돌을 물고 나무로 날아오르는 것을 일찍이 보았다. 처사 양존소楊存素가 "이 두루미는 알을 품고 있는데, 그 몸이 차고 습하기에 독이 있는 돌을 취한다""라고 했다. 살펴보건대, 『박물지』에서 "두루미는 물새이다. 알을 품을 때 알이 차갑기 때문

---

61   德 : 중화서국본에는 '德'으로 되어 있으나 '智'자의 오자이다.

에 포란이 되지 않는다. 그러므로 독이 있는 돌을 가져다가 알 주위를 감싸서 따뜻하게 한다"라고 했다. 도은거가 주를 낸 『본초강목·여석礜石』조에서 또한 위 내용을 인용했다. 또 살펴보건대, 진장기陳藏器의 『본초습유本草拾遺』에서 "두루미는 둥지 안에 진흙으로 작은 못을 만들어 물을 머금어 그 안을 채운다. 물고기와 뱀을 그 안에 길러 새끼에게 먹인다"라고 했다. 산곡이 늙은 두루미라 한 이유를 알지 못하겠다. 『비아埤雅』에서 "벌이 여왕벌을 양쪽에서 감싸면 바닷물이 불어날 징조이다"라고 했다. 『당서·식화지』에서 "백성 가운데 세금을 낼 자를 과호課戶라고 불렀다"라고 했다.

司馬相如上林賦曰, 雙鶬下. 注云, 鶬, 鴰也. 梅聖俞詩, 不比西池老頳鶬. 樹萱錄曰, 嘗見數鳥, 銜山間碎石, 登于樹杪, 俄復入水. 又銜石登樹者數四. 處士楊存素曰, 是鸛伏卵, 多入水, 其體冷濕, 還取礜石耳. 按博物志云, 鸛, 水鳥也. 伏卵時, 卵冷則不沸, 取礜石, 用繞卵, 以助燥氣. 陶隱居注本草礜石條, 亦引此說. 又按, 陳藏器本草拾遺云, 鶴巢中以泥爲池, 含水滿池中, 養魚及蛇, 以哺其子. 山谷以爲老鶴, 未喻. 埤雅曰, 蜂有兩衙應潮. 唐書食貨志曰, 主戶內有課口者爲課戶.

鵲傳吉語安得閑 雞催晨興不敢臥 : 육가陸賈의 『신어新語』에서 "까치가 요란하게 울면 먼 길 나선 손님이 온다"라고 했다. 『한서·진탕전陳湯傳』에서 "5일이 지나지 않아 마땅히 좋은 소식이 들릴 것이다"라고 했다. 『적곡지炙轂子』에서 "닭은 달리 사신司晨이라 한다"라고 했다.

陸賈新語曰, 乾鵲噪而行人至. 漢書陳湯傳曰, 不出五日, 當有吉語聞. 炙轂子云, 雞一名司晨.

氣陵千里蠅付驥 枉過一生蟻旋磨：『후한서』에서 "쇠파리는 날아도 10보를 넘지 않는다. 그러나 만약 천리마 꼬리에 붙으면 하루에 천 리를 간다"라고 했다. 『진서 · 천문지』에서 "주비가周髀家가 이르기를 "비유하자면 개미가 맷돌 위를 다닐 때 맷돌이 왼쪽으로 돌고 있는데 개미가 오른쪽으로 가면, 맷돌은 빨리 돌고 개미는 느리기 때문에 어쩔 수 없이 맷돌을 따라 왼쪽으로 돈다""라고 했다.

後漢書曰, 蒼蠅之飛, 不過十步, 若附驥尾, 日馳千里. 晉書天文志, 周髀家云, 譬之于蟻行磨石之上, 磨左旋而蟻右去, 磨疾而蟻遲, 故不得不隨磨而左迴焉.

蝨聞湯沸尙血食 雀喜宮成自相賀：『회남자』에서 "목욕 준비가 마치자 서캐와 이가 서로 애도하고 집을 크게 지으면 제비와 참새가 서로 축하한다"라고 했다.

淮南子曰, 湯沐具而蟣蝨相弔, 大廈成而燕雀相賀.

晴天振羽樂蜉蝣 空穴祝兒成蝶蠃：『시경 · 부유蜉蝣』에서 "하루살이의 깃이여, 의상이 화려하네"라고 했는데, 주에서 "부유蜉蝣는 하루살이[渠略]이다. 아침에 태어나 저녁에 죽는다"라고 했다. 『시경 · 칠월』에서 "6

월에는 귀뚜라미가 날개를 떨쳐서 울고"라고 했다. 『법언』에서 "뽕나무벌레의 애벌레가 쓰러져서 나나니벌을 만나니, 나나니벌이 빌기를 "나를 닮아라, 나를 닮아라"라 하니, 오래되어 닮게 되었다"라고 했는데, 주에서 "명령螟蛉은 벌레이다. 과라蜾蠃는 나나니벌[蒲盧]이다. 뽕나무벌레의 애벌레가 막 태어나면 나나니벌이 텅 빈 나무속으로 가져다 기르는데 7일 동안 빌면 나나니벌로 변한다. 그러면 그것을 자기 새끼로 여긴다"라고 했다.

蜉蝣詩曰, 蜉蝣之羽, 衣裳楚楚. 注, 蜉蝣, 渠略也, 朝生夕死. 七月詩曰, 六月莎雞振羽. 法言曰, 螟蛉之子殪而逢蜾蠃, 祝之曰, 類我, 類我. 久則肖之矣. 注謂, 螟蛉, 蟲也. 蜾蠃, 蒲盧也. 桑蟲子始生, 而蒲盧取之于木空中, 七日祝而化之, 以變爲己子.

蛣蜣轉丸賤蘇合 飛蛾赴燭甘死禍 : 『장자·제물론』의 주에서 "쇠똥구리의 지혜는 똥을 둥그렇게 말아 굴리는 데 있는데, 말똥구리를 비웃는 자들은 소합향蘇合香으로 귀하다고 여긴다"라고 했다. 살펴보건대, 『이아』에서 "길강蛣蜣은 쇠똥구리[蜣蜋]이다"라고 했다. 『남사·부량전傳亮傳』에서 "궁궐에서 숙직하다가 밤나방이 촛불에 날아드는 것을 보고 「감물부感物賦」를 지어 자신의 생각을 붙였다"라고 했다.

莊子齊物論注曰, 蛣蜣之智, 在于轉丸, 而笑蛣蜣者, 乃以蘇合爲貴. 按爾雅, 蛣蜣, 蜣蜋也. 南史傅亮傳, 直宿禁中, 覩夜蛾赴燭, 作感物賦以寄意.

井邊蠹李螬苦肥 枝頭飲露蟬常餓 : 『맹자』에서 "우물가에 오얏이 있었는데, 굼벵이가 열매를 반 이상 먹었다"라고 했다. 서광徐光의 『잡주雜注』에서 "근신은 초선관貂蟬官을 쓰는데, 이슬만 마시고 다른 것은 먹지 않는 의미를 취했다"라고 했다.

孟子曰, 井上有李, 螬食實者過半矣. 徐廣雜志[62]曰, 侍臣加貂蟬, 取其飲露不食也.

天螻伏隙錄人語 射工含沙須影過 : 『본초강목』에서 "땅강아지[螻蛄]는 달리 혜고螻蛄라고도 하며 또 달리 천루天螻라고도 한다"라고 했는데, 도은거의 주에서 "이 동물은 자못 귀신과 통하니, 옛날 어떤 사람이 감옥 안에서 땅강아지의 도움을 받은 자가 있었다. 지금 사람들은 밤에 땅강아지가 갑자기 나타나면 대부분 쳐서 죽이고는 "귀신이 부리는 동물이다"라 한다"라고 했다. 『박물지博物志』에서 "강남의 시내에는 물여우[射工蟲]가 있는데 길이는 1~2촌으로 입안에 쇠뇌 모양의 기관이 있어서 그 기운을 사람의 그림자에 쏘는데, 병을 고치지 않으면 죽는다"라고 했다. 『춘추』 장공 18년에 "가을에 물여우가 나왔다"라 하였는데, 소에서 "모래를 머금어 사람 그림자에 쏜다"라 하였다.

本草, 螻蛄, 一名蟪蛄, 一名天螻. 陶隱居注曰, 此物頗協神鬼, 昔人獄中得其力者, 今人夜忽見出, 多打殺之, 言爲鬼所使也. 博物志曰, 江南谿水中有射工蟲, 長一二寸, 口中有弩形, 氣射人影, 不治則殺人. 春秋莊公十八年有蜮.

疏, 謂含沙射人影.

訓狐啄屋眞行怪 蠨蛸報喜太多可 : 한유의 「사훈호射訓狐」에서 "밤에 날아다니는 올빼미[訓狐]라는 새 있는데, 음흉하고 교활한 걸 자랑하듯 부르짖네. 캄캄한 밤중 틈타 지붕에 앉아 우니, 강개한 그 소리가 대단히도 거칠구나"라고 했다. 『예기·중용』에서 "궁벽한 것을 캐내고 괴상한 일을 행한다"라고 했는데, '行'의 음은 '下'와 '孟'의 반절법이다. 『시경·동산』의 주에서 "납거미[蠨蛸]는 장기長踦이다"라고 했으며, 소疏에서 "하내河內 사람들은 그것을 희모希母라고 부르는데, 이 벌레는 기어와 사람 옷에 달라붙으면 응당 친한 손님이 찾아오니 기뻐했다"라고 했다. 혜강의 「절교서」에서 "족하는 널리 통달했으니 좋은 것은 많고 괴상한 것은 적습니다"라고 했다.

退之射訓狐曰, 有鳥夜飛名訓狐, 矜凶挾狡誇自呼. 時乘陰黑止我屋, 聲勢慷慨非常麤. 禮記中庸曰, 素[63]隱行怪. 行音下孟反. 東山詩注曰, 蠨蛸, 長踦[64]也. 疏云, 河內人謂之喜母, 此蟲來著人衣, 當有親客至, 有喜也. 嵇康絶交書曰, 足下旁通, 多可而少怪.

鸕密伺魚鰕便 白鷺不禁塵土浣 : 『열반경』에서 "만일 사람이 원망이 있

---

63 [교감기] '素'가 원본(原本)에는 '索'으로 되어 있다. 여기서는 전본(殿本)을 따른다.
64 [교감기] '踦'가 원본(原本)에는 '跂'로 되어 있다. 『시경·동산(東山)』에는 '踦'로 되어 있다. 여기서는 전본(殿本)을 따른다.

다면 항상 그 도모하기 편할 때를 엿본다"라고 했다. 『모시정의毛詩正義』의 육기의 소疏에서 "해오라기는 물새이다. 멋지며 하얀 것을 백로라 이른다"라고 했다. 한유의 「합강정合江亭」이란 작품에서 "원컨대 바위 위에 써놓아서, 진흙으로 더럽히지 말기를"이라고 했다. 두보의 「사제관부남전」에서 "싸늘한 꽃술 성긴 가지도 반쯤 웃음 참지 못하네"라고 했다.

涅盤經曰, 如人有怨, 逐伺其便. 詩義疏曰, 鷺, 水鳥也. 好而潔白, 謂之白鷺. 退之詩, 願書巖上石, 勿使塵泥浣. 老杜詩, 冷蘂疎枝恐[65]不禁.

絡緯何嘗省機織 布穀未應勤種播 : 『적곡자炙轂子』에서 "베짱이[莎雞]이다"라고 했다. 『고금주古今注』에서 "이름은 귀뚜라미[促織]로, 다른 이름은 낙위絡緯이니, 그 울음이 실을 짜는 것과 같기 때문이다"라고 했다. 두보의 「세병마洗兵馬」라는 작품에서 "뻐꾸기 곳곳에서 울며 씨뿌리기 재촉하네"라고 했다. 살펴보건대, 『이아』에서 "시구鳲鳩는 뻐꾸기[鴶鵴]이다"라고 했는데, 주에서 "지금의 뻐꾸기이다"라고 했다. 『서경·여형呂刑』에서 "직稷은 파종법을 내려주어"라고 했다.

炙轂子曰, 莎雞. 古今注, 一名促織, 一名絡緯, 謂其鳴如紡績織緯也. 老杜詩, 布穀處處催春種. 按爾雅, 鳲鳩鴶鵴. 注曰, 今布穀也. 書呂形[66]曰, 稷降播種.

---

65 恐 : 중화서국본에는 '恐'으로 되어 있으나 '牟'자의 오자이다.
66 [교감기] '書呂刑'이 원본(原本)에는 '孟子'로 되어 있다. 『맹자』를 살펴보니 '稷降播種'이라는 구절은 없다. 전본(殿本)과 보편명(補篇名)에 따라 바로잡는다.

五技鼫鼠笑鳴鳩拙 百足馬蚿憐鼅跛 : 『순자』에서 "다람쥐는 다섯 가지 재주[67]가 있지만 형편없다"라고 했다. 구양수의 「명구鳴鳩」라는 작품에서 "뭇 새들이 우는 비둘기 비웃으니, 너는 졸렬함 참으로 짝이 없구나. 재주 있는 암컷 얻어, 함께 집안을 꾸리지 못하네"라고 했다. 『박물지』에서 "노래기[百足]는 달리 마현馬蚿이라 한다"라고 했다. 『장자』에서 "노래기가 뱀을 불쌍하게 여겼다"라고 했다. 『초사』에서 "절름발이 자라 타고 높은 산에 오르는데, 나는 끝까지 오르지 못할 걸 아네"라고 했다. 『순자』에서 "사람 재주의 현격함이 절름발이 자라와 여섯 준마의 차이와 같겠는가"라고 했다.

荀子曰, 鼫鼠五技而窮. 歐公詩, 衆鳥笑鳴鳩, 爾拙固無匹. 不能取巧婦, 以共營家室. 博物志曰, 百足, 一名馬蚿. 莊子曰, 蚿憐蛇. 楚詞曰, 馹跛鼅而上山, 吾固知其不能升. 荀子曰豈若跛鼅之與六驥足哉.

老蚌胎中珠是賊 醯雞甕裏天幾大 : 『삼보결록三輔決錄』에서 "공융孔融이 위원장韋元將과 중장仲將 형제를 보고 그의 아버지에게 편지를 보내 "두 구슬이 늙은 조개에서 나올 줄을 생각지도 못했다""라고 했다. 『회남자』에서 "명월주는 조개의 아픈 곳인데 나에게는 이로운 것이다"라고

67　다섯 가지 재주 : 다람쥣과에 속하는 석서(鼫鼠)는 "날 수는 있어도 지붕을 넘어 가지는 못하고, 타고 올라갈 수는 있어도 나무꼭대기까지는 가지 못하며, 헤엄을 치기는 해도 골짜기를 건너가지는 못하고, 구멍을 팔 수는 있어도 몸을 가리지는 못하며, 달릴 수는 있어도 사람보다 먼저 가지는 못하니, 이것을 다섯 가지 재주라고 한다[能飛不能過屋, 能緣不能窮木, 能遊不能渡谷, 能穴不能掩身, 能走不能先人, 此之謂五技]"라는 말이 『설문(說文)』, 「서부(鼠部)」에 나온다.

했다. 『장자·전자방田子方』에서 "공자가 노담을 본 뒤에 안회에게 말하기를 "내가 도에 대해 아는 것은 항아리 속의 초파리와 같다. 노담 선생이 나의 뚜껑을 열어주지 않았더라면 나는 천지가 크다는 것을 알지 못했을 것이다""라고 했는데, 주에서 "초파리[醯雞]는 항아리 안의 파리로, 나공자를 노자에 비교하면 초파리와 천지의 관계와 같다"라고 했다. 『담원談苑』에서 "사도師道 유우석劉禹錫의 시에 "초파리가 독 안에서 하늘인 양 춤추네""라고 했다.[68]

三輔決録, 孔融見韋元將, 與其父書曰, 不意雙珠出于老蚌. 淮南子曰, 明月之珠, 蚌之病而我之利. 莊子田子方篇曰, 孔子見老聃, 告顏回曰, 丘之于道也, 其猶醯雞與, 微夫子之發吾覆也, 吾不知天地之大全也. 注云, 醯雞者, 甕中之蠛蠓, 比吾全於老聃, 猶醯雞之與天地矣. 談苑, 劉師道詩, 醯雞舞甕天.

螳蜋當轍恃長臂 熠燿宵行矜火照 : '시恃'는 달리 '노怒'로 된 본도 있다. 『장자』에서 "사마귀가 팔뚝을 휘둘러 수레바퀴에 맞서는 것과 같으니 반드시 감당할 수 없습니다"라고 했다. 『한서음의漢書音義』에서 "철軼의 음은 철轍이다"라고 했다. 『시경』에서 "반딧불이 밤에 날아다니네"라고 했는데, 주에서 "'습熠'은 '반딧불이[燐]'로, 형화螢火이다"라고 했다.

恃一作怒. 莊子曰, 猶螳蜋之怒臂, 以當車軼, 則必不勝任矣. 音義曰, 軼,

68　사도(…중략…) 했다 : 이 구절은 육유의 「우관구시서탄(偶觀舊詩書嘆)」에 보이는 내용이다. 유우석의 「유승언나부사(有僧言羅浮事)」에서 "초파리가 독 입구를 바라본다[醯雞仰甕口]"라고 했다.

音轍. 詩曰, 熠耀宵行. 注云, 熠, 燐也, 螢火也.

壺猶能勸沽酒 黃口只知貪飯顆 : '제호提壺'는 새 이름이다. 성유 매요신의 「사금언」에서 "직박구리가 좋은 술을 파네. 바람이 손이 되고 나무가 벗이 되네. 산꽃은 요란하게 눈앞에 피니, 오늘 아침 너에게 권커니 천만 수 누리게"라고 했다. 『공자가어』에서 "공자가 그물로 참새를 잡는 자를 보았는데, 잡은 것이 모두 노란 입에 작은 참새였다. 그가 말하기를 "큰 참새는 잘 놀라 잡기 어렵고 작은 참새는 먹기를 탐하여 쉽게 잡힙니다""라고 했다. 『당척언唐摭言』에 실린 이백의 「희증두보戲贈杜甫」에서 "반과산 마루에서 두보를 만났는데"라고 했다.

提壺, 鳥名. 梅聖俞四禽言曰, 提壺蘆, 沽美酒. 風爲賓, 樹爲友. 山花撩亂目前開, 勸爾今朝千萬壽. 家語, 孔子見羅雀者, 所得皆黃口小雀, 曰, 大雀善驚而難得, 小雀貪食而易得. 摭言, 李白詩, 飯顆山頭逢杜甫.

伯勞饒舌世不問 鸚鵡纔言便關鎖 : 『시경·칠월』에서 "7월에 때까치가 우네"라고 했는데, 주에서 "'격격'은 때까치[伯勞]이다"라고 했다. 『극담록劇談錄』에서 "백거이의 「옥예화玉蘂花」에서 "새가 봄날 시끄럽게 울지 않았으면, 궁중 관리 선랑이 어찌 알았으리""라고 했다. 『곡례』에서 "앵무새는 말할 수 있지만 새에서 벗어날 수 없다"라고 했다. 몽득夢得 유우석의 「화낙천앵무和樂天鸚鵡」에서 "누가 총명하고 아리따운 앵무새를, 깊은 조롱에 가둬두려 하는가"라고 했다.

七月詩曰, 七月鳴鵙. 注云, 鵙, 伯勞也. 劇談錄, 白居易玉棠花詩曰, 不緣啼鳥春饒舌, 靑瑣仙郞何得知. 曲禮曰, 鸚鵡能言, 不離飛鳥. 劉夢德和樂天鸚鵡詩曰, 誰遣聰明好顔色, 爭須安置入深籠.

春蛙夏蜩更嘈雜 土蚓壁蟫何碎瑣 : 『시경·칠월』에서 "5월에 쓰르라미가 우네"라고 했는데, 주에서 "'주蜩'는 쓰르라미[蟬]이다"라고 했다. '조잡嘈雜'은 아마도 '조찬嘈嘖'으로 지어야 할 것 같다. 『문선·동경부東京賦』에서 "엄숙한 북을 둥둥 울리라 아뢰네"라고 했다. '嘖'의 음은 '才'와 '達'의 반절법이다. 『맹자』에서 "대저 지렁이는 위로는 마른 흙을 먹고 아래로는 지하수를 마신다"라고 했다. 『유양잡조』에서 "장주봉張周封이 말하기를 "벽 위의 호박씨가 변하여 좀[白魚]이 된다""라고 했다. 운서에서 "'담蟫'의 음은 '음淫'이니, 좀[衣白魚]이다"라고 했다. 한유와 맹교의 「연구聯句」에서 "대 그림자에 금가루 쏟아진다"라고 했다.

七月詩曰, 五月鳴蜩. 注云, 蜩, 螗也. 嘈雜, 疑作嘈嘖. 文選東京賦云, 黃奏嚴鼓之嘈嘖. 音才達反. 孟子曰, 夫蚓, 上食槁壤, 下飮黃泉. 酉陽雜俎曰, 張周封言, 壁上白瓜子, 化爲白魚. 韻書曰, 蟫, 音淫, 衣白魚也. 韓孟聯句, 竹影金瑣碎.

江南野水碧於天 中有白鷗閑似我 : 노동盧仝의 「자군지출의自君之出矣」에서 "강물에 푸른 하늘빛이 떠도네"라고 했다. 두보의 「여야서회旅夜書懷」에서 "이리저리 떠돌이 무엇과 같은가, 천지간 한 마리 갈매기로세"

라고 했다. ○ 내공萊公 구준寇準의 「춘일등루회구春日登樓懷舊」에서 "들나루 건널 이 없어"라고 했다.

盧仝詩, 水泛碧天色老杜詩飄零何所似天地一沙鷗 ○ 冠萊公詩, 野水無人渡.

14. 장난스레 새 울음에 화답하다[69]

戲和答禽語

南村北村雨一犂	남촌이나 북촌 비 오자 소 밭을 가는데
新婦餉姑翁哺兒	신부는 시어미에 밥 내오고 노옹은 아이 먹이네.
田中啼鳥自四時	밭 가운데 우는 새는 제철마다 다른데
催人脫袴著新衣	헌 바지 벗고 새 옷 입으라 재촉하는 뻐꾸기.
著新替舊亦不惡	헌 옷을 새 옷으로 갈아입으라니 나쁘지 않지만
去年租重無袴著	지난해 세금이 무거워 입을 바지가 없구나.

【주석】

南村北村雨一犂 新婦餉姑翁哺兒 田中啼鳥自四時 催人脫袴著新衣 著新替舊亦不惡 去年租重無袴著 : 『동파악부東坡樂府』에서 "돌아가자 돌아가자, 강가 봄비 속에 밭가는 소 한 마리"라고 했다. 『진서·열녀전』에서 "사안의 조카 도온道韞이 왕응지王凝之를 탐탁하게 여기자 사안이 "왕랑은 일소逸少, 왕희지의 아들로 나쁘지 않은데 너는 어찌 한하느냐""라고 했다. 『한서·식화지』에서 "세금을 거둬들이는 것이 무겁다"라고 했는데, 주에서 "전조田租를 거둬들이는 약식 명령이다"라고 했다. ○ 동파가 황주에 있을 때 성유 매요신의 시체를 본떠「오금언五禽言·포곡布穀」을 짓기를 "남산에 어젯밤 비가 내려, 서쪽 시내를 건널 수 없구나. 시

냇가의 뻐꾸기가, 나에게 베 바지 벗으라 하네. 사양치 않고 차가운 시
냇물에 바지 벗고 들어가니, 물속에 세금 독촉에 다친 상처가 환히 드
러나네"라고 했는데, 동파가 스스로 주를 내기를 "토착민은 뻐꾸기를
베 바지를 벗으라는 의미라고 여겼다"라고 했다. 황정견의 이 시는 이
와 대략 같다.

東坡樂府曰, 歸去歸去, 江上一犁春雨. 晉書列女傳, 謝安曰, 王郎, 逸少子,
不惡, 汝何恨也. 前漢食貨志曰, 租挈重. 注曰, 收田租之約令也. ○ 東坡在
黃州日, 效梅聖俞體, 作五禽言布穀云, 南山昨夜雨, 西溪不可渡. 溪邊布穀
兒, 勸我脫布袴. 不辭脫袴溪水寒, 水中照見催租瘢. 東坡自注曰, 土人謂布穀
爲脫卻布袴. 先生此詩, 大相類也.[70]

---

70 [교감기] '東坡在黃州' 아래 주를 단 문장은 원본(元本)·부교본(傅校本)에는 빠
     져 있고 전본(殿本)에는 삭제되어 있다. 또한 『동파집』에는 '布袴'가 '破袴'로 되
     어 있는데 그 의미가 더 낫다.

15. 정교에게 주다[71]

贈鄭交

산곡의 「초청공시발招淸公詩跋」에서 "초당 정교鄭交는 처사處士로 연꽃이 만발한 작은 연못 근처에 은거했다. 그는 닭에게 원앙의 알을 품게 한 뒤 원앙이 태어나면 사람과 친숙하게 하여 놀라거나 두려워하지 않게 했다"라고 했다. 연은장노법안사延恩長老法安師는 도를 간직한 체 세상에서 숨어 지냈다. 청공淸公이 젊었을 때 그에게 여러 해를 의지했다. 지금 발문의 내용을 보고 이 시를 살펴보니 다만 제목만 다를 뿐이다. 정교의 자는 자통子通으로 『산곡서척』 및 『제발』에 보인다.

山谷有招淸公詩跋云, 草堂鄭交處士, 隱處小塘, 芙蕖盛開, 使雞伏鴛鴦卵, 與人馴狎不驚畏. 老禪延恩長老法安師, 懷道逝世. 淸公少時, 蓋依之數年. 今觀跋意, 卽此詩, 但題不同爾. 鄭交字子通, 見於山谷書尺及題跋.

高居大士是龍象	높은 곳 사는 대사는 바로 용과 코끼리오
草堂丈人非熊羆	초당의 어른은 곰이 아닌 인재라네.

---

71 산곡이 형주(荊州)에 있을 때 홍상인(興上人)을 위하여 이 시를 지었다. 그 발문에서 "계해년에 나는 태화의 벼슬에서 물러나 무녕(武寧)을 지났는데, 청상인(淸上人)이 연은(延恩)에 온다는 소식을 들었다. 이에 정자통(鄭子通)에게 인사하고 그의 소식을 묻고서 자통 집의 벽에 이 시를 썼다. 초당은 정교 처사가 은둔하던 곳이다"라 하였다. 우리에 소장한 구본에는 이렇게 되어 있다. 노선(老仙)은 연은장노 법안(延恩長老法安)으로 원풍 8년에 죽었는데, 산곡이 그를 위해 명(銘)을 지었다. 이 시는 아마도 6년에 지은 것으로 보인다.

不逢壞衲乞香飯	회색 납의 만나 향기로운 밥을 구걸하지 않고
惟見白頭垂釣絲	다만 흰머리로 낚싯줄 드리우고 있네.
鴛鴦終日愛水鏡	원앙새는 종일 맑은 강물 즐기고
菡萏晚風彫舞衣	붉은 연꽃은 저물녘 바람에 흔들리며 선명하네.
開徑老禪來煮茗	오솔길 열어 노선사는 차를 끓여 오는데
還尋[72]密竹逕中歸	빽빽한 대숲 찾아오다 중간에 돌아가네.

【주석】

高居大士是龍象 草堂丈人非熊羆 : '대사大士'는 영원靈源의 노선사 유청惟淸을 이르니 유청은 회당조심선사晦堂祖心禪師의 법통을 이어받은 제자이다. 산곡의 「여구양원노첩與歐陽元老帖」에서 "유청선사가 돌아가 학업을 받은 서원은 무녕武寧의 높은 곳에 있으니 생각건대 걸맞은 장소를 얻었다고 하겠다"라고 했으니, 무녕은 홍주洪州에 속한다. 『묘법연화경妙法蓮華經』에서 "그때 문수사리보살은 미륵보살마하살과 여러 대중들에게 말하기를 "선남자들이여 내가 생각건대 세존께서 이제 큰 법을 말씀하실 것입니다""라고 했다. 『전등록·달마전』에서 "종승은 왕의 소명을 받고서 말했다. "대왕의 뜻에 너무나 부끄럽지만 빈도는 바위 틈과 샘 곁에 살기로 했소. 또 대왕의 나라에서는 어진 대덕이 숲처럼 많으니 달마대사는 대왕의 숙부이자 여섯 무리의 스승이고, 바라제는

---

72 [교감기] '尋'이 장지본(蔣芝本)에는 '穿'으로 되어 있다.

불법 안의 용상龍象입니다'"라고 했다. 살펴보건대, 『지도론智度論』에서 "'용상龍象'은 그 힘이 센 것을 이른다. 용은 물속에서도 힘이 세게 걸으며 용은 육지에서 힘이 세게 걷는다. 그러므로 지금 대법大法을 짊어진 자를 용상에 비교한다"라고 했다. 『사기・제세가齊世家』에서 "여상呂尙은 나이가 많았는데 물고기를 낚다가 주 서백西伯에게 등용되었다. 문왕이 장차 사냥하려 하는데, 점괘가 "잡은 것이 용도 아니고 이무기도 아니며 호랑이도 아니고 곰[羆]도 아니고, 바로 제왕을 돕는 자다"라고 했다. 과연 태공을 위양渭陽에서 만나 같이 수레에 타고 돌아와 국사國師로 삼았다"라고 했다. 살펴보건대, 『육도삼략六韜三略』에서는 "점괘에 호랑이도 아니오 곰熊도 아니다"라고 했다.

大士謂靈源叟惟淸, 淸蓋晦堂之法嗣. 山谷與歐陽元老帖云, 淸師歸所受業院武寧之高居, 想甚得所也. 武寧, 屬洪州. 蓮經曰, 文殊師利語彌勒及諸大士, 如我惟忖, 今佛世尊. 欲說大法. 傳燈錄達磨傳曰, 波羅提法中龍象. 按智度論云, 龍象言其力大. 龍水行中力大, 象陸行中力大, 故今以負荷大法者比之龍象. 史記齊世家曰, 呂尙年老, 以漁釣干周西伯. 西伯將獵, 卜之曰, 所獲非龍非彲非虎非羆, 所獲霸王之輔. 果遇于渭水之陽. 載與俱歸, 立爲師. 按六韜, 以非虎爲非熊.

不逢壞衲乞香飯 惟見白頭垂釣絲 : 윗구는 청공이 연은延恩에게 오지 않은 것을 이르고, 아랫구는 정교에 대해 이야기하고 있다. 『사분률四分律』에서 "모든 색이 있는 옷은 입지 말고 마땅히 가사색袈裟色, 회색을 입

어야 한다"라고 했다. 『지도론』에서 "다섯 비구가 "불자는 응당 무슨 옷을 입어야 합니까"라 묻자, 부처가 "응당 납의衲衣를 입어야 한다""라고 했다. 『금강경』에서 "그 당시 세존이 밥 먹을 때가 되면, 가사를 입고 바릿대를 들고 사위대성舍衛大城에 들어가 걸식했다"라고 했다. 『유마경』에서 "화보살化菩薩이 바릿대 가득한 향기로운 음식으로 유마힐에게 주었다"라고 했다. 두보의 「중승엄공우중수기中丞嚴公雨中垂寄에서 "강가에 병든 늙은이 비록 기운 없지만, 억지로라도 비 개면 낚싯줄 손봐야지"라고 했다.

上句謂淸公未至延恩, 下句指鄭交. 四分律云, 一切上色衣不得畜, 當壞作迦沙色. 智度論云, 五比丘曰, 佛當著何等衣, 佛言, 應著衲衣. 金剛經曰, 爾時世食時, 著衣持鉢, 入舍衛大城乞食. 維摩經曰, 化菩薩以滿鉢香飯與維摩詰. 老杜詩, 江邊老病雖無力, 強擬晴天理釣絲.

鴛鴦終日愛水鏡 菡萏晚風彫舞衣 : 『양양기襄陽記』에서 "덕조德操 사마휘司馬徽는 수경水鏡 선생이다"라고 했다. 『진서·악광전樂廣傳』에서 "위관衛瓘이 악광을 보고 "이 사람은 수경水鏡과 같아서 구름과 안개를 헤치고 하늘을 보는 것 같다""라고 했다. 조하趙嘏의 「장안만추長安晚秋」에서 "붉은 꽃잎 다 떨어진 물가 연꽃은 시름겹네"라고 했다. 『서경』에서 "윤나라에 춤추는 옷이 있다"라고 했다.

襄陽記曰, 司馬德操爲水鏡. 晉書樂廣傳, 衛瓘曰, 此人之水鏡也. 趙嘏詩曰, 紅衣落盡渚蓮愁. 書曰, 肩之舞衣.

開徑老禪來煮茗 還尋密竹迷中歸 : 강엄의 「의도연명擬陶淵明」에서 "정원에 길 만들어 세 벗 기다리네"라고 했다. 두보의 「기찬상인寄贊上人」이란 작품에서 "사립문에 차를 끓여 놓고, 길은 숲 언덕으로 낼 터이니"라고 했다. 사령운의 「등석문최고정登石門最高頂」에서 "이어진 바위에 길이 막히고, 빽빽한 대숲에서 길을 헤매는구나"라고 했다.

江淹擬陶淵明詩云, 開徑望三益. 老杜寄贊上人詩云, 柴荊具茶茗, 迸路通林丘. 謝靈運詩, 連巖覺路塞, 密竹使迷.

16. 평음 장등 거사의 은거지에서 3수[73]

平陰張澄居士隱處 三首

인정仁亭

無心經世網	세상 그물 겪어도 무심하니
有道藏丘山	도 지닌 이 산에 숨었구나.
養生息天黥	양생하여 하늘의 죄를 그치게 하고
藝木印歲寒	기른 나무는 변함없는 지조와 부합하네.
德人牆九仞	덕스런 사람의 담장은 아홉 길이라
強學窺一斑	힘써 공부해도 조금만 엿볼 뿐이네.
張侯大雅質	장등 거사는 대단히 고아한 자질로
結髮闖儒關	굳게 결의하고 유문으로 들어왔네.
奇贏忽諧偶[74]	좋은 상황 갑자기 만나기도 했으나
老大嘗艱難	늙어서는 어려움은 맛보았네.
築亭上雲雨	정자 위로 비구름 피어오르고

---

73 이 시부터 권1 끝까지는 원풍 7년 갑자년에 지은 작품이다. 이 해에 산곡은 덕주
덕평진을 감독하였다. 「발원문(發願文)」을 지었으니, 대개 7년 3월에 사주 승가
탑을 지나면서 지은 작품이다. 관청에 도달한 것은 여름과 가을 쯤일 것이다. 장
방회 가본의 제목에서 "왕랑(王郎)이 이 시를 요구하였다"라 하였다. 왕랑은 즉
세필(世弼)로 그 자세한 내용은 다음 작품에 보인다. 이 시는 산곡이 만년에 또한
지위 없애버렸다.

74 [교감기] '奇贏忽諧偶'가 문집(文集)에는 '踦贏或諧偶'로 되어 있다. 장지본(蔣芝
本)에는 '奇'가 '踦'로 되어 있다. 전본(殿本)에는 '忽'이 '或'으로 되어 있다.

日月轉朱欄	해와 달은 붉은 난간을 도네.
床敷聽萬籟	침상에서 자연의 온갖 소리 들으니
我家頗寬閑	우리 집은 자못 넓고 한가해라.
牧牛有坦途	소 기르매 평탄한 길 있으며
亡羊自多端	양을 잃으매 갈래 길 많아라.
市聲鏖午枕	시끄러운 저자 소리에 낮잠을 깨니
常以此心觀	항상 이 마음으로 세상을 보네.

【주석】

無心經世網 有道藏丘山 : 『문선』에 실린 육기의 「부낙도중작시赴洛道中作詩」에 "세상의 그물이 나의 몸을 얽어매네"라고 했다.

選詩曰, 世網嬰我身.

養生息天黥 藝木印歲寒 : 『장자·대종사』에서 "의이자意而子가 "어찌 조물주가 나에게 얼굴에 새긴 먹물을 지우고 베인 코를 다시 붙여서 저를 온전하게 만들지 않으리라고 확신할 수 있습니까""라고 했다. 『관자管子』에서 "십 년의 계책은 나무를 심는 것이다"라고 했다. '인印'은 참으로 나무와 같아서 나무처럼 변함없는 것과 부합함을 이른다. ○『논어』에서 "세상이 추워진 뒤에 솔과 잣나무가 다른 나무보다 뒤에 시든 것을 알 수 있다"라고 했다.

莊子大宗師篇, 意而子曰, 庸詎知造物之不息黥而補我劓. 管子曰, 十年之計, 樹之以木. 印謂驗其信然, 必相符合也. ○ 論語, 歲寒然後知松柏之後凋.

德人牆九仞 強學窺一斑 : 『장자』에서 "덕스런 사람이란 거처할 때는 생각이 없고 돌아다닐 때도 헤아리지 않으며 마음에 시비와 선악을 담아두지 않는다"라고 했다. 『예기・유행儒行』에서 "밤낮으로 학문에 힘써 질문에 임금의 질문에 대비한다"라고 했다. 『진서・왕헌지전』에서 "객이 "이 사내는 대롱 속으로 표범의 무늬를 보니 때로 한 무늬만 볼 뿐이다""라고 했다. ○ 『논어』에서 "공자의 담장은 두어 길이나 된다"라고 했다. 『서경』에서 "산을 만들면서 아홉 길이 되었는데"라고 했다. 『맹자』에서 "우물을 팔 때 아홉 길이 되지만"이라고 했다.

莊子曰, 德人者, 居無思, 行無慮, 不藏是非善惡. 禮記儒行曰, 夙夜強學以待問. 晉書王獻之傳, 客曰, 此郎管中窺豹, 時見一斑. ○ 論語, 夫子之牆數仞. 書, 爲山九仞. 孟子, 掘井九仞.

張侯大雅質 結髮闖儒關 : 『한서・하간헌왕찬』에서 "대단히 고아하니 무리보다 우뚝하네[夫惟大雅, 卓爾不群]"라고 했다. 『한서・이광전李廣傳』에서 "신이 머리를 묶고 흉노와 싸우겠습니다"라고 했다. 『한서・동중서전』에서 "태학은 어진 선비를 길러내는 것과 관련이 있습니다"라고 했다. '闖'의 음은 '丑'과 '甚'의 반절법이다. 운서의 주에서 "'틈闖'은 말이 문으로 나가는 모양이다"라고 했다. 한유의 「맹동야실자孟東野失子」라는 작품에서 "머리 들고 문 안으로 들어가니, 세 번 "아이고 하늘이

여"라 외치더니"라고 했다.

大雅見前注. 李廣傳曰, 臣結髮而與匈奴戰. 董仲舒傳曰, 太學賢士之關.
闖, 音丑甚反. 韻書注云, 馬出門貌. 退之詩, 闖然入其戶, 三稱天之言.

奇贏或諧偶 老大嘗艱難 : 『한서·식화지』에서 "그 이익을 가지고 날마
다 도시에서 노닐었다"라고 했다. 『한서·곽거병전霍去病傳』에서 "여러
숙장宿將들은 뒤쳐져서 곽거병과 같이 가지 못했다"라고 했다. 『좌
전』에서 "진문공은 위험한 일과 어려운 일을 두루 겪었다"라고 했다.
이 구절의 의미는 즉 장등 거사가 젊어 벼슬에 나아갈 때는 상황이 좋
아서 이따금 시세時勢와 부합하는 경우도 있었으나, 이윽고 늙게 되자
세상일이 매우 어려움을 알아 마침내 벼슬길에 뜻을 접었다는 말이다.

漢書食貨志曰, 操其奇贏, 日游都市. 霍去病傳曰, 常留落不耦. 左傳曰, 險
阻艱難, 備嘗之矣. 詩意謂張君少年進取, 如射利者, 往往逢時遇合, 既老, 知
世故之多艱, 遂絶意於仕進也.

築亭上雲雨 日月轉朱欄 : 『문선·두타사비頭陀寺碑』에서 "층층의 난간
가로 세로로 뻗고, 구름과 무지개 위로 솟았네"라고 했다. 「서도부西都
賦」에서 "하늘 중간쯤 비구름이 피어오르고, 무지개가 누각의 들보를
감싸네"라고 했다.

文選頭陁寺碑曰, 層軒延袤, 上出雲霓. 西都賦曰, 軼雲雨於太半,[75] 虹霓迴

---

75 [교감기] '天半'이 전본(殿本)에는 '大半'으로 되어 있다. 『문선』을 살펴보니, 원

帶于芬楣.

床敷聽萬籟 我家頗寬閑 : 『보적경寶積經』의 게송偈頌에서 "나는 또한 천옥의 여인과 및 여러 의식과 침상 등을 구하지 않는다"라고 했다. 또 이르기를 "침상의 아리따운 여인과 기대는 의자들이 펼쳐져 있다"라고 했다. 당나라 장졸張拙이 지은 송頌에 "범인과 성인이 신령함을 품어 모두 우리 집안사람이네"라고 했다. 한유의 「답최립지서答崔立之書」에서 "넓고 한가로운 들판에서 밭을 갈다"라고 했다.

寶積經偈云, 亦不爲求天玉女及諸衣食牀敷事. 又云, 牀敷綵女, 資坐具張. 拙頌云, 凡聖含靈共我家. 退之書曰, 耕於寬閑之野.

牧牛有坦途 亡羊自多端 : 『전등록傳燈錄』에서 "대안선사大安禪師가 "규산에서 30년을 편안하게 지내면서, 규산의 밥을 먹고 규산에 똥을 쌌지만 규산의 선禪은 배우지 못했다. 다만 소를 한 마리 돌보았는데 만약 길을 벗어나 풀밭으로 들어가면 곧 끌어내고 만약 남의 논에 들어가면 곧 채찍질했다. 오랫동안 길들였는데 가련하게도 사람들의 입방아에 오르내리더니 지금은 공터의 흰 소로 변하여 항상 눈앞에 있으면서 종일 빙빙 도는데 쫓아도 떠나지 않는다""라고 했다. 한유의 「기노동寄盧仝」이라는 작품에서 "근래에 평탄한 길 찾는다고 스스로 말하니, 녹이 준마를 타고 하늘을 오르듯 거침없네"라고 했다. 『열자』에서 말했다.

래 '太牛'으로 되어 있다.

"양자楊子의 이웃 사람이 양을 잃어버려서 자기 집안사람을 동원하고 또 양자에게 양자의 종들을 요청하여 양을 뒤쫓았다. 양자가 "아! 잃어버린 양은 한 마리인데 어찌하여 뒤쫓는 자들이 이리 많은가?"라 묻자, 이웃 사람은 "갈래 길이 많아서이다"라 대답했다. 이윽고 그들이 되돌아오자, "양을 잡았는가?"라 물었는데, "잃어버렸습니다"라고 했다. "어찌하여 잃어버렸는가?"라 하자 "갈래 길 안에 또 다시 갈래 길이 있어서 양이 어디로 갔는지 알 수가 없어 결국 돌아왔습니다"라고 했다. 공도자가 "큰 도는 많은 갈래 길에서 양을 잃어버린 것과 같으니, 학자는 여러 방면으로 배우기 때문에 본성을 잃는다"라고 했다"『초사』에서 "더구나 한 나라의 일은 종류도 많은 데다가 뒤죽박죽 어긋난다"라고 했다. ○『장자』에서 "노비에게 "무엇을 하고 있었느냐?" 물으니, "책상을 끼고 책을 읽고 있었습니다"라 대답했다. 계집종에게 "무엇을 하고 있었느냐?" 물으니, "주사위 놀이를 하고 있었습니다"라 대답했다. 두 사람이 하는 일은 서로 달랐지만, 양을 잃어버린 것은 마찬가지이다"라고 했다.

傳燈錄, 大安禪師曰, 安在潙山三十年, 只看一頭水牯牛, 若落路入草便牽出, 若犯人苗稼卽鞭撻. 調伏既久, 可憐生受人言語, 如今變作箇露地白牛, 常在面前, 終日露廻廻地, 趕亦不去也. 退之詩, 近來自說尋坦途, 猶上青雲跨驟驥. 列子曰, 楊子之鄰人亡羊, 既率其黨, 又請楊子之豎追之. 楊子曰, 嘻, 亡一羊, 何追者之衆. 鄰人曰, 多歧. 既反, 問, 獲羊乎. 曰, 亡之矣. 曰, 奚亡之. 曰, 歧路之中又有歧焉. 吾不知所之, 所以反也. 公都子曰, 大道以多歧亡羊,學者以多方喪生. 楚詞曰, 多端膠交. ○ 莊子, 問臧何事, 則挾策讀書. 問穀何事, 則博塞以遊. 其爲亡羊則一也.[76]

市聲鏖午枕 常以此心觀 : 세상일이 분란스러워 사람의 마음을 어지럽히는데, 이 마음으로 살펴보면 마땅히 싸우지 않아도 이긴다는 말이다. 『한서·곽거병전』에서 "흉노와 짧은 무기로 접전을 벌여 고란의 아래에서 많은 적병을 죽였다"라고 했는데, 주에서 "세속에서 많은 사람을 죽이는 것을 오조鏖糟라고 한다"라고 했다. '鏖'의 음은 '意'와 '曹'의 반절법이다.

世故紛紜, 能亂人意,以此心觀之,當不戰而勝也. 漢書霍去病傳曰, 合短兵, 鏖蘭皐下. 注云, 世俗謂盡死殺人爲鏖糟. 音意曹反.

복암復庵

春糧出求仁	양식을 빻은 것은 어진 마음에서 나왔으니
行李彌宇宙	여행객이 온 천지에 가득하구나.
久客溯愁人	오래 떠도는 길손 아득한 근심에 젖었는데
馬饑僕夫瘦	말은 굶주리고 종놈은 파리하네.
歸來一丘中	한 언덕으로 돌아오니
萬事不改舊	온갖 일은 옛날과 같구나.

---

76 [교감기] '莊子' 이하로는 원본(元本)에는 따로 표시하여 '增注'라고 되어 있다.

禾黍鋤其驕	벼와 기장 밭에서 잡초를 뽑고
牛羊鞭在後[77]	소와 양은 뒤처진 놈 채찍질하네.
隱几天籟寒	안석에 기대매 하늘의 소리는 차가우니
六鑿忽通透	육정六情이 문득 훤하게 뚫렸구나.

【주석】

春糧出求仁 行李彌宇宙 仄客澌愁人 馬飢僕夫瘦 : 『장자』에서 "백 리를 가는 자는 하룻밤 자고 올 수 있는 양식을 빻아야 한다"라고 했다. 『노논魯論』에서 "인을 구하려고 하면 인을 얻을 수 있다"라고 했다. 『좌전』에서 "여행객이 오가는데 그들이 곤핍한 것을 이바지했다"라고 했다. 『시경』에서 "내 말이 병났고 내 종도 병났으니 어찌 한숨을 쉬지 않으랴"라고 했다.

莊子曰, 適百里者宿春糧. 魯論曰, 求仁而得仁. 行李見前注. 詩曰我馬瘏矣, 我僕痡矣, 云何吁矣.

歸來一丘中 萬事不改舊 : 『한서·서전敍傳』에서 "반사가 말하기를 '한 골짜기에서 낚시한다면 만물이 그 뜻을 범하지 않고 한 언덕에서 깃들어 살면 천하가 그 즐거움을 바꾸지 않는다'"라 하였다. 『전등록』에서 "옛 때의 사람을 바꾸지 말고 다만 옛날 행했던 것을 바꾸어라"라 하였다. 이 시의 대의는 후권의 「증유전여」의 제8수와 같다.

---

77 [교감기] '在後'는 고본(庫本)·장지본(蔣芝本)에는 '其後'로 되어 있다.

漢書敍傳, 班嗣曰, 漁釣于一壑, 則萬物不奸其志, 栖遲于一丘, 則天下不易其樂. 傳燈錄曰, 不改舊時人, 只改舊時行履處. 此詩大抵與後卷贈柳展如第八首同意.

禾黍鋤其驕 牛羊鞭在後 :『시경·보전』에서 "큰 밭 경작하지 말지어다, 힘이 부치면 가라지가 무성해지리라"라고 했다.『장자』에서 "양생을 잘하는 사람은 양을 치는 것과 같으니 뒤떨어진 놈을 보고서 채찍질하는 것이다"라고 했다.

甫田詩曰, 無田甫田, 維莠驕驕. 莊子曰, 養生者如牧羊, 視其後者而鞭之.

隱几天籟寒 六鑿忽通透 :『장자·제물론』에서 "남곽자기가 안석에 기대어 앉아 있다가 "너는 사람의 피리 소리는 들었으나 땅의 피리 소리는 듣지 못했고, 너는 땅의 피리 소리는 들었을지라도 하늘의 피리 소리는 듣지 못했을 것이다""라고 했다. 또한『장자·외물편』에서 "피부 안에 여러 겹의 공간이 있고 마음속에는 자연의 도가 노닐 곳이 있다. 방 안에 빈공간이 없으면 며느리와 시모가 다투게 되고 마음속에 자연의 도가 노닐 곳이 없으면 육정六情이 서로 어지럽힌다"라고 했다. 사마표가 이르기를 "육착이 서로 다툰다는 말은 육정六情이 서로 다툰다는 의미이다"라고 했다. '鑿'의 음은 '在'와 '報'의 반절법이다.

莊子齊物論曰, 南郭子綦隱几而坐曰, 汝聞人籟而未聞地籟, 汝聞地籟而未聞天籟夫. 又外物篇, 胞有重閬, 心有天游. 室謂虛空, 則婦姑勃磎. 心無天游,

則六鑿相攘. 司馬彪云, 謂六情攘奪. '鑿'의 음은 '在'와 '報'의 반절법이다.

형천亨泉

水德通萬物	물의 덕은 만물을 통하니
發源會時亨	솟아난 샘물은 계속 흘러가리라.
伏坎非心願	구덩이에 멈춘 것은 진심으로 바라는 바 아니오
成川且意行	시내 이루고 또 멈추지 않으리.
栖遲林丘下	숲속 아래에 깃들고 사니
欲濯無塵纓	깨끗이 씻어 속세의 갓끈 없고자 하네.
杖藜逢載酒	지팡이 짚고서 술 가져온 이 맞이하여
一瓢酌餘淸	넘치는 시원함을 표주박에 따라 주네.

【주석】

水德通萬物 發源會時亨 伏坎非心願 成川且意行 :『주역·몽괘蒙卦』에서 "산 아래에서 샘이 나오는 것이 몽이다"라고 했는데, 단사彖辭에서 "몽이 형통하다는 것은 형통한 형세가 있음으로 인해 움직이는 것이니, 곧 시중이다"라고 했다. 또한 『주역·감괘坎卦』에서 "신실함이 있어서 마음만은 형통하니, 계속 나아가면 가상嘉尙함이 있으리라"라고 했는데, 단사에서 "마음이 형통한 것은 바로 강중이기 때문이다"라고 했다. 동파 소식의 『역전易傳』에서 "부딪히는 것이 어렵거나 쉬운 것이 있다.

그러나 항상 통하는 것에 뜻을 두니 이것이 물의 마음이다. 사물이 나[물]를 끝도 없이 막아서더라도 이런 마음을 멈추지 않으니 끝내는 반드시 이기게 된다. 그러므로 물은 지극히 부드럽지만 사물을 이기는 까닭은 힘으로 다투지 않고 마음으로 통하려고 하기 때문이다. 힘으로 다투지 않으니 밖은 부드럽고 마음으로 통하려 하니 속은 강하다"라고 했다. 유우석의 「만자가蠻子歌」에서 "허리에 도끼 차고 높은 산을 오르는데, 아마도 이전에 갔던 길은 없을 것이라"라고 했다. 이 구절은 이 내용을 차용했다.

易蒙卦曰, 山下出泉蒙. 象曰, 蒙亨, 以亨行, 時中也. 又坎卦曰, 有孚, 唯心亨, 行有尙. 象曰, 唯心亨, 乃以剛中也. 東坡易傳云, 所遇有難易, 然而未嘗不志于通, 是水之心也. 物之窒我者有盡, 而是心無已, 則終必勝之. 故水之所以至柔而能勝物者, 惟不以力争, 而以心通也. 不以力争, 故柔外, 以心通, 故剛中. 劉禹錫詩, 腰斧上高山, 意行無舊路. 此借用.

栖遲林丘下 欲濯無塵纓 : 『한서·서전敍傳』에서 "반사가 말하기를 "한 골짜기에서 낚시한다면 만물이 그 뜻을 범하지 않고 한 언덕에서 깃들어 살면 천하가 그 즐거움을 바꾸지 않는다""라고 했다. 두보의 「제장씨은거題張氏隱居」에서 "돌문에 석양 비출 때 그대 숲에 도달했네"라고 했다. 『맹자』에서 "창랑의 물이 맑으면 나의 갓끈을 씻을 수 있다"라고 했다. 『문선』에 실린 공치규의 「북산이문」에서 "지금 보니 주옹은 난초 띠를 풀어 던지고 속세의 먼지 묻은 갓끈을 매는구나"라고 했다. 휴

문休文 심약沈約의 「신안강수」에서 "어지러운 세상을 내 멀리하니, 어찌 옷과 두건을 씻을 필요 있는가. 바라노니 졸졸 흐르는 물에, 그대의 옷에 앉은 먼지를 씻어내기를"이라고 했다.

栖遲見前注. 老杜詩, 石門斜日到林丘. 孟子曰, 滄浪之水淸兮, 可以濯我纓. 文選北山移文曰, 今見解蘭縛塵纓. 沈休文新安江水詩曰, 紛吾隔泥滓, 豈假濯衣巾. 願以潺湲水, 沾君衣上塵.

杖藜逢載酒 一瓢酌餘淸 : 『장자』에서 "원헌이 명아주 지팡이를 짚고 외출하였다"라고 했다. 『한서·양웅전』에서 "양웅이 술을 무척 좋아하면서도 집이 가난해 마시지를 못했는데, 호사자好事者가 술과 안주를 싸들고 와서 종유從遊하며 배웠다"라고 했다. 황보밀皇甫謐의 『일사전』에서 "허유는 기산에 숨어 살았는데, 손으로 물을 움켜쥐며 마셨다. 어떤 사람이 표주박을 주자 그것으로 물을 떠서 먹었다"라고 했다. 『문선』에 실린 사령운의 「유남정遊南亭」에서 "빽빽한 숲은 비 온 뒤의 청량함을 머금었네"라고 했다.

莊子曰, 原憲杖藜而出. 漢書揚雄傳曰, 時有好事者, 載酒肴, 從遊學. 逸士傳, 許由隱箕山, 以手捧水飮之, 人遺一瓢, 得以操飮. 選詩, 密林含餘淸.

17. 왕랑 세필을 머무르게 하며[78]

留王郞世弼

왕순량의 자는 세필로 산곡의 누이동생 남편이다. 『황씨세보』에 보인다.

王純亮, 字世弼, 山谷之妹壻. 見于黃氏世譜.

河外吹沙塵	하외에는 모래 먼지 불어오는데
江南水無津	강남의 강가엔 나루터도 없네.
骨肉常萬里	남매 항상 만 리 떨어져 있으니
寄聲何由頻	안부를 어떻게 자주 전하랴.
我隨簡書來	나는 임명장 받고 왔는데
顧影將一身	쓸쓸한 그림자만 나를 따르네.
留我左右手	나의 형제 같은 그대 만류하는데
奉承白頭[79]親	흰머리 부모를 받들어 모시고 있네.

---

78 산곡이 덕평에 있을 때 「여덕주태수서(與德州太守書)」를 썼는데, "객으로 온 벼슬아치는 집안 식솔을 거느리고 올 수 없어서 관사가 말씀하신 대로 쓸쓸합니다"라 하였다. ○ 종실 자식(子湜) 조언청(趙彦清)의 집에 이 시의 친필이 있는데, 이 시에서 "하외에는 모래먼지 불어오는데, 강나의 강가엔 나루터도 없네"라 하였으며, 또한 "내가 임명장 받고 왔는데, 쓸쓸한 그림자만 나를 따르네"라 하였으니, 대개 자신은 하북에 있고 집은 강남에 있는 것을 말한다.

79 [교감기] '頭'는 고본(庫本)의 원교(原校)에서 "어떤 본에는 '髮'로 되어 있다"라고 했다.

小邦王事畧	작은 고을이라 정사도 적으며
蟲鳥聲無人	벌레와 새만 울고 인기척도 없네.
王甥解鞍馬	왕 매제가 말안장 풀고 놓고
夜語雞喚晨	밤새 이야기 나누다 닭 우는 새벽이 되었네.
母慈家人肥	어머니 자애로워 집안이 번창하며
女惠男垂紳[80]	딸은 지혜롭고 아들은 성동成童이 되었네.
有田爲酒事	밭이 있으니 누룩을 빚고
豚韭及秋春	돼지와 부추로 봄, 가을 제사 지내네.
生涯得如此	생애가 이 정도면 족한데
舊學更光新	오랜 학문은 더욱 빛나 새롭네.
索去何草草	어찌 그리 급하게 떠나려하는가
小留[81]慰艱勤	잠시 더 머물러 힘든 나 위로해주게.
百年才一炊	백 년 인생 겨우 한바탕 꿈인데
六籍經幾秦	육경의 도 얼마나 어지러운가.
要知胷中有	분명히 알겠구나, 그대 흉중에 있으니
不與迹同陳	낡은 자취와 같지 않음을.
郢人懷妙質	영 땅 사람 오묘한 재주 지녔으니
聊欲運吾斤	애오라지 나의 도끼를 휘두르게 하고 싶네.

---

80 [교감기] '紳'은 원래 잘못 '絪'로 되어 있었는데, 이제 문집(文集)과 전본(殿本)을 따라 바로잡는다.

81 [교감기] '小留'는 문집(文集)과 전본(殿本)에는 '少留'로 되어 있다.

【주석】

河外吹沙塵 江南水無津 : 남북의 거리가 먼 것을 이른다. 『문선』에 실린 사령운의 「의위태자업중집擬魏太子鄴中集」에서 "황하의 섬에 모래 먼지가 많으니, 바람 서글픈데 누런 먼지 일어나네"라고 했다. 『서경』에서 "큰 강을 건너는데 나루도 강가도 없는 것과 같다"라고 했다.

言南北相望之遠. 文選謝靈運詩, 河洲多沙塵, 風悲黃雲起. 書曰,[82] 若涉大水, 其無津涯.

骨肉常萬里 寄聲何由頻 : 『시경·각궁』의 모서毛序에서 "구족이 친하지 않으면 골육의 형제가 서로 원망한다"라고 했다. 『한서·조광한전』에서 "계상의 정장이 나에게 안부를 전하라고 했는데, 어찌 전하지 않는가"라고 했다.

角弓詩序曰, 骨肉相怨. 漢書趙廣漢傳曰, 界上亭長, 寄聲謝我.

我隨簡書來 顧影將一身 : 『시경』에서 "임금의 이 명령서가 두렵구나"라 하였다. 자건 조식의 「책궁표」에서 "다만 나의 형체와 그림자만 서로 위로하는데 마음[83]은 부끄러울 뿐이다"라고 했다. 『자치통감』에서 "진나라 이밀이 말하기를 "나는 세상에 홀로 서 있으니 쓸쓸히 그림자

---

82 [교감기] '書曰'은 원래 '河曰'로 되어 있었다. 살펴보건대 그 아래 인용한 문장은 『서경·미자』에 보인다. 전본(殿本)을 따라 바로잡는다.
83 마음(오정, 五情)은 희(喜), 노(怒), 애(愛), 낙(樂), 원(怨) 등으로 인간의 일반적인 감정을 의미한다.

만 따르고 짝이 없다'"라고 했다. 한유의 「시상示爽」에서 "모두들 네 한 몸을 걱정하는데, 서쪽으로 온 지 몇 년이 되었나"라고 했다. ○ 하안은 분粉을 손에서 놓지 않았고 걸을 때도 자신의 그림자를 돌아보았다는 말이 『위지』에 보인다.

詩曰, 畏此簡書. 曹子建責躬表曰, 形影相弔, 五情愧板. 資治通鑑, 晉李密言, 吾獨立於世, 顧影無儔. 退之詩, 念汝將一身, 西來曾幾年. ○ 何晏行步顧影, 見魏志.

留我左右手 奉承白頭親 : 『진서·소속전』에서 "소속이 성도왕 사마영에게 장사왕 사마예를 토벌하라고 간하면서 "형제는 좌우의 손과 같다'"라고 했다.

晉書邵續傳, 續諫成都王穎討長沙王乂曰, 兄弟如左右手.

小邦王事畧 蟲鳥聲無人 : 소방小邦은 덕안진[84]을 이른다. 『시경』에서 "왕의 일로 쉬지 못하니"라고 했다. 사령운의 「재중독서齋中讀書」에서 "텅 빈 객사에는 송사가 멈추고, 빈 뜰에는 참새만 날아오네"라고 했다. 한유의 「금조琴操」에서 "사방에 인기척이 없다"라고 했다.

小邦謂德安鎮. 詩曰, 王事靡鹽. 謝靈運詩曰, 虛館絶諍訟, 空庭來鳥雀. 退之琴操曰, 四無人聲.

---

84 덕안진 : 원풍 말년에 황정견이 덕안진을 다스리고 있었다.

王甥解鞍馬 夜語雞喚晨 : 『이아』에서 "누이의 남편이 생甥이 된다"라고 했다.

爾雅曰, 姊妹之夫爲甥.

母慈家人肥 女惠男垂紳 : 『예기·예운』에서 "부자간은 돈독하고 형제간은 화목하며 부부간이 온화하면 집안이 번성한다"라고 했다. 개보왕안석은 「은녀묘지명」을 지으면서 "나의 딸은 태어나면서부터 지혜가 대단히 뛰어났다"라고 했다. 살펴보건대 '惠'는 '慧'와 의미가 같다. 『예기·옥조』에서 "동자에 맞는 복식은 검은 베 옷에 비단 가선을 두르고 비단 띠를 두르는 것이다"라고 했다. 또한 "띠는 발까지 드리운다"라고 했다.

禮記禮運曰, 父子篤, 兄弟睦, 夫婦和, 家之肥也. 王介甫作鄣女墓誌曰, 吾女生惠異甚. 按惠與慧同. 禮記玉藻曰, 童子之節也, 緇布衣, 錦緣, 錦紳. 又曰紳垂足.

有田爲酒事 豚酒及秋春 : '주사酒事'는 누룩을 빚는 것을 이른다. 『예기·왕제』에서 "서인은 봄에 부추를 올리고 가을에 기장을 올리니, 부추에 계란을 곁들이고 기장에는 돼지고기를 곁들인다"라고 했다.

酒事謂麴蘖事, 見下茗事注. 禮記王制曰, 庶人春薦韭, 秋薦黍, 韭以卵, 黍以豚.

生涯得如此 舊學更光新 : 『장자』에서 "우리 삶은 끝이 있다"라고 했다. 『주역·대축』에서 "강건하고 독실하고 빛나서 날로 그 덕을 새롭게 한다"라고 했다.

莊子曰, 吾生也有涯. 易大畜曰, 剛健篤實輝光,[85] 日新其德.

索去何草草 小留慰艱勤 : 두보의 「송장손구시어送長孫九侍御」에서 "묻노니 그대 만 리 길 가는데, 어찌 그리 급히 이별하려 하오"라고 했다.

老杜詩, 問君適萬里, 取別何草草.

百年才一炊 六籍經幾秦 : 『이문집異聞集』에서 "도사인 여옹呂翁이 한단邯鄲 길가의 여관에서 묵었다. 소년인 노생盧生이 빈곤을 한탄했는데, 말을 마치자 졸음이 몰려왔다. 당시 주인은 황량 밥을 짓고 있었는데, 여옹이 품속을 뒤적이다가 베개를 꺼내어 노생에게 주었다. 베개의 양 끝에는 구멍이 있었다. 노생은 꿈속에서 구멍을 통해 어떤 집에 들어가서 50년을 부귀를 누리다가 늙고 병들어 죽었다. 기지개를 켜고 잠에서 깨어나 둘러보니 여옹이 곁에 있었으며 주인이 짓던 황량 밥은 아직 익지 않았다"라고 했다. 『문선·동도부』에서 "육적도 그에 대해 다 말할 수 없다"라고 했는데, 이선이 『봉선서』를 인용하여 주를 내면

---

85 [교감기] '易大畜曰剛健篤實輝光'에서 편명인 '大畜'은 전본(殿本)에 의거하여 보충하였다. '剛健'은 원래 '君子以'로 되어 있는데 『주역』을 살펴보니 원문에 '剛健' 두 글자로 되어 있다. 지금 전본(殿本)을 따라 바로 잡는다.

서 "육경에 실려서 전해진다"라고 했다. 개보 왕안석의 「건주학기」에서 "주나라 도가 미약해지자 불행하게도 진나라가 나오게 되어 시서를 불사르고 선비를 죽였다. 그러나 이런 마음은 다만 진나라 때만 그런 것이 아니라 공자가 있었던 때에도 이미 향교를 훼철하려는 자가 있었다"라고 했다. 왕안석은 또한 「도원행」에서 "어지러운 천하에 몇 번이나 진나라 지나갔던가"라고 했다.

百年一炊用邯鄲夢事, 見前注. 文選東都賦曰, 蓋六籍所不能談. 李善注引封禪書曰, 六經載籍之傳. 王介甫虔州學記曰, 周道微, 不幸而有秦, 燒詩書, 殺學士. 然是心非獨秦也, 當孔子時, 旣有欲毀鄕校者矣. 介甫又有桃源行曰, 天下紛紛經幾秦.

要知胷中有 不與迹同陳 : 『장자』에서 "기심이 흉중에 있다"라고 했다. 또한 「천운편」에서 "노자가 "육경은 선왕의 낡은 자취인데 어찌 그 참다운 자취라고 하겠는가"라고 했다.

莊子曰, 機心存于胷中. 又天運篇, 老子曰, 六經, 先王之陳迹也, 豈其所以迹哉.

郢人懷妙質 聊欲運吾斤 : 『장자』에서 "장자가 장례식에 참석하려고 혜자의 묘 앞을 지나가다가 따르는 제자를 돌아보고 말했다. "영 땅 사람 중에 자기 코끝에다 백토를 파리 날개만큼 얇게 바르고 장석匠石에게 그것을 깎아 내게 하자 장석이 도끼를 바람 소리가 날 정도로 휘둘

러 백토를 깎았는데 백토는 다 깎여졌지만 코는 다치지 않았고 영 땅 사람도 똑바로 서서 모습을 잃어버리지 않았다. 송나라 원군이 그 이야기를 듣고 장석을 불러 "어디 시험 삼아 내게도 해 보여 주게" 하니까 장석은 "제가 이전에는 그렇게 할 수 있었지만, 지금은 그 기술의 근원이 되는 상대가 죽은 지 오래되었습니다" 하더니만 "지금 나도 혜시가 죽은 뒤로 장석처럼 상대가 없어져서 더불어 이야기할 사람이 없어졌다"'라고 했다.

莊子曰, 莊子過惠子之墓, 謂從者曰, 郢人堊漫其鼻端, 若蠅翼, 使匠石斲之. 匠石運斤成風, 聽而斲之, 盡堊而鼻不傷. 郢人立不失容. 宋元君聞之, 召匠石曰, 嘗試爲我爲之. 匠石曰, 臣則嘗能斲之. 雖然臣之質死久矣, 自夫子之死也, 吾無以爲質矣.

18. 왕랑을 보내며[86]

送王郎

酌君以蒲城桑落之酒	포성의 상락주를 그대에게 따르고
泛君以湘纍秋菊之英	상수의 가을 국화 꽃술로 그대에게 띠워주네.
贈君以黟川點漆之墨	이천의 점이 옻 같은 먹을 그대에게 주며
送君以陽關墮淚之聲	양관의 눈물 떨구는 노래로 그대를 전송하네.
酒澆胸次[87]之壘塊	술로 가슴속의 커다란 응어리를 씻고
菊制短世之頹齡	국화로 짧은 인생 늙는 것을 막아보네.
墨以傳萬古[88]文章之印	먹으로 만고 문장의 심인을 전하고
歌以寫一家兄弟之情	노래로 한 집안 형제의 정을 읊어내네.
江山千里[89]俱頭白	천 리 강산 떨어져 모두 머리 하얀데
骨肉十年終眼[90]靑	십 년 만에 만난 형제 너무도 반갑구나.
連床夜語雞戒曉	침상에 누워 이야기로 밤을 지내니 닭이 새벽을 알리는데

---

86 『예장집(豫章集)』에는 앞의 작품을 차운하였다고 하였으니, 지금 그 말을 따른다.
87 [교감기] '胸次'는 문집(文集)과 고본(庫本)에는 '胸中'으로 되어 있다.
88 [교감기] '萬古'는 문집(文集)과 고본(庫本)에는 '千古'로 되어 있다.
89 [교감기] '千里'는 문집(文集)과 고본(庫本)에는 '萬里'로 되어 있다. '俱白頭'는 문집에는 '頭將白'으로 고본에는 '頭俱白'으로 되어 있다.
90 [교감기] '終眼'는 문집(文集)과 고본(庫本)에는 '眼終'으로 되어 있다. 문집의 원교(原校)에서 "달리 '終眼'으로 된 것도 있다"라고 했다. 명나라 대전본에서 '終'은 '俱'로 되어 있다.

書囊無底談末了	한없는 책 보자기에 대화는 끝이 없네.
有功翰墨乃如此	문장 공부가 바로 이와 같으니
何恨遠別音書少	어찌 멀리 떨어져 소식이 적다고 한스러워하랴.
炒砂⁹¹作糜終不飽	모래 끓여 죽을 만들면 끝내 배부르지 못하고
鏤氷文章⁹²費工巧	얼음에 새긴 문장은 노력만 허비하네.
要須心地收汗馬	모름지기 마음에 거친 망아지를 거둬들여야
孔孟行世日杲杲	공자, 맹자가 살았을 때처럼 환하게 빛나리.
有弟有弟力持家	아우여 아우여, 힘써 집안을 유지하며
婦能養姑供珍鮭	아내는 시모 봉양 잘하여 어채를 내오는구나.
兒大詩書⁹³女絲庥	아들은 자라 시서를 딸은 베를 만드니
公但讀書煮春茶⁹⁴	그대 다만 책 읽으며 봄 차를 끓이네.

【주석】

酌君以蒲城桑落之酒 : 유신의 「취종포주자사걸주시就從蒲州刺史乞酒詩」에
"포성에서 상락주를 마시니, 패수 언덕에 국화 핀 때이네"라고 했다.
살펴보건대『속고금주』에서 "삭랑하에서 나는 삭랑주는 뽕잎이 떨어
질 때 맛이 좋다. 그러므로 상락주라 이름하였다"라고 했다. 『제민요

---

91 [교감기] '炒沙'가 문집(文集)에는 '炊沙'로 되어 있다.
92 [교감기] '文章'이 문집(文集)에는 '文字'로 되어 있다.
93 [교감기] '詩書'가 전본(殿本)에는 '詩禮'로 되어 있다. 또한 문집과 고본(庫本)에
     '絲' 아래의 원교(原校)에서 "달리 '桑'으로 된 본도 있다"라고 했다.
94 [교감기] '煮春茶'는 문집의 원교(原校)에서 "달리 '遮眼花'로 된 본도 있다"라고
     했다.

술』에서 상락주를 빚는 법을 실었으니 "또한 9월에 만든다"라고 했다. 어떤 이가 말하기를 "상락은 강 이름이다"라고 했는데, 옳지 않다. ○ 두보의 「구일양봉선회백수최명부九日楊奉先會白水崔明府」에서 "앉아 상락 주 따르니"라고 했다.

庾信詩云, 蒲城桑落酒, 灞岸菊花秋. 按續古今注云, 索郎酒, 桑落時美, 故 因以爲名. 齊民要術載釀桑落酒法, 亦以九月. 或云桑落, 河名. 非也. ○ 杜 詩, 坐開桑落酒.

泛君以湘纍秋菊之英 : 『한서』에서 "양웅이 「반이소反離騷」를 지어 "삼 가 상수에서 억울하게 죽은 굴원을 애도하노라""라고 했는데, 주에서 "죄를 짓지 않고 죽는 것을 모두 루纍라 한다. 굴원이 상수에 몸을 던져 죽었다. 그러므로 상루湘纍라 하였다"라고 했다. 『초서』에서 "저녁에는 가을 국화 떨어진 꽃잎으로 배 채웠네"라고 했다.

漢書, 揚雄作反騷曰, 欽弔楚之湘纍. 注謂屈原赴湘死, 故曰湘纍. 楚詞曰, 夕餐秋菊之落英.

贈君以黟川黚漆之墨 : '黟'의 음은 '伊'이다. 이천은 한의 옛 현이었는 데 지금은 흡주에 속한다. 『묵보』에서 "강남에 이흡이란 지역이 있는 데 그곳의 이정규의 먹은 대단히 좋다. 이정규는 본래 역수 사람이었 는데 당나라 말기에 장강을 건너 흡주에 거처하면서 먹 만드는 것으로 이름이 났다"라고 했다. 소자량의 「답왕중건서」에서 "위중장의 먹은 한 번 점 찍으면 칠漆과 같다"라고 했다.

黟音伊, 漢舊縣, 今屬歙州. 墨譜云, 江南黟歙之地, 有李廷珪墨尤佳. 廷珪本易水人, 唐末渡江居歙, 造墨有名. 蕭子良答王僧虔書云, 仲將之墨, 一點如漆.

送君以陽關墮淚之聲 : 왕유의 「송원이사안서送元二使安西」에서 "권하노니 그대여 한 잔 더 드시게나, 서쪽으로 양관을 나서면 아는 친구 없으리라"라고 했다. 이상은의 「증가기贈歌妓」에서 "애간장 끊어지는 소리로 양관곡을 부르네"라고 했다. 진나라 때 양호가 양양襄陽을 다스리면서 항상 인정仁政을 베풀었기에 그가 죽자 백성들이 사모하는 마음으로 현산峴山에 비석을 세웠는데, 그 비석을 보는 사람들이 모두 눈물을 흘렸다 하여 타루비墮淚碑라고 불렸다는 내용이 『진서·양호열전』에 보인다.

王維詩, 勸君更盡一杯酒, 西出陽關無故人. 李商隱詩, 斷腸聲裏唱陽關. 墮淚碑見晉書羊祜傳.

酒澆胸次之壘塊 : 『세설신어』에서 "왕손이 왕침에게 묻기를 "완적의 주량은 사마상여와 비교하여 어떤가"라 묻자 왕침이 "완적의 가슴에는 커다란 돌무더기가 있기 때문에 모름지기 술로 씻어내야 한다""라고 했는데 주에서 "말하자면 완적은 대부분 사마상여와 같았는데 다만 술에서는 다른 점이 있었다"라고 했다. 『장자』에서 "희노애락의 감정이 흉중에 침입하지 않는 것입니다"라고 했다.

世說, 王遜問王忱, 阮籍何如司馬相如. 忱曰, 阮籍胷中壘塊, 故須以酒澆之. 言同相如, 唯有酒異. 莊子曰, 喜怒哀樂不於于胷次.

菊制短世之頹齡 : 도연명의 「구일한거九日閑居」에서 "국화는 늙는 것을 막아주네"라고 했다. 반고의 「유통부」에서 "도는 영원한데 인생은 짧다"라고 했다.

淵明詩, 菊爲制頹齡. 班固幽通賦, 道修長而世短.

墨以傳萬古文章之印 歌以寫一家兄弟之情 : 인印은 불가에서 말하는 부처의 심인을 전하는 것이다. 『시경』에서 "수레 타고 나가 놀면서, 나의 근심을 쏟아볼거나"라고 했다. 중선 왕찬의 「잡시雜詩」에서 "근심스런 마음을 풀어보기를 바라네"라고 했다.

印如釋氏所謂傳佛心印. 詩曰, 以寫我憂. 王仲宣詩, 冀寫憂思情.

江山千里俱頭白 骨肉十年終眼青 : 산곡의 이 대구는 대단히 오묘함이 있는데, 전배들도 이런 구절을 많이 구사하였다. 두보는 「진주견칙목秦州見勅目」에서 "헤어진 뒤로 모두 머리 세었으나, 만난다면 반갑게 맞이해 줄 것이리"라고 했다. 동파 소식은 「실제失題」에서 "책 읽느라 머리는 희어지려는데, 서로 마주하니 반갑게 대하네"라고 했다. 또 「실제失題」에서 "온갖 일 겪은 신세 머리 이미 세었는데, 평생 서로 마주하며 반갑게 대하네"라고 했다. 또 「실제失題」에서 "거울 속 흰 머리 이제 나도 늙었는데, 평생의 반가운 눈은 그대 위해 반짝이네"라고 했다. 또

「실제失題」에서 "옛 친구 만나면 여전히 반가운데, 지금 새 관원은 대부분 흰머리라네"라고 했다. 또 「실제失題」에서 "만 리 떨어진 강산에서 장차 늙어 가는데, 십 년 만에 본 형제 여전히 반갑구나"라고 했다. 그가 청안靑眼과 백두白頭의 대구를 구사한 것이 비일비재한데 공교로움과 졸렬함은 또한 각기 다르다.

山谷此對極有妙處, 前輩多使之. 老杜云, 別來頭併白, 相對眼終青. 東坡云, 讀書頭欲白, 相對眼終青. 又曰, 身更萬事已頭白, 相對百年終眼青. 又曰, 看鏡白頭知我老, 平生青眼爲君明. 又曰, 故人相見尚青眼, 新貴如今多白頭. 又曰, 江山萬里將頭白, 骨肉十年終眼青. 其用青眼對白頭非一, 而工拙各有異耳.

連林夜語雞戒曉 書囊無底談未了 : 『문선』에 실린 조경진의 「답혜무제서」에서 "닭이 운다고 아침에 경계하였으니[95] 속히 그대 새벽에 먼 길을 떠나야 한다"라고 했다. 안사고가 『급취장』에 주를 내면서 "바닥이 있는 것을 '낭囊'이라 하고 바닥이 없는 것을 '탁橐'이라 한다"라고 했다. 『세설신어』에서 "위개가 사곤과 함께 아침이 되도록 현담玄談을 나누었다"라고 했다. 이백의 「기위남릉빙寄韋南陵冰」에서 "말을 마치기도 전에 바람 불어와 소리 끊겼네"라고 했다.

---

95 닭이 (…중략…) 경계하였으니 : 『시경(詩經)·제풍(齊風) 계명(鷄鳴)』에 "닭이 울었으니 조정에 대신들이 모였겠다[鷄旣鳴矣 朝旣盈矣]"면서 "나 때문에 당신이 미움 사면 안 된다[無庶子子憎]"고 경계시키는 대목이 나온다.

文選趙景眞答嵇茂齊書曰, 雞鳴戒旦, 則飄爾晨征. 顔師古注急就章曰, 有底曰囊, 無底曰橐. 世說, 衛玠與謝鯤達旦微言. 太白詩, 語笑未了風吹斷.

有功翰墨乃如此 何恨遠別音書少 : 『문선』에 실린 사첨謝瞻의 「장자방張子房」에서 "빛나는 한묵의 마당이여"라고 했다.

選詩, 粲粲翰墨場.

炒砂作糜終不飽 : 『능엄경』에서 "음란한 마음을 끊지 않고 선정 수행을 하는 것은 모래를 삶아 밥을 지으려는 것과 같다. 백천 겁을 삶아도 다만 뜨거운 모래일 뿐이다. 어째서 그런가. 이것은 밥이 아니고 본래 모래와 돌로 지었기 때문이다"라고 했다. 『세설신어』에서 "손님이 진태구[96]를 찾아오자, 아들인 원방과 계방[97]에게 밥을 짓게 하였다. 두 아들은 어른들의 대화를 듣느라 밥을 그릇에 퍼 담는 것조차 잊어버려 죽이 되고 말았다"라고 했다. 『능엄경』에서 "먹는 것을 말로 하는 것과 같으니 끝내 배가 부르지 않는다"라고 했다.

楞嚴經曰, 若不斷婬修禪定者, 如蒸砂石, 欲成其飯, 經百千劫, 祇名熱砂. 何以故, 此非飯, 本砂石成故. 世說曰, 賓客詣陳太丘, 使元方季方炊. 二人聽客議論, 忘著簞, 皆成糜. 佛書又云, 譬如說食, 終不能飽.

---

96 진태구 : 후한 때의 어진 관리였던 진식(陳寔)을 가리키는데, 진식이 일찍이 태구(太丘)의 장(長)을 지냈으므로 이렇게 일컫는 것이다. 태구는 하남성(河南省) 영성현(永城縣)에 있는 지명이다.
97 원방과 계방 : 진식(陳寔)의 아들 진기(陳紀)와 진심(陳諶)의 자(字)이다.

鏤氷文章費工巧 : 『염철론』에서 "안으로 바탕이 없이 겉으로 문만 배운다면, 아무리 어진 스승이나 훌륭한 벗이 있더라도 마치 기름덩이에 그림을 그리거나 얼음을 조각하는 것과 같아서 시간만 허비하고 보람은 없을 것이다"라고 했다. 『고공기』에서 "공예에는 정교함이 있다"라고 했다.

鹽鐵論曰, 內無其質, 而外學其文, 若畫脂鏤氷, 費日損工. 考工記曰, 工有巧.

要須心地收汗馬 孔孟行世日杲杲 : 이 구절은 마음속에서 도의가 사특함을 싸워 이긴다면 흉중이 밝게 열려 성현의 마음 씀씀이를 환하게 볼 수 있음을 말하고 있다. 『사기·진세가』에서 "문공이 "화살과 바위의 위험을 무릅쓰고 말이 땀이 나도록 전쟁터에서 공적을 세운 자는 다음의 상을 받을 것이다"라고 했다. 『맹자』에서 "공자가 별세한 다음, 제자인 자하·자장·자유가 유약이 공자와 유사하다 하여 공자를 섬기던 예로써 그를 섬기고자 해서 증자에게 강요하자, 증자가 말씀하기를 "불가하니, 공자께서는 강한으로써 씻으며 가을볕으로써 쪼이는 것과 같아서 깨끗하고 깨끗하여 더할 수 없다""라고 했는데, 주에서 "가을 볕에 대해 설명하면 주나라의 가을은 하나라의 5, 6월에 해당하니 땡볕이다. '호호皜皜'라는 말은 대단히 흰 것이다. '皜'의 음은 '杲'이다"라고 했다. 『시경』에서 "비가 오려나 비가 오려나 했는데, 햇볕만 쨍쨍 내리쬐누나"라고 했다. 산곡의 「답왕우서」에서 "도의로써 화려하게 장식한 병사를 상대하니 싸워 이긴 것이 오래되었을 것이다. 옛사람이

이르기를 "적을 한 방향으로 유인하여 천 리에 있는 적장을 살해하라"[98]라고 했으니, 모름지기 마음에 말을 타고 전쟁터에서 싸운 노고를 거둬들인 뒤에 책을 읽으면 이에 맛이 있을 것이다"라고 했다.

謂道義戰勝, 胷中開明, 乃曉然見聖賢用心處. 史記晉世家, 文公曰, 矢石之難, 汗馬之勞, 此復受次賞. 孟子曰, 子夏子張子游, 以有若似聖人, 欲以所事孔子事之. 曾子曰, 不可. 江漢以濯之, 秋陽以暴之, 皜皜乎不可尙矣. 注曰, 秋陽, 周之秋, 夏之五月六月, 盛陽也. 皜皜, 甚白也. 皜音杲. 詩曰, 其雨其雨, 杲杲出日. 山谷答王雱書曰, 想以道義敵紛華之兵, 戰勝久矣. 古人云, 幷敵一向, 千里殺將, 要須心地收汗馬之功, 讀書乃有味.

有弟有弟力持家 婦能養姑供珍鮭 : 두보의 「동곡가」에서 "아우여, 먼 곳에 있는 아우여"라고 했다. 『고악부·농서행隴西行』에서 "굳건한 며느리 집안을 유지하네"라고 했다. 『남사·유고지전』에서 "임방이 희롱하기를 "누가 유량을 가난하다고 하는가. 항상 27종의 규채를 먹는걸""[99]이라고 했다. '鮭'의 음은 '戶'와 '佳'의 반절법이다. 『절운』에서

---

98 옛 (…중략…) 살해하라 : 『손자병법·구지편(九地篇)』에 보이는 말이다. 이 부분의 표점을 원문에 따라 고쳐서 번역한다.
99 임방이 (…중략…) 먹는걸 : 규채는 생선과 채소 반찬을 범칭한 말이다. 남제(南齊) 때의 문신 유고지(庾杲之)가 본디 청빈하여 먹는 것이라고는 오직 '부추 김치[韭葅]', '삶은 부추[瀹韭]', '생부추[生韭]' 등 잡채(雜菜)뿐이므로, 임방(任昉)이 그를 희롱하여 위에서처럼 말하였다. 27종이란 곧 구(韭)의 음이 구(九)와 같으므로, 세 종류의 부추 나물을 3×9=27로 환산하여 말한 것인데, 유고지는 실상 세 종류의 부추만을 먹었을 뿐 규채는 없었지만, 임방이 장난삼아 그에게 많은 종류의 규채를 먹는다고 하였다.

"규는 고기 이름으로『오지』에 보인다"라고 했다.

老杜同谷歌云, 有弟有弟在遠方. 古樂府云, 健婦持門戶. 南史庾杲之傳, 任

昉戲曰, 誰謂庾郞貧, 食鮭常有二十七種. 鮭音戶佳反. 切韻曰, 魚名, 出吳志.

兒大詩書女絲麻 公但讀書煮春茶：『예기』에서 "삼베와 명주베를 만든

다"라고 했다.

禮記曰, 治其麻絲.

19. 유경문의 「등업왕대견사」에 차운하다. 5수[100]

次韻劉景文登鄴王臺見思 五首

유계손의 자는 경문이다. 그의 아버지 유평은 조원호의 난리[101]에 죽었다. 『업중기』에서 "위나라 무제가 동작원에 세 개의 대를 세웠다"라고 했다.

劉季孫, 字景文, 其父平, 死于趙元昊之難. 鄴中記, 魏武于銅雀園立三臺.

첫 번째 수其一

黃濁歸大壑	누렇고 탁한 물이 큰 강으로 흘러들며
漣漪遶重城	잔잔한 물결은 중성을 감싸도누나.
西風一橫笛	서풍에 한줄기 피리 소리 들려오고
金氣與高明	가을 기상은 높고도 밝도다.
歸鴉度晚景	돌아가는 까마귀 석양을 건너고

---

100 시에 "평원의 가을 숲 경치, 사록의 저물녘 종소리[平原秋樹色 沙麓暮鐘聲]"라는 구절이 있는데, 평원은 즉 덕주이다. 또한 "속세에 매어 서로 그리워하는데, 십여 성 떨어진 저 멀리 바라보네[繫匏兩相憶 極目十餘城]"라고 하였다. 대개 업왕대는 상주(相州)에 있는데, 덕주와 이웃으로 모두 하북군(河北郡)에 있으니, 서로 거리가 두어 역말 정도 떨어져 있다.

101 조원호의 난리 : 서하(西夏) 사람으로 이덕명(李德明)의 아들인데, 송(宋)나라로부터 조 씨(趙氏) 성(姓)을 하사받아 조원호(趙元昊)라고도 한다. 인종(仁宗) 때 서하에서 반란을 일으켜 하(夏)나라를 건국하고 황제를 칭하였다.

落鴈帶邊聲	내려앉은 기러기 변방의 울음 띠고 있네.
平生知音處	평생의 지음 사는 곳에서
別離空復情	이별에 부질없이 다시 슬퍼하네.

【주석】

黃濁歸大壑 漣漪遶重城 : 곽박이 『이아』에 주를 달면서 "황하가 받아들인 강이 많다. 많은 강물은 맑지 못하니 혼탁하고 누런 것이 당연하다"라고 했다. 『한서·곡영전』에서 "하얀 기운이 동방에서 일어나 4월이 되자 사방이 누렇고 탁하게 되었다"라 했다. 이 구절에서는 이 글자의 의미를 차용하였다. 『열자』에서 "발해의 동쪽에 몇 억만 리인지 알 수 없는 큰 골짜기가 있다. 실로 바닥이 없기에 '귀허'라 부른다. 구주 온 천하의 강물이 이곳으로 쏟아져 들어간다"라고 했다. 『시경』에서 "황하의 물은 맑고 잔잔하게 흘러간다"라고 했다.

郭璞注爾雅曰, 河所受渠多, 衆水溷淆, 宜其濁黃. 漢書谷[102]永傳, 黃濁四塞. 此借用其字. 列子曰, 勃海之東, 不知幾億萬里, 有大壑焉, 實惟無底之谷, 名曰歸墟. 八紘九野之水, 莫不注之. 詩曰, 河水淸且漣漪.

西風一橫笛 金氣與高明 : 두목의 「제선주개원시題宣州開元寺」에서 "늦가을 비에 집집마다 발을 내리고, 해 저무는 누대에 피리 소리 바람에 실려 오네"라고 했다. 『한서·오행지』에서 "금기가 병이 들면 나무가 상

---

102 [교감기] '谷'은 '穀'의 오자이다.

한다"라고 했다. 두보의 「독열기간최평사毒熱寄簡崔評事」에서 "대화성에 금 기운이 도니, 형주, 양주는 가을을 모르겠네"라고 했다. 유우석의 「추형인秋螢引」에서 "밤하늘 고요하고 금기는 맑은데"라고 했다. 『문선』에 실린 성공수成公綏의 「소부」에 대해 이선이 주를 내면서 『회남자』를 인용하여 "영척이 소뿔을 두드리면서 빠르게 상성의 가곡을 연주하였다. 상商은 금金에 해당하여 소리가 맑다. 그러므로 곡조로 삼았다"라고 했다. 왕일이 『초사·구변』에 주를 내면서 "가을 하늘은 높고 맑아 기가 청명하다"라고 했다.

杜牧之詩, 深秋簾幕千家雨, 落日樓臺一笛風. 漢書五行志曰, 金氣病則木沴之. 老杜詩, 大火運金氣, 荆揚不知秋. 劉禹錫秋螢引曰, 夜光寂寥金氣靜. 文選嘯賦李善注引淮南子曰, 甯戚擊牛角, 而疾商聲歌曲, 商金聲淸, 故以爲曲. 王逸注楚辭九辯曰, 秋天高朗, 氣淸明也.

歸鴉度晚景 落鴈帶邊聲 : 두보의 「송엄시랑送嚴侍郎」에서 "가벼운 새는 층층의 구름 넘어가네"라고 했다. 또한 「월야억사제月夜憶舍弟」에서 "변방 가을에 외기러기 울음소리뿐"이라고 했다. 『문선』에 실린 이릉의 편지에서 "변방의 소리가 사방에서 일어난다"라고 했다.

老杜詩, 輕鳥度層陰. 又詩, 邊秋一鴈聲.[103] 文選李陵書曰, 邊聲四起.

---

103 [교감기] 원래 '又詩邊秋一鴈聲'이란 주가 없었는데 지금 전본(殿本)에 의거하여 보충한다.

平生知音處 別離空復情 : 지음은 다음 편의 주에 보인다. 두보의 「봉제역중송엄공奉濟驛重送嚴公」에서 "청산은 부질없이 다시 슬픔 일으키네"라고 했다. 살펴보건대 사조의 「영동작대詠銅雀臺」에서 "아리따움은 부질없이 다시 슬픔 일으키네"라고 했다.

知音見後篇注. 老杜詩, 遠送從此別, 靑山空復情. 按謝朓詩, 嬋娟空復情.

두 번째 수其二

舊時劉子政	옛날의 유자정이요
憔悴鄴王城	퇴락한 업왕의 성이로다.
把筆已頭白	붓을 잡으니 이미 머리 셌는데
見書猶眼明	글을 보니 더욱 눈이 밝아지네.
平原秋樹色	평원의 가을 숲 경치
沙麓暮鐘聲	사록의 저물녘 종소리.
歸鴈南飛盡	돌아가는 기러기 남쪽으로 사라지니
無因寄此情	이 마음 담아 보낼 수 없구나.

【주석】

把筆已頭白 見書猶眼明 : 『한서』에서 "유향의 자는 자정이다"라고 했는데, 그의 자를 써서 유경문을 비교하였다. 『환우기』에서 "옛날의 업성은 상주의 업현 동쪽에 있다. 위무제가 이곳에 위왕으로 책봉을 받

왔기에 북도라고 부른다"라고 했다.

漢書, 劉向字子政. 用以比景文. 寰宇記, 故鄴城在相州鄴縣東, 魏武帝受封于此, 呼爲北都.

平原秋樹色 沙麓暮鐘聲 : 이 구절은 두보의 「기이백寄李白」이란 시의 "봄날 위수 북쪽 나무 아래 나, 강동 해 저무는 구름 속의 그대"라는 구절을 인용하였다. 평원은 지금의 덕주이다. 산곡은 이 당시 덕주의 덕평진을 감독하고 있었다.『환우기』에서 "사록은 위주 원성현의 동쪽에 있으니, 즉『한서·원후전』의 왕옹유가 옮겨간 곳이다"라고 했다. 지금의 북경과 상주의 접경지이다.

用老杜寄李白詩, 渭北春天樹, 江東日暮雲句律. 平原, 今德州. 山谷是時監德州德平鎭. 寰宇記, 沙麓在魏州元城縣東, 卽漢書元后傳王翁儒徙居之地, 今爲北京與相州相接.

歸鴈南飛盡 無因寄此情 :『관자』에서 "환공이 말하기를 "기러기는 봄에 북쪽으로 갔다가 가을에 남쪽으로 가는데, 그 시기를 놓치지 않는다""라고 했다.『초사』에서 "기러기는 끼룩끼룩 울며 남으로 날아간다"라고 했다.『한서·소무전』에서 "천자가 상림원 안에서 활을 쏘아서 기러기를 잡았는데 발에 비단 편지가 묶여 있었다"라고 했다. 위초韋超의 「조발상담기두원외早發湘潭寄杜員外」에서 "그대 그리워도 남으로 가는 기러기 없으니, 언제나 편지 전할까"라고 했다.

管子, 桓公曰, 鴻鴈春北而秋南, 不失其時. 楚辭曰, 鴈雝雝而南飛. 漢書蘇武傳, 天子射上林中, 得鴈, 足有繫帛書. 老杜詩,[104] 相憶無南鴈, 何時有報章.

세 번째 수其三

繫匏兩相憶	속세에 매어 서로 그리워하는데
極目十餘城	십여 성 떨어진 저 멀리 바라보네.
積潦干斗極	북두성까지 장맛비는 쌓을 듯하더니
山河皆夜明	산하가 모두 밤인데도 밝구나.
白璧按劍起	아무 까닭 없이 잠에서 일어나니
朱絃流水聲	지우가 그리워서라네.
乖逢四時爾	운명이 그대를 저버리더라도
木石了無情	목석처럼 끝내 동요하지 않네.

【주석】

繫匏兩相憶 極目十餘城 : 계포繫匏는 『논어』에 보인다. 즉 춘추시대 조趙 나라 중모재中牟宰인 필힐佛肹이 공자를 불러 공자가 가려고 하자 자로子路가 공자에게 필힐은 나쁜 사람이므로 가서는 안 된다는 뜻으로 말하니, 공자가 이르기를 "내가 어찌 박이더냐, 어째서 한 군데에 매여 있어 음식도 먹지 못한단 말이냐?"라고 했다. 『문선』에 실린 고시에서

---

104 [교감기] 이 시는 두보의 시가 아니라 위초(韋超)의 작품이다.

"말미에 언제나 보고 싶다는 말 있네"라고 했다. 『초사』에서 "눈을 크게 뜨고 천 리를 바라보니 춘심이 애상에 젖네"라고 했다. 살펴보건대 덕주德州와 상주相州는 모두 하북에 있다. 『한서·오구수왕전』에서 "십여 성을 연이어 지킬 때"라고 했다.

繫匏見魯論. 文選古詩云, 下有長相憶. 楚辭曰, 目極千里兮傷心悲.[105] 按德與相俱在河北. 漢書吾丘壽王傳曰, 連十餘城之守.

積潦干斗極 山河皆夜明 : 유우석의 「한십팔시어견시韓十八侍御見示」에서 "장맛비 웅덩이 속에서 산 밑을 찾네"라고 했다. 사마상여의 「자허부」에서 "위로 푸른 구름에 닿네"라고 했다. 두목의 「두추낭시杜秋娘詩」에서 "궁궐이 북두성까지 치솟았고"라고 했다. 『좌전』에서 "보이던 별이 보이지 않으니, 밤이 밝아서이다"라고 했다.

劉禹錫詩, 積潦搜山趾. 司馬相如子虛賦曰, 上干靑雲. 杜牧詩, 觚稜拂斗極. 左傳曰, 恒星不見夜明也.

白璧按劍起 : 『한서·추양전』에서 "명월주와 야광벽을 어두운 밤에 길가에서 사람에게 던지면 모두 칼을 어루만지면서 서로를 흘겨봅니다. 왜 그렇겠습니까. 아무런 까닭 없이 앞에 나타났기 때문입니다"라고 했다.

漢書鄒陽傳曰, 明月之珠, 夜光之璧, 以闇投人於道, 衆莫不按劍相眄者,

---

105 [교감기] 원문에는 '傷春心'으로 되어 있다. 이에 근거하여 번역한다.

何則, 無因而至前也.

朱絃流水聲 : 『예기』에서 "청묘淸廟에서 연주하는 비파는 붉게 물들인 실과 비파 밑 부분에 구멍을 내어 낮은 소리를 내게 하는데 한 번 연주 하면 세 번 감탄을 일으키니 여운이 있기 때문이다"라고 했다. 『여씨 춘추』에서 "백아가 거문고를 뜯으면서 산에 대해 연주하면 종자기는 "높고도 높구나"라 하였으며, 강에 대해 연주하면 종자기는 "물이 넘실 거리는 구나"라 했다. 종자기가 죽자 백아는 마침내 줄을 끊어 버렸으 니 세상에 그의 음악을 알아주는 이가 없어졌기 때문이었다"라고 했다.

記曰, 朱絃疏越, 一唱而三嘆, 有遺音者矣. 呂氏春秋, 伯牙鼓琴, 意在山, 鍾 子期曰, 巍巍乎. 意在水, 子期曰, 湯湯乎. 鍾期死, 白牙遂絶絃, 以世無知音.

乖逢四時爾 木石了無情 : 달인은 영욕에 대해 나무나 돌이 추위나 더 위를 느끼지 않는 것처럼 애초부터 좋아하거나 화를 내지 않는다는 의 미이다. 『장자』에서 "옛날 도를 깨우친 자는 곤궁하더라도 즐거워했으 며 영달하더라도 또한 즐거워했으니 그들이 정말 즐거워한 것은 곤궁 과 영달과 같은 것이 아니다. 도가 나에게 얻어지면 곧 궁이니 통이니 하는 것은 한서풍우寒暑風雨와 같은 자연의 추이와 같은 정도의 일이 될 따름이다"라고 했다. 백거이의 「이부인」에서 "사람은 목석이 아니니 모두 정이 있네"라고 했다. 『명사전』에서 "완적은 끝내 부끄러운 기색 이 없었다"라고 했다.

達人之於窮通, 猶木石之於寒暑, 初無喜慍也. 莊子曰, 古之得道者, 窮亦樂, 通亦樂, 所樂非窮通也. 道得於此, 則窮通爲寒暑風雨之序矣. 樂天李夫人詩曰, 人非木石皆有情. 名士傳曰, 阮籍了無愧色.

네 번째 수其四

茗花浮曾坑	증갱 차의 꽃을 끓이고
酒泛酌宜城	의성 술의 알갱이를 따르네.
路尋西九曲	서쪽 구곡으로 난 길을 찾아드니
人似漢三明	한나라 삼명 같은 인물이로다.
千戶非無相	천호후의 관상을 지녔는데
五言空有聲	오언시에 능하다고 부질없이 이름났네.
何時郭池晚	언제나 저물녘 곽원의 연못에서
照影寫閑情	그림자 비추며 한가로운 정회 풀어볼까.

【주석】

茗花浮曾坑 : 육우의 『다경』에서 "말발沫餺은 탕의 정화거품을 미화한 표현이다. 거품이 엷은 것은 말沫이라 하고 두터운 것은 발餺이라 하며 작고 가벼운 것은 꽃[花]이라고 한다"라고 했다. 소식의 「화증중석」에서 "그대 집에서 새로 설갱차를 보내왔네"라고 했는데, 자신이 주를 내면서 "근래 증갱차[106]를 얻었다"라고 했다.

陸羽茶經云, 沫餑者, 湯之華也. 華之薄者曰沫, 厚者爲餑, 輕細者曰花. 東坡和曾仲錫詩云, 君家新致雪坑茶. 自注云, 近得曾坑茶.

酒泛酌宜城 : 『주례·주정』에서 "다섯 종류의 술 가운데 범제[탁주]가 있다"라고 한 부분의 주에서 "범汎이란 술이 익으면 찌꺼기가 둥둥 뜨니 의성[107]의 탁주와 같다"라고 했다. 소에서 "의성은 지명을 말하는 것이다. 그러므로 조식의 「주부」에서 "의성의 예료와 창오의 표청"이라 했다. 유고는 술 이름이라 했는데 어느 것이 옳은지 알지 못하겠다"라고 했다.

周禮酒正, 泛齊注曰, 泛者, 成而滓浮, 泛泛然, 如宜城醪矣. 疏云, 宜城說以爲地名, 故曹植酒賦曰, 宜城醴醪, 蒼梧縹淸. 劉杲以爲酒名, 未知孰是.

路尋西九曲 : 이 작품을 마지막 구절로 고찰해 보면 대개 변경 서쪽 지역에서 옛날 노닐던 때를 뒤미처 기록한 것인데, 이 구절은 큰 길이 난 지역에 대해 서술한 것이다. 살펴보건대, 송차도의 『동경기』에서 "궁궐 문밖에 복창방이 있고, 그곳에 구곡자항이 있다"라고 했다. 산곡이 가리키는 곳은 아마도 이곳을 이르는 것으로 보인다.

此篇以末句考之, 蓋追記汴京州西舊游, 而此句述其經行之地. 按宋次道東

---

106 증갱차 : 증갱은 송나라 때 복건(福建) 건안(建安) 북쪽의 소씨(蘇氏) 정원의 가장 높은 곳으로 차가 생산된다. 이로 인하여 증갱은 명차의 이름이 되었다.
107 의성 : 호북성에 있는 도시로 이곳에서 나는 탁주가 당나라시기에 유명했다고 한다.

京記, 閭闔門外福昌坊, 有九曲子巷. 山谷所指或當謂此.

人似漢三明 : 『후한서·단경전』에서 "단경의 자는 기명으로 황보위명, 장연명 등과 나란히 이름이 났으니, 서울에서 현달하여 양주삼명이라고 불리었다"라 하였다. 범엽의 찬에서 "산서에 용맹한 이가 많은데, 삼명의 명성이 나란하네"라고 했다.

後漢段潁傳, 潁字紀明, 與皇甫威明張然明並知名, 顯達京師, 稱爲涼州三明. 范曄贊曰, 山西多猛, 三明儷蹤.

千戶非無相 : 『후한서·반초전』에서 "관상쟁이를 찾아가니 관상쟁이가 "제비의 턱에 호랑이 머리니 날아다니며 고기를 먹을 것이니 만리후가 될 상이다"라 했는데 후에 정원후에 봉해졌다"라고 했다. 경문은 장수 집안의 자제이므로 삼명과 반초의 고사를 사용하였다.

後漢班超傳, 詣相者, 相者曰, 燕頷虎頭, 飛而肉食, 萬里侯相. 後封定遠侯. 景文將家子, 故用三明及此事.

五言空有聲 : 한유의 「석정연구」의 서문에서 "교서랑 후희신이 시를 잘 짓는다는 명성이 있었다"라고 했다.

退之石鼎聯句序曰, 校書郎侯喜新有能詩聲.

何時郭池晚 照影寫閑情 : 촉 지역의 구본인 『쌍정전집』의 절구 가운

데 「경문견초회숙주서곽원」이란 시가 있다. 『문선』에 실린 중선 왕찬의 「잡시雜詩」에서 "날이 저물 때 서쪽 정원에서 노닐며, 근심스런 생각 풀어내길 바랐네. 굽이굽이 연못에 흰 물결 넘실거리고, 줄 지어 선 나무는 붉은 꽃 활짝 폈네"라고 했다. 도잠은 「한정부」를 지었으니, 이 구절에서 그 글자를 차용하였다.

蜀中舊本雙井前集絶句中, 有景文見招會宿州西郭園詩. 文選王仲宣詩曰, 日暮遊西園, 冀寫憂思情. 曲池揚素波, 列樹敷丹榮. 陶淵明有閑情賦, 此借用其字.

다섯 번째 수其五

公詩如美色[108]	공의 시는 아름다운 여인 같아
未嫁已傾城	시집가기 전에 이미 성을 기울였네.
嫁作蕩子婦	시집간 뒤 탕아의 부인이 되어
寒機泣到明	차가운 베틀에서 새벽까지 우는구나.
綠琴蛛網徧	녹기금은 거미줄이 뒤덮었고
絃絶不成聲	끊어진 줄은 소리가 나지 않는구나.
想見鴟夷子	상상해 보건대, 치이자처럼
江湖萬里情	강호 만 리의 정을 지녔으리.

---

108 [교감기] '美色'은 고본(庫本)에는 '美玉'으로 되어 있다.

公詩如美玉 未嫁已傾城 : 『한서·이부인전』에서 "이연년이 노래를 부르기를 "북방에 미녀가 있는데, 절세가인으로 둘도 없네. 한 번 웃으면 온 성이 기울고, 두 번 웃으면 온 나라가 기울어지네""라고 했다.

漢書李夫人傳, 李延年歌曰, 北方有佳人, 絶世而獨立. 一顧傾人城, 再顧傾人國.

嫁作蕩子婦 寒機泣到明 : 그의 중년 시는 대부분 애상에 젖었다는 것을 말한다. 『문선』에 실린 「고시古詩」에서 "옛날엔 기생집의 여인이었고, 지금은 탕자의 부인이네"라고 했다. 『북몽쇄언』에서 "서월영의 「송인」에서 "머리맡의 눈물과 계단 앞의 빗물, 한가로운 창 너머로 아침까지 떨어지네""라고 했다. ○ 당나라 시인 오융은 「한기효유직부」를 지었으니, 이 구절에서 이를 인용하였다.

言其中年之詩多哀傷也. 選詩曰, 昔爲倡家婦, 今爲蕩子婦. 北夢瑣言, 徐月英送人詩云, 枕前淚與堦前雨, 隔箇閑窻滴到明. ○ 唐人吳融作寒機曉猶織賦, 此引用.

綠琴蛛網徧 絃絶不成聲 : 부현의 「금부」의 서문에서 "채옹은 녹기금을 지녔는데 천하의 명기이다"라고 했다. 『옥대신영』에 실린 서비의 「증내」에서 "비단 이불에 거미가 줄을 치고"라고 했다. 『예기·단궁』에서 "자하가 이윽고 상을 마치고 공자를 만난 뒤에 함께 거문고를

타는데, 거문고를 타지만 가락을 이루지 못하였다"라고 했다.

傳玄琴賦序曰, 蔡邕有綠綺琴, 天下名器也. 玉臺新詠徐悱贈內詩曰, 網蟲生錦薦. 禮記檀弓, 子夏旣除喪, 而見予之琴, 彈之而不成聲.

想見鴟夷子 江湖萬里情 : 지기를 만나지 못한 것에 대해 말하고 있다. 두목의 「두추낭杜秋娘」에서 "서시가 고소대를 내려와, 작은 배로 치이를 따라갔네"라고 했다. ○ 『사기』에서 "범려가 월왕을 도와 이윽고 패자가 되자 이에 작은 배를 타고 강호로 떠났는데, 치이자라고 자호하였다"라고 했다.

言未逢知己也. 杜牧之詩, 西子下姑蘇, 一舸逐鴟夷. ○ 史記載, 范蠡佐越王旣霸, 乃乘扁舟, 浮江湖, 自號鴟夷子.[109]

---

109 [교감기] '史記'로부터 '鴟夷子'까지 이 부분의 주석이 원본에는 들어 있지 않다.

20. 오선의의 「삼경회우」에 차운하다[110]

次韻吳宣義三徑懷友

佳眠未知曉	깊은 잠에 새벽인 줄 몰랐는데
屋角聞晴哢	집 모서리에 맑은 날 지저귀는 소리 듣네.
萬事頗忘懷	세상만사 자못 잊고 지내는데
猶牽故人夢	오히려 친구 꿈에 이끌리네.
采蘭秋蓬深	아름다운 난초는 가을 쑥에 묻혀 있고
汲井短綆凍	우물은 짧은 두레박에 얼어 있네.
起看冥飛鴻	일어나 아득히 나는 기러기 바라보다가
乃見天宇空	이에 공활한 하늘을 보네.
甚念故人寒	추위에 떠는 벗을 깊이 생각하는데
誰省機與綜[111]	누가 베틀과 실을 살펴보랴.
在者天一方	있는 곳은 하늘가 한 구석인데
日月老賓送	해와 달을 공손히 보내며 늙어가네.
往者不可言	지난 일은 말할 필요도 없는데
古柏守翁仲	늙은 잣나무가 석상을 지키고 있네.

---

110 장방회 가본에 따라 이곳에 편차하였다.
111 **[교감기]** '기(機)'는 문집에는 '저(杼)'로 되어 있다.

【주석】

佳眠未知曉 屋角聞晴哢 : 왕희지의 「적득서첩適得書帖」에서 "집을 향해 가는데 고요하니, 깊이 잠들어 모두 족하가 문 앞에 온 것을 알지 못하였다"라고 했다. 두보의 「우과소단雨過蘇端」에서 "집 모퉁이에 붉게 핀 많은 꽃"이라 했다. 한유의 「송정교리시」에서 "새들은 지저귀며 서로 목청 돋우고, 버들 꽃은 어지러이 물가에 몰려드네"라고 했다.『태평광기』에서 "정교가 진나라와 채나라 사이에 있는 벗을 방문하러 갔다. 가는 길에 한 무덤을 맞닥뜨렸는데, 대나무 두 줄기가 있었다. 정교가 "무덤가에 두 줄기 대나무, 바람이 불면 항상 하늘거린다오"라는 시를 짓자, 무덤 속의 사람이 "이 아래 백 년 된 사람 있는데, 오래 잠들어 깰 줄 모르네"라 화답하였다"라고 했다. 또한 맹호연의 「춘효春曉」에서 "봄잠이라 새벽임을 모르다가, 사방 새들 지저귀는 소리에 깨었네"라고 했다.

王羲之帖云, 向宅上靜, 佳眠, 都不知足下來門. 老杜詩, 紅稠屋角花. 退之送鄭郊理詩, 鳥哢正交加, 楊花共紛泊. 太平廣記, 鄭郊謁友人于陳蔡, 路逢一冢, 有竹兩竿. 鄭爲詩曰, 冢上兩杆竹, 風吹常裊裊. 冢中人賡之曰, 下有百年人, 長眠不知曉. 又古詩, 春眠不覺曉, 是處聞啼鳥.[112]

---

112 [교감기]『태평광기』부터 '제조(啼鳥)'까지 원본에 이 조목의 주가 없다. 살펴보건대, '춘면(春眠)'의 두 구는 당나라 맹호연의 「춘효」에 보인다.

萬事頻忘懷 猶奉故人夢 : 두보의 「몽이백」에서 "친구가 나의 꿈에 보이니, 내가 그대를 그리워하는 줄 알 것이오"라고 했다. 또한 「주몽書夢」에서 "봄날 물가에 해가 지면 꿈이 나를 이끄네"라고 했다.

老杜夢李白詩曰, 故人入我夢, 明我長相憶. 又詩, 春渚日落夢相牽.

采蘭秋蓬深 汲井短綆凍 : 향초는 쑥에 가려지고 시원한 우물은 짧은 두레박줄로 퍼 올릴 수 없으니, 이 구절은 천거하기 어려움을 말한다. 두보의 「백사행白絲行」에서 "그대는 보지 못하였나 재사로 등용되긴 어렵지만, 버림받을까 두려워 떠돌며 지내는 것을"이라고 했다. 또한 「동일락성북알현원황제묘冬日洛城北謁玄元皇帝廟」에서 "이슬 내린 우물의 도르래는 얼어 있네"라고 했다. 『장자』에서 "짧은 두레박은 깊은 물을 기를 수 없다"라고 했다.

香草蔽于蓬艾, 冽井窮于短綆, 言薦引之難也. 老杜詩, 君不見才士汲引難, 恐懼棄捐忍羈旅. 又詩, 露井凍銀床. 莊子曰, 綆短不可以汲深.[113]

起看冥飛鴻 乃見天宇空 : 『법언』에서 "기러기 하늘 멀리 날아가면 사냥꾼이 어찌 잡을 수 있으리"라고 했다. 『문선』에 실린 도잠의 「칠월야행七月夜行」에서 "밝고 밝은 하늘 넓기도 하고"라고 했다.

法言曰, 鴻飛冥冥, 弋人何慕焉. 選詩曰, 昭昭天宇闊.

---

113 [교감기] 『장자』부터 '급심(汲深)'까지 원본에 이 조목의 주가 없다.

甚念故人寒 誰省機與綜 : 『사기・범수전』에서 "수가가 말하기를 "범숙이 이처럼 딱한 지경이 되었소?"(…중략…) 범수가 수가를 살려주면서 "두꺼운 솜옷을 주면서 옛 정을 그리며 벗을 대하는 마음이 있었기 때문이네"라 말했다"라고 했다. 운서에서 "종綜은 베틀로 짜는 실이다"라고 했다.

史記范雎傳, 須賈曰, 范叔一寒如此哉. 又云云, 以綈袍戀戀, 有故人之意. 韻書曰, 綜, 機縷也.

在者天一方 日月老賓送 : 『문선』에 실린 자경 소무蘇武의 「별시別詩」에서 "좋은 벗을 멀리 이별하여, 각자 하늘 한구석에 있겠지"라고 했다. 『서전・요전』에서 "떠오르는 해를 공손히 맞이하고, 지는 해를 공손히 보낸다"라고 했는데, 그 주에서 "빈賓은 인도한다는 의미이고, 전餞은 보낸다는 의미이다"라고 했다.

文選蘇子卿詩曰, 良友遠離別, 各在天一方. 書堯典曰, 寅賓出日, 寅餞納日. 注云, 賓, 導也, 餞, 送也.

往者不可言 古柏守翁仲 : 『수경주』에서 "호남 천추정의 사당 동쪽 길가에 두 개의 석상이 남북으로 서로 마주 보고 있었다"라고 했다. 또 살펴보건대, 『위지』에서 "명제 경초 원년에 구리를 주조하여 사람 모양의 동상銅像을 만들고 옹중이라 불렀다"라고 했다. 이는 고사를 인용하여 무덤 사이의 석상을 말한다.

水經注曰, 鄙南千秋亭, 壇廟之東, 枕道有兩石翁仲, 南北相對. 又按魏志明帝景初元年, 鑄銅人二, 號曰翁仲. 此引用, 言冢間石人也.

21. 안문으로 종군하는 유계전을 전송하다. 2수

【안문은 지금의 대주이다】

送劉季展從軍鴈門. 二首【鴈門今代州】

첫 번째 수 其一

劉郎才力耐百戰[114]	유랑의 재능은 백전을 감당하리니
蒼鷹下韝秋未晚	늦가을 전에 푸른 매가 토시에 내려앉았네.
千里荷戈防犬羊[115]	천리 길 창을 매고 견양을 방비하는데
十年讀書厭藜莧	십 년 독서에 거친 나물 싫증나네.
試尋北産汗血駒	북쪽에서 나는 한혈마를 찾아보시며
莫殺南飛寄書鴈	남쪽으로 나는 편지 전하는 기러기를 잡지 마시오.
人生有祿親白頭	사람이 벼슬한다지만 어버이가 늙었으니
何能一日無甘饌[116]	어찌 하루라도 맛있는 음식이 없어서야 되겠는가.

---

114 [교감기] '능백전(能百戰)'에서 '능(能)'은 문집과 고본, 전본에서 '내(耐)'로 되어 있다.

115 [교감기] '견양(犬羊)'은 고본에서는 '갑마(甲馬)'로 되어 있다. 아마도 사고관의 신하가 망령되이 고친 것으로 보인다.

116 [교감기] '하능(何能)'은 문집과 고본에서 '가령(可令)'으로 되어 있으며, 전본에서는 '가능(可能)'으로 되어 있다.

【주석】

劉郎才力耐百戰 蒼鷹下韝秋未晚 : 『동관한기』에서 "조근의 자는 맹경으로 태수 환우가 독우로 삼았다. 이에 환우 휘하의 탐관이 자신을 책하니 조근이 그의 인수를 풀어서 가져왔다. 환우가 감탄하며 "훌륭한 관리는 말 잘 듣는 매를 부리는 것과 같으니, 토시에서 내려와 사냥감을 잡는다""라 하였다.

東觀漢記曰, 趙勤, 字孟卿, 太守桓虞署爲督郵. 於是貪令自責, 還印綬去. 虞嘆曰, 善吏, 如使良鷹, 下韝命中.

千里荷戈防犬羊 十年讀書厭藜莧 : 『시경』에서 "창과 몽둥이를 들고"라고 했다. 『문선』의 유월석의 표에서 "감히 견양을 거느려 방자하겠습니까"라고 했는데, 이선의 주에서 『한명신주』를 인용하여 "응소가 의논하기를 선비는 막북 너머에 있는데 견양과 함께 무리를 이룹니다"라고 했다. 『남사』에서 "심유지가 "일찍이 궁달은 천명에 달린 것을 알았는데, 10년 독서를 하지 못한 것이 한스럽습니다""라고 했다. 한유의 「최십육소부崔十六少府」에서 "뱃속에 명아주와 비름만 가득하네"라고 했다.

詩曰, 荷戈與祋. 文選劉越石表曰, 敢肆犬羊. 李善注引漢名臣奏曰, 應劭議, 以爲鮮卑隔在漠北, 犬羊爲群. 南史沈攸之曰, 早知窮達有命, 恨不十年讀書. 退之詩, 腸肚集藜莧.

試尋北産汗血駒 莫殺南飛寄書鴈 : 두 구는 모두 안문의 일을 인용하였다. 『좌전』에서 "기주 북쪽 지역은 말이 생산된다"라고 했다. 『사기·소진전』에서 "소진이 진나라 혜왕에게 유세하기를 "북쪽으로 대군의 말이 있습니다""라 했는데, 『색은』에서 "대군은 겸하여 오랑캐 말의 이로움까지 있다"라고 했다. 『후한서·왕부전』에서 "돈으로 안문 태수가 된 자가 있었는데, 황보규가 누워서 맞이하면서 "경이 이전에 그 고을에 있을 때 기러기를 먹었을 터인데 맛이 좋습디까"라 물었다"라고 했다. 두보의 「세안행歲晏行」에서 "그대는 남쪽으로 나는 기러기를 그릇 죽이지 마시라"라고 했다. 『사기』에서 "사신이 선우에게 이르기를 "천자가 상림원에서 활을 쏘아 기러기를 잡았는데, 발에 비단 편지가 묶여 있었다""라고 했다. ○ 두보의 「취가행醉歌行」에서 "월따말 망아지 때부터 이미 피땀을 흘리고"라고 했다.

兩句皆用鴈門事. 左傳曰, 冀之北土, 馬之所生. 史記蘇秦傳, 說秦惠王曰, 北有代馬. 索隱云, 代郡兼有胡馬之利. 後漢書王符傳, 有以貨得鴈門太守者, 皇甫規問, 卿前在郡, 食鴈美乎. 老杜詩, 汝休枉殺南飛鴻. 史記, 使謂單于曰, 天子射上林中, 得鴈, 足有繫帛書. ○ 老杜詩, 驊騮作駒已汗血.

人生有祿親白頭 何能一日無甘饌 : 『예기·내측』에서 "명사[117] 이상의

---

117 명사(命士) : 천자나 제후로부터 명(命)을 받은 관원을 말한다. 명은 관직자의 작복(爵服)을 더하는 명칭으로, 초명(初命)은 사(士)가 되고, 재명(再命)은 대부(大夫)가 되고, 삼명(三命)은 경(卿)이 된다고 하는데, 이 외에도 여러 가지 이설(異說)이 있다.

부자는 모두 거처를 달리한다. 새벽이 되면 조문하고 좋은 음식을 드린다"라고 했으니, 이 구절은 어버이가 있으면 반드시 맛있는 음식으로 봉양해야 함을 이른다. 『예기』에서 "칠십이 되면 고기가 아니면 배가 부르지 않는다"라고 했는데, "하루라도 맛난 음식이 없으랴"라는 구절은 이 뜻을 취한 것이 아닐까.

礼記内則曰, 由命士以上, 父子皆異宮, 昧爽而朝, 慈以旨甘. 謂有親而不可無甘旨之奉也. 礼記云, 七十非肉不飽, 一日無甘饌之句, 非取此意耶.

두 번째 수其二

石趺谷中玉子瘦	돌이 가부좌 튼 골짝에 옥 같은 그대 파리한데
金剛窟前藥草肥	금강굴 앞에는 약초가 튼실하네.
仙家耕耘成白璧	선가에서 밭을 가니 흰구슬이 나오고
道人煮掘起風緋	도인이 삶고 캐니 풍든 이도 일어나네.
絳囊璀璨思盈斗	붉은 주머니 옥을 한 말 가득 채우려 하고
竹畚香甘要百圍	대 삼태기에 향기로운 음식은 백 묶음이나 담네.
到官莫道無來使	관에 이르면 보낼 심부름꾼 없다고
	하지 마시오
日日北風鴻鴈歸	날마다 북풍에 기러기는 돌아간다네.

【주석】

石跌谷中玉子瘦 金剛窟前藥草肥 : 『환우기』에서 "선인산은 대주 오운현의 동남쪽에 있다. 바위 위에 사람이 앉은 흔적이 있고, 산 중간의 바위 위에 손바닥 자국이 있으며 산 아래의 바위에 두 발자국이 있는데, 모두 서쪽을 향해 있다"라고 했다. 장천각의「청량전」에서 "꿈속에서 오대산의 금강굴에서 노닐었다"라고 했다. 『환우기』를 살펴보건대, 오대산은 대주 오대현의 동북쪽에 있다. 『황제내경』에서 그것을 청량산이라 하였다. 소식의「송천각하동제형」에서 "서로 태항산의 꼭대기에 오르고, 북으로 청량산을 바라보았네. 남은 빛은 바위에 들어오고, 신비한 풀은 대롱이 솟았네. (어찌 그리 사람 손가락 닮았나, 조금씩 인간 세계로 떨어지네.) 능히 손가락은 떨어뜨리는데, 규룡의 수염이 얼음 얼굴에 무성하네"라고 했다. 또한「사왕택주기장송謝王澤州寄長松」에서 "그대에 의지하여 바퀴 묻은 사신[118]에 말하노니, 속히 장송長松[119]을 보내어 조롱을 풀게 하시라"라고 했으니, 모두 이 풀을 이른다.

寰宇記, 仙人山在代州五雲縣東南, 石巖上有人坐跡, 山腹石上有手跡, 山下石上有雙腳跡, 皆西向立. 張天覺淸涼傳曰, 夢遊五臺山金剛窟. 按寰宇記,

---

118 그대에 (…중략…) 사신 : 권신(權臣)의 위세를 두려워하지 않고 임금에게 직언(直言)을 올리는 것을 말한다. 동한(東漢) 순제(順帝) 때 대장군 양기(梁冀)가 국권을 전횡하고 있었는데 장강(張綱)을 순안어사(巡按御史)로 임명하자 수레바퀴를 땅에 파묻으면서[埋輪] 말하기를 "승냥이가 권력을 잡고 있는데, 어찌 여우에게 물으랴[豺狼當路 安問狐狸]"라고 하고는 마침내 양기를 준열하게 탄핵한 고사가 있다. 『후한서·장강전(張綱傳)』에 보인다.
119 장송 : 약초 이름. 복용하면 수염을 검게 만든다고 한다.

五臺山在代州五臺縣東北. 內經以爲淸涼山. 東坡送天覺河東提刑詩曰, 西登
太行嶺, 北望淸涼山. 餘光入巖石, 神草出茅菅. 能令墮指兒, 虯鬚苗氷顔. 又
有詩曰, 憑君說與埋輪使, 速寄長松作解嘲. 皆謂此草也.

仙家耕耘成白璧 道人煮掘起風痱 絳囊璀璨思盈斗 竹畲香甘要百圍:『수
신기』에서 "양옹백이 의장義漿을 만들어 오가는 자를 먹였다. 그런지 3
년이 되었을 때 하루는 어떤 이가 자갈 한 되를 주면서, "이것을 심으
면 미옥을 낳는다"라 하였는데, 마침내 백벽白璧 한 쌍을 얻었다"라고
했다. '痱'는 음이 '비肥'이다. 운서에서 "풍은 병이다"라고 했다. '백위
百圍'는 백 묶음을 이른다.

搜神記曰, 陽雍伯嘗設義漿, 以給行旅. 一日有人飮訖, 懷中取石子一斗與
之, 曰此可生美玉. 遂得白璧一雙. 痱音肥. 韻書曰, 風, 病也. 百圍謂百束.

到官莫道無來使 日日北風鴻鴈歸: 두보의 「소사所思」에서 "안부 묻고자
해도 부릴 사람 없으니"라고 했다. 『예기』에서 "중추절의 달밤에 기러
기가 온다"라고 했다.

老杜詩, 欲問平安無使來. 禮記, 仲秋之月鴻鴈來.

22. 완릉 장대거의 곡굉정에 쓰다[120]

題宛陵張待擧曲肱亭

仲蔚蓬蒿宅	중울의 쑥대 집 같고
宣城詩句中	선성의 시구에 어울리네.
人賢忘巷陋	사람이 어질어 가난함을 망각하고
境勝失途窮	경치 뛰어나 길이 끊긴 것 잊네.
寒蔬書萬卷	날 채소에 책은 만 권인데
零亂剛直胸	난리에도 강직한 가슴이라.
偓寠勳業外	굳센 기개로 공업을 세운 이외에
嘯歌山水重	산수를 읊조려 소중하게 하였네.
晨雞催不起	새벽닭은 늦잠을 다그쳐 깨우는데
擁被聽松風	이불 껴안고 솔바람 소리 듣네.

【주석】

仲蔚蓬蒿宅 宣城詩句中 : 『삼보결록』의 주에서 "장중울은 평릉 사람으로 거처는 쑥이 사람 키보다 높았다"라고 했다. 도연명의 「영빈사詠貧士」에서 "중울은 가난한 삶을 좋아하여, 집을 빙 둘러 쑥이 자랐네"라고 했다. 『제서』에서 "사조가 선성 태수가 되었는데, 시를 잘 지었다"라고 했다. 『문선』의 증답시에는 선성 태수 사조가 지은 작품이 많다.

---

120 『예장집(豫章集)』의 이전 차례를 따랐다.

완릉은 지금의 선주이므로 이 고사를 사용하였다.

三輔決録注曰, 張仲蔚, 平陵人, 所居蓬蒿没人. 淵明詩曰, 仲蔚愛窮居, 遶宅生蓬蒿. 齊書, 謝朓爲宣城郡守, 善詩. 文選贈答詩中, 多有朓宣城所作. 宛陵卽今宣州, 故用此事.

人賢忘巷陌 境勝失途窮 : 『논어』에서 "공자가 말하기를 "나물밥을 먹고 물을 마시며 팔베개를 하고 눕더라도 즐거움은 그 안에 있다""라고 했는데, 정자의 이름은 이에서 취하였다. 산곡의 이 구는 "공자가 "안자는 가난한 동네에 있는데 타인이라면 그 근심을 견디지 못하였을 것이다. 그러나 한 주먹밥과 한 표주박의 물로도 그 즐거움을 바꾸지 않으니, 어질구나! 안회여""라 한 말이 있는데, 이 말을 사용하여 곡굉의 뜻을 다 하였다. 『진서·완적전』에서 "자기 마음대로 혼자 말을 몰려 험한 길도 마다하지 않았는데 수레 길이 끊어지면 문득 통곡하고 돌아왔다"라고 했다. 안연지의 「오군영」에서 "길이 다하면 애통함이 없으랴"라고 했는데, 이를 차용하였다.

論語, 子曰, 飯疏食飲水, 曲肱而枕之, 樂亦在其中矣. 亭名蓋取之. 山谷此句, 使顔子在陋巷, 不堪其憂. 一簞食一瓢飲, 不改其樂. 夫子曰, 賢哉回也事, 蓋用此以盡曲肱之意. 晉書阮籍傳, 率意獨駕, 不由徑路, 車迹所窮, 輒慟哭而反. 顔延之五君詠曰, 途窮能無慟. 此借用.

寒蔬書萬卷 零亂剛直胸 : 흉중에 담은 것은 다만 나물밥과 책이 섞여

있음을 말한다. 『신서』에서 "초혜왕이 날채소를 먹다가 거머리가 나오
자 아랫사람이 처형될까 걱정하여 그것을 삼켰다"[121]라고 했다.

言胷中所有, 惟蔬飯與書相雜. 新序, 楚惠王食寒菹而得蛭, 因吞之.

偃蹇勳業外 嘯歌山水重 : 『후한서·채옹전』에서 "동탁이 "내 힘은 일
가를 멸족시킬 수 있으나 채옹은 기개가 굳센 사람으로 발을 되돌리지
않을 것이다""라고 했다. 『진서』에서 "사곤이 "더욱더 나의 노래를 멈
출 수가 없다""라고 했다. ○ '소가嘯歌'는 『모시』의 "탄식하며 노래한
다"라는 말에서 나왔다.

後漢蔡邕傳, 董卓曰, 我力能族人. 蔡邕遂偃蹇者, 不旋踵矣. 晉書, 謝鯤曰,
猶不廢我嘯歌. ○ 嘯歌字出毛詩, 其嘯也歌.[122]

晨雞催不起 擁被聽松風 : 요사종의 「서역벽書驛壁」에서 "공동산의 노인
은 웃으며 말하지 않는데, 봄날 낮잠 자며 솔바람 소리 고요히 듣네"라
했다. 『남사』에서 "도홍경은 솔바람을 대단히 좋아하였다"라고 했다.

姚嗣宗詩, 崆峒山叟笑不語, 靜聽松風春晝眠. 南史, 陶弘景特愛松風.

---

121 초 혜왕의 고사가 아니라 초 장왕의 고사이다.
122 [교감기] '소가(嘯歌)'에서 '야가(也歌)'까지 원본에 이 조목의 주가 없다.

1. 배중모에게 부치다[1]

寄裴仲謨[2]

交游二十年[3]	교유한 지 이십 년
義等親骨肉	의리는 골육지친과 같네.
風雨漂我巢	비바람이 나의 둥지를 흔드는데
公亦未有屋	공도 또한 집이 없구나.
寄聲來問安	소식을 전하여 안부를 전하니
足音到空谷	발소리가 빈 골짜기에 이르네.

---

1   원풍 8년 을축년 봄과 여름에 산곡은 덕평에 있었다. 살펴보건대 『실록』에 이
     해 3월에 철종이 즉위하고서 4월 정축에 비서성교서랑으로 부름을 받았다. 경사
     에 이르렀을 때는 아마도 6~7월 이었을 것이다. 산곡이 덕평에 있을 때 「여덕주
     태수서(與德州太守書)」를 썼는데, "저는 벼슬살이하면서 머리를 빗지 못할 정도
     로 부지런히 근무하면서 병들지 않고 또한 다행스럽게도 연로하신 부모께서 도
     하(都下)에 계시는데 잘 자고 드시며 형제들도 별다른 일이 없습니다"라 하였다.
     또한 이 시에서 "우리 집은 도성에 있으니, 계수처럼 비싼 섶으로 옥 같은 쌀을
     끓이네. 관직에 있어도 그림자와 위로하는데, 옷은 타지고 머리는 엉클어졌네.
     천기는 일월을 운행하고, 봄 경치 초목에 부지런하네[我家輦轂下 薪桂炊白玉 在
     官與影俱 衣綻髮曲局 天機行日月 春事勤草木]"라는 구절이 있으니, 덕평에 있으
     면서 봄을 지낸 것은 다만 을축년뿐이다.
2   [교감기] '기배중모(寄裴仲謨)'는 문집과 고본의 제목 아래 원주에 이름이 륜(綸)
     이라 하였다.
3   [교감기] '이(二)'는 건륭본에는 '삼(三)'으로 되어 있다.

我家輦轂下	우리 집은 도성에 있으니
薪桂炊白玉	계수처럼 비싼 섶으로 옥같은 쌀을 끓이네.
在官與影俱⁴	관직에 있어도 그림자와 위로하는데
衣綻髮曲局	옷은 타지고 머리는 엉클어졌네.
天機行日月	천기는 일월을 운행하고
春事勤草木	봄경치 초목에 부지런하네.
念公篤行李	생각건대 공의 행차 더딜 텐데
野飯中道宿	들에서 식사하며 도중에서 유숙하겠지.
驚沙卷旆旗	사나운 모래바람은 깃발을 휘감고
烏尾城角謖⁵	까마귀 꼬리는 성 모퉁이에서 솟아 있으리.
騷騷家治具	재빠르게 집안은 손님 맞을 차비 갖추고
夫子且歸沐	그대는 장차 부모 뵈러 돌아오겠지.
作書寄後乘	편지 써서 뒤따르는 수레에 부쳐서
爲我遣臣僕	나를 위해 가신을 보내주시오.
起居太夫人	태부인의 안부는 어떤지요
并問相與睦	아울러 상과 목은 잘 지내나요.

---

4 [교감기] '여영구(與影俱)'는 문집에는 '여영거(與影居)'로 되어 있다.
5 [교감기] '오미성각속(烏尾城角謖)'은 문집과 고본, 장지본에 '오미와성각(烏尾訛城角)'으로 되어 있다. 고본의 원교주에는 "어떤 본에는 '오미성각속(烏尾城角謖)'으로 되어 있는데, 속은 음이 縮이다"라고 했다.

【주석】

交游二十年 義等親骨肉 : 『예기』에서 "교유는 그 신의를 일컫는다"라고 했다. 한유의 「제관부궐除官赴闕」에서 "비유하면 지친의 골육이다"라고 했다. 『여씨춘추』에서 "부모와 자식간의 관례를 골육지친이라고 부른다"라고 했다. ○ 두보의 「상강연전배이단공湘江宴餞裵二端公」에서 "의리는 골육의 처지와 같고"라고 했다.

禮記曰, 交游稱其信也. 退之詩, 譬如親骨肉. 呂氏春秋曰, 父母之於子, 此謂骨肉之親. ○ 老杜詩, 義均骨肉地.

風雨漂我巢 公亦未有屋 : 『시경·치효』에서 "내 둥지가 위태롭고 위태롭거늘, 비바람이 뒤흔드는지라"라고 했는데, 전에서 "둥지가 흔들려 위태로우니, 의지하던 가지가 약하기 때문이다"라고 했다.

鴟鴞詩曰, 予室翹翹, 風雨所漂搖. 箋云, 巢之翹翹而危, 其以所杖條條弱也.

寄聲來問安 足音到空谷 : 『한서·조광한전』에서 "나에게 안부를 전해 달라고 하였다"라고 했다. 『예기·문왕세자』에서 "문왕이 세자일 때 내시 가운데 태왕을 모시는 자에게 묻기를 "오늘 안부는 어떠한가""라고 했다. 『장자』에서 "혼자 빈 골짜기에 도망쳐 살 때 저벅저벅 발소리만 들어도 기뻤다"라고 했다. 『시경』에서 "저 빈 골짜기에 있다"라고 했다.

漢書趙廣漢傳曰, 寄聲謝我. 禮記文王世子, 問內竪之御者曰, 今日安否何如. 莊子曰, 逃虛空者, 聞人足音跫然而喜. 詩曰, 在彼空谷.

我家輦轂下 薪桂炊白玉 : 사마천의 「보임안서報任安書」에서 "조정에서 벼슬을 한 지"라고 했다. 『전국책』에서 "소진이 "계수나무로 불을 때어 옥으로 밥을 지어 먹게 하더라도 임금을 만나기가 더 어렵다"라고 했다. ○ 장지화는 "계집종[6]에게 난초 같은 차조기와 계수나무 같은 땔나무[7]로 대밭에서 차를 끓이게 하였다"라 했다.

司馬遷書曰, 侍罪輦轂下. 戰國策, 蘇秦曰, 使臣食玉炊桂. ○ 張志和曰, 樵靑使薪蘭蘇桂,[8] 竹裏煎茶.

在官與影俱 衣綻髮曲局 : 자건 조식의 「상책궁시표」에서 "자신의 몸과 그림자가 서로 불쌍히 여긴다"라고 했다. '綻'의 음은 장丈과 현莧의 반절법으로, 옷의 솔기가 터진 것을 뜻한다. 『시경·채록』에서 "나의 머리 헝클어졌으니"라고 했다.

曹子建上責身詩表曰, 形影相弔. 綻音丈莧切, 衣縫解也. 采綠詩曰, 予髮曲局.

天機行日月 春事勤草木 : 『문선』에 실린 반안인의 「도망시悼亡詩」에서

---

6 계집종 : 안진경의 「낭적선생현진자장지화비(浪迹先生玄眞子張志和碑)」에 "숙종(肅宗)이 남자 종과 여자 종 한 사람씩을 하사하니, 현진자(玄眞子)가 두 사람을 부부로 맺어주고 남자를 어동(漁僮), 여자를 초청(樵靑)이라 이름 지었다" 하였다.

7 薪蘭蘇桂의 원문에는 蘇蘭薪桂로 되어 있다. 이와 관련된 고사로 桂薪玉粒이란 말이 있다.

8 [교감기] '신난소계(薪蘭蘇桂)'는 저본에 '소(蘇)'자가 빠졌는데 지금 원본과 전본을 따른다.

"태양이 천기를 운용하여, 사철이 갈마들며 변화하네"라고 했는데, 주에서 "요령曜靈은 태양이다"라고 했다. 살펴보건대『장자』에서 "하늘은 움직이는가? 땅은 가히 있는 것인가? 해와 달은 저의 궤도에서 경쟁하는 것인가? 누가 이것을 관장하며 누가 이들에 대한 질서를 마련하는가? 누가 아무 문제없이 이렇게 밀고 나가는가? 생각건대, 어떤 기계의 방아쇠 장치에 의해 어쩔 수 없이 움직이고 있는가. 아니면 저절로 움직여 스스로 멈출 수가 없는 것인가"라고 했다. 두보의「낙일落日」에서 "개울가의 봄경치 그윽하구나"라고 했다.

文選潘安仁詩曰, 曜靈運天機, 四節代遷逝. 注云, 曜靈, 日也. 按莊子曰, 天其運乎, 地其處乎, 日月其爭於所乎, 孰主張是, 孰維綱是, 孰居無事, 而推行是. 意者, 有機緘而不得已耶. 意者, 其運轉而不能自止耶. 老杜詩, 溪邊春事幽.

念公篤行李 野飯中道宿 :『설문해자』에서 "독篤은 말이 천천히 느리게 가는 것이다"라고 했다.『좌전』에서 "한낱 사신을 시켜 우리 임금에게 고하지 않았다"라고 했는데, 주에서 "행리行李는 가는 사람이다"라고 했다. ○ 또 이르기를 "행인이 오가는 것은 그 떨어진 물건을 바치기 위해서다"라고 했다.

說文云, 篤, 馬行頓遲. 左傳曰, 亦不使一介行李, 告于寡君. 註云, 行李, 行人也. ○ 又云, 行李之往來, 供其匱乏.

驚沙卷旆旗 烏尾城角謖：‘烏尾城角謖’은 달리 ‘烏尾訛城角’으로 된 본도 있다. 『문선』에 실린 왕자연의 「사자강덕론」에서 "갑사가 잠을 자는데 깃발이 넘어졌다"라고 했다. 또한 「위도부」에서 "깃발이 깃대에서 펄럭인다"라고 했다. 살펴보건대, ‘旆’과 ‘旌’은 같다. 『후한서·영제기』의 주에서 "성제의 초기에 경도의 동요에 "성 위의 까마귀 꼬리를 모두 감추네""라고 했다. 『의례·사우례』에서 "축이 들어오면 시가 일어난다"라고 했는데, 주에서 "속謖은 일어남이다. 음은 縮이다"라고 했다. 두보의 「일모日暮」에서 "성 꼭대기에 까마귀 꼬리가 쫑긋쫑긋"이라고 했다.

一作烏尾訛城角. 文選王子淵四子講德論曰, 甲士寢而旆旗仆. 又魏都賦曰, 旆旗躍莖. 按旆與旌同. 後漢靈帝紀注云, 恒帝之初, 京都童謠曰, 城上烏, 尾畢逋. 儀禮士虞禮曰, 祝入尸謖. 注云, 謖, 起也, 音縮. 老杜詩, 城頭烏尾訛.

騷騷家治具 夫子且歸沐：손님 맞을 준비를 갖춤이 대단히 빠르다는 말이다. 『예기· 단궁』에서 "너무 급히 빨리하면 촌스럽다"라고 했는데, 주에서 "소소騷騷는 대단히 빠른 것을 이른다"라고 했다. 『한서·관부전』에서 "위기 부부는 손님 맞을 준비를 하였다"라고 했는데, 주에서 "술과 음식을 장만함을 이른다"라고 했다. ○『사기·만석군전』에서 "매 5일마다 목욕하는 말미를 얻어 부모를 찾아뵈었다"라고 했다.

言治具之忽速. 禮記檀弓曰, 騷騷爾則野. 注謂太疾. 漢書灌夫傳曰, 魏其夫妻治具. 注謂辨具酒食. ○ 萬石君傳曰, 每五日, 洗木, 歸謁親.

作書寄後乘 爲我遣臣僕 : 『맹자』에서 "뒤따르는 수레가 수 천 대"라고 했다. 『서경』에서 "상나라가 망하더라도 나는 신하가 되지 않겠다"라고 했다.

孟子曰, 後車數千乘. 書曰, 我罔爲臣僕.

起居太夫人 幷問相與睦 : 원주에서 "상과 목은 아이 이름이다"라고 했다. ○ 두보의 「봉송촉주백이별기奉送蜀州柏二別駕」에서 "위 상서의 모친에게 문안가는 것이네"라고 했다. 살펴보건대 『후한서 · 잠팽전』에서 "대장추[9]는 초하루와 보름에 태부인의 안부를 물었다"라고 했다. 『후한서 · 문제기』의 주에서 "열후의 아내를 부인이라 칭한다. 열후가 죽으면 아들이 다시 열후가 되는데 그러면 태부인이라 칭한다"라고 했다. 상의 자는 요연이며 어렸을 때의 자는 소덕이다. 목의 항렬은 33번째로 후에 서성 문백 이거화에게 시집갔다.

元注云, 相睦, 兒名. ○ 老杜詩, 起居八座太夫人. 按後漢書岑彭傳曰, 大長秋以朔望問太夫人起居. 漢書文帝紀注云, 列侯妻稱夫人, 列侯死, 子復爲列侯, 乃得稱太夫人. 相, 字瞭然, 小字小德, 睦, 行第三十三, 後嫁舒城李去華文伯.

9　대장추 : 관직명이다. 황후(皇后)의 근신(近臣)으로서 대부분 환관이 담당했는데, 황후의 명을 전달하고 궁중의 일을 관리하는 것이 그 직무였다.

2. 황기복에게 부치다[10]

寄黃幾復

원주에서 "을축년 덕평진에서 짓다"라고 했다.

元注云乙丑年德平鎭作

我居北海君南海	나는 북해에 살고 그대는 남해에 있으니
寄鴈傳書謝不能	기러기에게 편지를 전하려 해도 그럴 수 없네.
桃李春風一杯酒	도리 핀 봄바람 속에 한 잔 술 마셨는데
江湖夜雨十年燈	십 년 강호 유람하다가 비 내리는 밤 등불에 앉았네.
持家但有四立壁	집안 살림은 다만 네 벽만 서 있겠지만
治病不蘄三折肱	병을 고칠 때 세 번 팔이 부러짐을 아끼지 마시게.
想得讀書頭已白	책 읽다가 머리 이미 하얗게 세었을 터인데
隔溪猿哭瘴溪藤[11]	원숭이 우는 시내 너머 등나무엔 장기 심하겠지.

---

10 구본의 제목 아래 주에서 "을축년 덕평진에서 지었다"라 하였는데, 그 자세한 내용은 원우 2년 화편(和篇)의 주에 실려 있다.

11 [교감기] '계등(溪藤)'은 문집과 명대전본에는 '연등(烟藤)'으로 되어 있다.

我居北海君南海 寄鴈傳書謝不能 : 산곡은 일찍이 이 시에 발문을 썼으니 "기복은 광주 사회에 있었고 나는 덕주 덕평진에 있었으니, 모두 바닷가이다"라고 했다. 『여지광기』를 살펴보니 사회는 옛날에 광주에 속했는데, 희녕 6년에 단주에 속하였다. 이 시는 원풍 말기에 지었는데, 여전히 광주라고 이른 것은 대개 남해에 있다는 것을 드러내기 위해서이다. 산곡의 고시인 「사공정謝公定」에서 "사회에 황령이 있다"라고 했다. 『좌전』에서 "군주께서는 북해에 처하시고 과인은 남해에 처해 있으니, 이것이 마치 바람난 마소들이 암수가 서로 찾아도 만날 수 없는 것과 같습니다"라고 했다. 유우석의 「부연주도경낙양赴連州途經洛陽」에서 "적소는 삼상의 가장 먼 고을이니, 변방의 기러기 물이 남으로 흐르는 곳에 오지 않네"라고 했다. 살펴보건대 『초사·초혼』에서 "무양이 "혼백이 떠나버린 뒤라면 저는 점을 다시 칠 수 없습니다""라고 했다. 이 구절을 끌어오면서 사용한 왕일의 주는 자못 그 의미가 이 시와 맞지 않는다. 『한서·항적전』에서 "진영이 할 수 없다고 사양하였다"라한 말이 이 시에서 사용한 의미이다.

山谷嘗有跋云, 幾復在廣州四會, 予在德州德平鎭, 皆海濱也. 按輿地廣記, 四會舊屬廣州, 熙寧六年割隷端州. 此詩元豐末所作, 猶云廣州, 蓋欲表見南海之意爾. 山谷古詩亦云, 四會有黃令. 左傳曰, 君處北海, 寡人處南海, 惟此風馬牛不相及也. 劉禹錫詩, 謫在三湘最遠州, 邊鴻不到水南流. 按楚辭招鬼, 巫陽曰, 謝不能. 王逸註頗失其義. 若漢書項籍傳, 陳嬰謝不能, 則此詩所用之意.

桃李春風一杯酒 江湖夜雨十年燈 : 두 구는 모두 지난날 유람하던 즐거움을 회상하는데, 지금 벌써 10년이 지났다는 것을 말한다. 『진서·장한전』에서 "죽은 뒤에 명성을 얻기보다는 생전에 마시는 한 잔의 술이 낫다"라고 했다.

兩句皆記憶往時游居之樂, 今旣十年矣. 晉書張翰傳曰, 使我有身後名, 不如卽時一杯酒.

持家但有四立壁 治病不蘄三折肱 : 『한서·사마상여전』에서 "집에는 다만 네 벽만 서 있다"라고 했다. 『좌전』에서 "제나라 고강이 "팔이 세 번 부러지면 좋은 의사가 된다""라고 했는데, 이를 차용하여 세상일에 숙달되면 힘들게 노력한 뒤에 알 필요가 없다는 말이다.

漢書司馬相如傳曰, 家徒四壁立. 左傳, 齊高彊曰, 三折肱知爲良醫. 此借用, 言其諳練世故, 不待困而後知也.

想得讀書頭已白 隔溪猿哭瘴溪藤 : 소식의 「실제失題」에서 "책 읽느라 머리는 세어지고, 벗 마주하니 반가운 마음이네"라고 했다. 두보의 「구일九日」에서 "타향에 지는 해에 검은 원숭이 울고, 고향은 서리 전에 흰 기러기 오네"라고 했다. 사회는 광동에 있기 때문에 '장계瘴溪'라고 한 것이다.

東坡詩, 讀書頭欲白, 相對眼終青. 老杜詩, 殊方日落玄猿哭, 故國霜前白鴈來. 四會在廣東, 故云瘴溪.

3. 신종황제 만사. 3수[12]

神宗皇帝挽詞. 三首

첫 번째 수其一

文思昭日月	문채와 사려는 해와 달처럼 빛나고
神武用雷霆	신무는 우레를 사용하네.
制作深垂統	예악을 만들어 멀리 국통을 드리우고
憂勤減夢齡	근심 걱정에 수명이 줄어들었네.
孫謀問二聖	자손을 위한 계책은 두 성인에게 묻고
末命對三靈	마지막 유명은 삼령을 대하였네.
今代誰班馬	지금 시대에 누가 반고와 사마천처럼
能書漢簡靑[13]	한나라 역사에 제대로 기록할 것인가.

【주석】

文思昭日月 神武用雷霆 : 「요전」에서 "공경하고 밝고 문채 나고 사려
가 깊다"라고 했다. 『주역』에서 "신무하고 죽이지 않는 자"라고 했다.

堯典曰, 欽明文思. 易曰, 神武而不殺.

12　살펴보건대 『실록』에 "이해 3월 무술일에 신종이 승하하였다"라 하였다. 이 시와
　　「왕문공만시(王文恭挽詩)」는 모두 붕어하고 타계한 세월 따라 편차하였다. 이
　　뒤로도 대부분 이와 같다. 이 이후의 시들은 모두 관소(館所)에 들어간 뒤에 지은
　　것이다.

13　[교감기] '한간(汗簡)'은 전본에는 '한간(漢簡)'으로 되어 있다.

制作深垂統 憂勤減夢齡：『예기』에서 "주공이 예를 제정하고 음악을 만들었다"라고 했다. 『맹자』에서 "군자는 왕업을 창건하여 국통을 만들어서 후손들이 이어가게 만든다"라고 했다. 『예기·문왕세가』에서 "무왕이 "꿈에 천제께서 저에게 이 아홉 개를 주었습니다"라고 하니 문왕이 "나는 나이가 백이고 너는 구십이니 내가 너에게 세 개를 주겠다"라고 말하였다. 그리하여 문왕은 97세에 사망했고 무왕은 93세에 사망했다"라고 했는데, 주에서 "문왕은 근심 걱정으로 나이가 줄었다"라고 했다.

禮記曰, 周公制禮作樂. 孟子曰, 君子創業垂統, 爲可繼也. 禮記文王世子篇, 武王曰, 夢帝與我九齡. 文王曰, 我百爾九十, 吾與爾三焉. 注云, 文王以憂勤損壽.

孫謀問二聖 末命對三靈：『시경』에서 "그의 자손들에게 좋은 계책을 물려주고, 그의 아들에게 편안함과 도움을 주려 함이니"라고 했다. 이 성二聖은 선인태후와 철종황제를 가리킨다. 원결의 「중흥송」에서 "두 성인이 거듭 기뻐하였다"라고 했다. 『서경·고명』에서 "마지막 유명을 말씀하여"라고 했다. 『문선』에 실린 반고의 「전인」에서 "삼령[14]에 답하여 다복하게 되었네"라고 했는데, 이선의 주에서 "삼령은 천, 지, 인을 이른다. 『춘추원명포』에 보인다"라고 했다.

詩曰, 詒厥孫謀, 以燕翼子. 二聖謂宣仁太后哲宗皇帝. 元結中興頌曰, 二

---

14   삼령 : 천신(天神)·지기(地祇)·인귀(人鬼)를 말한다.

聖重歡. 書顧命曰, 道揚末命. 文選班固典引曰, 荅三靈之蕃祉. 李善注, 三靈, 謂天地人. 出春秋元命苞.

今代誰班馬 能書漢簡靑 : 반마班馬는 사마천과 반고를 이른다. 백거이의 「행한유제」에서 "문사를 세우고 뜻을 안배함이 반고와 사마천의 기풍이 있었다"라고 했다. 『후한서·오우전』의 주에서 "살청이란 불로 대쪽을 쬐여 진액을 빼낸 다음 푸른 살을 취하여 글을 쓰면 후에 좀을 먹지 않으니, 그것을 살청이라 이른다. 달리 한간이라고도 한다"라고 했다.

班馬謂遷固. 樂天行韓愈制曰, 立詞措意, 有班馬之風. 後漢吳祐傳注曰, 殺靑者, 以火炙簡令汗, 取其靑易書, 後不蠹, 謂之殺靑, 亦謂之汗簡.

두 번째 수其二

釣築收賢輔	태공과 부열 같은 현인을 등용하니
天人與聖能	하늘과 사람이 성인의 공에 감동하네.
輝光唐六典	업적은 당 『육전』보다 빛나며
度越漢中興	한나라 중흥 시기보다 뛰어나네.
百世神宗廟	백대의 신종의 사당이며
千秋永裕陵	천추의 영유의 능침이여.
帝鄕無馬跡	제향에는 말의 발굽 자국 없으리니
空望白雲乘	부질없이 흰 구름 탄 것 바라보네.

【주석】

釣築收賢輔 天人與聖能 : 두목의 「화청궁」에서 "태공과 부열을 때에 맞게 기용하네"라고 했다. 『주역』에서 "사람이 꾀하고 귀신이 꾀하니 우매한 백성도 그 공에 참여하게 되었다"라고 했다. ○ 낚시와 건축은 태공이 위수에서 낚시한 고사와 부열이 부암에서 성을 쌓은 고사를 인용하였다. 대개 황제가 은나라 고종과 주나라 문왕처럼 인재를 등용한 것을 말한다.

杜牧華淸宮詩曰, 釣築乘時用. 易曰, 人謀鬼謀, 百姓與能. ○ 釣築用太公釣渭濱, 傅說築傅巖事. 蓋言帝用人如商高宗周文王也.

輝光唐六典 度越漢中興 百世神宗廟 千秋永裕陵 : 원풍 3년 초에 관제를 고치기 시작하여 5년에 반포하여 시행하였다. 위구는 관제를 일신하여 당나라의 『육전』보다 빛남을 말하고, 아래구는 정사와 법도는 한나라 선제의 중흥보다 낫다는 것을 말한다. 『육전』은 당나라 현종 때 찬술되었으며 이임보 등이 주를 달았으니, 대개 한 시대의 관제를 서술하였다. 책의 첫머리에 현종의 칙령을 실었으니 "「주관」으로 기준을 삼아 당나라 법을 만들었다. 간략하고 쉬움에서 취하여 따르기 쉬운 것이 장점이다"라고 했다. 『후한서·선제찬』에서 "공업이 선대 조종보다 빛나며 후대에 왕업을 드리웠으니, 가히 중흥이라 이를 만하다. 덕은 상나라 고종, 주나라 선왕과 나란하다"라고 했다. 「양웅전찬」에서 "여러 사람을 능가하였다"라고 했다. 영유는 신종의 능 이름이다.

元豐三年初改官制, 至五年頒行. 上句謂官制一新, 有光于唐之六典. 下句言政事法度, 過于漢宣帝中興也. 六典, 唐玄宗時所撰, 李林甫等所注, 蓋一代官制也. 書首載玄宗敕曰, 法以周令, 作爲唐典, 取諸簡易, 所貴易從. 後漢書宣帝贊曰, 功光祖宗, 業垂後嗣, 可謂中興, 侔德商宗周宣矣. 揚雄傳贊曰, 則必度越諸子矣. 永裕, 神宗陵名.

帝鄉無馬跡 空望白雲乘 : 『장자』에서 "성인은 천 세토록 살다가 인간 세상이 싫어지면 떠나서 신선이 되어 올라가 저 흰 구름을 타고 제향에 이른다"라고 했다. 『좌전』에서 "주나라 목왕이 천하를 두루 다녔으니, 장차 반드시 그 수레 자국과 말의 발굽 자욱이 있을 것이다"라고 했다.

莊子曰, 千歲厭世, 去而上僊,[15] 乘彼白雪, 至于帝鄉. 左傳曰, 周穆王周行天下, 將必有車轍馬跡.

세 번째 수其三

昔在基皇極[16]　　　　　옛날 황제가 표준을 세울 때

15　[교감기] '거이상선(去而上僊)'은 원래 '이거(而去)'로 되어 있었는데, 『장자』「천지편」을 조사해보니 '거이상선(去而上僊)'으로 되어 있기에 이제 전본은 따른다.
16　[교감기] '석재기황극(昔在基皇極)'은 고본에 '제덕전삼극(帝德全三極)'으로 되어 있는데, 그 근거를 알 수 없다. 아마도 원래 구절이 청나라 태조의 이름을 휘하여 관신(館臣)이 망령되이 고친 것 같다.

師臣論九疇	스승인 신하가 구주를 논하였네.
丘陵或爲谷[17]	구릉이 간혹 골짜기가 되는데
天地不藏舟	천지는 배를 보관하지 못하네.
河洛功無憾[18]	하수, 낙수의 공은 여한이 없는데
幽燕策未收	유주, 연주의 수복책은 이루지 못하였네.
嗣皇朝萬國	뒤이은 황제가 만국의 조회를 받는데
任姒正興周	태후는 참으로 주나라를 중흥하리라.

【주석】

昔在基皇極 師臣論九疇 : '사신師臣'은 개보 왕안석을 이른다. 무왕이 기자를 방문했던 것으로 비유하였다. 『서경·홍범』에서 "임금은 그 극을 세워야 한다"라고 했다. 또한 "하늘이 우에게 홍범구주를 내려 주었다"라고 했다.

師臣謂王介甫, 以武王訪箕子比之也. 洪範曰, 皇建其有極. 又曰, 天乃錫禹洪範九疇.

丘陵或爲谷 天地不藏舟 : 위구는 "태산이 무너지니 사람들이 장차 어디에 의지하겠는가"라는 의미이며, 아래구는 대자연의 변화는 형체가 있는 것은 그에서 벗어날 수 없는데, 그러나 성인은 자신에게 있는 천

---

17 [교감기] '혹위곡(或爲谷)'의 '혹(或)'은 문집과 전본에 '홀(忽)'로 되어 있다.
18 [교감기] '하락(河洛)'은 고본에는 '하삭(河朔)'으로 되어 있다.

산곡시집주권제이(山谷詩集注卷第二) **193**

도를 잃지 않는다는 의미이다. 『시경』에서 "높은 언덕이 골짜기가 되고 깊은 골짜기가 구릉이 된다"라고 했다. 『장자』에서 "산골짜기에 배를 보관하며 연못 속에 산을 보관하고서 단단히 보관했다고 말한다. 그러나 밤중에 힘이 센 자가 그것을 등에 지고 도망치면 잠자는 사람은 알지 못한다. 작은 것과 큰 것을 보관하는 데는 각기 마땅한 곳이 있으나 그래도 훔쳐서 도주할 곳이 있지만, 천하를 천하에 보관하면 훔쳐서 도주할 곳이 없다. 이것이 일정불변一定不變하는 만물의 큰 진실이다. 그 때문에 성인은 장차 사물을 훔쳐서 도주할 수 없는 세계에 노닐어 모두 보존한다"라고 했다.[19]

上句言丘山之頹, 人將安仰. 下句言大化推移, 有形者所不得遯, 然聖人未嘗喪其存也. 詩曰, 高岸爲谷, 深谷爲陵. 莊子曰, 藏舟於壑, 藏山於澤, 謂之固矣. 然而夜半有力者負之而走, 昧者不知也. 藏小大, 猶有遯, 若夫藏天下於天下, 而不得所遯, 是恒物之大情也. 故聖人將遊於物之所不得遯而皆存.

河洛功無憾 幽燕策末收 : 신종 원풍 2년 4월에 송용신에게 명하여 낙양에서 변경汴京, 개봉까지 길을 내게 하여 운하를 대신하게 하였으니, 그것을 청변의 조운이라 불렀다. 이에 물건의 운반이 지체됨이 없게 되었다. 일찍이 유연 지방을 수복하려는 계책을 세워 이윽고 그 실마리를 열었지만 끝내 공을 이루지는 못하였다. 장순민의 소설인 『화만록畫墁錄』에서 "신종이 숭정전 뒤에 24개의 창고를 만들어 금와 비단을

---

19 배는 사람의 목숨을 비유한 것으로, 이는 사람의 목숨을 지키지 못했다는 말이다.

저장하고, 여러 지방에 장수를 나눠 도작원을 세웠으며, 하북에는 오도창을 설립하고 고려와 우호 관계를 맺었다. 그러나 공을 이루기 전에 붕어하니, 이는 하늘이 유계 지방의 백성을 중국에 귀속시키지 않으려 한 것인가.

神廟元豐二年四月, 命宋用臣導洛通汴, 以代河渠, 謂之淸汴漕. 輓逮無壅滯. 嘗有收復幽燕之謀, 旣開端緖, 而未收功也. 張舜民小說云, 神廟於崇政殿後設二十四庫, 以儲金帛, 諸路分將置都作院, 河北設五都倉, 講好高麗. 然功未施而上賓, 是天未欲幽薊之民歸中國乎.

嗣皇朝萬國 任姒正興周 : '사황嗣皇'은 철종이 즉위한 것을 이르고, '임사任姒'는 선인태후가 수렴청정한 것을 이른다. 『시경·사제』에서 "엄숙한 태임太任이 문왕의 어머니이시니 시모인 주강周姜을 사랑하사 주나라의 며느리가 되셨는데, 며느리인 태사太姒가 그 아름다운 명성을 이으니 아들이 백 명이나 되도다"라고 했다.

嗣皇謂哲宗初立, 任姒謂宣仁太后垂簾聽政. 思齊詩曰, 思齊太任, 文王之母. 思媚周姜, 京室之婦. 太姒嗣徽音, 則百斯男.

4. 왕문공 공의 만사. 2수[20]

王文恭公挽詞. 二首

왕규의 자는 우옥으로 『실록』에 전이 있다.

王珪字禹玉, 實錄有傳.

첫 번째 수其一

先皇憑玉几	선황이 옥궤에 기대어
末命寄元勳	유명을 원훈 공신에게 부탁하였네.
賓日行黃道	해를 맞이하여 황도로 운행하였는데
攀髥上白雲	용의 수염 붙잡고 흰구름으로 올라갔네.
四時成歲律	사시가 모여 한 해를 이루니
五色補天文	오색으로 하늘의 무늬를 도왔네.
不謂堂堂去	뒤돌아보지 않고 갈 것 생각지도 못했는데
今成馬鬣墳[21]	지금은 마렵의 무덤이 되었구나.

20　왕규의 자는 우옥으로 신종과 철종의 재상이었다. 살펴보건대 『실록』에 '원풍 8년 5월 경술일에 죽었다'라 하였다. 시호는 문공(文恭)이다.

21　**[교감기]** '금성(今成)'은 전본에는 '금위(今爲)'로 되어 있다.

先皇憑玉几 末命寄元勳 : 이 구절은 신종이 죽으면서 후사를 부탁한 것을 이른다. 『서경·고명』에서 "위대한 임금께서 옥궤에 기대어 마지막 유명을 말하였다"라고 했다. 『후한서·진준전』의 주에서 "진준에게 옥새가 찍힌 글을 내리면서 "장군의 큰 공이 드러났다""라고 했다. 원풍 8년 봄에 신종이 병으로 드러눕자, 2월에 왕규가 어탑 앞에서 동궁을 세울 것을 요청하였다. 3월 갑오일에 철종을 황태자로 세웠다. 무술일에 왕규가 신종의 유명을 선포하고 황태자가 황제의 자리에 등극하였다. 이 일은 『실록』에 실려 있다.

謂神廟顧託. 書顧命曰, 皇后憑玉几, 道揚末命. 後漢書陳俊傳注, 賜俊璽書曰, 將軍元勳大著. 元豐八年春, 神廟寢疾. 二月, 珪於御榻前, 請建東宮. 三月甲午, 立哲宗爲皇太子. 戊戌, 珪宣遺制, 皇太子卽皇帝位. 事具實録.

賓日行黃道 攀髯上白雲 : 위구는 철종 책립한 것을 이르며 아래구는 얼마 지나지 않아 공도 죽은 것을 이른다. 「요전」에서 "떠오르는 해를 공손히 맞이한다"라고 했는데, 그 주에서 "빈賓은 인도한다는 의미이다"라고 했다. 『진서·천문지』에서 "황도는 해가 다니는 길이다"라고 했다. 개보 왕안석의 「한위공만시」에서 "몸소 해의 바퀴를 붙들어 하늘길로 올렸네"라고 했다. 『한서·교사지』에서 "황제가 형산 아래에서 솥을 주조하였다. 이윽고 완성되자 용 한 마리가 턱수염을 늘어뜨려 황제를 맞이하였다. 이에 황제가 올라타자 뭇 신하들과 후궁들 70여

명이 그 뒤에서 용에 올라탔는데, 낮은 벼슬의 신하들은 올라타지 못하고 용의 수염을 붙잡았다"라고 했다. 『장자』에서 "성인은 천 세도록 살다가 인간 세상이 싫어지면 떠나서 신선이 되어 올라가 저 흰 구름을 타고 제향에 이른다"라고 했다.

上句謂策立哲宗, 下句謂未幾而公亦薨也. 堯典曰, 寅賓出日. 注云, 賓, 導也. 晋天文志曰, 黃道, 日之所行. 王介甫作韓魏公晚詩云, 親扶日轂上天衢. 漢郊祀志曰, 黃帝鑄鼎于荆山下, 既成, 有龍垂胡髥, 下迎黃帝. 黃帝上騎, 羣臣後宮後上龍七十餘人, 小臣不得上, 乃悉持龍髥. 白雲, 見上注.

四時成歲律 五色補天文 : 위구는 쓰임에 대비하여 능력을 준비함을 말하고, 아래구는 임금을 돕는 것을 말한다. 『장자』에서 "춘하추동의 사시는 한서寒暑의 기를 달리하나 자연[치]은 그중 어느 한 계절에만 혜택을 주지 않는지라 그 까닭에 일 년이 이루어지며, 나라의 다섯 관직은 각각 직무를 달리하나 군주는 그 가운데 어느 한 관직만을 사사로이 중시하지 않는지라 그 까닭에 나라가 잘 다스려진다"라고 했다. 여기서는 이 내용을 차용하였다. 『열자』에서 "여와가 오색의 돌을 다듬어 하늘이 구멍 난 곳을 메웠다"라고 했다.

上句言藏用, 下句言補袞. 莊子曰, 四時殊氣, 天不賜, 故歲成. 五官殊職, 君不私, 故國治. 此借用. 列子曰, 女媧鍊五色石, 以補天闕.[22]

---

22 [교감기] '천궐(天闕)'은 원본과 부교본에는 '청천(靑天)'으로 되어 있고, 전본에는 '기궐(其闕)'로 되어 있다.

不謂堂堂去 今成馬鬣墳: '당당堂堂'은 『논어』에 보인다.[23] 설능의 「춘일사부우회春日使府寓懷」에서 "청춘은 나를 등지고 당당히 가 버리고"라고 했다. 『예기·단궁』에서 "도끼날 위로 좁게 쌓아 올린 것을 따르겠다. 세속에서 이른바 마렵봉이라고 한다"라고 했는데, 주에서 "봉封은 흙을 쌓아 무덤을 만드는 것이다"라고 했다.

堂堂見魯論. 薛能詩, 青春背我堂堂去. 禮記檀弓曰, 從若斧者焉,[24] 馬鬣封之謂也. 注云, 封, 築土爲壟.

두 번째 수其二

宥密深黃閣	너그럽고 안정된 정치는 황각에서 깊고
光輝極上臺	빛은 상대에서 환하네.
藏舟移夜壑	배를 숨기느라 밤에 골짜기에 옮겼는데
華屋落泉臺[25]	화려한 집에서 저승으로 돌아갔구나.
雨綍誰爲挽[26]	빗속에 상여 끈은 누가 당겨줄까
寒笳故作哀	차가운 피리 소리 짐짓 슬프게 우네.

---

23 당당은 논어에 보인다 : 『논어·자장』에 보인다. "증자(曾子)가 말하였다. "당당하구나, 자장(子張)이여! 그러나 함께 인(仁)을 하기는 어렵다[曾子曰 堂堂乎張也, 難與並爲仁矣]"라 하였다.
24 [교감기] '종(從)'은 원래 '왕(往)'으로 되어 있었는데, 전본과 건륭본에 의거하여 고쳤다.
25 [교감기] '화옥(華屋)'은 명대전본에 '화실(華室)'로 되어 있다.
26 [교감기] '수위(誰爲)'는 명대전본에 '수능(誰能)'으로 되어 있다.

傷心具瞻地　　　마음 아파하며 모두 묘지를 바라보는데

無復袞衣來　　　다신 곤의가 내려올 일이 없겠네.

【주석】

宥密深黃閣 光輝極上臺 : 『시경·호천유성명』에서 "이른 아침부터 밤 늦게까지 명을 다져 너그럽고 평안하게 하였다"라고 했는데, 주에서 "유宥는 너그럽고 밀密은 평안함이다"라고 했다. 즉 너그럽고 인자하며 편안하고 차분한 정사를 행하였다는 말이다. 그러나 전배들은 '유밀'을 '기밀'이라고 해석하였다. 심약의 『송서』에서 "붉은 대문을 활짝 여니, 그 색은 양기의 정색에 해당한다. 삼공은 천자와 예법상 다음가니 그러므로 누각을 누렇게 칠하여[27] 겸손함을 보인다"라고 했다. 『진서·천문지』에서 "서쪽에 문창성에 가까운 두 별을 '상대성'[28]라고 부른다"라고 했다.

昊天有成命詩曰, 夙夜基命而宥密. 注云, 宥, 寬. 密, 寧也. 行寬仁安靜之政. 然前輩多作機密用之. 沈約宋書云, 朱門洞啟, 當陽之正色, 三公與天子禮秩相亞, 故黃閣以示謙. 晋書天文志, 西近文昌二星曰上臺.

藏舟移夜壑 華屋落泉臺 : 『장자』에서 "산골짜기에 배를 보관하며 연

27　누각을 누렇게 칠하여 : 황각은 의정부를 가리킨다.
28　상대성 : 목숨과 수명을 주관하는 별. 삼공이나 재상을 가리키며 정권을 맡은 핵심적인 자리를 비유한다.

못 속에 산을 보관하고서 단단히 보관했다고 말한다. 그러나 밤중에 힘이 센 자가 그것을 등에 지고 도망치면 잠자는 사람은 알지 못한다. 작은 것과 큰 것을 보관하는 데는 각기 마땅한 곳이 있으나 그래도 훔쳐서 도주할 곳이 있지만, 천하를 천하에 보관하면 훔쳐서 도주할 곳이 없다. 이것이 일정불변一定不變하는 만물의 큰 진실이다. 그 때문에 성인은 장차 사물을 훔쳐서 도주할 수 없는 세계에 노닐어 모두 보존한다"라고 했다.[29] 자건 조식의 「공후인箜篌引」에서 "살아서는 화려한 집에서 살더니, 죽어서는 산언덕으로 돌아갔구나"라고 했다. 유우석의 「수낙천」에서 "아름다운 집에서는 며칠간이나 앉아 있을 수 있을까? 야대로 돌아가면 곧바로 천 년이라네"라고 했다. 이가우의 「곡위급사」에서 "인형과 옛 벗들을 그리워하였는데, 지하에서 그대 울고 있겠지"라고 했다.

藏舟見上注. 曹子建詩, 生存華屋處, 零落歸山丘. 劉禹錫酬樂天詩曰, 華屋坐來能幾日, 夜臺歸去便千秋. 李嘉祐哭韋給事詩, 仁兄與思舊, 想爾泣泉臺.

雨絲誰爲挽 寒笳故作哀 : 『의례』에서 "장사 지낼 적에 조문하는 자는 반드시 영구靈柩를 실은 수레의 줄[引]을 잡는다. 만약 뒤를 따라 묘지까지 가면 모두 관의 줄[紼]을 잡고 광壙으로 내리는 것을 돕는다"라고 했는데, 주에서 "사당에 있으면 불紼이라고 하고 길에 있으면 인引이라 한다"라고 했다. 중승 유휘지庾徽之의 「소군사」에서 "삭방에선 차가운 피

---

29   배는 사람의 목숨을 비유한 것으로, 이는 사람의 목숨을 지키지 못했다는 말이다.

리 소리 찢어지네"라고 했다. 한유의 「풍릉행豐陵行」에서 "들보 넘어 들판까지 피리 북 울리네"라고 했다. 두보의 「추적秋笛」에서 "일부러 소리를 작게 낸다네"라고 했다.

儀禮曰, 弔於葬者必執引, 若從柩及壙皆執紼. 注云, 廟中曰紼, 在塗曰引. 庾中丞昭君辭曰, 朔障裂寒笳. 韓退之詩, 逾梁下坂笳鼓咽. 老杜吹笛詩, 故作發聲微.[30]

傷心具瞻地 無復袞衣來 : 『시경·절남산』에서 "빛나는 사윤이여, 백성들이 모두 그대를 바라보네"라고 했다. 『시경·파부』에서 "이러므로 곤의를 입는 분이 있으니, 우리 공을 데리고 돌아가지 말라"라고 했는데, 주에서 "곤의는 성왕이 준 곤의를 이른다"라고 했다.

節南山詩, 赫赫師尹, 民具爾瞻. 破斧詩曰, 是以有袞衣兮, 無以我公歸兮. 注云, 謂成王所賚來袞衣.

---

30 [교감기] '老杜吹笛詩故作發聲微'에서의 '성(聲)'은 원본과 부교본에 '한(寒)'으로 되어 있다. 또한 이 구는 『두시상주』「취적(吹笛)」에는 보이지 않고, 『구가주두시』 권20에는 '「추적(秋笛)」'으로 되어 있다.

5. 학원에서 딴 찻잎을 갈아 보낸 것에 사례하다[31]

謝送碾壑源揀牙[32]

矞雲從龍小蒼璧	율운은 작고 푸른 옥 같은 차를 따르는데
元豐至今人未識	원풍의 지금까지 사람들은 모르네.
壑源包貢第一春	학원의 차는 원풍 원년에 공납 되었으니
緗匳碾香供玉食	담황색 상자에 갈아놓은 향기로운 차는 임금에게 진상되네.
睿思殿東金井欄	예사전의 동쪽은 금정란인데
甘露薦椀天開顔	감로주를 사발에 올리니 용안이 환하네.
橋山事嚴屹百扃[33]	굘산의 일은 엄숙하여 백 개의 자물쇠로 지키는데
補袞諸公省中宿[34]	임금 보필하는 여러 신하는 관청 안에서 숙직하네.

---

31 시에 "굘산의 일은 엄숙하여 백 개의 자물쇠로 지키는데[橋山事嚴屹百扃]"라는 말은 신종의 산릉을 만드는 것을 이른다. 또한 "우승상은 이원례와 비슷한데[右丞似是李元禮]"라는 말은 청신(淸臣) 이방직(李邦直)을 이른다. 『실록』을 살펴보건대 청신은 원풍 6년 8월에 우승에 임명되었다가 원우 원년 윤2월에 좌승으로 옮겼다.

32 [교감기] 살펴보건대 문집과 건륭본에서 '謝送碾壑源揀牙'의 '년(碾)' 아래에 '사(賜)'자가 있다.

33 [교감기] '백경(百扃)'은 원본과 명대전본, 장지본과 전본, 그리고 건륭본에 모두 '백국(百局)'으로 되어 있다.

34 [교감기] '보곤(補袞)'은 문집에 '곤사(袞司)'로 되어 있으며, 고본의 원교에는 '달리 곤사(袞司)로 되어 있다'라 하였다.

中人傳賜夜未央	내시가 한밤중 전에 전하여 내려주니
雨露恩光照宮燭	우로 같은 은혜는 궁궐 촛불을 비추네.
右丞似是李元禮	우승상은 이원례와 비슷한데
好事風流有涇渭	호사와 풍류는 경수와 위수처럼 다르네.
肯憐天祿校書郎	어찌 천록각의 교서랑을 불쌍히 여겨
親敕家庭遣分似	친히 명령하여 가정에 나눠 주라 하시는가.
春風飽識太官羊	차는 태관의 양고기처럼 맛난 줄 알았는데
不慣腐儒湯餅腸	탕과 떡에 익숙한 부유의 속에 받지를 않네.
搜攬十年燈火讀	십 년 동안 등불 아래에서 책 뒤져 읽었는데
令我胷中書傳香	책 가득한 나의 가슴에 향기 전해 오네.
已戒應門老馬走	이미 문가에 있는 종에게 말해 놓았으니
客來問字莫載酒	오시면 글자나 물으시지 술은 가져오지 마십시오.

【주석】

喬雲從龍小蒼璧 元豐至今人未識 : 『서경잡기』에서 "구름의 바깥쪽은 붉은색이고 안쪽은 푸른색을 율운이라 부른다. 두 가지 색을 지닌 구름을 율喬이라 하니 또한 상서로운 구름이다"라고 했다. 율喬은 음이 이以와 율律의 반절법이다. 『주역』에서 "구름은 용을 따른다"라고 했다. 살펴보건대 장순민의 『화만록畵墁錄』에서 "희녕 초기에 신종이 교지를 건주에 내려서 밀운룡[35]을 제조하라고 하니, 그 품질은 또한 소단[36]보

다 뛰어나다"라고 했다.

西京雜記曰, 雲外赤內靑, 謂之矞雲. 雲二色曰矞, 亦瑞雲也. 矞音以律反. 易曰, 雲從龍. 按張舜民小說云, 熙寧末, 神廟有旨, 下建州, 製密雲龍, 其品又高於小團.

壑源包貢第一春 細盫碾香供玉食 : '제일춘第一春'은 원풍 원년에 건주의 차는 북원의 학원에서 나는 것을 으뜸으로 여겼고 사계의 차를 하품으로 여겼다. 『서경』에서 "그들의 보따리에는 귤과 유자를 싸서 공물로 바쳤다"라고 했다. 또한 "임금만이 진귀한 음식을 받을 수 있다"라고 했다.

第一春謂元豐元年, 建州茶以北苑壑源爲上, 沙溪爲下. 書曰, 厥包橘柚錫貢. 又曰, 惟辟玉食.

睿思殿東金井欄 甘露薦椀天開顔 : 예사전은 신종의 편전으로 수공전의 뒤에 있다. 이백의 「장상사長相思」에서 "가을 귀뚜라미 우물 난간에서 울고"라고 했다. 살펴보건대 대연지의 『서정기』에서 "태극전 옆에 금정란과 금으로 된 박산향로와 도르래가 있고 교룡이 우물 위에서 산을 이고 있다"라고 했다. 육우의 「고저산기」에 왕지심의 『송록』을 신

---

35 밀운룡 : 구름무늬가 조밀한 차로 쌍각용차(雙角龍茶)라고도 한다.
36 소단 : 송대(宋代)에 다엽(茶葉)의 정품(精品)으로 이름이 높았던 소룡단(小龍團), 소봉단(小鳳團) 등이 있었던 데서 온 말로, 전하여 좋은 차를 의미한다.

고 있으니 "예장왕 자상이 담제도인을 팔공산으로 방문하였다. 도인이 차를 주자 자상이 음미하면서 "이는 감로이다. 어찌 차라고 하는가"" 라 하였다. 두보의 「자신전퇴조구호紫宸殿退朝口號」에서 "임금의 기쁜 얼굴을 근신이 아네"라고 했다. 『문선』에 실린 사령운의 「수종제혜련酬從弟惠連」에서 "기쁜 얼굴로 마음을 열어 보이네"라고 했다.

睿思蓋神宗便殿, 有垂拱殿後. 太白詩, 絡緯秋啼金井欄. 按戴延之西征記曰, 太極殿上有金井欄, 金博山, 鹿盧, 蛟龍負山於井上. 陸羽顧渚山記載王智深宋錄曰, 豫章王子尙訪曇濟道人於八公山, 道人授茶茗, 子尙味之曰, 此甘露也, 何言茶茗焉. 老杜詩, 天顏有喜近臣知. 選詩, 開顏披心胷.

橋山事嚴庀百局 補袞諸公省中宿: 『사기』에서 "황제를 교산에 장사지냈다"라고 했는데, 주에서 "교산은 상군에 있다"라고 했다. 이 구는 신종의 유릉을 만든 것을 이른다. 『맹자』의 주에서 "일이 엄하고 상사가 급하였다"라고 했다. 『좌전』에서 "관리들이 자기의 임무를 수행하였다"라고 했다. 두보의 「취시기醉時歌」에서 "여러 관리 줄지어 좋은 자리 오르는데"라고 했다. 『위도부』에서 "궁궐의 관청 안에 잇달아 있는 문이 회랑을 마주하고 있다"라고 했다. ○『시경』에서 "임금의 직무에 허점이 있자, 다만 중산보가 도왔다"라고 했다.

史記, 黃帝葬橋山. 注曰, 橋山在上郡. 此句謂作神宗裕陵也. 孟子注曰, 事嚴喪事急. 左傳曰, 官庀其司. 老杜詩, 諸公袞袞登臺省. 魏都賦曰, 禁臺省中, 連闥對廊. ○ 詩, 袞職有闕, 惟仲山甫補之.

中人傳賜夜未央 雨露恩光照宮燭 :『시경·정료』에서 "밤이 얼마나 되었는고. 밤이 아직 한밤중이 못 되었다"라고 했다. 「요소」의 전에서 "이슬은 하늘이 만물을 윤택하게 하는 것으로, 왕의 은택이 멀리까지 이르지 않으면 미칠 수 없음을 비유한 것이다"라고 했다. 두보의 「봉증태상장경기奉贈太常張卿垍」에서 "신선보다 뛰어난 기운을 얻으며, 임금의 총애를 듬뿍 받음만 하랴"라고 했다. 한유의 「답장철答張徹」에서 "궁궐의 촛불에 여산은 깨어 있네"라고 했다. 살펴보건대 『주례·궁정』에서 "궁중의 사당에는 촛불을 든다"라고 했다.

庭燎詩曰, 夜如何其, 夜未央. 蓼蕭箋曰, 露者, 天所以潤萬物, 喻王者恩澤, 不爲遠則不及也. 老杜詩, 氣得神仙迥, 恩承雨露低. 退之詩, 宮燭驪山醒. 按周禮宮正曰, 宮中廟中則執燭.

右丞似是李元禮 好事風流有涇渭 : 우승상은 이청신을 이른다. 『후한서·당고전서』에서 "학교 안에서 학생들이 말하기를 "천하의 모범은 이원례이다""라고 했다. 원례의 이름은 응으로 이 일은 본전에 실려 있다. 『진서·왕휘지』전에서 "환충이 휘지에게 무슨 관서에서 근무하고 싶냐고 묻자, "아마도 마조인 듯 싶습니다""라고 했다. 두보의 「제이존사송수장자기題李尊師松樹障子歌」에서 "나란히 앉으니 마치 상산의 노인 같네"라고 했다. '호사好事'는 『맹자』와 『한서·양웅전』에 보인다.[37] 풍

---

37   맹자에서는 말 만들기는 좋아하는 사람이란 의미로 쓰였고, 「양웅전」에서 양웅이 술을 무척 좋아하면서도 집이 가난해 마시지를 못했는데, 호사자(好事者)가

류風流는 전현들의 유풍과 유속을 이른다. 그러므로『전한서·조충국 등전찬』에서 "풍성과 기속이 예로부터 그러하였다. 지금의 가요에 강 개한 풍류가 아직도 남아 있다"라고 했다. 혜강의「금부」에서 또한 "체 제와 풍류를 서로 따르지 않음이 없다"라고 했는데, 이선의 주에서 『회남자』와 중장통의『창언』을 인용하였는데 아름다운 의미를 지닌 말은 아닌 것 같다. 이선이 또 주에서 휴문 심약沈約이 지은「사령운전 론」을 인용하면서 "아랫사람들이 따라 배우기를 마치 바람이 흩어지 듯 물이 흐르는 듯하였다"라고 했다. 대개 풍류란 두 글자는 어떤 경우 는 좋은 의미로 어떤 경우는 나쁜 의미로 사용되었으니, 사용된 뜻이 어떠한가를 살펴보아야 한다. 언승 임방任昉의「출군전사곡범복야出郡傳 舍哭范僕射」에서 "저 사람의 경수와 위수는, 내가 맑고 흐림을 도운 것이 아니네"라고 했다. 살펴보건대『시경·곡풍』의 주에서 "경수와 위수가 서로 합쳐져도 맑은 물과 흐린 물은 섞이지 않는다"라고 했다.

右丞謂李淸臣. 後漢書黨錮傳序, 學中語曰, 天下模楷李元禮. 元禮名膺, 事具本傳. 晉書王徽之傳曰, 似是馬曹. 老杜詩, 偶坐似是商山翁. 好事見孟子 及漢書揚雄傳. 風流謂得前賢之流風遺俗, 故前漢書趙充國傳贊曰, 風聲氣俗, 自古而然. 今之歌謠, 慷慨風流猶存耳. 嵇康琴賦亦曰, 體制風流, 莫不相襲. 而李善注引淮南子及仲長統昌言, 似非佳語. 善又注沈休文所作謝靈運傳論 曰, 在下祖習, 如風之散, 如水之流. 蓋此兩字或美或惡, 隨所用之意何如耳. 任彦昇詩, 伊人有涇渭, 非余揚濁淸. 按谷風詩注曰, 涇渭相入而淸濁異.

술과 안주를 싸 들고 와서[載酒肴] 종유(從游)하며 배웠다고 하였다.

肯憐天祿校書郎 親敕家庭遣分似 : 『한서·양웅전』에서 "천록각의 교서관을 하였다"라고 했다. 임금의 칙령을 계책이라 이른다. 한유의 「수씨지誰氏子」에서 "나의 이 시를 베껴 특별히 전해주오"라고 했다.

漢書揚雄傳, 校書天祿閣. 上敕謂戒敕也. 退之詩曰, 寫吾此詩持送似.

春風飽識太官羊 不慣腐儒湯餅腸 : 춘풍은 차를 이른다. 『국사·직관지』에서 "태관령은 광록시에 속하는데, 음식의 조리를 담당한다"라고 하였다. 두보의 「빈지賓至」에서 "오래 묵은 거친 밥으로 식사 대접하네"라고 했다. 또한 「회금수거지懷錦水居止」에서 "늙은 나무는 실컷 서리를 맞았네"라고 했다. ○ 『한서·고조기』에서 "고조가 "썩은 선비들이 거의 네 공의 일을 그르칠 뻔하였구나""라고 했다.

春風謂茶. 國史職官志, 太官令屬光祿寺, 掌膳羞割烹之事. 老杜詩, 百年麤糲腐儒餐. 又云, 老樹飽經霜. ○ 漢紀, 高祖曰, 腐儒幾敗乃公事.[38]

搜攬十年燈火讀 令我胷中書傳香 : 노동의 「다가」에서 "세 사발 마시고 마른 창자 더듬어 보니, 오직 문자 5천 권이 있을 뿐일세"라고 했다. 한유의 「악양루별두사진嶽陽樓別竇司直」에서 "뜨거운 바람 부는 날 물을 휘저어 보니"라고 했다. 『남사·심유지전』에서 "일찍이 궁달에 천명이 있는 줄 알았는데, 한스럽기는 십 년을 채워 책을 읽지 못한 것이다"라고 했다. 한유의 「부독서성남符讀書城南」에서 "등불을 점차 가까이할 만

---

38 [교감기] '한기(漢紀)' 이하는 원본에는 이 조목의 주가 없다.

하고, 서책을 펴서 읽을 만도 하리라"라고 했다. 『북사·최릉전』에서 "정백유가 탄식하면서 "흉중에 천 권의 책을 담고 있으니, 사람들이 어찌 두려워 복종하지 않으랴""라고 했다. 『사기·조사전』에서 "아들 조괄은 한갓 그의 아버지가 전한 책만 읽을 줄 압니다"라고 했다.

盧仝茶歌曰, 三椀搜枯腸, 惟有文字五千卷. 退之詩曰, 炎風日搜攬. 南史沈攸之傳曰, 早知窮達有命, 恨不十年讀書. 退之詩, 燈火稍可親, 簡編可卷舒. 北史崔悛傳, 鄭伯猷歎曰, 胸中貯千卷書, 使人那得不畏服. 史記趙奢傳曰, 括徒能讀其父書傳.

已戒應門老馬走 客來問字莫載酒 : 『장자』에서 "명아주 지팡이 짚고 문에 나가 마중하였다"라고 했다. 진나라 이밀의 「진정표」에서 "안으로 문에서 응대할 오척 동자도 없습니다"라고 했다. 또한 『문선』에 실린 사마천의 「보임소경서報任少卿書」에서 "아버지 태사공의 우마를 관장하는 하인"이라 했는데, 이선의 주에서 "주走는 노복과 같다"라고 했다. 즉 태사공인 아버지의 우마를 맡은 노복이란 의미이다. 『한서·양웅전』에서 "유분이 일찍이 양웅에게 배워 기이한 글자를 만들었다"라고 했다. 또한 "때로 호사자들이 술과 안주를 가지고 와서 양웅에게 글을 배웠다"라고 했다.

莊子曰, 杖藜而應門. 晉李密陳情表曰, 內無應門五尺之僮. 又文選司馬遷書曰, 太史公牛馬走. 李善注云, 走猶僕也. 言爲太史公掌牛馬之僕. 漢書揚雄傳, 劉棻嘗從雄學作奇字. 又曰, 有時有好事者, 載酒肴, 從游業.

6. 소단룡과 반정을 무구에게 주면서 아울러 앞 시의 운자를 사용하여 시도 보내면서 희롱하다[39]

以小團龍及半挺贈無咎并詩用前韻爲戱

『담원』에서 "건주의 차는 별령 벼슬인 이 씨가 어린 싹을 취하여 덩이를 만들었는데, 혹자들이 그것을 금정이라 부른다"라고 했다.

談苑曰, 建州茶, 李氏別令取其乳作片, 或號曰金挺.

我持玄圭與蒼璧	내가 검은 규와 푸른 옥[40]을 지니다가
以暗投人渠不識	잘 알지도 못하는 사람에게 남몰래 주곤 했지.
城南窮巷有佳人	성의 남쪽 빈촌에 가인이 있으니
不索賓郞常晏食	빈랑을 찾지 않으며 항상 때늦게 먹는다네.
赤銅茗椀雨斑斑	적동의 찻잔은 비에 얼룩얼룩하고
銀栗黮光解破顔	능소화는 뒤집어지며 웃을 줄을 아네.
上有龍文下棋局	위에는 용 무늬가 있고 아래는 바둑 모양이 있는데
探囊贈君諾已宿[41]	주머니 뒤져 그대에게 주겠다는 약속 이미 늦었네.

---

39 구본의 차례를 따른다. 조보지(晁補之)의 자는 무구(無咎)이다.
40 검은 규와 푸른 옥: 차를 비유한 말이다.
41 [교감기] '탐(探)'은 문집과 고본에 '담(擔)'으로 되어 있다. 고본의 시 끝의 원교에서 "'담낭(擔囊)'은 달리 '요낭(搖囊)'으로 된 본도 있다"라고 했다.

此物已是元豐春	이 차는 이미 원풍 초년 봄에 진상되었으니
先皇聖功調玉燭	선황의 성인의 공으로 사시가 조화로웠네.
晁子胷中開典禮	조 선생은 흉중에 법도와 예의를 담고 있으니
平生自期莘與渭	평소 스스로 이윤과 태공에 기약하네.
故用澆君磊隗胸	이에 차를 마셔 그대 가슴속 응어리를
	씻어낼지니
莫令鬢毛雪相似	살쩍이 눈처럼 희게 늙지 마시게.
曲几團蒲聽煮湯	굽은 안석과 부들자리에서 끓는 소리 듣노니
煎成車聲繞羊腸	양장판을 도는 수레 소리처럼 끓는 소리
	요란하네.
鷄蘇胡麻留渴羌	계소와 호마의 차를 술꾼에게 주노니
不應亂我官焙香	응당 우리 관청을 끓인 차 향기로
	어지럽힐 수 없도다.
肥如瓠壺鼻雷吼	호리병처럼 살쪘고 우레처럼 숨을 쉬는데
幸君飮此勿飮酒	바라노니, 그대 이 차를 마시고 술을
	마시지 마시길.

【주석】

我持玄圭與蒼璧 以暗投人渠不識 : 『서경』에서 "우가 검은 규를 폐백으로 올렸다"라고 했다. 『주례』에서 "푸른 옥으로 하늘에 예를 올렸다"라고 했다. 유종원의 「신다」에서 "천지가 아름답고 기이한 빛깔이며,

옥 같은 모습은 흠집 하나 없네"라고 했다. 암투暗投는「추양전」에 보인다. 즉 "명월주와 야광벽을 어두운 밤에 길가에서 사람에게 던지면 모두 칼을 어루만지면서 서로를 흘겨봅니다. 왜 그렇겠습니까. 아무런 까닭 없이 앞에 나타났기 때문입니다"라고 했다. 거渠는 진나라 사람들이 말하는 저[伊]와 같다. 대개 양, 진 이래의 말인데, 유신의「대인상왕代人傷往」에 "무사히 짝과 지내다가 다시 서로 헤어지네"라는 구가 있다. 두보의「억제」에서 "시를 읊조리니 참으로 그가 생각나네"라고 했다.

書曰, 禹錫玄圭. 周禮曰, 以蒼璧禮天. 柳子厚新茶詩, 圓方麗奇色, 圭璧無纖瑕. 暗投見鄒陽傳, 具上注. 渠猶晉人言伊. 蓋梁陳以來語, 庾信詩有無事交渠更相失之句. 老杜憶弟詩亦云, 吟詩正憶渠.

城南窮巷有佳人 不索賓郞常晏食 : 가인佳人은 무구를 지칭한다. 뒤에 보이는 산곡의「와도헌臥陶軒」에서 "성남의 조 정자"라고 했다. 『남사』에서 "유목이 젊어서 가난하여 자주 처형 강씨의 집에 가서 먹을 것을 구걸하였으며, 식사를 마치면 빈랑을 찾았다. 강 씨가 희롱하여 "빈랑은 음식을 소화 시키는데, 그대는 항상 굶주리면서 어찌 항상 이것을 찾으오"라 했다. 유목이 단양의 수령이 되자 주방장에게 명하여 금 접시에 빈랑 한 곡을 담아 처의 형제에게 주었다"라고 했다. 『전국책』에서 "안촉이 "늦게 식사하면 고기 맛과 진배없다"'라고 했다.

佳人謂無咎, 山谷後詩有云, 城南晁正字. 南史, 劉穆之少貧, 好往妻兄江氏家乞食, 食畢求檳榔. 江氏戲之曰, 賓郞消食, 君乃常飢, 何忽須此. 穆之爲

丹陽令尹, 乃令厨人以金柈貯檳榔一斛以進妻兄弟. 戰國策, 顔斶曰, 晚食以
當肉.

赤銅茗椀雨斑斑 銀粟飜光解破顔 : 한유와 맹호연의 연구에서 "찻잔에
가늘고 곱게 담아"라고 했다. 구양수의 「하직下直」에서 "가벼운 한기가
아득히 낙타 털옷에 밀려들고, 가랑비가 점점이 진흙을 만드네"라고
했다. '은율銀粟'은 능소화를 이른다. 두보의 「제장諸將」에서 "장군들은
앞으로 긴장한 얼굴 풀지 마시라"라고 했다. 백거이의 「천한만기天寒晚
起」에서 "한 번 미친 노래 부르고 한 번 크게 웃네"라고 했다.

韓孟聯句曰, 茗椀纖纖捧. 歐陽公詩, 輕寒漠漠侵駝褐, 小雨斑斑作燕泥.
銀粟謂茗花. 老杜詩, 將軍且莫破愁顔. 樂天詩, 一放狂歌一破顔.

上有龍文下棋局 探囊贈君諾已宿 : '기국棋局'은 단차[42]의 아래에 은은
하게 이 무늬가 있음을 이르니, 대껍질의 흔적이다. 『장자』에서 "상자
를 열고 주머니를 더듬는 도적을 방비한다"라고 했는데, 여기서 이것
을 차용하였다. 『논어』에서 "자로는 약속을 늦추는 법이 없었다"라고
했다.

碁局謂團茶下隱隱有此文, 蓋篾痕也. 莊子曰, 胠篋探囊. 此借用其字. 魯
論曰, 子路無宿諾.

---

42   단차 : 잎을 둥글게 만든 차를 말한다.

此物已是元豐春 先皇聖功調玉燭 : 『주역・몽괘』에서 "어릴 때 바른 도를 기름이 성인을 이루는 도이다"라고 했다. 『이아』에서 "사시가 조화로운 것을 옥촉이라 이른다"라고 했는데, 주에서 "도의 빛이 빛남이다"라고 했다.

易蒙卦曰, 蒙以養正, 聖功也. 爾雅曰, 四時和謂之玉燭. 注云, 道光照.

晁子胷中開典禮 平生自期莘與渭 : 『주역・계사전』에서 "성인이 천하의 동태를 살펴보고 회합과 유통의 상태를 관찰하여, 이에 맞게 제도와 의례를 행하게 하였다"라고 했다. 이 구는 이 내용을 차용하여 제도와 문물이 흉중에 펼쳐져 있음을 말하였다. 『맹자』에서 "이윤은 유신의 들판에서 농사를 지었다"라고 했다. 『사기・제세가』에서 "서백이 태공을 위수가에서 만났다"라고 했다. 두보의 「자경부봉선현영회自京赴奉先縣詠懷」에서 "스스로 직과 설에 비교해보네"라고 했다.

易繫辭曰, 觀其會通, 以行其典禮. 此借用, 言典章文物, 開陳於胸次也. 孟子曰, 伊尹耕於有莘之野. 史記齊世家, 西伯遇太公於渭之陽. 老杜詩, 自比稷與契.

故用澆君磊隗胸 莫令鬢毛雪相似 : 『세설신어』에서 "왕손이 왕침에게 묻기를 "완적의 주량은 사마상여와 비교하여 어떤가"라 묻자 왕침이 "완적의 가슴에는 커다란 돌무더기가 있기 때문에 모름지기 술로 씻어내야 한다""라고 했다. 두보의 「부강범주송위반涪江泛舟送韋班」에서 "다

시 흰머리 늘어나네"라고 했다. 한유의 「감춘感春」에서 "두 살쩍은 눈처럼 흰데 속세로 달려가네"라고 했다. 유우석의 「월야억낙천月夜憶樂天」에서 "오늘 밤 도성의 달빛에, 시계는 모두 눈과 같네"라고 했다.

澆臂見上注. 老杜詩, 更盆鬢毛斑. 退之詩, 兩鬢雪白趨埃塵. 劉禹錫詩, 今宵帝城月, 一望雪相似.

曲几團蒲聽煮湯 煎成車聲繞羊膓 : 유종원은 「참곡궤문」을 지었다. 왕안석의 「요행聊行」에서 "부들 방석에 홀로 앉아 숨어 있네"라고 했다. 『문선』에 실린 위무제의 「고한행」에서 "양의 창자 같은 언덕길 굽이굽이 돌자면, 수레바퀴가 부러지고 만다네"라고 했는데, 주에서 『여씨춘추·구산』을 인용하여 "태항산의 양장판羊膓阪은 구불구불 도는 것이 양의 창자와 같다. 태원 진양의 북쪽에 있다"라고 했다. 백거이의 「초동월야득初冬月夜得」에서 "꿈에서 오는 길을 찾는데 양의 창자처럼 구불구불하니"라고 했다. 『왕립지시화』에서 "동파가 산곡의 이 구를 보고 이르기를 "황정견은 저러한 경지를 어찌 쉽게 얻는가"라고 하였다. 조무구가 이 시에 화답하여 "수레 소리 솥에서 나아 아홉 소반을 감도는데, 이와 같은 아름다운 구절을 누가 비슷하리오"라고 했다.

柳子厚有斬曲几文. 王介甫詩, 獨坐隱團蒲. 文選魏武苦寒行曰, 羊膓阪詰曲, 車輪爲之摧. 注引呂氏春秋九山曰, 太行羊膓, 其山盤紆如羊膓, 在太原晋陽北. 樂天詩, 夢尋來路繞羊膓. 王立之詩話曰, 東坡見山谷此句, 云, 黃九恁地怎得不窮. 故晁无咎復和云, 車聲出鼎繞九盤, 如此佳句誰能似.

鷄蘇胡麻留渴羗 不應亂我官焙香 : 『본초강목』에서 "수소는 달리 계소라고도 불린다. 호마는 달리 거승이라고 불린다"라고 했다. 소식은 "호마는 지금의 유마이다"라고 했다. 세속 사람들은 차를 끓일 때 대부분이 두 가지 물건을 섞는다. 『습유기』에서 "진나라에 강족 사람 요복이 있었다. 그는 다만 술에 목이 말랐으니 여러 사람이 그를 술에 목마른 강족이라 불렀다"라고 했다.

本草, 水蘇一名鷄蘇, 胡麻一名巨勝. 東坡云, 卽今油麻也. 俗人煮茶, 多以此二物雜之. 拾遺記曰, 晉有羗人姚馥, 但言渴於酒, 羣輩呼爲渴羗.

肥如瓠壺鼻雷吼 幸君飮此勿飮酒 : 『촉지·장예전』에서 "옹개는 귀신의 지시라고 핑계를 대어 "장예 부군은 호리병 같아서 겉은 비록 윤택하나 속 알맹이는 조잡하다""라고 했다. 한유의 「석정연구서」에서 "도사 기장은 숨 쉬는 콧소리가 마치 우레가 치는 것 같다"라고 했다. 원진의 「팔준도八駿圖」에서 "숨소리가 봄날 우레가 치는 것 같다"라고 했다.

蜀志張裔傳, 雍闓假鬼敎曰, 張府君如瓠壺, 外雖澤, 而內實粗. 退之石鼎聯句序曰, 道士倚牆, 鼻息如雷鳴. 元稹詩, 鼻息吼春雷.

7. 장인 손신노에게 화답하다[43]

和答外舅孫莘老[44]

西風挽不來	서풍은 당겨도 오지 않고
殘暑推不去	마지막 더위는 밀쳐도 가지 않네.
出門厭韠帽	문을 나서면 가죽 모자가 짜증나고
稅駕喜巾屨	수레 멈추면 두건과 신을 기쁘게 벗네.
道山鄰日月	도인은 산에 숨어 해와 달 가까이하니
清樾深隔戶	시원한 그늘에 집 문은 깊이 있네.
同舍多望郎	동료들은 많이들 장인을 바라보았는데
閑官無窘步	한가로운 관리는 급하게 걷지 않네.
少監巖壑姿	소감은 바위와 골짜기를 즐기는 자태로
宿昔廊廟具	옛날에 조정의 인재였었지.
行趨補袞職	임무 수행하며 임금의 일을 보필하고

---

43 구본에서 "신노가 병에서 일어나 시를 지어 동료들에게 보냈다"라고 하였다. 살펴보건대 신노의 이름은 각(覺)이다. 『실록』 본전(本傳)에서 "원풍 8년에 철종이 즉위하자 비서소감에서 우의간대부로 임명되었다"라 하였다. 그러므로 시에서 "소감은 바위와 골짜기를 즐기는 자태로[少監巖壑姿]"라거나 "옛 동료들에게 안부 전하겠으니, 힘써 식사 많이 하십시오[寄聲舊僚屬 訓告及七]"라 하였다. 수구에서 "서풍은 당겨도 오지 않고[西風挽不來]"라 하였으니, 아마도 초가을에 지은 것 같다.

44 [교감기] 건륭본에는 '和答外舅孫莘老'라는 제목 아래의 주에서 "방강이 살펴보건대, 제목 아래 다른 본에는 '병에서 일어나 동료들에게 부치다[病起寄同舍]'라는 다섯 글자가 있다"라 하였다. 지금 장지본에 이 다섯 글자가 있다.

黼黻我王度	우리 임금의 법도를 빛내었네.
歸休飮熱客[45]	청탁하는 손님들은 돌아가서 쉬게 하고
觴豆愆調護	술과 고기는 조섭을 해친다네.
浩然養靈根	호연지기로 영근을 기르되
勿藥有神助	약을 쓰지 않으면 신령이 도우리라.
寄聲舊僚屬	옛 동료들에게 안부 전하겠으니
訓告及匕箸[46]	힘써 식사 많이 하십시오.
尙憐費諫紙	아직도 간하던 종이 쓴 것을 그리워하는데
玉唾灑新句	참신한 구절은 옥 같은 말이로다.
北焙碾玄璧	북배는 현벽을 간 것이요
谷簾煮甘露	곡렴은 감로수를 끓인 것이라.
何時臨書几	언제나 책상에 찾아오셔서
剝芡談至暮	가시연을 깎으며 밤중까지 이야기 나눌까요.

【주석】

西風挽不來 殘暑推不去 : 『진서·등유전』에서 "오나라 사람들의 노래
에 "둥둥 울리는 5경更의 북소리여, 닭 울음소리에 하늘이 밝아 오네.
등후는 끌어당겨도 머무르지 않고, 사령은 등을 떠밀어도 떠나지 않

---

45 [교감기] '열객(熱客)'은 장지본에는 '숙객(熟客)'으로 되어 있다.
46 [교감기] '훈고(訓告)'는 전본에는 '훈고(訓詁)'로 되어 있고, 건륭본에는 '훈고
(訓詁)'로 되어 있다.

네"한다"라고 했다.

晉書鄧攸傳, 吳人歌曰, 紞如打五鼓, 鷄鳴天欲曙. 鄧侯挽不留, 謝令推不去.

出門厭騑幨 稅駕喜巾履 : 『사기』에서 "이사가 "나는 어디에서 멍에를 내려두어야 할지 모르겠다""라고 했다. 『방언』에서 "수레를 멈추는 것을 탈稅이라고 한다"라고 했다. 두보의 「제리존사송수장자기題李尊師松樹障子歌」에서 "소나무 아래 같은 두건과 신발의 어른들, 나란히 앉으니 마치 상산의 노인 같네"라고 했다. 유종원의 「증강화장로贈江華長老」에서 "텅 빈 방에 모시는 이 없고, 수건과 신만 벽에 걸려 있네"라고 했다.

史記, 李斯曰, 吾未知所稅駕. 方言曰, 舍車曰稅. 老杜詩, 松下丈人巾履同, 偶坐似是商山翁. 柳子厚詩, 室空無侍者, 巾履喜掛壁.[47]

道山鄰日月 淸樾深牖戶 : '도산道山'은 권1의 「평음장징거사平陰張澄居士」의 첫 번째 작품인 「인정仁亭」의 두 번째 구의 "도 지닌 이 산에 숨었구나有道藏丘山"에서 보인다. '인일월隣日月'은 하늘 높이 있음을 이른다. 『자림』에서 "'월樾'은 나무의 그늘이다"라고 했다. 『회남자』에서 "소금과 땀이 함께 흐르고 숨이 가빠져 헐떡이게 된다. 이때 그늘 아래 쉬게 되면 상쾌하듯 즐겁다"라고 했는데, 주에서 "초나라 지방의 나무는 위는 크고 아래는 작아서 마치 수레의 덮개와 같다. '위월爲樾'이란 그늘이 많다는 말이다"라고 했다. 『시경』에서 "출입구를 단단히 얽어맨다"

---

47 [교감기] '희(喜)'는 원시에 '유(唯)'로 되어 있다.

라고 했다.

道山見上注. 鄰日月謂在天上. 字林曰, 樾, 樹陰也. 淮南子曰, 鹽汗交流, 喘息薄喉. 當此之時, 得休樾下, 則脫然而喜矣. 注云, 楚人樹, 上大本小, 如車蓋狀, 爲樾, 言多蔭也. 詩曰, 綢繆牖戶.

同舍多望郎 閑官無窘步 : 『한서 · 직불의전』에서 "동료의 금을 잘못 가지고 갔다"라고 했다. 손초가 지은 『강낭중묘지』에서 "조정 백관이 선줄에서 그대를 바라보았는데, 금천으로 사신을 갔네"라고 했다. 『이소』에서 "걸과 주의 부끄러운 행동이여, 오직 지름길로만 허둥대며 가는가"라고 했는데, 주에서 "'군窘'은 급함이다"라고 했다. 유우석의 「도중조발途中早發」에서 "아득한 변방 안에, 오가는 이 한가롭게 걷지 않네"라고 했는데, 여기서는 반대로 사용하였다.

漢書直不疑傳, 誤持同舍郎金去. 孫樵作康郎中誌曰, 駕行望郎, 錦川星使. 離騷曰, 桀紂之披猖兮, 夫唯捷經以窘步. 注云, 窘, 急也. 劉禹錫詩, 悠悠關塞內, 來往無閑步. 此反而用之.

少監嚴壑姿 宿昔廊廟具 : 『진서 · 사곤전』에서 "어떤 이가 묻기를 "논해 보건대 그대와 유량을 비교하면 어떤가"라 하자, "묘당에 단정히 앉아서 백관의 모범이 되게 하는 점에서는 그보다 못하지만, 산과 골짜기를 즐기는 면에 있어서는 그보다 낫다고 생각한다"라 대답하였다"라고 했다. 사령운의 「수종제혜련酬從弟惠連」에서 "바위와 골짜기에 귀

와 눈을 부치네"라고 했다. 사종 완적의 「영회시詠懷詩」에서 "옛날에 옷을 함께 나눠 입었지"라고 했다. 두보의 「자경부봉선현영회自京赴奉先縣詠懷」에서 "지금 조정에 인재 갖춰지니, 큰 나라 다스림에 어찌 부족하랴만"이라고 했다.

晉書謝鯤傳曰, 或問論者, 以君方庾亮, 何如. 答曰, 端委廟堂, 使百僚準則, 鯤不如亮. 一丘一壑, 自謂過之. 謝靈運詩, 巖壑寓耳目. 阮嗣宗詩, 宿昔同衣裳. 老杜詩, 當今廊廟具, 創廈豈云缺.

行趨補袞職 黼黻我王度 : 『시경』에서 "임금의 직무에 허점이 있자, 다만 중산보가 도왔다"라고 했다. 『좌전』에서 "우리 왕의 법도를 생각하여, 민력을 옥과 같이 여기고 금과 같이 여기니"라고 했다. 이 구는 이것을 인용하였다.

詩, 袞職有闕, 惟仲山甫補之. 左傳, 思我王度, 式如玉, 式如金. 此引用.

歸休飮熱客 觴豆怨調護 : 『장자』에서 "임금이 천하를 물려주려 하자 허유가 "돌아가서 쉬시오. 내게 천하는 아무 쓸모가 없소""라고 했는데, 이것을 차용하여 휴가를 말하였다. 수나라 후백侯白이 지은 『계안록』에서 정계명은 「조열객」을 지었으니 "지금 시대의 어리석은 이, 무더위 무릅쓰고 남의 집 찾아다니네"라고 했다. 『예기』에서 "칠십에 술잔의 술과 접시의 고기를 준비한다"[48]라고 했다. 『한서·장량전』에서

---

48 이 부분은 고증의 착오로 보인다. '상주두육'은 『예기·방기(坊記)』에 "한 잔의

"공들상산사호에게 번거롭게 당부하노니, 부디 끝까지 태자를 잘 가르치고 보좌하라"라고 했는데, 이것을 차용하였다.

莊子, 許由曰, 歸休乎君, 予無所用天下爲. 此借用, 以言休假. 啓顔錄程季明有嘲熱客詩曰, 今代愚癡子, 觸熱到人家. 禮記曰, 七十觴酒豆肉. 漢書張良傳曰, 煩公幸卒調護太子. 此亦借用.

浩然養靈根 勿藥有神助 : 『맹자』에서 "나는 나의 호연지기를 잘 기른다"라고 했다. 『태현경』에서 "깊은 곳에 마음을 간직하여 그 영근을 아름답게 하라"라고 했다. 『주역』에서 "잘못한 일이 없이 생긴 병은 약을 쓰지 않으면 기쁜 일이 있을 것이다"라고 했다. 두보의 「유수각시遊修覺寺」에서 "시는 응당 귀신이 도울 테니"라고 했다.

孟子曰, 吾善養吾浩然之氣. 太玄經曰, 藏心於淵, 美厥靈恨. 易曰, 无妄之疾, 勿藥有喜. 老杜詩云, 詩應有神助.

寄聲舊僚屬 訓告及七箸 : 『문선·고시·행행중행行行重行行』에서 "힘써 식사를 잘하라"라고 한 의미와 같다. 『한서·조광한전』에서 "계상의 정장이 나에게 안부를 전하라고 했는데, 어찌 전하지 않는가"라고 했다. 『촉지·선주전』에서 "선주가 막 식사를 하려는데 갑자기 천둥이

술과 한 그릇의 고기를 사양하여 나쁜 것을 받으면 백성들이 나이 순서를 무시한다[觴酒豆肉 讓而受惡 民猶犯齒]"라는 말에서 나왔고, '칠십'은 『예기·왕제(王制)』에 "70세 노인에게는 진미를 따로 준비하며[七十貳膳]"에서 나왔다.

쳐서 수저를 놓쳐버렸다"라고 했다.

如古詩上有加餐食之意. 漢書趙廣漢傳曰, 界上亭長, 寄聲謝我. 蜀志先主傳曰, 先主方食, 失匕箸.

尙憐費諫紙 玉唾灑新句 : 백거이의 「취후주필醉後走筆」에서 "달마다 간하던 종이 이백 장이 부끄럽고, 해마다 녹봉 삼십만 전이 부끄럽네"라고 했다. 이백의 「첩박명妾薄命」에서 "말이 하늘에서 떨어지면 바람 따라 구슬이 생기네"라고 했다.

樂天詩, 月慙諫紙二百張, 歲愧俸錢三十萬. 玉唾見上注.

北焙碾玄璧 谷簾煮甘露 : 북배北焙는 곧 건계에서 생산되는 상품의 차이다. 『문선』에 실린 월석 유곤劉琨의 「중증노심重贈盧諶」에서 "손안에 검은 구슬이 있으니, 본래 형산의 구슬이었다네"라고 했다. 장우신의 『전다수기』에서 "육우는 여산 강왕곡의 물을 으뜸으로 쳤다"라고 했다. 진순유의 『여산기』에서 "강왕곡에는 물이 주렴처럼 날아서 떨어지는데 바위를 덮고 내려간다"라고 했다. 육우의 「고저산기」에 왕지심의 『송록』을 싣고 있으니 "예장왕 자상이 담제도인을 팔공산으로 방문하였다. 도인이 차를 주자 자상이 음미하면서 "이는 감로이다. 어찌 차라고 하는가""라 하였다.

北焙卽建溪高品. 文選劉越石詩, 握中有玄璧, 乃自荊山璆. 張又新煎茶水記云, 陸羽以廬山康王谷水第一. 陳舜俞廬山記曰, 康王谷有水簾飛泉, 被巖而下. 甘露見上注.

何時臨書几 剝芡談至暮 : 「한신전」에서 "언젠가 한신이 장군 번쾌의 집에 들르자, 번쾌가 무릎 꿇고 절하면서 영송하였으며, 말끝마다 신 하라고 칭하면서 "대왕께서 신의 집에 영광스럽게 왕림해 주시다니 요"'라고 했다. 한유의 「배두시어유상서陪杜侍御遊湘西」에서 "수중 과일 로 마름과 가시연을 벗기며"라고 했다. 『동관한기』에서 "윤민이 반표 와 매우 친하였는데, 매번 서로 이야기를 나눌 때면 항상 아침부터 저 녁까지 먹지 않았다. 낮부터 어두울 때까지 밤부터 아침까지 쉬지 않 았다"라고 했다. 『세설신어』에서 "안국 손성孫盛이 중군 은호殷浩를 찾 아가 함께 토론하였다. 정신을 집중하여 주고받느라 도중에 점심이 나 왔지만 손님과 주인이 저녁때까지 먹는 것을 잊었다"라고 했다.

韓信傳, 大王乃肯臨臣. 退之詩, 水果剝菱芡. 東觀漢記曰, 尹敏與班彪相 厚, 每相與談, 常晏暮不食, 晝卽至冥, 夜徹旦. 世說, 孫安國往殷中軍許共論, 往反精苦. 賓主遂至暮忘食.

8. 정국이 소자유가 적계에서 병으로 누웠다는 소식을 듣고 지은 시에 차운하다[49]

次韻定國聞蘇子由臥病績溪

炎洲冬無氷	염주는 겨울에 얼음이 얼지 않아
十月雷虺虺	시월에 우레가 우르르 쾅쾅 우네.
及春瘧癘行	봄에 학질이 유행하니
用人祭非鬼	사람을 써서 정당치 않은 귀신에게 제사하네.
巫師司民命	무당이 백성의 목숨을 담당하고
藥石不入市	약석은 시장에 들어오지 않네.
溪弩潛發機	시냇가 물여우는 숨어 독을 쏘아대고
土風甚不美	풍속은 매우 아름답지 않네.
蘇子臥江南	소 선생께서 강남에 누워
感歎中夜起	탄식하며 한밤중에 일어나네.
聞道病在床	병으로 침상에 계시다고 들었는데
食魚不知旨	생선을 드셔도 맛난지 모르시겠지.
寒暑戰胷中	한기와 열기가 흉중에서 다투니
士窮有如此	선비가 이처럼 곤궁하게 되었네.

---

49 소황문의 『난성집(欒城集)』에 있는 「복병시(復病詩)」에서 "병이 동지에 나서, 병이 가을바람 막 불 때 나았네[病作日短至 病消秋風初]"라는 말이 있으니, 황문은 당시 흡주 적계령으로 있었다. 왕정국의 이름은 공(鞏)이다.

此公天機深	이 어르신은 천기가 깊어
爵祿心已死	작록은 마음에서 이미 사라졌네.
養生遺形骸	양생하여 몸의 껍데기를 버렸으니
觀妙得骨髓	오묘함을 보아 정수를 얻었네.
后皇蒔嘉橘	천지가 아름다운 귤을 길렀는데
中歲多成枳	도중에 대부분 변해 탱자가 되었네.
佳人何時來	가인은 어느 때나 오시려나
爲天啓玉齒	천자가 옥 이 드러내 웃으시네.
湔祓瘴霧姿	장기 안개에 젖은 자태를 깨끗이 씻어
朝趨去天咫	조정에서 천자 지척에서 오가겠지.
諸公轉洪鈞	제공이 온 세상을 잘 다스리니
國器方薦砥	나라의 도구가 바야흐로 숫돌에 간 듯하네.
矢詩寫予心	시를 지어 내 마음 펼쳐 내니
莊語不加綺	바른말로 꾸미지 않았네.

【주석】

炎洲冬無氷 十月雷虺虺 : 동방삭의 『십주기』에서 "염주는 남해 가운데에 있다"라고 했는데, 이것을 차용하였다. 적계는 흡주에 속하니, 강남 지역에 있다. 『좌전·양공 28년』에서 "봄에 얼음이 얼지 않았다. 이에 재신이 "올해 송나라와 정나라는 기아가 들 것이다""라고 했다. 『시경·종풍』에서 "우르르 쾅쾅 우렛소리로다"라고 했는데, 주에서 "주우

州吘의 포악함이 우레가 우르르 쾅쾅 우는 것과 같다"라고 했다.

東方朔十洲記曰, 炎洲在南海中. 此借用. 績溪隷歙州, 蓋江南之地. 左傳襄公二十八年, 春無冰. 梓慎曰, 今玆宋鄭其饑乎. 終風詩曰, 虺虺其雷. 注曰, 暴若震雷之聲虺虺然.

及春瘧癘行 用人祭非鬼 : 두보의 「병후과왕의病後過王倚」에서 "가을 석 달 학질을 앓으니 누가 견딜 수 있으며"라고 했다. 살펴보건대 『주례·질의』에서 "사시에 모두 돌림병이 있다"라고 했는데, 주에서 "기가 조화롭지 못한 병이다"라고 했다. '용인用人'은 초나라 풍속이 이와 같다는 의미이다. 예를 들면 『좌전』에서 "송 양공이 주 문공을 시켜 증나라 군주를 차수 부근의 사에 희생으로 바쳤다"와 같은 것인데, 그 주에서 "사람을 죽여 제사를 지냈다"라고 했다. 『논어』에서 "제사 지내지 않아야 할 귀신에게 제사 지내는 것은 아첨함이다"라고 했다.

老杜詩, 瘧癘三秋孰可忍. 按周禮疾醫曰, 四時皆有癘疾. 注謂氣不和之疾. 用人蓋楚俗如此, 如左傳所謂宋公使邾文公用鄫子于次睢之社. 注謂殺人而用祭也. 魯論曰, 非其鬼而祭之, 諂也.

巫師司民命 藥石不入市 : 한유의 「견학귀」에서 "무당이 어금니에 독기를 품으니 혀 놀림이 벼락 치듯 했다. 부적술사는 붓처럼 칼을 놀리니 붉은 묵이 가로질렀다"라고 했다. 『사기·편작전』에서 "병이 골수에 있으니, 비록 사명이라도 어찌할 수가 없습니다"라고 했는데, 이것

을 차용하였다. 『주례』에서 "도자기는 얇은 것, 상한 것, 깨진 것, 갑자기 솟은 것 등은 모두 시장에 들이지 않는다"라고 했다.

退之譴瘧鬼詩, 詛師毒口牙, 舌作霹靂飛. 符師弄刀筆, 丹墨交橫揮. 史記扁鵲傳曰, 其在骨髓, 雖司命無奈之何. 此借用. 周禮曰, 髺墾薜暴不入市.

溪弩潛發機 土風甚不美 : 『박물지』에서 "강남의 산골짜기 시냇물에는 사공고가 있다. 길이가 1~2촌으로 입안에 쇠뇌 모양의 기관이 있어서 그 기운을 사람의 그림자에게 쏘는데, 고치지 않으면 죽는다"라고 했다. 전하는 말에 "천균의 활은 쥐를 마치기 위해 쏘는 것이 아니다"라고 했다. 『좌전』에서 "종의는 음악을 연주할 때 본국의 악조로 합니다"라고 했다. 『순자』에서 "인정이 매우 좋지 않다"라고 했다.

博物志曰, 江南山谿水中, 有射工蠱, 長一二寸, 口中有弩形, 氣射人影, 不治則殺人. 傳曰, 千鈞之弩, 不爲鼷鼠而發機. 左傳, 鍾儀樂操土風. 荀子曰, 人情甚不美.

蘇子臥江南 感歎中夜起 聞道病在床 食魚不知旨 : 사형 육기의 「의청청하반초擬青青河畔草」에서 "한밤중에 일어나 탄식하네"라고 했다. 두보의 「건원중우거동곡乾元中寓居同谷」에서 "한밤중에 일어나 앉으니 만감이 교차하네"라고 했다. 또한 「기한간의주寄韓諫議注」에서 "몸은 날아오르고 싶지만 병으로 누워 있네"라고 했다. 살펴보건대 영백 이밀李密의 「진정표陳情表」에서 "조모 유씨도 일찍 병에 걸려 항상 자리에 누워 계

십니다"라고 했다. 『유자』에서 "사람이 질병이 있으면 반드시 고기가 맛나지 않게 된다"라고 했다. 『학기』에서 "비록 좋은 안주가 있더라도 먹지 않으면 그 맛을 알지 못한다"라고 했다.

陸士衡詩, 中夜起歎息. 老杜詩, 中夜起坐萬感集. 又詩, 身欲奮飛病在床. 按李令伯表曰, 劉夙嬰疾病, 常在牀蓐. 劉子曰, 人之將疾者, 必不甘魚肉之味. 學記曰, 雖有嘉肴, 弗食, 不知其旨也.

寒暑戰胷中 士窮有如此 : 두보의 「병후과왕의病後過王倚」에서 "가을 석 달 학질을 앓으니 누가 견딜 수 있으며, 백 일 동안 몸 안에서 한기와 열기가 다투었네"라고 했다. 『한비자·유노편』에서 "자하는 "내가 들어가서 선왕先王의 의리를 보면 이를 즐거워했지만 나와서 부귀의 즐거움을 보면 또 이것을 부러워했다. 이 두 가지가 가슴속에서 싸워 승부가 나지 않았기 때문에 여위었는데, 지금은 선왕의 의리가 이겼기 때문에 살이 찐 것이다""라고 했다. 여기서는 이것을 차용하였다. 『예기·유행』에서 "선비는 그 우뚝 섬이 이와 같은 것이 있습니다"라고 했다.

老杜詩, 瘧癘三秋孰可忍, 寒熱百日相交戰. 韓非子喻老篇, 子夏曰, 兩者戰於胷中, 未知勝負, 故臞. 此借用. 禮記儒行曰, 其特立有如此者.

此公天機深 爵祿心已死 : 『장자』에서 "기욕이 깊은 자는 천기가 옅다"라고 했는데, 여기서는 이를 반대로 사용하였다. 『열자』에서 "황제와 용성자가 공동산 위에 있으면서 함께 석 달을 재계하여 마음은 불 꺼

진 재와 같고 형체는 마른나무와 같게 되었다"라고 했다.

莊子曰, 嗜欲深者天機淺. 此反而用之. 列子曰, 黃帝與容成子居空桐之上, 同齋三月, 心死形廢.

養生遺形骸 觀妙得骨髓 : 『장자』에서 "생사를 도외시하다"라고 했다. 『문선』에 실린 하경조의 「증장화贈張華」에서 "어찌하여 형해를 남기랴, 고기를 잡으면 통발을 잊어야지"라고 했다. 『노자』에서 "항상 욕심이 없음으로 그 오묘함을 살핀다"라고 했다. 『전등록·달마전』에서 "문인에게 이르기를 "도육은 나의 뼈를 얻었고 혜가는 나의 골수를 얻었다""라고 했다.

莊子曰, 外其形骸. 文選何敬祖詩曰, 奚用遺形骸, 忘筌在得魚. 老子曰, 常無欲以觀其妙. 傳燈錄達磨傳, 謂門人, 道育得吾骨, 慧可得吾髓.

后皇蒔嘉橘 中歲多成枳 : 희녕熙寧, 원풍元豐 연간에 변하지 않은 선비가 드문 것을 말한다. 『초사·귤송』에서 "천지간에 아름다운 나무가 있으니, 귤이 우리 땅에 내려왔네. 타고난 본성은 바뀌지 않으니, 강남에서 자라는구나"라고 했는데, 주에서 "귤은 강남에서 자라도록 운명을 받았으니 옮길 수 없다. 북쪽 땅으로 옮겨 심으면 변하여 탱자가 된다"라고 했다. 『고공기』에서 "귤이 회수를 건너 북으로 오면 탱자가 된다"라고 했다. 『동경부』에서 "명협은 모종을 내기가 어렵다. 그러므로 세상에 드물어서 보이지 않는다"라고 했다.

士不變於熙豐者, 鮮矣. 楚辭橘頌曰, 后皇嘉樹, 橘徠服兮. 受命不遷, 生南國兮. 注, 言橘受命於江南, 不可移徙. 種於北地, 則化而爲枳也. 考工記曰, 橘踰淮而北爲枳. 東京賦曰, 蓂莢爲難蒔也, 故曠世而不覿.

佳人何時來 爲天啓玉齒 : 『초사』에서 "가인이 나를 부르는 소리 들으면"이라고 했다. 『신이경』에서 "옥녀가 투호를 하는데 튀어나온 살대를 잡지 못했을 때는 하늘이 웃었으니 그러면 번개가 쳤다"라고 했다. 그러므로 두보는 「능화能畫」에서 "항상 하늘이 한 번 웃음을 받게 되면, 오랫동안 사물들이 모두 봄이었네"라고 했다. 곽박의 「유선시」에서 "영비가 나를 돌아보고 웃는데, 환하게 옥 이를 드러내었네"라고 했다.

楚辭曰, 聞佳人兮召予. 神異經曰, 玉女投壺, 天爲之笑, 則電. 故老杜詩曰, 每蒙天一笑, 長使物皆春. 郭璞游仙詩曰, 靈妃顧我笑, 粲然啟玉齒.

湔祓瘴霧姿 朝趨去天咫 : 『전국책』에서 "한명이 춘신군에게 유세하기를 "지금 저는 비루한 속세에 거처한 지가 오래되었습니다. 그대는 저를 이끌어 주시지 않겠습니까"라고 했다. 한유의 「행화杏花」에서 "겨우 피었다가 장기 안개 속으로 곧바로 떨어지네"라고 했다. 『좌전』에서 "천자의 위엄이 나의 얼굴에서 지척도 떨어져 있지 않다"라고 했다. 『당서』에서 "성 남쪽의 위 씨와 두 씨는 천자와의 거리가 한 자 다섯 치일 뿐이다"라고 했다.

戰國策, 汗明說春申君曰, 今僕居鄙俗之日久矣, 君獨無湔祓僕也. 退之詩,纔開還落瘴霧中. 左傳曰, 天威不違顔咫尺. 唐書, 城南韋杜, 去天尺五.

諸公轉洪鈞 國器方薦砥 : 두보의 「상위좌상上韋左相」에서 "온 천지 백성을 오래 살게 하며, 봄기운이 온 세상을 따뜻하게 하네"라고 했다. 『한서』에 실린 왕포의 「성주득현신송聖主得賢臣頌」에서 "어진 사람은 나라의 도구이니, 임용된 자가 현명하면 정사의 취사에 힘이 절약되면서도 공은 널리 퍼지고 도구의 쓰임이 예리하면 힘이 덜 들면서도 효과는 큰 것입니다. 그러므로 장인이 무딘 도구를 사용하면 뼈와 근육을 수고롭게 하여 종일토록 부지런히 힘써야 합니다. 뛰어난 대장장이의 경우는 명검인 간장을 만들기 위해 쇠붙이를 주조하여 맑은 물에 그 칼끝을 식히고 월나라 숫돌에 그 칼날을 갈아내면 물에서는 교룡을 베고 육지에서는 무소 가죽을 자르는데 빠르기는 비로 먼지 낀 길을 쓰는 듯합니다"라고 했다.

老杜詩, 八荒開壽域, 一氣轉洪鈞. 漢書王褒頌曰, 賢者, 國家之器用也. 所任賢, 則趨舍省而功施普, 器用利, 則用力少而就效衆. 故工人之用鈍器也, 勞筋苦骨, 終日矻矻. 及至巧冶, 鑄干將之樸, 淸水淬其鋒, 越砥斂其鍔, 水斷蛟龍, 陸剸犀革, 忽若彗泛塵塗.

矢詩寫予心 莊語不加綺 :『시경』에서 "읊은 시詩는 얼마 되지 않지만, 그래도 마침내 노래 부르네"라고 했다.『문선』에 실린 무선 장화張華의 「답하소答何劭」에서 "쏟아낸 마음은 진정에서 나왔네"라고 했다.『장

자』에서 "천하 사람들이 혼탁함에 빠져 함께 바른 이야기를 할 수 없다고 생각한다"라고 했다. 불가에서 입으로 짓는 네 가지 업[50]에 이른바 '망언妄言'과 '기어綺語'가 있다. 한유의 「성남연구」에서 "말을 꾸며 개인 날 눈을 씻어내네"라고 했다.

詩云, 矢詩不多, 維以遂歌. 文選張茂先詩, 寫心出中誠. 莊子曰, 以天下謂沈濁, 不可與莊語. 佛氏口之四業, 有所謂妄言綺語. 退之城南聯句亦云, 綺語洗晴雪.

---

50   입으로 (…중략…) 업 : 입으로 짓는 네 가지 선업은 불망어(不妄語), 불양설(不兩舌), 불악구(不惡口), 불기어(不綺語) 등이다.

9. 자유가 적계에서 병에서 일어나 부름을 받은 뒤 왕정국에게 보낸 시에 차운하다[51]

次韻子由績溪病起被召寄王定國

자유 소철의 『난성집』에 있는 「답왕정국문질시」에서 "5년 동안 남쪽 변방으로 귀양 사니, 튼튼한 몸이라도 병에 넘어지지 않으랴"라고 했으니, 바로 이 시가 차운한 작품이다.

蘇子由欒城集中有答王定國問疾詩云, 五年竄南荒, 頑質不伏病. 卽此韻也.

種萱盈九畹	원추리 넓은 구원에 가득 심었지만
蘇子憂國病	소자는 나라 걱정에 병이 들었네.
炎蒸臥百戰	찌는 더위에 백 번 싸운 듯 드러눕는데
山立有餘勁	산처럼 의연히 서서 넘치는 굳셈이 있네.
斯人廊廟器	이 사람은 낭묘의 그릇이니
不合從遠屛	멀리 내쫓는 것은 합당하지 않네.
江湖搖歸心	강호에서 돌아갈 마음 요동치는데
毛鬢侵老境[52]	머리털은 늙어감에 희어지네.

---

51 소황문의 「영빈유노전(穎濱遺老傳)」에서 "흡주 적계로 옮겨가 맡았는데, 처음 이르러 신종의 유제(遺制)를 받들었다. 반년이 지나 비서성교서랑에 임명되었다. 그다음 해 경사에 이르러 우사간에 제수되었다"라 하였다. 이 시는 그해 가을과 겨울 사이에 지은 것 같다.

52 [교감기] '모발(毛髮)'은 문집과 고본에 '백발(白髮)'로 되어 있다.

艱難喜歸來	고생하며 힘들게 돌아와 기쁘니
如晴月生嶺	마치 갠 달이 고개에 솟아난 듯하네.
仍懷阻歸舟[53]	이에 돌아오는 뱃길 막힌 것 생각하니
風水蛟鰐橫	바람 거센 강물엔 교룡과 악어가 횡행하네.
補袞諫官能	임금을 돕는 것은 간관이 할 수 있으니
用儒吾道盛	선비를 등용하매 우리 도는 성대하리라.
上書詆平津[54]	편지를 올려 왕안석을 비난한 것을
蠹藁初記省	좀먹은 원고에서 비로소 알게 되었네.
至今民社計	지금도 백성과 사직을 위한 그의 계책은
非事煩舌競	말로 다툴 만한 일이 아니라네.
方來立本朝	바야흐로 와서 조정에 서니
獻納繼晨暝	충언을 조석으로 계속해서 바치네.
人材包新舊	인재는 신구를 포함해야 하며
王度濟寬猛	왕도는 너그러움과 사나움을 안배해야 하네.
必開曲突謀	반드시 굴뚝을 굽게 만드는 계책을 써야만
滿愜傾耳聽	귀를 기울여 듣는 이들을 충분히 만족시키리라.
斯文呂與張	사문의 여회와 장전은
泉下亦蘇醒	저승에서 다시 깨어나리.

---

53 [교감기] '귀주(歸舟)'는 문집에 '행주(行舟)'로 되어 있다.
54 [교감기] '저(詆)'는 문집에 '저(抵)'로 되어 있다.

236 산곡시집주(山谷詩集注)

天聰四門闢	사방 문을 열어 천자는 여론을 들으며
國勢九鼎定	구정을 안치하여 나라의 기세를 떨치네.
身得遭太平	몸소 태평시절을 만나니
分甘守閑冷	한가로운 외직을 맡아도 달게 여기네.
天津十年面	천진에서 십 년 전에 보았는데
想見頎而整	헌걸차고도 수려한 자태리라.
何時及國門	언제나 도성 문에 오려나
休暇過煮茗	휴가에 차를 끓여 찾아가야지.
燒燈留夜語	등불 켜고 밤늦도록 이야기 나눌 테니
鴻鴈看對影	형제인 동파도 보겠지.
但恐張羅地	다만 두렵기는, 참새 그물 칠까하여
頗復多造請	자못 다시 제공을 찾아 부탁해야 하는 것.
維此禮部公	여기 이 예부공은
寒泉甃舊井	벽돌을 쌓은 오래 된 우물로 맑고 시원하였지.
謫去久羸瓶	귀양 가 오랫동안 두레박이 입구에 걸렸는데
召還汲修綆	불러들이자 긴 두레박줄로 물을 긷네.
太任決齋宮	태임이 재궁에서 일을 결정하니
陛下天統慶	폐하에게 천하의 정통이란 경사가 있네.
日月進亨衢	해와 달이 하늘길에 나오니
經緯寒耿耿	경위가 선명하게 밝네.
西走已和戎	서쪽으로 달려가 융족과 강화하고

南遷無哀郢	남으로 귀양 가 떠도는 이 없네.
誰言兩逐臣	누가 쫓겨난 두 신하 위해 말해주는가
朝轡天街並	조정에 나란히 고삐 몰고 돌아오네.
王子竄炎洲	왕 선생도 염주로 쫓겨나
萬死保軀命	만 번 죽을 뻔하다가 목숨은 부지했네.
還家頰故紅	집에 돌아오니 뺨은 이전처럼 붉은데
信亦抱淵靜	참으로 깊고 고요함을 지녔구나.
稅屋待車音	집 앞에 수레 세우는 소리 기다리며
掃門親帚柄	몸소 빗자루 잡고 문을 쓸겠네.
行當懷書傳	응당 편지를 써서 보내거나
載酒求是正	술을 가지고 찾아가 배움을 요청해야지.
端如嘗橄欖	분명코 감람을 맛보는 것 같으니
苦過味方永	맛이 오래가는 것보다 더욱 뛰어나네.

【주석】

種萱盈九畹 蘇子憂國病 : 숙야 혜강嵇康의 「양생론」에서 "합환목자귀나무은 화를 덜고 원추리는 근심을 잊게 한다"라고 했다. 『이소』에서 "내가 이미 구원의 땅에 난초를 심고"라고 했는데, 주에서 "12묘가 1원이 된다"라고 했다. 이 구는 원추리를 비록 많이 심었지만 소철의 근심을 풀 수 없는 것을 말하니, 그는 천하를 근심하기 때문이다. 『문선』에 실린 강엄의 「의반악시」에서 "근심을 푸는 것은 원추리가 아니니, 오랜

걱정을 꿈에 부쳐보네"라고 했다.

嵇叔夜養生論曰, 合歡鐲忿, 萱草忘憂. 離騷曰, 予旣滋蘭之九畹. 注云, 十二畝爲畹. 此句言種萱雖多, 不足以解蘇子之憂, 蓋所憂在天下也. 文選江淹擬潘岳詩曰, 消憂非萱草, 永懷寧夢寐.[55]

炎蒸臥百戰 山立有餘勁 : 두보의 「종불자櫻拂子」에서 "내 늙어가며 병이 들고, 집 가난하여 더위 피하지 못하네"라고 했다. 또한 「병후과왕의病後過王倚」에서 "가을 석 달 학질을 앓으니 누가 견딜 수 있으며, 백일 동안 몸 안에서 한기와 열기가 다투었네"라고 했다. 『손자』에서 "백번 싸워 백번 이기는 것이 가장 좋은 것이 아니다"라고 했다. 『예기·옥조』에서 "산처럼 의연하게 서고 가야할 때 간다"라고 했다. 『문선』에 실린 포조의 「의고擬古」에서 "활의 세기는 돌다리에 꽂힐 정도라네"라고 했다.

老杜詩, 吾老抱疾病, 家貧臥炎蒸. 又詩, 瘧癘三秋孰可忍, 寒熱百日相交戰. 孫子曰, 百戰百勝, 非善之善者也. 禮記玉藻曰, 山立時行. 選詩曰, 石梁有餘勁.

斯人廊廟器 不合從遠屛 : 『족지·허정전』의 평에서 "장제는 허정을 대체적으로 낭묘의 그릇이라고 여겼다"라고 했다. 『예기』에서 "먼 지방으로 내쫓았다"라고 했다. 구양수의 「결파정사표乞罷政事表」에서 "어지러운

---

55 [교감기] '녕(寧)'은 원문에 '기(寄)'로 되어 있다.

나라의 참소로 이미 먼 지방으로 쫓겨남을 당하였습니다"라고 했다.

蜀志許靖傳評曰, 蔣濟以爲大較廊廟器也. 禮記曰, 屛之遠方. 毆陽公表曰, 亂國之讒, 已蒙於遠屛

江湖搖歸心 毛鬢侵老境:『좌전』에서 "호나라, 심나라, 진나라 등 세 나라의 군대가 패하면 제후들의 군사는 금세 마음이 흔들릴 것입니다"라고 했다. 또한『사기·소진전』에서 "마음이 마치 깃발처럼 흔들리는 데 끝내 안정할 수 없다"라고 했다.『예기』에서 "60살을 기耆라 하니 지시하여 부린다"라고 했는데, 소에서 하창의 말을 인용하여 "기耆는 늙은 지경에 이르렀다는 말이다"라고 했다. 두보의「송가각노출여주送賈閣老出汝州」에서 "사람으로 태어나 태수도 귀하지만, 머리 흴 정도로 원망하지 마소서"라고 했다.

左傳曰, 三國敗, 諸侯之師乃搖心矣. 又史記蘇秦傳曰, 心搖搖然如縣旌, 而無所終薄. 禮記曰, 六十者指使. 疏引賀瑒云, 耆, 至也. 至老之境也. 杜詩, 人生五馬貴, 莫受二毛侵.

艱難喜歸來 如晴月生嶺:『춘추·민공원년』의 경문經文에서 "계자가 돌아왔다"라고 했는데,『공양전』에서 "돌아왔다고 한 것은 어째서인가? 기쁘기 때문이다"라고 했다. 막 갠 하늘의 달은 사람들이 기쁜 마음으로 본다. 도잠의「잡시」에서 "밝은 달이 동쪽 고개에 솟았다"라고 했다.『예기』에서 "제단에서 달은 서쪽에서 뜬다"라고 했다.

春秋閔公元年書, 季子來歸. 公羊傳云, 其曰來歸何, 喜之也. 初晴之月, 人所喜見. 淵明詩, 素月出東嶺. 禮記曰, 月生於西.

仍懷阻歸舟 風水蛟鰐橫 : 『문선』에 실린 사조謝朓의 「지선성之宣城」에서 "하늘가엔 돌아가는 배를 알겠고"라고 했다. 두보의 「기적명부박제寄狄明府博濟」에서 "교룡이 출몰하여, 맑은 강물에서 나오네"라고 했다. 또한 「추일형남秋日荊南」에서 "교룡이 깊은 곳에서 나쁜 일을 일삼고"라고 했다.

選詩, 天際識歸舟. 老杜詩云, 蛟之橫, 出淸泚. 又詩, 蛟螭深作橫.

補袞諫官能 用儒吾道盛 : 『시경』에서 "임금의 직무에 허점이 있자, 다만 중산보가 도왔다"라고 했다. 당나라 수공 2년에 보곤 두 사람을 두어 풍간을 받들어 올리는 일을 담당하게 하였다. 양웅은 "만일 참다운 유자를 등용하면 천하에 적수가 없다"라고 했다. ○『논어』에서 "삼아! 우리의 도는 하나로써 꿰뚫는다"라고 했다.

詩曰, 袞職有闕, 維仲山甫補之. 唐垂拱二年置補袞二員, 掌供奉諷諫. 揚子曰, 如用眞儒, 無敵於天下. ○ 論語曰, 參乎, 吾道一以貫之.[56]

上書詆平津 蠹藁初記省 : 『한서·급암전』에서 "급암은 공손홍을 단지 거짓되고 가식적인 지식만 가지고서 임금에게 아부하여 비위를 맞춘

---

56 [교감기] '『논어』부터 관지(貫之)'는 원본에 이 조목의 주가 없다.

다고 면전에서 꾸짖었다"라고 했다. 살펴보건대 공손홍은 평진후에 봉해졌다. 또한 「식부궁전」에서 "소장을 올려 공경대신을 낱낱이 꾸짖었다"라고 했다. 왕안석이 정권을 잡고 삼사의 조례를 통솔하여 우선 소철을 자신의 휘하에 두었다. 왕안석이 팔사[57]를 보내려고 하자, 소철은 편지를 왕안석과 진양숙에게 보내 결단코 불가함을 짚어가며 서술하고 외직에 보임해 줄 것을 요청하였다. 왕안석이 크게 노하여 죄주려고 하자, 진양숙이 만류하고 하남의 추관으로 임명할 것을 상주上奏하였다. 마침 장문정이 회양을 맡고 있다가 학관으로 소철을 불렀다. 이 일은 「영빈유노전」에 보인다.

漢書汲黯傳, 面觸公孫弘, 徒懷詐飾智, 以阿人主取容. 按弘封平津侯. 又息夫躬傳, 上疏歷詆公卿大臣. 王介甫執政領三司條例, 上以子由爲之屬. 介甫欲遣八使, 子由以書抵介甫及陳陽叔, 指陳其決不可者, 且請補外. 介甫大怒, 將加以罪. 陽叔止之, 奏除河南推官. 會張文定知淮陽, 以學官辟云. 事見潁濱遺老傳.

至今民社計 非事頰舌競 : 『논어』에서 "백성이 있고, 사직이 있으니"라고 했다. 『주역·함괘』의 상육에서 "혀와 입에서 감응하도다"라고 했는데, 상에서 "입으로만 떠들 뿐임을 말한다"라고 했다. 『한서·장량

---

57 팔사 : 사경재(謝卿材), 후숙헌(侯叔獻), 진지검(陳知儉), 왕광렴(王廣廉), 왕자소(王子韶), 정이(程顥), 노병(盧秉), 왕여익(王汝翼) 등 여덟 명을 사방에 보내어 거두지 못한 이익을 찾게 하였다.

전』에서 "세자를 세우는 일은 구설로 다툴 수 없습니다"라고 했다.

魯論曰, 有民人焉, 有社稷焉. 易咸卦之上六曰, 咸其輔頰舌. 象曰, 滕口說也. 漢書張良傳曰, 此難以口舌爭.

方來立本朝 獻納繼晨暝 : 『주역·곤괘』에서 "술과 밥이 부족하여 곤궁하나 붉은 인끈이 바야흐로 올 것이다"라고 했는데, 주에서 "겸손하게 자처하니 먼 지역에서 인끈이 온다"라고 했다. 여기서는 그 글자를 사용하여 머나먼 지방에서 도성으로 온 것을 말한다. 『맹자』에서 "남의 조정에서 벼슬을 한다"라고 했다. 반고의 「양도부서」에서 "날과 달로 충언을 올린다"라고 했다.

易困卦曰, 朱紱方來. 注謂能招異方. 此用其字, 言自遠方來也. 孟子曰, 立乎人之本朝. 班固兩都賦序曰, 日月獻納.

人材包新舊 王度濟寬猛 : 신구新舊를 말한 것은 희녕, 원풍 연간의 인재를 아울러 쓰고 싶다는 의미이다. 가우, 치평 연간의 정치는 지나치게 관대함에 가깝고 희녕, 원풍 연간의 정치는 사나움에 가까우니 모름지기 둘을 잘 섞어 써야 한다. 『주역·태괘』에서 "거친 사람을 포용하며 맨몸으로 황하를 건너는 사람도 기용한다"라고 했다. 『좌전』에서 "우리 왕의 법도를 생각하여, 민력을 옥과 같이 여기고 금과 같이 여기니"라고 했다. 또한 "너그러움으로 용맹함을 구제하고 용맹함으로 너그러움을 구제하면 정사는 이로써 조화롭게 된다"라고 했다. ○『왕직

방시화』에서 "선생황정견이 일찍이 시를 지 "인재는 신구를 포함하고, 왕도는 너그러움과 용맹함을 안배하네"라고 했다. 건중 초기에 또한 "간신을 막는 것이 요점이 있으니, 신구를 적절하게 기용함이라네"라고 했다. 또한 "우리 문하에서 나오기를 요구하지 말고, 인재를 실제로 쓰는 것이 지극한 공변됨이라네"'라고 했다. 대개 조정에서 사람을 쓰는 것에 대해 말하였다.

新舊謂欲兼用熙豐人材也. 嘉祐治平之政, 近於寬, 熙寧元豐之政, 近於猛, 要當相濟. 易泰卦曰, 包荒用馮河. 左傳曰, 思我王度, 式如玉, 式如金. 又曰, 寬以濟猛, 猛以濟寬, 政是以和. ○ 王直方詩話云, 先生嘗有詩云, 人材包新舊, 王度濟寬猛. 建中初又曰, 閉姦有要道, 新舊隨宜收. 又云, 不須要出我門下, 實用人材是至公. 大抵言朝廷用人也.

必開曲突謀 滿懇傾耳聽:『한서・곽광전』에서 "어떤 사람이 서생서복(徐福)을 위해 조정에 글을 올렸다. "어떤 나그네가 주인을 방문하였는데, 그 집의 부엌에 굴뚝이 곧게 나 있고 옆에 땔나무가 쌓여 있는 것을 보았습니다. 이에 나그네가 주인에게 "굴뚝을 고쳐 굽게 만들고 땔나무를 멀리 옮겨라. 그렇지 않으면 장차 화재가 있을 것이다"라 하였습니다"라고 했다. 『한서・오피전』에서 "천하 사람들이 목을 빼고 바라보고 귀를 기울여 듣는다"라고 했다.

漢書霍光傳, 人爲徐生上書曰, 客有過主人者, 見其竈直突, 傍有積薪. 客謂主人, 更爲曲突, 遠徙其薪, 不者且有火患. 漢書伍被傳曰, 天下引領而望,傾耳而聽.

斯文呂與張 泉下亦蘇醒 : 여믄는 중승 헌가 여회를 가리키고 장은 감
찰어사리행 천기 장전을 가리킨다. 살펴보건대『실록·왕안석전』에서
"여회, 유술, 유기, 전욱, 손창령, 범순인, 여공저, 손각, 이상, 호종유,
장전, 왕자운, 진양, 정호 등은 모두 변법이 옳지 않다는 것을 줄줄이
논하다가 차례대로 파직되었다"라고 했다. 산곡 시의 의미는 원우 초
기에 불러서 기용하였던 여러 사람 가운데 헌가와 천기는 이전에 죽었
지만, 그러나 조정에서 소철을 간관으로 뽑아 기용하였기에 시정이 일
신하였으니 지하에서 억울한 기운을 풀어낼 수 있다는 것이다. 헌가는
희녕 4년 5월에 죽었고, 천기도 그 뒤를 이어 죽었다. 두보의 「장유卅
遊」에서 "사문의 최상과 위계심은, 나를 반고와 양웅에 비견하였네"라
고 했다.『회남자』의 주에서 "저승에 황로산이 있다"라고 했다. 한유가
지은 「왕적묘지」에서 "폐단을 빗질하듯이 깨끗이 정리하니, 백성들이
다시 살아날 수가 있었다"라고 했다.

呂謂中丞呂誨獻可, 張謂監察御史裏行張戩天祺. 按實錄王安石傳, 呂誨劉
述劉琦錢顗孫昌齡范純仁呂公著孫覺李常胡宗愈張戩王子韶陳襄程顥, 皆論
列變法非是, 以次罷去. 山谷詩意, 謂元祐初召用諸人, 而獻可天祺皆前死矣.
然朝廷選用諫官, 時政一新, 亦可伸其憤懣之氣於泉下也. 獻可熙寧四年五月
卒, 天祺亦相繼亡. 老杜詩, 斯文崔魏徒, 以我似班揚. 淮南子注云, 泉下有黃
壚山. 退之作王適墓誌曰, 櫛垢爬痒, 民獲蘇醒.

天聰四門闢 國勢九鼎定 : 『서경·열명』에서 "하늘이 총명하시니 성상께서 이를 본받으시면"이라고 했다. 「순전」에서 "사방의 문을 활짝 열어놓아 사방의 눈으로 자신의 눈을 밝게 하고 사방의 귀로 자신의 귀를 통하게 하였다"라고 했다. 『사기·주기』에서 "태사공이 "무왕이 낙읍을 건설하였는데, 성왕이 소공에게 그곳에 거처하게 하고 구정을 두었다"라고 했다. 『좌전』에서 "무왕이 낙읍에 구정을 안치했다"라고 했다.

書說命曰, 惟天聰明, 惟聖時憲. 舜典曰, 闢四門, 達四聰. 史記周紀, 太史公曰, 武王營洛邑, 成王使召公卜居, 居九鼎焉. 左傳曰, 武王定鼎於洛邑.

身得遭太平, 分甘守閒冷 : 산곡 자신에 대해 말한 것이다. 한유의 「봉화고부奉和庫部」에서 "태평 시절은 몸소 만나기 어려우니"라고 했다. ○ 『맹자』에서 "분수가 정해졌기 때문이다"라고 했다. 『진서』에서 "사도온이 "하늘이 정해준 분수가 한계가 있는가"라고 했으니, 분分자는 이에서 취하였다.

山谷自謂也. 退之詩, 太平時節身難遇. ○ 孟子曰, 分定故也. 晉書謝道韞曰, 爲天分有限耶. 分字蓋取此.

天津十年面 想見頎而整 : 소철에 대해 말한 것이다. 『극담록』에서 "진공 배도가 한미했을 때 낙양에서 타향살이하다가 일찍이 절룩이는 노새를 타고 황성에 들어갔다. 바야흐로 천진교를 지나는데, 당시 회서 지방의 태수들은 천자에게 조회하지 않은 지 이미 여러 해였다. 두 노

인이 다리 기둥에 기대서서 말하기를 "마침 채주가 아직 평정되지 않아 걱정이더니, 모름지기 이 사람을 장수로 삼을 때를 기다려보세"라고 했다. 종놈이 그 말을 듣고 있었던 일을 자세히 말하였다. 배공은 "어수룩한 나의 모습을 보고 두 노인이 장난친 것이다"라고 했다. 그 후에 마침내 그가 회서를 평정했다"라고 했다. 『시경』에서 "아! 훌륭함이여, 헌걸차고 훤칠하도다"라고 했는데, 주에서 "기순는 헌걸차게 큰 모양이다"라고 했다. 정整은 빼어나고 단정함을 이르니, 아래에 주가 보인다.

謂子由也. 劇談録, 裴晋公度微時, 羈寓洛中, 嘗乘蹇驢入皇城. 方上天津橋時, 淮西不庭已數年矣. 有二老人傍橋柱而立云, 適憂蔡州未平, 須待此人爲將. 僕者聞之, 具述其事. 裴公曰, 見我龍鍾相戲耳. 其後竟平淮西. 詩曰, 猗嗟昌兮, 頎而長兮. 注云, 頎, 長貌. 整謂秀整, 見下注.

何時及國門 休暇過煮茗 : 굴원의 『구장·애영』에서 "도성 문을 나서며 애통해하니"라고 했는데, 국문國門이란 글자는 『예기』에서 나왔다. 원결의 「취가서」에서 "휴가가 되면 호수에서 배에 술을 실었다"라고 했다.

屈原九章哀郢曰, 出國門而軫懷. 其字本出周禮. 元結醉歌序曰, 因休暇則載酒於湖上.

燒燈留夜語 鴻鴈看對影 : '대영對影'은 동파를 가리킨다. 두보의 「사제관부남전舍弟觀赴藍田」에서, "기러기 그림자 연이어 협 안에 이르고"라고

했다. 이백의 「월하독작月下獨酌」에서 "그림자 마주하여 셋이 되었네"라고 했는데, 이것을 차용하였다.

對影謂東坡. 老杜詩, 鴻鴈影來連峽內. 太白詩, 對影成三人. 此借用.

但恐張羅地 頗復多造請 : 『한서·정당시전』에서 "이전에 하규 사람인 적공이 정위가 되었을 때 빈객들이 문을 메웠다. 그가 벼슬에서 파면되자 문밖에 참새 그물을 칠 수 있었다"라고 했다. 「장탕전」에서 "여러 공을 찾아가 요청하였는데 추위와 더위를 가리지 않았다"라고 했다.

漢書鄭當時傳曰, 先是, 下邽翟公爲廷尉, 賓客亦塡門. 及廢, 門外可設雀羅. 張湯傳, 造請諸公, 不避寒暑.

維此禮部公 寒泉甃舊井 謫去久羸瓶 召還汲脩綆 : 동파는 원풍 8년 가을에 조정에서 불러 예부낭중에 임명하였다. 『주역·정괘』에서 "물을 길을 때 두레박이 우물 입구를 거의 빠져나올 순간에 두레박이 뒤집힌다면 흉할 것이다"라고 했다. 초육에서 "우물 바닥에 진흙이 쌓이면 마실 수 없으니, 폐정이 되면 새도 찾아오지 않는다"라고 했다. 구오에서 "우물물이 맑고 시원하니 마실 수 있다"라고 했다. 태사공의 「굴원전」에서도 이 말을 인용하였다.[58] 한유의 「추회秋懷」에서 "옛 학문을 길어

---

58 『주역(周易)·정괘(井卦)』 구삼(九三)에 "우물을 깨끗이 쳤는데도 먹지를 않으니 내 마음이 슬프다. 임금이 밝아서 길어다 먹기만 하면 모두 복을 받으리라[井渫不食 爲我心惻 可用汲 王明 並受其福]"라고 하였는데, 「굴원전」에서 이것을 인용하고 있다.

올리려면 긴 줄이 있어야 하네"라고 했다.

東坡元豐八年秋, 召爲禮部郞中. 易井卦曰, 汔至, 亦未繘井, 羸其瓶, 凶. 初六曰, 井泥不食, 舊井無禽. 九五曰, 井洌寒泉, 食. 太史公屈原傳, 亦引此說. 退之詩曰, 汲古得修綆.

太任決齋宮 陛下天統慶 : 태임은 선인황후를 가리킨다. 『시경·사제』에서 "엄숙한 태임太任이 문왕의 어머니이시니"라고 했다. 『한서·형법지』에서 "선제는 항상 선실로 행차하여 재계하고 거처하면서 일을 처리하였다"라고 했다. 폐하는 철종을 가리킨다. 『한서·고제기찬』에서 "붉은 깃발을 사용하니 화덕에 부합하여 자연스럽게 응하여 천하의 정통을 얻었다"라고 했다. ○ 채옹이 "군신이 천자와 말할 때는 천자를 적시하여 호칭하지 않고 폐하라고 부르니, 이는 낮은 곳에서 높은 곳에 도달한다는 의미이다"라고 했다.

太任謂宣仁. 思齊詩曰, 思齊太任, 文王之母. 漢書刑法志曰, 宣帝常幸宣室, 齋居而決事. 陛下謂哲廟. 漢書高帝紀贊曰, 協于火德, 自然之應, 得天統矣. ○ 蔡邕曰, 羣臣與天子言, 不敢指斥, 呼陛下者, 言因卑達尊之意也.[59]

日月進亨衢 經緯寒耿耿 : '일월日月'은 선인황후와 철종을 말한다. 『주역』에서 "저 하늘 거리이니 형통하리라"라고 했다. 두보의 「행차소릉行次昭陵」에서 "해와 달이 높은 하늘에 걸렸네"라고 했다. 단양공이 "경위

---

59 [교감기] '채옹(蔡邕)부터 의야(意也)'까지는 원본에 이 조목에 대한 주가 없다.

가 어긋나지 않는 것은 문덕이 구비된 표상이다"라고 했다. 『문선』에 실린 사조의 「잠사하도야발暫使下都夜發」에서 "가을 은하수는 새벽에 환한데"라고 했다.

日月以言二聖. 易曰, 何天之衢亨. 老杜詩曰, 日月繼高衢. 單襄公曰, 經緯不爽, 文之象也. 選詩云, 秋河曙耿耿.

西走已和戎 南遷無哀郢 : 『좌전』에서 "위강이 진 도공에게 "융족과 친하면 다섯 가지 유리함이 있습니다""라고 했다. '무애영無哀郢'은 귀양객이 다 돌아왔다는 말이다. 『초사 · 구장』에 있는 「애영」에서 "고향을 떠나 먼 지방으로 가는데, 강하를 따라 떠도는구나"라고 했다. 또 "나란히 노를 저으며 머뭇거리는데, 애타게 임금을 만나려 해도 다시 볼 수가 없네"라고 했다. 영郢은 초나라의 도읍이다.

左傳, 魏絳曰, 和戎有五利. 無哀郢謂遷客皆還也. 楚辭屈原九章有哀郢曰, 去故鄉而就遠兮, 遵江夏以流亡. 又曰, 楫齊揚以容與兮, 哀見君而不再得. 郢蓋楚所都也.

誰言兩逐臣 朝轡天街並 : 『문선』에 실린 육기의 「군자행」에서 "쫓겨난 신하에게 무슨 할 말이 있으랴"라고 했는데, 축신이란 말은 본래 『법언』에서 나왔다. 『진서 · 천문지』에서 "앙성과 필성 사이가 천구가 된다"라고 했다. ○ 『실록』을 살펴보니, 원풍 8년에 소철은 적계에서 소환되어 우사간이 되었고 동파도 이 당시 소환되었다. 이 구는 두 공

이 조정에 돌아온 것을 기뻐한 것이다.

文選君子行曰, 逐臣尚何有. 字本出法言. 晋書天文志曰, 昴畢之間爲天街.
○ 按實錄, 元豐八年, 子由自績溪召還, 爲右司諫. 而東坡亦以是時被召. 此
句蓋喜二.公得還朝.[60]

王子竄炎洲 萬死保軀命 : 왕자王子는 정국을 가리키고 염주炎洲는 대유
령 이남을 가리킨다. 동방삭의 『십주기』에서 "염주는 남해 가운데 있
다"라고 했는데, 이것을 차용하여 정국이 일찍이 빈주로 귀양 간 것을
말하였다. 유종원의 「별사제別舍弟」에서 "변방에서 12년 동안 죽을 뻔
했었지"라고 했다.

王子謂定國, 炎洲謂嶺表. 東方朔十洲記曰, 炎洲在南海中. 此借用, 言定
國嘗謫賓州. 柳子厚詩, 萬死投荒十二年.

還家煩故紅 信亦抱淵靜 : 소식의 「여정국서」에서 "군실 사마광이 이
르기를 "왕정국은 장기 피어나는 굴속에서 5년을 지냈는데 얼굴이 붉
은 옥 같으니, 어찌 능히 이와 같을 수 있는가""라고 했다. 산곡의 뒤에
보이는 "검푸른 수염을 멀리서 그리워하네"라는 구절도 또한 이와 같
은 의미이다. 『문선』에 실린 사령운의 「술조덕시述祖德詩」에서 "아울러
만물을 구제할 성품을 품고"라고 했다. 『장자』에서 "정신을 고요하게
지키면 몸은 절로 바르게 될 것이다"라고 했다. 또한 "가만히 있을 때

---

60 [교감기] '실록(實錄)부터 환조(還朝)'까지는 원본에 이 조목에 대한 주가 없다.

는 깊은 물처럼 고요하다"라고 했다.

東坡與定國書曰, 君實嘗云, 王定國瘴烟窟裏五年, 面如紅玉, 不知道能如此乎. 山谷後詩有遙憐鬢鬖綠之句, 亦同此意. 文選謝靈運詩曰, 兼抱濟物性. 莊子曰, 抱神以靜, 形將自正. 又曰, 其居也, 淵而靜.

稅屋待車音 掃門親帚柄:『문선』에 실린 자건 조식의 「응조서」에서 "이에 황제의 궁궐에 이르러 서쪽 담에 수레를 세웠습니다"라고 했는데, 이선의 주에서 "탈稅은 멈춤이다"라고 했다.『맹자』에서 "백성이 왕의 수레와 말소리를 듣고"라고 했다. '소문掃門'은 제나라 제상인 조삼을 만나려고 아침마다 그의 사인舍人집 문 앞을 청소하던『한서』위발의 고사를 인용하였다.『회남자』에서 "무왕이 주임금을 치려 하자, 혜성이 나오니 은나라 사람에게 권력을 주었다"라고 했다.

文選曹子建應詔書曰, 爰暨帝室, 稅此西墉. 李善注曰, 稅猶舍也. 孟子曰, 百姓聞王車馬之音. 掃門用漢書魏勃事. 淮南子曰, 慧出而授殷人其柄.

行當懷書傳 載酒求是正 :『한서·양웅전』에서 "양웅이 술을 무척 좋아하면서도 집이 가난해 마시지를 못했는데, 호사지好事者가 술과 안주를 싸들고 와서 종유從游하며 배웠다"라고 했다.『후한서·안제기』에서 "오경박사에게 조서를 내려 문자를 바로잡게 했다"라고 했다.

載酒見上注. 後漢安帝紀, 詔五經博士, 是正文字.

端如嘗橄欖 苦過味方永 : 구양수의 「수곡야행水谷夜行」에서 "또한 감람
을 먹는 것과 같으니, 진미가 시간이 흐를수록 남아 있네"라고 했다.
『왕립지시화』에서 "구양수가 매성유의 시에 대해 이르기를 "처음에
읽을 때는 미치지 못한 것을 탄식하다가 며칠 지나 읽으면 점점 맛이
난다. 어찌 감람 맛에 그치리오. 오랫동안 다시 읽으면 바야흐로 맛이
오래가는 것을 안다"'라고 했다. 살펴보건대 육우의 『다경』 주에서
"맛이 오래가는 것을 준영雋永이라 한다. 준은 맛이란 의미이며, 영은
오래간다는 의미이다"라고 했다.

歐陽公詩, 又如食橄欖, 眞味久愈在. 王立之詩話曰, 歐陽公謂梅聖俞詩,
始讀之則嘆莫能及, 後數日乃漸有味. 何止橄欖, 回味久方覺永. 按陸羽茶經
注曰, 味長謂之雋永. 雋, 味也, 永, 長也.

10. 이지순 소감이 벼루를 보내준 시에 차운하다[61]

次韻李之純少監惠硯[62]

黃公山下黃雞秋	황공산 아래 황계 살지는 가을
持節恤刑會少休	부신 잡고 형벌 신중하다가 잠시 쉬게 되었네.
小人負弩得開道	소인이 활을 짊어지고 길을 열어
掃葉張飮林巖幽	그윽한 임학에서 나뭇잎 쓸어 자리 펼치고 마셨네.
相傳有石非地産	전하는 말에 바위는 땅에서 난 것이 아니라
列仙持來自羅浮	뭇 신선이 나부산에서 가지고 왔다 하네.
酒酣步出雲雨上	술기운이 오르자 비구름 위로 걸어 나오니
南撫方城西嵩丘	남으로 방성산을 바라보고 서로 숭산을 마주하네.
林端乃見石空洞	숲 끝으로 속이 빈 바위가 보이는데
猛獸蟲鳳踞上頭	힘이 센 맹수가 앞부분에 웅크리고 있네.
鳥道兔迒謀挽致	새 길과 토끼 길로 끌어오려 하니
萬牛不動五丁愁[63]	만 마리 소로도 움직이지 않아 다섯 역사가

---

61 시에서 "나 또한 허물을 씻어 청류가 되리라[我亦洗瀚與淸流]"라고 하였으니, 처음 관소(館所)에 들어갔을 때 지은 시로 보인다. 지순의 이름은 주(周)이다.

62 [교감기] '次韻李之純少監惠硯'은 문집과 고본의 시 제목 아래의 주에서 "이지순의 이름은 주(周)이다"라고 했다.

63 [교감기] '오(五)'는 문집과 고본에는 '육(六)'으로 되어 있다.

	근심하였네.
道家蓬萊見仙伯	도가 봉래산의 신선을 보는 듯하니
我亦洗湔與淸流	나 또한 허물을 씻어 청류가 되리라.
探囊贈硏頗宜墨	주머니 뒤져 벼루를 주는데 자못 먹에 어울리니
近出黃山非遠求	가까운 황산에서 나와 멀리서 구한 것이 아니라.
乃知此山自才美	이에 알겠네, 이 산은 절로 산물이 뛰어나
物欲致用當窮搜	사물마다 상품을 갖추니 응당 잘 찾아야 하네.
迷邦故令成器晚	어지러운 나라의 이전 수령은 큰 그릇 늦게 이루니
不琢元非匠石羞	다듬지 않아도 원래 장석이 부끄럽게 여기지 않네.

【주석】

黃公山下黃雞秋 持節恤刑會少休 : 『환우기』에서 "여주 섭현에 황공산이 있다"라고 했다. 이백의 「남릉별아南陵別兒」에서 "수수 쪼는 황계가 살지는 가을이라네"라고 했다. 『서경』에서 "형벌을 신중히 하였다"라고 했다.

實宇記曰, 汝州葉縣有黃公山. 太白詩, 黃雞啄黍秋正肥. 書曰, 惟刑之恤哉.

小人負弩得開道 掃葉張飮林巖幽 : 산곡은 희녕 연간에 일찍이 섭현의 수령이 되었다. 『한서·사마상여전』에서 "사마상여가 촉에 도착하자 현령은 몸소 활과 화살을 메고 앞에서 길을 인도하였다"라고 했다. 또한 「조참전」에서 "이에 술을 가져오게 하여 자리를 펼치고 함께 술을

마셨다"라고 했다.

山谷熙寧間嘗爲葉縣尉. 漢書司馬相如傳曰, 縣令負弩矢先驅. 又曹參傳曰, 乃取酒張坐飮.

相傳有石非地產 列仙持來自羅浮 : 『주례』에서 "지산地產을 써서 양덕陽德을 만들되 조화로운 음악으로써 조절하였으니, 이것이 예악의 근본이며 천지의 조화를 합한 것이다"라고 했는데, 이것을 차용하였다. 『한서·사마상여전』에서 "산택에 거하는 신선 같은 유자들은"이라고 했다. 『나부산기』에서 "나부산은 두 산이 합쳐졌는데, 증성과 나부 두 현의 경계에 있다"라고 했다. 「모군내전」에서 "나부산의 골짜기는 길이가 5리인데 "주명요진천"이라 부른다"라고 했다.

周禮曰, 以地產作陽德. 此借用. 漢書司馬相如傳曰, 列仙之儒. 羅浮山記曰, 羅浮二山合體, 在增城博羅二縣之境. 茅君內傳曰, 羅浮山之洞, 周迴五里, 名曰朱明曜眞天.

酒酣步出雲雨上 南撫方城西嵩丘 : 『사기·인상여전』에서 "진왕이 술을 마셔 술기운이 올라왔다"라고 했다. 맹교의 「유종남용지사」에서 "밝은 해가 솟을 때 걸어 나와, 맑은 시냇가에 기대 앉았네"라고 했다. 『열자』에서 "도인의 궁궐은 비구름 위로 솟아 아래 부분은 무엇에 의지했는지 알 수가 없다"라고 했다. 『환우기』에서 "섭현에 방성산이 있다"라고 했는데, 『좌전』에서 "초나라는 방성산으로 성을 만들었다"라

한 것이 바로 이것이다. 숭산은 서경에 있으니, 여주와 서북쪽으로 경계를 마주하고 있다.

史記藺相如傳, 秦王飲酒, 酒酣. 孟郊遊終南龍池寺詩曰, 步出白日上, 坐依淸溪邊. 列子曰, 化人之宮, 出雲雨之上, 而不知下之據. 寰宇記, 葉縣有方城山. 左傳所謂楚國方城以爲城, 卽此也. 嵩山在西京, 與汝州西北之境相接.

林端乃見石空洞 猛獸鼇鼇踞上頭 : 『진서·주의전』에서 "내 뱃속은 텅비어서 아무것도 없지만 그대 같은 사람 수 백 명을 담을 수 있소"라고 했다. 「오도부」에서 "힘이 굳센 큰 거북이 머리에 영산을 이었다"라고 했는데, 이것을 차용하여 돌의 모양을 말하였다. 『고악부·맥상상』에서 "동쪽에 천여 명의 기병, 그대가 선두에 서 있네"라고 했다. 두보의 「봉동곽급사탕동령추직奉同郭給事湯東靈湫作」에서 "동쪽 산 기운차게 하늘로 솟았는데, 궁전은 꼭대기에 있네"라고 했다.

晋書周顗傳曰, 此中空洞無物. 吳都賦曰, 巨鼇鼇鼇, 首冠靈山. 此借用, 以言石之狀. 古樂府 陌上桑曰, 東方千餘騎, 夫壻居上頭. 老杜詩云, 東山氣濛鴻, 宮殿居上頭.

鳥道免迮謀挽致 萬牛不動五丁愁 : 『남중팔지』에서 "교지군은 용편현을 다스리는데, 흥고에서 조도로 4백 리이다"라고 했다. 이백의 「촉도난」에서 "서쪽으로 태백산으로 새나 다닐 길이 있어"라고 했다. 『이아』에서 "토자는 토끼로 그 발자국은 길을 이룬다. '迮'의 음은 '窄'이

다"라고 했다. 두보의 「고백행古柏行」에서 "만 마리 소가 산처럼 무거워 고개 돌리리라"라고 했다. 『촉왕본기』에서 "진왕이 촉을 정벌하려고 했으나 길이 연결되지 않았다. 이에 다섯 개의 돌로 소를 조각하고 그 항문 쪽에 황금을 놓아두었다. 촉나라 사람들이 소가 황금 똥을 누웠다고 하였다. 촉나라 임금이 역사 다섯 명을 보내 소를 끌어오니 길이 되었다"라고 했다.

南中八志云, 交趾郡治龍編縣, 自興古鳥道四百里. 李白蜀道難曰, 西當太白有鳥道. 爾雅曰, 兔子, 嬎, 其跡远. 远音罔. 老杜詩, 萬牛回首丘山重. 蜀王本紀曰, 秦王欲伐蜀, 以路不通, 乃刻五石牛, 置金其後. 蜀人以爲便金, 王使五丁力士拖牛成道.

道家蓬萊見仙伯 我亦洗湔與淸流 : 봉래蓬萊는 앞의 주에 보인다. '선백仙伯'은 이지순을 가리킨다. 두보의 「백수최소부白水崔少府」에서 "여러 외숙 신선이 다 되었구나"라고 했다. 『한서 · 창읍왕하전』에서 "담당 관리를 잡아들여 대왕의 잘못을 씻어내십시오"라고 했다. 한유의 「시상示爽」에서 "끝내 더러움을 씻어내지 못할까 두렵네"라고 했다. 『오지 · 하소전』에서 "끝내 청류로 하여금 탁하게 변하게 하였다"라고 했다. 『북몽쇄언』에서 "주전충이 배추 등에게 자진하라고 명하자, 이진이 "이 무리들은 자신들을 청류라고 하니 마땅히 황하에 던져 영원히 탁류가 되게 만들어야 합니다""라고 했다.

蓬萊見上注. 仙伯謂之鈍. 老杜詩, 諸翁乃仙伯. 漢書昌邑王賀傳曰, 以湔洒大王. 退之詩, 懼終莫洗湔. 吳志賀邵傳曰, 遂使清流變濁. 北夢瑣言, 朱全忠賜裴樞等自盡. 李振曰, 此輩自謂淸流, 宜投黃河, 永爲濁流.

探囊贈研頗宜墨 近出黃山非遠求 乃知此山自才美 物欲致用當窮搜：『논어』에서 "주공의 재주와 같은 아름다움은 자질을 지니고서도"라고 했다. 『주역』에서 "모든 물건을 갖추어 다 쓸 수 있게 하고, 법을 세우고 기물을 이루어 천하의 사람들을 편리하도록 하는 이는 성인보다 큰 이가 없다"라고 했다.

魯論曰, 如有周公之才之美. 易曰, 備物致用, 立成器以爲天下利, 莫大乎聖人.

迷邦故令成器晚 不琢元非匠石羞：『논어』에서 "보배를 속에 품고서 나라를 어지럽게 그냥 놔둔다면 그것을 인이라고 할 수 있겠는가"라고 했다. 『노자』에서 "큰 네모는 모서리가 없고 큰 그릇은 늦게 이루어지고"라고 했다. 『장자』에서 "장석이 제나라로 가는 길에 곡원에 이르렀다"라고 했다.

魯論曰, 懷其寶而迷其邦. 老子曰, 大器晚成. 莊子曰, 匠石之齊, 至乎曲轅.

11. 선성으로 가는 외삼촌 야부를 전송하다. 2수[64]

送舅氏野夫之宣城. 二首[65]

첫 번째 수其一

藉甚宣城郡	여러모로 이름 난 선성군은
風流數貢毛	으뜸인 풍류로 자호필[66]을 자주 바치네.
霜林收鴨脚	서리 내린 숲에서 은행을 모으고
春網薦琴高	봄 그물엔 잉어가 걸렸네.
共理須良守	함께 다스릴 어진 태수가 필요하였지만
今年輟省曹	올해 육조의 관리는 되지 못했구려.
平生割雞手	평소 닭 잡는 솜씨라고들 말하는데
聊試發硎刀	애오라지 숫돌에 간 칼날을 시험해야 하니.

64　이신의 자는 야부이다. 살펴보건대 『실록』에서 "원풍 8년 12월 둔전 낭중 이신이 선주를 맡았다"라고 하였다. 그런데 이 시는 반드시 이 당시 지어진 것은 아닌데, 일단 관직을 임명한 시기로 차서를 삼았다. 이 뒤에도 대부분 이와 같다.

65　[교감기] 문집과 고본에서 '送舅氏野夫之宣城二首'의 제목 아래 주에서 "외삼촌은 이신(李莘)이다"라고 했다.

66　자호필 : 중국 남조(南朝) 때의 강엄(江淹)이 어릴 적에, 자칭 곽박(郭璞)이란 사람이 채색 붓을 주는 꿈을 꾸고부터 문장이 크게 진보하였는데, 만년에 그가 다시 붓을 회수해 가는 꿈을 꾼 뒤로는 좋은 문장이 나오지 않았다 한다. 『태평어람』에 보인다. 자줏빛 털로 만든 자호필(紫毫筆)이란 붓이 있는데, 붓 중에서도 최상품이다. 백거이(白居易)의 「자호필」 시에 "강남의 바위 위에 늙은 토끼가 있었으니, 대나무 먹고 샘물 마셔 자줏빛 털이 돋았어라. 선성의 사람이 털을 채집해 붓을 만드는데, 천만 터럭 중에서 한 터럭을 골라냈지[江南石上有老兔 喫竹飮泉生紫毫 宣城之人探爲筆 千萬毛中揀一毛]"하였다.

【주석】

藉甚宣城郡 風流數貢毛 : 『환우기』에서 "선성은 본래 한나라의 오래된 현으로, 한 순제가 선성군으로 격상시켰으니, 지금의 선주이다"라고 했다. 『한서·육가전』에서 "명성이 대단하다"라고 했는데, 주에서 "자심藉甚은 낭자심성狼藉甚盛이란 의미이다"라고 했다. 『좌전』에서 "우윤 무우가 "땅에서 나는 채소를 먹으니 누가 임금의 신하가 아닙니까""라고 했다.

寰宇記曰, 宣城本漢舊縣, 漢順帝立宣城郡, 卽今宣州. 漢書陸賈傳, 名聲藉甚. 注云, 狼藉甚盛. 左傳, 芊尹無宇曰, 食土之毛, 誰非君臣.

霜林收鴨脚 春網薦琴高 : 구양수가 지은 「사매성유기은행」에서 "은행이 비록 많지만, 얻으면 참으로 보배가 되네"라고 했다. 또 같은 시에서 "서리 내린 들판에서 나무 열매를 따서, 도성으로 새 것을 보내네"라고 했다. 매성유는 바로 선주 사람이다. '금고琴高'는 잉어이다. 『열선전』에서 "금고는 송나라의 사인으로, 후에 붉은 잉어가 되어 그의 제자들을 보러 왔다"라고 했다. 구양수도 「금고어」란 시를 지었다. ○후산 진사도는 「기담주장예수寄潭州張芸叟」에서 "서리 내린 숲에 은행이 쌓여 있고, 봄의 입맛으로 죽순을 올리네"라고 했다. 지금 산곡도 이에 이 구절을 지었으니 각각 묘미가 지극하니 어찌 후산의 시구를 모방하였으랴.

歐陽公有謝梅聖俞寄銀杏詩曰, 鴨脚雖百箇, 得之誠可珍. 又云, 霜野摘林

實, 京師寄時新. 聖兪卽宣州人. 琴高, 鯉魚也. 列仙傳, 琴高爲宋舍人, 後乘
赤鯉, 見其弟子. 歐陽公亦有琴高魚詩. ○ 後山嘗有句云, 霜林堆鴨脚, 春味
薦貓頭. 今山谷乃有此句, 雖各極其妙, 豈非效此耶.

共理須良守 今年輟省曹:『한서・순리전』에서 "선제가 "서민들이 그
고향을 편히 여겨서 탄식하고 근심하고 한하는 마음이 없는 것은 정사
가 공평하고 송사가 다스려지기 때문이다. 나와 더불어 이것을 같이할
자는 오직 선량한 2천 석태수이리라""라고 했다.『후한서・백관지』에서
"세조가 상서와 육조를 나눴다"라고 했다.

漢書循吏傳, 宣帝曰, 庶民所以安其田里, 而亡嘆息愁恨之心者, 政平訟理
也. 與我共此者, 其唯良二千石乎. 後漢志曰, 世祖分尙書凡六曹.

平生割雞手 聊試發硎刀:『논어』에서 "닭을 잡는데 어찌 소 잡는 칼을
쓰는가"라고 했다.『장자』에서 "날카로운 칼날은 마치 숫돌에서 새로
간 것 같다"라고 했다.

魯論曰, 割雞焉用牛刀. 莊子曰, 刃若新發於硎.

두 번째 수其二

試說宣城郡[67]　　　　　한 번 선성군에 대해 말해 보려니

67　[교감기] '선성군(宣城郡)'은 문집에는 '선성락(宣城樂)'으로 되어 있다.

停盃且細聽	잔을 멈추고 자세히 들어보세요.
晚樓明宛水	저물녘 누대 옆 맑은 완계수
春騎簇昭亭	봄날 말 탄 장군 활 두른 소정.
秕稏豐圩戶	파아는 방죽 옆 마을에서 풍년이고
桁楊臥訟庭	칼과 차꼬는 관청 뜨락에 누워 있네.
謝公歌舞處	사공이 노래하고 춤추던 곳에서
時對換鵝經	때로 거위와 바꿨던 『도덕경』을
	읊조려 보세요.

【주석】

試說宣城郡 停盃且細聽 晚樓明宛水 春騎簇昭亭 : 『환우기』에서 "선주는 한나라 때 완릉현이었다"라고 했다. 지리지를 살펴보건대 지금은 완계수가 있다.

寰宇記, 宣州漢爲宛陵縣. 按地理今有宛溪水.

秕稏豐圩戶 桁楊臥訟庭 : 두목의 「군재독작郡齋獨酌」에서 "파아 쌀 백 마지기, 서풍이 반쯤 누른 쌀에 불어오네"라고 했는데, 자주에서 "파아는 쌀 품종이다"라고 했다. 『절운』을 살펴보니 '파아秕稏' 두 글자는 모두 '화禾'가 부수라고 했다. 소식의 「녹주단악오중수리장」에서 "여러 현의 높은 고원과 들판에는 거의 모두 당위[圩]가 있다. 간혹 삼백 묘나 오백 묘에 한 개의 못이 있다. 대개 옛사람들은 물을 저장하여 논밭에

물을 댄다"라고 했다. 살펴보건대 지금의 선주에 화성우, 혜민우 등의 마을이 있다. 『장자』에서 "칼과 차꼬의 쐐기"라고 했는데, 『한서음의』에서 "항양은 목과 발목을 채우는 것이다"라고 했다. 사령운의 「재중독서齋中讀書」에서 "텅 빈 관청에는 송사가 끊어지고, 빈 뜰에는 새들이 날아오네"라고 했다. 현휘 사조의 「재군와병在郡臥病」에서 "관청의 높은 누각은 낮에도 문을 닫고, 풀이 난 계단에는 송사도 적네"라고 했다. 살펴보건대 사조는 선성의 수령이 되었다. 그러므로 산곡이 이를 인용하였다.

杜牧之詩, 罷亞百頃稻, 西風吹牛黃. 自注云, 罷亞, 稻名. 按切韻, 兩字皆從禾. 東坡録奏單鍔吳中水利狀曰, 諸縣高原陸野之郷, 皆有塘圩. 或三百畝五百畝爲一圩, 蓋古人停蓄水以灌民田. 按今宣州有化成惠民圩等人戶. 莊子曰, 桁楊接槢. 音義云, 械夾頸及脛者. 謝靈運詩, 虛館絶諍訟, 空庭來鳥雀. 謝朓詩, 高閣常晝掩, 荒堦少諍辭. 按朓嘗守宣城, 故山谷用此事.

謝公歌舞處 時對換鵝經 : 한가로이 초연함으로서 영화로운 궁궐의 즐거움을 바꾸라는 말이다.[68] 『제서』에서 "사조의 자는 현휘로 선성군 태수가 되었다"라고 했다. 이백의 「여산요」에서 "사공이 노닐던 곳은 푸른 이끼 속에 묻혔네"라고 했다. 두보의 「추흥팔수秋興八首」에서 "고개 돌려보니 가련쿠나 노래하고 춤추던 곳, 진중은 예로부터 제왕들의

---

68 한가로이 (…중략…) 말이다 : 『노자』에서 "비록 훌륭한 궁궐이 있더라도 담담한 심경으로 안식하며[雖有榮觀 燕處超然]"라고 했다.

터였으니"라고 했다. 살펴보건대『문선』에 실린 포조의 「무성부」에서 "노래하던 당과 춤추던 누각의 주춧돌"이라고 했다.『진서·왕희지』전에서 "산음에 도사가 있었는데 좋은 거위를 키웠다. 그가 왕희지에게『도덕경』을 베껴 주면 마땅히 뭇 거위를 사례로 주겠다"라고 했다.

言以燕處易榮觀之樂. 齊書, 謝脁字玄暉, 爲宣城郡太守. 太白廬山謠曰, 謝公行處蒼苔沒. 老杜詩, 回首可憐歌舞地, 秦中自古帝王州. 按文選鮑照蕪城賦曰, 歌堂舞閣之基. 晉書王羲之傳, 山陰有道士, 養好鵝,[69] 云, 爲寫道德經, 當擧羣相贈耳.

---

69 [교감기] '호아(好鵝)'는 원본과 부교본에는 '군아(群鵝)'로 되어 있다.

12. 경주 수령으로 가는 범덕유를 전송하다[70]

送范德孺知慶州[71]

乃翁知國如知兵	그대 부친께서 병법을 알아 나라를 맡았으니
塞垣草木識威名	장성의 초목도 위엄 있는 이름을 아네.
敵人開戸玩處女	적들이 성문 열고 처녀라 희롱했는데
掩耳不及驚雷霆	우레에 놀라 귀를 막을 틈도 없었네.
平生端有活國計	평생 다만 나라 살릴 계책을 지녔는데
百不一試薶九京	백에 하나도 쓰지 못하고 저승에 묻혔네.
阿兄兩持慶州節	작은형과 경주의 부절을 둘 다 잡으니
十年駏驥地上行[72]	십 년 동안 지상에서 기린이 노닐었네.
潭潭大度如臥虎	커다란 도량은 누운 호랑이 같으니
邊頭耕桑長兒女[73]	변방에서 농사와 양잠하여 자녀를 키우네.

---

70 원우 원년 병인년에 산곡은 관중(館中)에 있었다. 살펴보건대 『실록』에서 "10월 병술에 『신종실록』 검토관 집현교리에 임명되었다"라 하였다. 덕유의 이름은 순수이다. 살펴보건대 『실록』에서 "원풍 8년 8월 용도각(龍圖閣)에서 숙직하였는데, 경동운사 범순수가 경주(慶州)를 맡았다"라 하였다. 이 시에서 "봄바람에 깃발이 수많은 장병을 감싸는데[春風旂旗擁萬夫]"라 하였으니, 이 시는 그해 초봄에 지은 것 같다. ○ 조자식(趙子湜)의 집에 있는 산곡의 「여조요민첩(與晁堯民帖)」에서 "범오의 시가 지금도 완성되지 않았다. 북쪽으로 온 지 몇 달이 지났는데, 40일 동안 한 구도 짓지 못하였다"라 하였다. 범오는 덕유이다.

71 [교감기] 문집과 고본에는 '送范德孺知慶州'라는 제목 아래의 주에 "덕유의 이름은 순수(純粹)"라고 했다.

72 [교감기] '기린(駏驥)'은 문집과 장지본에는 '기린(麒麟)'으로 되어 있다.

73 [교감기] '변두(邊頭)'는 문집과 고본, 장지본에는 '변인(邊人)'으로 되어 있다.

折衝千里雖有餘	천리 밖에서 적의 예봉을 쉽게도 꺾었지만
論道經邦正要渠	도를 논하고 나라 경영에는 아우에게 묻네.
妙年出補父兄處	묘령의 나이에 출사하여 부형의 자리에 보임된 것은
公自才力應時須[74]	공의 재주와 능력이 시대의 요구에 부응해서이네.
春風旆旗擁萬夫	봄바람에 깃발이 수많은 장병을 감싸는데
幕下諸將思草枯	막하의 여러 장수는 풀이 시들기만 기다리네.
智名勇功不入眼	지혜로운 명성, 용맹한 공적은 눈에 차지 않으니
可用折箠笞羌胡	몽둥이를 잘라 강족, 호족을 무찌를 수 있으리.

【주석】

乃翁知國如知兵 塞垣草木識威名 : '내옹乃翁'은 문정공 범중엄을 가리
킨다. 인종 때 조원호가 반란을 일으키자 공은 자청하여 부연을 지키
다가 경주로 옮겨 수령이 되었다. 또다시 환경로경략안무사가 되어 계
책을 세워 횡산을 취하고 영무를 수복하니, 조원호가 강화를 요청하였
다. 경력 연간에 참지정사가 되었다. 양웅의 『법언』에서 "저리질의 지
혜가 나라의 일을 계획하고 행하는데 묘지의 예언[75]과 같이 훌륭하게

---

74 [교감기] 전본은 '公自才力應時須'의 구 아래에 첫 번째로 "『후한서·주목전』에서
'다시 해내의 청순(淸淳)한 선비 가운데 국체(國體)에 대해 분명하게 통달한 자
를 뽑아 그곳에 보임하였다"라는 주를 달았는데, 여타 모든 본에 이 주가 없다.
아마도 옹방강이 증보한 것으로 보인다.

발휘되었더라면 나는 저리질을 시귀처럼 존중했을 것이다"라고 했다. 『한서·진승전』에서 "지금 임시왕은 군대의 권한을 알지 못한다"라고 했다. 두보의 「도의搗衣」에서 "아득한 장성으로 옷을 부쳐야지"라고 했다. 『당서·장만복전』에서 "덕종이 '나는 강회의 초목도 또한 위엄 떨치는 너의 이름을 안다고 생각한다'"라고 했다. 내옹乃翁은 『한서·항우전』에 보인다.

乃翁謂文正公仲淹. 仁廟時, 趙元昊反, 公自請守鄜延, 徙知慶州. 又爲環慶路經略安撫使, 決策取橫山, 復靈武, 而元昊稱臣請和. 慶歷中爲參知政事. 楊子法言曰, 使知國如知葬, 則吾以樗里疾爲蓍龜. 漢書陳勝傳曰, 今假王驕, 不知兵權. 老杜詩, 一寄塞垣深. 唐書張萬福傳, 德宗曰, 朕謂江淮草木, 亦知爾威名. 乃翁見漢書項羽傳.

敵人開戶玩處女 掩耳不及驚雷霆 : 『손자』에서 "처음에는 처녀와 같이 나약하게 행동하여 적이 문을 열어놓거든, 뒤에는 그물을 빠져나가는 토끼와 같이 신속히 행동하여 적이 미처 막지 못하게 한다"라고 했다. 『당서·이정전』에서 "전쟁의 비밀스러운 일은 귀신처럼 빠르게 해야 하니, 천둥소리 같아서 적이 대비할 수 없습니다"라고 했다. '뇌정雷霆' 은 『위지』에서는 '질뢰疾雷'로 되어 있다.

孫子曰, 始如處女, 敵人開戶. 後如脫兔, 敵不及拒. 唐書李靖傳, 兵機事以

75　묘지의 예언 : 「저리자감무열전」에서 저리자가 죽을 때 자신의 묘를 끼고 미앙궁과 장락궁이 세워질 것이라고 예언했는데, 후에 그 말대로 되었다고 한다.

速爲神, 雷霆不及掩耳. 雷霆, 魏志作疾雷.

平生端有活國計 百不一試薶九京 : 『문선』에 실린 손초의 「여손호서」
에서 "백성을 사랑하고 나라를 살렸다"라고 했는데, 세속에서는 대부
분 '치국治國'으로 되어 있으니 옳지 않다. 또 살펴보건대 『남사』에서
"왕광의 아들 왕진국이 남초 태수가 되었는데 고종이 칙령을 내려 "경
은 백성을 사랑하고 나라를 살려 나의 뜻에 매우 부합하였다""라고 했
다. 유종원이 지은 「여형주뢰」에서 "만 번 기용하지 않다가 한 번 출사
하니 오히려 당대에 매우 존중받았다"라고 했다. 『예기』에서 "진헌문
자가 "구경에서 선대부를 따르겠습니다""라고 했는데, 주에서 "진경대
부의 묘지가 구원에 있음을 이른다"라고 했다. '경京'은 글자가 잘못된
것이다.

文選孫楚與孫皓書曰, 愛民活國. 俗作多作治國, 非是. 又按南史, 王廣之
子珍國爲南譙太守, 高宗手敕云, 卿愛人活國, 甚副吾意. 柳子厚作呂衡州誄
曰, 萬不試而一出焉, 猶爲當世甚重. 禮記, 晋獻文子曰, 從先大夫於九京. 注
謂晋卿大夫之墓地在九原. 京蓋字之誤.

阿兄兩持慶州節 十年駰驎地上行 : '아형阿兄'은 문정공의 둘째 아들인
충선공을 가리킨다. 충선의 이름은 순인이고 자는 요부이다. 신종 희
녕 7년 10월에 경주 태수가 되었다. 원풍 8년 철종이 즉위하자 또 하
중에서 경주로 옮겼다. 이 일은 『실록』과 증자개가 지은 공의 묘지명

에 보인다. 『남사』에서 "장융이 장서를 곡하기를 "우리 형의 풍류가 이제 다했구려""라고 했다. 두보의 「총마행驄馬行」에서 "준마가 그냥 땅에 다니게 놔둘까"라고 했다.

阿兄謂文正仲子忠宣公也. 忠宣名純仁, 字堯夫. 神宗熙寧七年十月知慶州. 元豐八年哲宗卽位, 又自河中徙慶州. 事具實錄及曾子開所作公墓誌. 南史, 張融哭張緖曰, 阿兄風流頓盡. 老杜詩, 肯使麒麟地上行.

潭潭大度如臥虎　邊頭耕桑長兒女 : 『후한서·등우전』에서 "침착하여 큰 도량을 지녔다"라고 했다. 한유의 「부독서성남符讀書城南」에서 "크나큰 관청에서 거처하네"라고 했는데, 이것을 차용하였다. '와호臥虎'는 거동하지 않는데 적들이 두려워한다는 말이니, 『북사·왕파전』에서 말한 "노성한 곰이 길에 누워 있으니, 담비들이 어찌 지나가랴"라고 한 것과 같다. 『후한서·동선전』에서 "경사에서 그를 와호라고 부른다"라고 했는데, 이것을 차용하였다. 두보의 「엄씨계방가행嚴氏溪放歌行」에서 "주변에 있는 공경은 홀로 교만하네"라고 했다. 또한 「객당客堂」에서 "고향 떠난 뒤 아이들은 다 컸는데"라고 했다. 『전한서·예문지』에서 "농사와 양잠을 권하여 의식이 풍족해졌다"라고 했다. 「식화지」에서 "서리가 된 이도 자손을 잘 키우고"라고 했다. 「고제기」에서 "이것은 아녀자들이 알 바가 아니다"라고 했다.

後漢書鄧禹傳, 沈深有大度. 退之詩, 潭潭府中居. 此借用. 臥虎言不動聲色, 爲敵人所畏, 如北史王羆傳所謂老羆當道臥, 貂子安得過者也. 後漢書董宣傳曰, 京師號爲臥虎. 此借用. 老杜詩, 邊頭公卿仍獨驕. 又詩, 別家長兒女. 前漢書藝文志曰, 勸耕桑以足衣食. 食貨志曰, 爲吏者長子孫. 高帝紀, 呂公曰, 此非兒女子所知.

折衝千里雖有餘 論道經邦正要渠：『안자춘추』에서 "범소가 진평왕에게 이르기를 "제나라는 병합할 수가 없습니다. 제가 그 임금을 시험하려고 하니 안자가 알았고, 제가 그 음악을 범하고자 하니 태사가 알았습니다"라고 하니, 이에 제나라를 정벌하려는 계책을 그만두었다. 공자가 이를 듣고서 "술동이와 도마 사이에서 벗어나지도 않고 천리 밖에 있는 적을 꺾어버렸으니, 안자를 이르는 말이다""라고 했다. 『서경』에서 "이들이 삼공이니 도를 논하여 나라를 경영하리라"라고 했다. 두보의 「억제」에서 "시를 읊조리니 참으로 네가 생각나네"라고 했다.

晏子春秋, 范昭謂晋平公曰, 齊未可幷. 吾欲試其君, 晏子知之. 吾欲犯其樂, 太師知之. 於是輟伐齊謀. 孔子聞之曰, 不出樽俎之間, 而折衝千里之外, 晏子之謂也. 書曰, 玆惟三公論道經邦. 老杜憶弟詩, 吟詩正憶渠.

妙年出補父兄處 公自才力應時須：『문선』에 실린 조식의 「구자시표」에서 "종군은 묘령의 나이에 월로 사신 갔습니다"라고 했다. 『능엄경』에서 "미륵보살이 말하기를 "지금 수기를 받아 다음에 부처님 지위를 이어받게 되었습니다""라고 했다. 『한서·사마천전』에서 "원컨대 불초한 저의 재력을 다 쏟고 싶습니다"라고 했다. 두보의 「입주행증서

산검찰사두시어入奏行贈西山檢察使竇侍御」에서 "두 씨가 검찰 됨은 시대의 요구에 부응함이라"라고 했다.

文選曹植求自試表曰, 終軍以妙年使越. 楞嚴經, 彌勒菩薩言, 今得授記, 次補佛處. 漢書司馬遷傳曰, 願竭其不肖之才力. 老杜詩, 竇氏檢察應時須.

春風旆旗擁萬夫 幕下諸將思草枯 : '旆'은 '旌'과 같다. 『문선』에 실린 자연 왕포王褒의 「사자강덕론」에서 "갑사가 잠들자 차가운 깃발이 넘어지네"라고 했다. 『문선』에 실린 이릉의 편지에서 "서늘한 가을 9월에 변새의 풀은 시든다"라고 했다. 장우의 「융혼戎渾」에서 "풀이 시드니 매의 눈이 재빠르네"라고 했다. 살펴보건대 『예기·월령』에서 "맹하에 겨울에 행하는 정령政令을 행하면 초목이 일찍 시든다"라고 했다.

旆與旌同. 文選王子淵四子講德論曰, 甲士寢而冷旗仆. 文選李陵書曰, 凉秋九月, 塞外草衰. 張祐詩,[76] 草枯鷹眼疾. 按禮記月令, 孟夏行冬令, 則草木早枯.

智名勇功不入眼 可用折箠笞羌胡 : 『손자』에서 "잘 싸운 자는 지혜롭다는 명성도 없고 용맹하다는 무공도 없다"라고 했다. 『세설신어』에서 "사안이 은호에게 묻기를 "눈이 만 가지 형체로 다가가는 것인가, 아니

---

76 [교감기] '장우시(張祐詩)'는 전본에 '왕유시(王維詩)'로 되어 있다. 살펴보건대 '초고(草枯)'의 구는 왕유의 「관렵(觀獵)」에 보이며 또한 장우의 「융혼(戎渾)」에 보이는데, 『전당시』에는 두 사람의 시에 둘 다 보인다.

면 만 가지 형체가 눈 안으로 들어오는 것인가""라고 했다. 『후한서·
등우전』에서 "광무제가 "적미들은 곡식이 없어서 마땅히 동으로 올 것
이니 내가 몽둥이를 잘라 매질하겠다""라고 했다. 「보융전」에서 "하서
지역은 강족과 호족들의 수중에 있어서 두절되었다"라고 했다. ○『한
서』에서 "장량의 자는 자방으로 지혜롭다는 명성도 없고 용맹하다는
무공도 없다"라고 했다.

孫子曰, 善戰者無智名無勇功. 世說, 謝安問殷浩, 眼佳屬萬形, 萬形入眼
否. 後漢書鄧禹傳, 光武曰, 赤眉來東, 吾折箠笞之. 竇融傳曰, 河西斗絶在羌
胡中. ○ 漢書, 張良字子房, 無智名勇功.

13. 왕 황주의 묵적 뒤에 쓰다

題王黃州墨跡後

왕우칭의 자는 원지로, 함평 연간에 서액중서성에서 좌천되어 황주
태수가 되었다.

王禹偁字元之, 咸平中自西掖謫知黃州.

掘地與斷木	땅을 파고 나무를 잘라 절구를 만들어도
智不如機舂	지혜는 물레방아만 못하네.
聖人懷餘巧	성인은 넘치는 공교로움을 지녔으니
故爲萬物宗⁷⁷	이에 만물의 으뜸이 되도다.
世有斲泥手	세상에 코 위 진흙을 깎아내는 자가 있더라도
或不待郢工	그것을 받아줄 영 땅 사람이 없구나.
往時王黃州	지난날 왕 형주는
謀國極匪躬	나라를 도모하며 전혀 자신을 위하지 않았네.
朝聞不及夕	아침에 들으면 저녁까지 기다리지 않으니
百壬避其鋒	온갖 간악한 이가 그의 예봉을 피하였네.
九鼎安盤石	구정을 반석 위에 안정시켰지만
一身轉孤蓬⁷⁸	자신은 외로운 쑥대처럼 떠돌았네.

---

77 [교감기] '만물(萬物)'은 고본에는 '만세(萬世)'로 되어 있다.
78 [교감기] '고봉(孤蓬)'은 문집과 고본에는 '추봉(秋蓬)'으로 되어 있다.

浮雲當日月	떠도는 구름이 해와 달을 가리니
白髮照秋空	백발이 가을 하늘에 비추네.
諸君發蒙耳	다른 신하들은 뚜껑을 벗기듯 쉬운데
汲直與臣同	강직한 급암은 그대와 같네.

【주석】

掘地與斷木 智不如機舂 聖人懷餘巧 故爲萬物宗: 『주역·계사전』에서 "나무를 잘라서 공이를 만들고 땅을 파서 절구를 만들어, 절구와 공이의 이로움으로 만민이 구제되었다"라고 했다. 부창의 「진제공찬」에서 "두예는 기관을 연결하여 물레방아를 만드니, 이 때문에 낙하의 곡식이 넘쳐서 싸게 되었다"라고 했다. 맹교의 「성남연구」에서 "물 흐르는 힘으로 방아를 움직여"라고 했다. 『고공기』에서 "지혜로운 자는 사물을 만들고 공교로운 자는 그것을 이어받는다"라고 했다. 『노자』에서 "그윽함이 마치 만물의 으뜸 같도다"라고 했다.

易繫辭曰, 斷木爲杵, 掘地爲臼, 臼杵之利, 萬民以濟. 傳暢晋諸公贊曰, 杜預作連機水碓, 由此洛下穀米豐賤. 孟郊城南聯句曰, 機舂潺湲力. 考工記曰, 智者創物, 巧者述之. 老子曰, 淵兮似萬物之宗.

世有斲泥手 或不待郢工: 장인의 솜씨가 비록 공교롭더라도 반드시 그것을 받아줄 만한 상대가 있어야 함을 말한다. 『장자』에서 "장자가 혜자의 묘 옆을 지나게 되었는데, 따르는 종자를 돌아보면서 말했다.

"초나라 수도인 영 땅에 사는 사람이 코끝에 흰 흙을 마치 파리 날개만큼 얇게 발랐다. 그리고 장석에게 그것을 깎아 내게 하자, 장석이 도끼를 휘두르는데 휙휙 바람이 일었지만, 태연히 그 소리를 들으며 다 깎아 내게 하였다. 흰 흙을 다 떼어 냈지만 코는 조금도 상하지 않았고, 영 땅의 사람은 선 채로 얼굴빛 하나 변하지 않았다. 송나라 원군이 이 말을 듣고 장석을 불러서 말하기를, "어디 한 번 과인에게도 그것을 해 보아라"라고 하자, 장석이 대답하였다. "제가 전에는 그것을 깎아 낼 수 있었습니다. 비록 그러했으나 이제 저의 상대는 죽은 지 오래되었습니다"라고 했다. 이제 나의 벗 혜자가 죽었으니, 나도 바탕을 삼을 이가 없어졌으며 함께 이야기할 사람이 없게 되었구나""라고 했다. 이 작품의 앞에서부터 6구는 왕우칭의 예봉이 너무 심하여 기용에 대비하여 숨겨두지 못한 것을 안타깝게 여긴 것이다. 영인郢人은 『한서음의』에 '요인擾人'으로 되어 있는데, 복건이 "요인은 옛날에 담에 흙을 잘 바른 사람이다"라고 했다.

言匠手雖巧, 亦必待能受之質也. 莊子曰, 莊子過惠子之墓, 謂從者曰, 郢人堊漫其鼻端若蠅翼, 使匠石斲之. 匠石運斤成風, 聽而斲之, 盡堊而鼻不傷, 郢人立不失容. 宋元君聞之, 召匠石, 匠石曰, 嘗試爲我爲之. 匠石曰, 臣則嘗能斲之, 雖然臣之質已死久矣. 自夫子之死也, 吾無以爲質矣, 吾無與言之矣. 此篇上六句, 蓋言黃州鋒穎太甚, 惜其不能藏用也. 郢人, 漢書音義作擾人, 服虔云, 擾人, 古之善塗墍者.

往時王黃州 謀國極匪躬 朝聞不及夕 百壬避其鋒 :『한서·소제기』에서 "조서를 내려 "지난번 백성으로 하여금 말을 바치라 하였는데, 이제 그 명령을 멈춘다""라고 했다. 『예기』에서 "나라가 환란을 당하여 사방 교외에 적의 보루가 많다"라고 했는데, 주에서 "나라를 도모하여 안정되지 못하게 한 것이 욕됨이다"라고 했다. 『주역』에서 "왕의 신하가 충성을 다 바치려고 하는 것은 자신의 몸을 위해서가 아니다"라고 했다. 『진서·부현전』에서 "부현은 천성이 엄하고 급하여 용서하는 바가 없었다. 매번 탄핵을 아뢸 일이 있으면 혹 날이 저물었더라도 백간을 받들고 의관을 정제한 채 초조해하며 잠을 자지 않고 앉아서 날이 밝기를 기다렸다. 이에 왕공과 귀족들이 두려워 웅크리니, 대각에 새로운 기풍이 생겨났다"라고 했다. 이 구는 자못 이러한 의미를 채택하였다. 『서경』에서 "어찌 말을 교묘하게 하고 얼굴빛을 좋게 하되 크게 간악한 마음을 품은 자를 두려워하겠습니까"라고 했는데, 주에서 "공임孔壬은 매우 간악한 자를 이른다"라고 했다. 『한서·왕상전』에서 "장광이 "온갖 간악한 길이 막혔다""라고 했다. 「매복전」에서 "감히 그 예봉을 건드리지 말라"라고 했다.

漢書昭帝紀, 詔曰, 往時令民共出馬. 禮記, 四郊多壘. 注曰, 辱其謀人之國不能安也. 易曰, 王臣蹇蹇, 匪躬之故. 晋書傅玄傳, 玄天性峻急, 每有奏劾, 或值日暮, 捧白簡, 整帶, 竦踊不寐, 坐而待旦. 於是貴游懾氣, 臺閣生風. 此句頗采其意. 書曰, 何畏乎巧言令色孔壬. 注謂甚佞也. 漢書王商傳, 張匡曰, 百姦之路塞. 梅福傳曰, 莫敢觸其鋒.

九鼎安盤石 一身轉孤蓬 : 나라는 안정되었으나 자신은 위태롭게 됨을 말한다. 『사기 · 주기』에서 "태사공이 "무왕이 낙읍을 건설하였는데, 성왕이 소공에게 그곳에 거처하게 하고 구정을 두었다"라고 했다. 『좌전』에서 "무왕이 낙읍에 구정을 안치했다"라고 했다. 『순자 · 부국편』에서 "나라가 반석에 놓은 것처럼 안정되고 기성과 익성보다 오래가리라"라고 했는데, 주에서 "반석盤石은 넓적한 큰 바위이다"라고 했다. 『문선』에 실린 조식의 「잡시雜詩」에서 "굴러다니는 쑥대 뿌리에서 떨어져 나와, 긴 바람 따라 떠도네"라고 했다. 또한 포조의 「무성부」에서 "외로운 쑥대 절로 흔들리고"라고 했다. 왕우칭은 일찍이 「삼출부」를 지었는데, 상주 · 저주 · 황주로 좌천됨을 이른다. 황주에 있을 때 「죽루기」를 지었는데 "4년 동안 분주하여 한가한 틈이 없었다. 알지 못하겠구나! 내년에 또 어디에 있을지"라고 했다. 소식이 「원지화상찬」을 지어 또한 "왕우칭은 웅장한 문사와 곧은 도리로 당대에 우뚝 섰다. 바야흐로 이때 조정은 맑고 밝아 간특한 신하가 없었다. 그러나 공은 오히려 조정에서 용납되지 못하였다. 가을 서리나 여름 태양처럼 빛나는 존재로 업신여겨 대할 수 없었는데, 세 번 쫓겨나 타계하였다"라고 했다. 대개 왕우칭은 처음에 사간지제고가 되어 소장을 올려 서현의 원통함을 풀어주었으나 자신은 상주의 부단으로 좌천되었다. 이후 조정에 불려 돌아와 한림학사가 되었는데, 효장 황후가 붕어하였는데 성복을 하지 않자 왕우칭이 옳지 않다고 비난하여 조정을 비방했다는 죄명에 연좌되어 서주의 지방관으로 쫓겨났다. 다시 불려 들어와 지

제고를 맡았는데 태조의 휘호 옥책문을 쓰면서 문장이 태조를 경솔하게 비난했다는 비판을 받게 되었는데, 당시 재상이 화가 나서 소장을 올려 황주로 내쫓았다. 얼마 지나지 않아 기주로 옮겼다가 마침내 타계하였다.

謂國安而身危. 九鼎見上注. 荀子富國篇曰, 國安于盤石, 壽于箕翼. 注云, 盤石, 盤薄大石也. 文選曹子建詩, 轉蓬離本根, 飄颻隨長風. 又鮑照蕪城賦曰, 孤蓬自振. 元之嘗作三黜賦, 謂貶商滁黃也. 在黃州作竹樓記曰, 四年之間, 奔走不暇. 未知明年, 又在何處. 東坡作元之畵像贊亦曰, 元之以雄文直道, 獨立當世. 方是時, 朝廷淸明, 無大姦慝. 然公猶不容於中, 耿然如秋霜夏日, 不可狎玩, 至於三黜以死. 蓋元之初爲司諫知制誥, 疏雪徐鉉, 貶商州副團. 召歸, 爲翰林學士. 孝章后崩, 不成服, 元之以爲非. 坐訕謗, 出守滁州. 召還, 知制誥, 撰太祖徽號玉冊, 語涉輕詆, 時相不悅, 奏黜黃州. 未幾徙蘄州, 遂卒.

浮雲當日月 白髮照秋空 : 『회남자』에서 "해와 달은 밝고자 하나 떠가는 구름이 가리고, 난초와 지초는 계속해서 꽃을 피우려고 하나 가을 바람이 떨어뜨린다"라고 했다. 『문선·고시』에서 "뜬구름이 밝은 해를 가리니, 나그네는 돌아갈 생각 없네"라고 했다.

淮南子曰, 日月欲明, 而浮雲蓋之. 蘭芝欲修而秋風敗之. 文選古詩曰, 浮雲蔽白日, 遊子不顧反.

諸君發蒙耳 汲直與臣同 : 『한서·급암전』에서 "회남왕 유안劉安이 반

란을 도모할 때 회남왕은 급암을 꺼려하며 말하기를 "급암은 직간하기를 좋아하고 절개를 굳게 지키며 의리를 위해 죽는 인물로 부당한 일로써 그를 유혹하기 어렵다. 그러나 승상 공손홍을 설득하는 것은 마치 덮은 뚜껑을 벗겨 내는 것처럼 쉬운 일이다'"라고 했다. 「가연지전」에서 "쟁신에 두면 급암처럼 곧을 것입니다"라고 했는데, 주에서 "급암은 올바르고 곧아서 세상에서 급직이라 불렀다"라고 했다. 소식의 「원지화상찬」에서도 급암과 공손홍의 일을 인용하였다. 태종이 일찍이 왕우칭을 마주하고 경계하기를 "경의 문장은 한유와 유종원에 뒤지지 않는다. 다만 강직하여 다른 사람을 용납하지 않으니 많은 사람이 경을 꺼려하니 짐이 그대를 보호하기 어렵다"라고 했다.

漢書汲黯傳, 淮南王謀反, 憚黯, 曰黯好直諫, 守節死義, 至說公孫弘等, 如發蒙耳. 賈捐之傳曰, 置之爭臣, 則汲直. 注云, 汲黯方直, 故世謂之汲直. 東坡畫贊亦引汲黯公孫弘事. 太宗嘗面戒元之曰, 卿文章不下韓柳, 但剛不容物, 人多沮卿, 使朕難芘.

14. 왕중궁 형제의 손정에 쓰다[79]

題王仲弓兄弟巽亭[80]

大隗七聖迷	대괴 찾으러 일곱 성인이 길을 헤매고
許田連城重	허전은 일곱 성의 화씨벽만큼 귀중하네.
里中多佳樹	마을에 아름다운 나무가 많으니
與世作梁棟[81]	세상의 동량이 되리라.
市門行淸渠	저자에는 맑은 시내가 흐르니
漢水可抱甕	이수는 독에 담을 만하네.
翬飛城東南	성의 동남쪽에 화려한 처마는 날아갈 듯한데
隱几撫羣動	안석에 기대어 만물을 진무鎭撫하네.
人境要俱爾	사람과 경치가 모두 갖추어졌으니
我乃得大用	나는 이에 대용을 얻었네.
烏衣之雲孫	오의향의 아득히 먼 자손으로
昆弟不好弄	형제는 희롱을 좋아하지 않네.
木末風雨來	나무 끝에 비바람 불어오고
卷箔醉賓從[82]	주렴 걷으니 취한 손님 따라 들어오네.

---

79 이상 두 편은 구본의 차례를 따랐다.
80 [교감기] 문집과 고본에서는 '題王仲弓兄弟巽亭'이란 제목 아래의 주에서 "중궁의 이름은 식(寔)이다"라고 했다.
81 [교감기] '양동(梁棟)'은 문집에는 '영동(楹棟)'으로 되어 있다.
82 [교감기] '취빈(醉賓)'은 명대전에는 '취객(醉客)'으로 되어 있다.

事常超然觀	일은 항상 초연하게 봐야 하며
樂與賢者共	즐거움은 현자와 나눠야 하네.
人登斷壟求	사람들은 농단에 올라 이익을 찾는데
我目歸鴻送	나는 눈으로 돌아가는 기러기를 보내네.
溪毛亂錦繡	시냇가 풀꽃은 비단 무늬처럼 어지럽고
候蟲響機綜	계절 벌레는 실 짜는 베틀처럼 울어대네.
世紛甚崢嶸	어지러운 세상은 매우 험준한데
胸次欲空洞	가슴은 텅 빈 골짜기처럼 되려하네.
讀書開萬卷	만 권의 책을 읽었으며
謀國妙百中	나라 위한 계책은 신묘하게 들어맞네.
儻無斲鼻工	만약 그대 재주 알아줄 이 없다면
聊付曲肱夢	애오라지 팔베개하며 꿈이라도 꾸시던가.

【주석】

大隗七聖迷 : 『장자』에서 "황제가 대외大隗를 만나려고 구자산으로 가
는데, 방명이 마차를 몰고, 창우가 배승을 했으며, 장약과 습붕이 말을
타고 앞서서 길을 인도하고, 혼혼, 골계가 수레 뒤를 따랐다. 그런데
양성의 들판에 이르러 이 일곱 성인이 그만 길을 잃고 말았다. 길을 물
을 곳이 없었는데 마침 목동을 만나게 되어 물었다"라고 했다. 소에서
"대괴는 지인이다. 『환우기』를 살펴보건대 괴산은 허주 장사현에 있고
구자산은 허주 양책현의 북쪽에 있다. 중궁은 허주 사람이다.

莊子曰, 黃帝將見大隗乎具茨之山, 方明爲御, 昌寓驂乘, 張若諭朋前馬, 昆閽滑稽後車. 至於襄城之野, 七聖皆迷, 無所問途. 疏云, 大隗, 至人也. 按 實宇記, 隗山在許州長社縣, 具茨山在許州陽翟縣北. 仲弓蓋許人.

許田連城重 : 『춘추』에서 "정백이 구슬로 허전을 빌렸다"라고 했다. 『문선』에 실린 위문제의 「여종대리송옥결서」에서 "값은 만금을 넘고 귀함은 연성의 화씨벽보다 무겁다"라고 했다. 『환우기』에서 "노성은 허주 장사현에 있다. 정백이 태산에 제사 지내던 방전으로 허전을 바꾸자고 요청하였는데, 바로 이 성이다"라고 했다.

春秋, 鄭伯以璧假許田. 文選魏文帝與鐘大理送玉玦書曰, 價越萬金, 貴重 連城. 實宇記, 魯城在許州長社縣, 鄭伯請以太山之祊易許田, 卽此城也.

里中多佳樹 與世作梁棟 : 『한서 · 진평전』에서 "마을 안의 제사에 진평 이 책임자가 되었다"라고 했다. 『좌전』에서 "계무자에게 아름다운 나무 가 있었다"라고 했다. 두보의 「고백행」에서 "큰 집 기울어 들보와 용마 루 필요하여도, 만 마리 소가 산처럼 무거워 고개 돌리리라"라고 했다.

漢書陳平傳曰, 里中社平爲宰. 左傳曰, 季氏有嘉樹. 老杜古柏行, 大廈如 傾要梁棟, 萬牛廻首丘山重.

市門行淸渠 溉水可抱甕 : 『사기 · 화식전』에서 "가난에서 벗어나 부자 가 되는 것에는 비단에 수를 놓은 것이 저잣거리에서 장사하는 것만

못하다"라고 했다. 두보의 「진주잡시秦州雜詩」에서 "맑은 개울 온 고을을 흐르네"라고 했다. 살펴보건대, 『수경』에서 "이수는 하남 밀현 대외산에서 나와 동남쪽으로 흘러서 영수로 들어간다"라고 했다. 『설문해자』에서 "漢의 음은 與와 職의 반절법이다"라고 했다. 『옥편』에서 "漢의 음은 夷와 記의 반절법이다"라고 했다. 『장자』에서 "한음의 장인이 독에 물을 담아 짊어지고 밭에 물을 대었다"라고 했다.

史記貨殖傳, 刺繡文不如倚市門. 老杜詩, 淸渠一邑傳. 按水經曰, 漢水出河南密縣大隗山, 東南入于潁. 說文, 漢音與職反. 玉篇, 漢音夷記反. 莊子曰, 漢陰丈人抱甕灌畦.

翬飛城東南 隱几撫羣動 : 『시경·사간』에서 "처마는 꿩이 날아가는 듯"이라고 했다. 『장자』에서 "남곽자기가 안석에 기대앉았다"라고 했다. 또한 "이기심의 빠르기는 고개를 숙였다가 드는 순간에 온 세상을 두 바퀴나 돌 정도이다"라고 했다. 도잠의 「음주飮酒」에서 "해가 저물고 만물이 쉬는 때"라고 했다.

斯干詩, 如翬斯飛. 莊子曰, 南郭子綦隱几而坐. 又曰, 俛仰之間, 而再撫宇宙. 淵明詩曰, 日入羣動息.

人境要俱爾 我乃得大用 : 『전등록』에서 "탁주의 지의화상이 임제선사에게 묻기를 "어떤 것이 사람과 경계를 다 뺏기지 않는 것입니까"라 하니, 임제가 "임금이 보전에 오르고 들판 노인이 노래를 부르는 것이다"

라고 대답하였다. "어떤 것이 사람과 경계를 모두 **빼앗는** 것입니까"라

묻자, "병주와 분주는 서로 소식을 끊고 각기 한 지방을 다스렸다"라

대답했다. 지의화상은 말이 떨어지자마자 그 뜻을 이해하여 삼현 삼

요[83]의 법문에 깊이 들어갔다"라고 했다. 또한 앙산이 이르기를 "백장

은 마조의 대용을 얻었고 황벽은 마조의 대기를 얻었다"라고 했다.

傳燈録, 涿州紙衣和尚問臨濟, 如何是人境俱不奪, 曰, 王登寶殿, 野老唱

歌. 師曰, 如何是人境俱奪. 曰, 幷汾絶信, 獨處一方. 師於言下領旨, 深入三

玄三要之門. 又仰山云, 百丈得大用, 黃蘗得大機.

烏衣之雲孫 昆弟不好弄: 『세설신어』에서 "왕도가 "원규 유량庾亮이 만

약 침공해 온다면 나는 각건을 쓰고 오의향으로 돌아가겠소""라고 했

는데, 주에서 「단양기」를 인용하여 "오의라는 지명은 삼국시대 오나라

때 오의영이 있던 곳에서 비롯되었다. 강남에 동진 정권이 처음 들어

섰을 때 낭야 왕 씨 일족이 거주하던 곳이다"라고 했다. 살펴보건대

『환우기』에서 "오의향은 지금 건강부 상원현에 있다"라고 했다. 『이

아』에서 "현손의 아들은 내손이며 내손의 아들은 곤손이며 곤손의 아

들은 잉손이며 잉손의 아들은 운손이다"라고 했는데, 주에서 "가볍고

---

83 삼현 삼요: 삼현으로는 체중현(體中玄), 구중현(句中玄), 현중현(玄中玄)이 있
    다. 체중현은 체로서 깨달음의 깊은 도리를 드러내는 것이며, 구중현은 구로서
    깨달음의 깊은 도리를 드러내는 것이고 현중현은 현 그 자체로서 깨달음의 깊은
    도리를 드러내는 것이다. 삼요는 대기원응(大機圓應), 대용전창(大用全彰), 기
    용제시(機用濟施)의 경계이다.

멀기가 뜬구름과 같다"라고 했다. 『좌전』에서 "이오 관중은 젊었을 때 장난을 좋아하지 않았다"라고 했다.

世說, 王導曰, 元規若来, 吾角巾還烏衣. 注引丹陽記曰, 烏衣之起, 吳時烏衣營處所也. 江左初立, 琅邪諸王所住. 按寰宇記, 烏衣巷在今建康上元縣. 爾雅曰, 仍孫之子爲雲孫. 注云, 言輕遠如浮雲. 左傳曰, 夷吾弱不好弄.

木末風雨來 卷箔醉賓從 : 『이소』에서 "나무 끝으로 부용이 솟았네"라고 했다. 왕발의 「등왕각서」에서 "저물녘 주렴 걷으니 서산에 비가 내리네"라고 했다.

離騷曰, 搴芙蓉於木末. 王勃滕王閣序, 珠簾暮捲西山雨.

事常超然觀 樂與賢者共 : 『노자』에서 "비록 훌륭한 궁궐이 있더라도 담담한 심경으로 안식하며"라고 했다. 『시경 · 남유가어』의 소서小序에서 "태평 시대의 군자가 지성으로 현자와 즐거움을 함께 하였다"라고 했는데, 이것을 차용하였다.

老子曰, 雖有榮觀, 燕處超然. 南有嘉魚詩序曰, 太平之君子至誠, 樂與賢者共之. 此借用.

人登斷壟求 我目歸鴻送 : 『맹자』에서 "비천한 사내가 언덕을 찾아 올라가 좌우로 바라보면서 시장의 이익을 독차지했다"라고 했는데, 주에서 "농단壟斷은 뚝 끊어지고 높다란 언덕을 이른다"라고 했다. 『문

선』에 실린 혜강의 「증수재입군贈秀才入軍」에서 "눈으로 돌아가는 기러기를 보내고, 손으로 오현금을 탄다"라고 했다.

孟子曰, 有賤丈夫焉, 必求龍斷而登之, 以左右望而罔市利. 注云, 龍斷謂堁斷而高者也. 文選嵇康詩曰, 目送歸鴻, 手揮五絃.

溪毛亂錦纈 候蟲響機綜 : 『좌전』에서 "진실로 신의만 있다면 산골 물이나 못가에 난 물풀이라 할지라도 귀신에게 음식으로 올릴 수가 있다"라고 했다. 한유의 「증무본贈無本」에서 "바람에 실려 온 매미 소리 비단 무늬에 부서지고"라고 했다. 포조의 「백저곡」에서 "싸늘한 달빛 쓸쓸하고 벌래들은 몹시 우네"라고 했다. 유우석의 「추성부」에서 "밤에 벌레가 우니 베틀은 급하네"라고 했다. 운서에서 "종綜은 베틀의 날줄을 매는 실이다"라고 했다.

左傳曰, 澗溪沼沚之毛. 退之詩, 風蟬碎錦纈. 鮑照白紵曲曰, 寒光蕭條候蟲急. 劉禹錫秋聲賦曰, 夜蟲鳴兮機杼促. 韻書曰, 綜, 機縷也.

世紛甚崢嶸 胸次欲空洞 : 『문선』에 실린 안연년이 지은 「도연명뢰」에서 "마침내 세상의 번잡함에서 몸을 빼내어 세상 밖에서 살 뜻을 결정하였다"라고 했는데, 이선의 주에서 인용한 혜강의 「유분시幽憤詩」에서 "번잡한 세상의 일"이라고 했다. 『광아』에서 "쟁영崢嶸은 높은 모양이다"라고 했다. 『초사』에서 "우뚝 솟으니 아래는 땅이 없다"라고 했다. 『장자』에서 "희로애락이 가슴에 들어오지 않는다"라고 했다. 『진서·

주의전』에서 "왕도가 일찍이 주의의 무릎을 베면서 그의 배를 가리키고는 "경의 이 안에 무엇이 있소"라 묻자, 주의가 "내 뱃속은 텅 비어서 아무것도 없지만 그대 같은 사람 수백 명을 담을 수 있소""라고 했다.

文選顔延年作陶淵明誄云, 遂乃解體世紛, 結志區外. 李善注引嵇康詩曰, 世務紛紜. 廣雅曰, 崢嶸, 高貌. 楚辭曰, 下崢嶸兮無地. 莊子曰, 喜怒哀樂不入於胷次. 晋書周顗傳, 王導嘗枕顗膝而指其腹曰, 卿此中何所有也. 答曰, 此中空洞無物, 然足容卿輩數百人.

讀書開萬卷 謀國妙百中 : 두보의 「봉증위좌승奉贈韋左丞」에서 "만 권을 책을 읽었으며"라고 했다. 『사기』에서 "양유기가 버들잎에 활을 쏘는데, 백 번 쏘아 다 맞췄다"라고 했다.

老杜詩, 讀書破萬卷. 史記, 養由基射楊葉, 百發百中.

儻無斲鼻工 聊付曲肱夢 : 『장자』에서 "장자가 장례식에 참석하려고 혜자의 묘 앞을 지나가다가 따르는 제자를 돌아보고 말했다. "영 땅 사람 중에 자기 코끝에다 백토를 파리 날개만큼 얇게 바르고 장석匠石에게 그것을 깎아 내게 하자 장석이 도끼를 바람 소리가 날 정도로 휘둘러 백토를 깎았는데 백토는 다 깎여졌지만 코는 다치지 않았고 영 땅 사람도 똑바로 서서 모습을 잃어버리지 않았다. 송나라 원군이 그 이야기를 듣고 장석을 불러 "어디 시험 삼아 내게도 해 보여 주게" 하니까 장석은 "제가 이전에는 그렇게 할 수 있었지만 지금은 그 기술의 근

원이 되는 상대가 죽은 지 오래되었습니다" 하더니만 지금 나도 혜시가 죽은 뒤로 장석처럼 상대가 없어져서 더불어 이야기할 사람이 없어졌다"라고 했다. 『논어』에서 "가난하여 팔베개하고 누워도 즐거움은 그 가운데 있다"라고 했다.

斲鼻工見上注. 魯論曰, 曲肱而枕之, 樂亦在其中矣.

15. 위 씨의 창관인 왕중궁에게 보내다[84]

寄尉氏倉官王仲弓

嘯臺有佳人	소대에 미인이 있으니
玄髮鑑笄珥	검은 머리칼에 비녀와 귀걸이 한 자태 아름답네.
登高歌一曲	높은 데 올라 한 곡조 노래하니
聽者傾城市	온 성시 사람들이 귀 기울여 듣네.
門無行媒迹	문에는 중매쟁이도 다니지 않고
草木倚憔悴	초목에 의지하니 초췌하구나.
人物方眇然[85]	미인이 바야흐로 드문데
誰能委圭幣	누가 규와 폐백을 바칠 것인가.

【주석】

嘯臺有佳人 玄髮鑑笄珥 :『환우기』에서 "완적대는 개봉 진류현 동남쪽에 있다. 완적은 매번 명현을 추억할 때면 술을 가지고 이곳에 올라 길게 읊조렸다"라고 했다.『좌전』에서 "옛날에 유잉씨가 딸을 낳았는데, 머리가 검고 매우 아름다워서 광채가 거울에 빛났다. 이름을 현처라 했는데 악정 기가 그녀를 취하였다"라고 했다.『열자』에서 "눈썹을 바르게 그리고 비녀와 귀걸이를 했다"라고 했다.

84　앞 작품에 첨부되어 있다.
85　[교감기] '묘연(眇然)'은 문집에 '묘연(渺然)'으로 되어 있다.

寰宇記, 阮籍臺在開封陳留縣東南, 籍每追名賢, 攜酌長嘯登此. 左傳曰, 昔有仍氏生女, 鬒黑[86] 而甚美, 光可以鑑, 名曰玄妻. 樂正后夔取之. 列子曰, 正蛾眉設笄珥.

登高歌一曲 聴者傾城市：『한서·이부인전』에서 "이연년이 이부인을 노래하기를 "북방에 미인이 있으니, 세상에 둘도 없이 홀로 우뚝하다네. 한 번 돌아보면 성이 기울고, 두 번 돌아보면 나라가 위태롭네""라고 했다.

漢書李夫人傳, 李延年歌曰, 北方有佳人, 絶世而獨立. 一顧傾人城, 再顧傾人國.

門無行媒迹 草木倚憔悴：『예기』에서 "남녀는 중매쟁이를 통하지 않고서는 서로 이름을 알아서는 안 된다"라고 했다. 두보의 「가인佳人」에서 "절세의 미인이, 빈 골짜기에 쓸쓸히 지내네. 스스로 말하길, "본래 양갓집 딸로, 몰락하여 초목에 의지해 삽니다"라고 했다. 또 같은 시에서 "날은 추워 푸른 옷소매는 얇은데, 해 저물 때 기다란 대나무에 기대 있네"라고 했다. 『사기·굴원전』에서 "안색이 초췌하다"라고 했다.

禮記曰, 男女非有行媒, 不相知名. 老杜詩, 絶代有佳人, 幽居在空谷. 自云良家子, 零落依草木. 又云, 天寒翠袖薄, 日暮倚修竹. 史記屈原傳, 顔色憔悴.

人物方眇然 誰能委圭幣 : 왕희지의 「도하이첩都下二帖」에서 "채공이 마침내 위독하게 되니 매우 근심스럽다. 지금 인재가 없는데 이처럼 아프니 사람으로 하여금 기운을 떨어뜨리게 한다"라고 했다. 『좌전』에서 "정나라 서오범의 누이가 아름다웠는데 공손초가 그녀와 정혼하였는데, 공손흑도 심부름꾼을 보내 억지로 기러기를 보냈다"라고 했다. 『진서・예지』에서 "태강 8년에 유사가 아뢰기를 "대혼[87]에 옛날에는 가죽과 말로 예물을 삼았는데 천자는 곡규를 더하고 제후는 대장을 더하였습니다""라고 했다. 『한서』에서 "문제가 조서를 내려 "내가 희생과 규와 폐백을 잡겠다"라고 했는데, 여기에서 그 글자를 차용하였다.

王羲之帖云, 蔡公遂委篤深可憂, 當今人物眇然, 而艱疾若此, 令人短氣. 左傳曰, 鄭徐吾犯之妹美, 公孫楚聘之矣. 公孫黑又使强委禽焉. 晉禮志, 太康八年, 有司奏, 大婚, 古者以皮馬爲庭實, 天子加以穀圭, 諸候加大璋. 漢書, 文帝詔曰, 朕獲執犧牲圭幣. 此借用其字.

---

1. 강남의 휘장에 있는 향법을 보내주는 자가 있기에 희롱하여 6언시로 답하다. 2수

有惠江南帳中香者戱答六言. 二首¹

구보 홍추洪芻의 『향보』에 강남 이주²의 휘장 안에 향법이 적혀 있는데 아리즙으로 침향을 쪄서 사용한다고 하였다.

洪駒父香譜有江南李主帳中香法, 以鵞梨汁蒸沈香用之

첫 번째 수其一

百鍊香螺沉水	백번 찐 향라와 침수향
寶薰近出江南	보배로운 향기는 가까이 강남에서 나왔네.
一穟黃雲繞几	한줄기 노란 구름처럼 피어오르는 연기 안석을 감싸니
深禪想對同參	깊이 참선하며 생각건대 그대도 향 사르고 참선하겠지.

---

1   [교감기] '戱答六言'이 문집·교본에는 '戱答'으로 되어 있다.
2   강남 이주 : 남당황제 이 씨로, 원종인지 후주인지는 정확하지 않다.

【주석】

百鍊香螺沉水 寶薰近出江南 一穗黃雲繞几 深禪想對同參: 『문선』에 실린 유곤劉琨의 「중증노심重贈盧諶」에서 "어찌 생각이나 했으랴 백 번 강하게 단련하여, 손가락 감싸는 부드러운 실이 될 줄을"라고 했는데, 이것을 차용하였다. '향라香螺'는 나갑[甲香]을 이르는데, 아래 작품의 주에 보인다. 『당초본』의 주에서 "침수향은 천축과 선우 두 나라에서 나오는데, 나무는 버드나무와 비슷한데 열매는 무겁고 흑색으로 물에 잠긴다"라고 했다. 『전등록』에서 "제22대조 마나라존자는 서인도에서 왔다. 하루는 향을 사르는데 월지씨의 국왕이 기이한 향이 벼 이삭처럼 연기를 내며 올라가는 것을 보았다"라고 했다. 살펴보건대 운서에서 '穗'는 또한 '穟'라고도 한다고 했다. 『법화경』에서 "모두 깊고도 묘한 선정을 얻었다"라고 했다. 『전등록』에서 또한 "함께 참선한 자가 9명이었는데, 오직 마조가 심인心印을 받았다"라고 했다.

選詩, 豈意百鍊剛, 化作繞指柔. 此借用. 香螺謂螺甲, 見下篇注. 唐本草注曰, 沈水香出天竺單于二國, 木似欅柳, 重實, 黑色沈水者是. 傳燈錄, 第二十二祖摩孥羅, 至西印土, 焚香, 而月氏國王忽睹異香成穗. 按韻書, 穗亦作穟. 法華經曰, 皆得深妙禪定. 傳燈錄又曰, 馬祖同參九人.

두 번째 수其二

螺甲割崑崙耳　　　　　곤륜이 같은 나갑향을 자르며

香材屑鷓鴣斑	향재로 자고반을 잘게 부수네.
欲雨鳴鳩日永	비가 내리려는 듯 우는 뻐꾸기 날은 긴데
下帷睡鴨春閒	장막을 드리우니 조는 기러기에 봄날은 한가롭네.

【주석】

螺甲割崑崙耳 香材屑鷓鴣斑 欲雨鳴鳩日永 下帷睡鴨春閒 :『당본초』에서 "여류 가운데 운남에서 나는 것은 크기가 손바닥만 하며 청황색을 띠는데 사마귀를 잡아 태워서 재로 만들어 쓴다. 지금은 향을 섞어 많이 사용하는데 능발향이라 부르며 향과 연기가 피어오른다"라고 했다. 살펴보건대 운서에서 "여蠡는 리螺로 쓸 수 있다"라고 했다. 한악의 『사시찬요』에서 수갑향의 방법을 실으면서 "곤륜이[3]와 같은 대갑향을 취하여 술로 달이고 푹 쪄서 향에 넣어 사용한다"라고 했다. 『권유록』에서 "고주와 두주 등에서 결향이 나는데, 산에 사는 백성이 향목의 굽은 줄기와 빗긴 가지를 보면 칼로 잘라 움푹 들어가게 만든다. 몇 해 지나 빗물이 스며들면 다시 톱으로 잘라 흰 부분을 잘라내면 향기가 나는 부분은 얼룩얼룩 반점이 생기니 그것을 자고반이라 부른다"라고 했다. 『예기·월령』에서 "우는 뻐꾸기 그 날개를 떨친다"라고 했다. 이상은의 「촉루促漏」에서 "조는 갈매기 모양의 향로에 저녁 향초로 바꾸네"라고 했다.

---

3 곤륜이 : 향의 종류이다.

唐本草曰, 螽類生雲南者, 大如掌, 靑黄色, 取黷燒灰用之, 今合香多用, 謂能發香, 復來香烟. 按韻書, 螽亦作螺. 韓鄂四時纂要載修甲香方曰, 取大甲香如崑崙耳者, 酒煮密熬, 入諸香等用. 倦游録云, 髙寶等州産生結香, 山民見香木曲幹斜枝, 以刀斫成坎, 經年得兩水漬, 復鋸取之, 刮去白木, 其香結爲斑點, 亦名鷦鴣斑. 禮記月令, 鳴鳩拂其羽. 李商隱詩, 睡鴨香爐換夕薰.

2. 자첨이 이어서 화운하니 그에 다시 답하다. 2수

子瞻繼和復答. 二首

첫 번째 수 其一

置酒未容虛左	술을 차려 놓으니 왼편을 비워 둘 수 없고
論詩時要指南	시를 논하니 때로 모범이 필요하네.
迎笑天香滿袖	웃으며 맞이하니 천향이 소매 가득한데
喜公新赴朝參[4]	공이 새로 조회에 참여한다니 기쁘구나.

【주석】

置酒未容虛左 論詩時要指南 迎笑天香滿袖 喜公新赴朝參:『사기・골계전』에서 "제 위왕이 술 마시기를 좋아하여 이따금 후궁에 술을 차려놓고 밤새 마셨다"라고 했다.『사기・위공자무기전』에서 "무기가 왼쪽 자리를 비워 둔 수레를 따르게 하여 자신이 직접 후영侯嬴을 맞이하였다"라고 했다.『동경부』에서 "다행히도 우리 그대에게서 모범을 보았네"라고 했는데, 이선의 주에서 환담의 「상편의」를 인용하면서 "관중은 환공의 지남이다"라고 했다. 두보의 「중류하씨重游何氏」에서 "아침 조회에 늦는 게 이상했는데"라고 했다. 백거이의 「소국한거昭國閑居」에서 "날이 더워 아침 조회에 빠졌네"라고 했다.

史記滑稽傳曰, 齊威王置酒後宮. 史記魏公子無忌傳曰, 無忌從車騎虛左,

自迎侯生. 東京賦曰, 幸見指南於吾子. 李善註引桓譚上便宜曰, 管仲, 桓公之指南. 老杜詩, 頗怪朝參懶. 樂天詩, 時暑放朝參.

두 번째 수 其二

迎燕溫風旎旎	따뜻한 바람이 살랑 불어 제비를 맞이하고
潤花小雨斑斑	가랑비는 얼룩얼룩 꽃을 적시네.
一炷煙中得意	향을 사른 연기 속에서 만족하며
九衢塵裏偸閒	먼지 이는 도성에서 한가롭게 지내네.

【주석】

迎燕溫風旎旎　潤花小雨斑斑　一炷煙中得意　九衢塵裏偸閒 : 『예기·월령』에서 "여름 늦달에 뜨거운 바람이 비로소 불어온다"라고 했는데, 이것을 차용하였다. 운서에서 "이이旎旎는 깃발이 바람에 펄럭이는 모양이다"라고 했는데, 이것을 차용하였다. 구양수의 「하직下直」에서 "가벼운 한기가 아득히 낙타 털옷에 밀려들고, 가랑비가 점점이 진흙을 만드네"라고 했다. 백거이의 「송객귀경送客歸京」에서 "말이 아홉 마차 지나는 먼지 길로 들어가네"라고 했다. 또한 「십이월이십삼일작十二月二十三日作」에서 "들으니 건강하게 한가롭게 지내며 술을 즐긴다고"라고 했다.

禮記月令, 季夏之月, 溫風始至. 此借用. 韻書曰, 旎旎, 旌旗從風貌. 此亦

借用. 歐陽公詩, 輕寒漠漠侵駝褐, 小雨斑斑作燕泥. 樂天詩, 馬入九衢塵. 又

詩, 聞健偸閑且勤飮.

3. 휘장 안의 향법으로 전갈을 볶는 것을 맡고서 앞 시의 운자를 써서 장난삼아 짓다. 2수⁵

有聞帳中香以爲熬蝎者戲用前韻. 二首

첫 번째 수其一

海上有人逐臭	바닷가에 냄새를 좇는 사람이 있는데
天生鼻孔司南	하늘이 콧구멍을 내어 좋은 향을 맡게 하였네.
但印香嚴本寂⁶	다만 향기가 엄숙하여 본래
	고요하다 인정하니
不必叢林徧參	반드시 총림을 두루 다닐 필요가 없네.

【주석】

海上有人逐臭 天生鼻孔司南 : 『여씨춘추』에서 "몸에서 냄새가 심하게 나는 사람이 있었는데, 그 친척과 형제, 아내와 첩도 같이 살 수가 없어서 스스로 괴로워하여 바닷가에 거처하였다. 그러나 그 냄새를 좋아하는 자가 있어서 밤낮으로 따라다니며 떠나지 않았다"라고 했다. 조식의 「여양덕조서」에서 "바닷가에 냄새를 좇는 사내가 있었다"⁷라고

---

5   이상 여섯 수에 대해 살펴보면, 「답동파(答東坡)」에서 "공이 새로 조회 반열에 참여하여 기쁘네[喜公新赴朝參]"라 하였으니 이해 동파는 등주(登州)에서 경사에 이르러 예부 낭중이 되었다. '제비를 맞다'라고 하거나 '꽃이 비에 젖다'라는 말을 보면 모두 봄에 지은 것이다.
6   [교감기] '적(寂)'은 장지본에는 '침(寢)'으로 되어 있다.
7   바닷가에 (…중략…) 있었다 : 각자의 기호를 추구한다는 말이다.

했다. 『열자』에서 "바닷가에 갈매기를 좋아하는 자가 있었다"라고 했다. 『전등록』에서 "남천이 이르기를 "부모에게서 태어난 뒤에 제 콧구멍은 어디에 있습니까""라고 했다. 『한비자』에서 "선왕이 관리를 세워 남쪽의 수레를 맡아서 아침과 저녁을 바르게 합니다"라고 했는데, 주에서 "남쪽을 가리키는 수레이다"라고 했다.

呂氏春秋曰, 人有大臭者, 其親戚兄弟妻妾無能與居焉, 自苦而居海上. 人有悅其臭者, 晝夜隨而不去. 曹子建與楊德祖書曰, 海畔有逐臭之夫. 列子曰, 海上有人好鷗鳥者. 傳燈錄, 南泉云, 父母已生了, 鼻孔在什麼處. 韓非子曰, 先王立司南車, 以端朝夕. 注云, 指南車也.

但印香嚴本寂 不必叢林徧參 : 『능엄경』에서 "향엄동자가 부처에게 아뢰기를 "여러 비구가 침수향 태우는 것을 보았는데, 그 향기가 은연중에 콧속으로 들어왔습니다. 제가 살펴보니 이 향기는 나무에서 온 것도 아니며 허공에서 온 것도 아니며 연기에서 온 것도 아니요 불에서 온 것도 아니어서 가도 끝닿는 데가 없고 와도 시작된 곳이 없다고 여겼습니다. 이로 말미암아 분별하는 의식이 사라지고 무루無漏[8]를 발명하게 되었습니다. 여래께서 저를 인가하여 향엄이란 호를 주셨습니다. 이와 같이 마음을 더럽히는 향진의 기운이 문득 사라지고, 묘향이 밀밀하고 원만하였으니, 저는 이 향엄香嚴으로 인하여 아라한을 얻었습니다""라고 했다. 『조정사원』에서 "범어로 빈파는 총림을 이른다"라고

---

8   무루 : 마음과 몸을 괴롭히는 번뇌에서 벗어남을 말한다.

했다.『대지도론大智度論』에서 "비유컨대 큰 나무가 빽빽히 모여야 이를
이름하여 숲이라 한다. 여러 비구가 화합하므로 승이 모인 곳을 총림
이라 부른다"라고 했다.『전등록 · 현사전』에서 "설봉이 불러 이르기를
"비두타[9]는 어찌 널리 돌아다니며 참문參問하지 않은가"라 하자 현사가
"달마는 동토에 오지 않았고 이조는 서천에 가지 않았습니다"라 하였
다. 이에 설봉이 고개를 끄덕였다"라고 했다.

楞嚴經, 香嚴童子白佛言, 見諸比丘燒沉水香. 香氣寂然來入鼻中. 我觀此
氣, 非木非空, 非煙非火, 去無所著, 來無所從. 由是意銷, 發明無漏. 如來印
我, 得香嚴號. 塵氣倏滅, 妙香密圓. 我從香嚴, 得阿羅漢. 祖庭事苑曰, 梵語
貧婆, 此云叢林. 大論云, 譬如大柱叢聚, 是名爲林. 諸比丘和合, 故僧聚處,
得名叢林. 傳燈錄玄沙傳, 雪峯召曰, 備頭陀何不徧參去. 師曰, 達磨不來東
土,[10] 二祖不徃西天. 雪峯肯之.

두 번째 수其二

我讀蔚宗香傳	내가 울종의『향전』을 읽으니
文章不減二班	문장은 두 반씨에 뒤지지 않네.
誤以甲爲淺俗	그릇 갑전을 천하고 속되다고 하였는데

---

9   비두타 : 베 누더기를 입고 도에 전념하는 현사를 이른다.
10 [교감기] '달마(達摩)'는 원래 '달마(達麼)'로 되어 있었는데, 전본에 의거하여 고
    쳤다.

卻知麝要防閑　　　　　사향은 모름지기 방비할 줄 알아야 하네.

【주석】

我讀蔚宗香傳　文章不減二班　誤以甲爲淺俗　卻知麝要防閑 : 『남사』에서 "범엽의 자는 울종으로 『화향방』을 지었는데, 서에서 "사향은 본래 꺼리는 게 많으니 정도를 넘으면 반드시 해가 된다. 침향의 성질은 온화하여 한 근 정도 쓰면 해가 없다. 대추 기름은 어둡고 탁하며 갑전[11]은 천하고 속되니 향기에는 도움이 없을 뿐만 아니라 더욱 구역질을 돋게 한다"라고 했다. 이 구절의 의미는, 즉 울종의 논의는 갑전에 대해 잘못 평가하고 사향에 대해서는 옳게 평가했다는 것이다. 『시경』의 소서에서 "노환공이 문강의 음란함을 막지 못하였다"라고 했다. '이반二班'은 반표와 반고를 이른다. 『후한서 · 반표전찬』에서 "두 반씨가 문장을 지녀서, 황제의 전분典墳을 이루웠네"라고 했다.

南史, 范曄字蔚宗, 撰和香方, 序曰, 麝本多忌, 過分必害. 沉實易和, 盈斤無傷, 棗膏昏鈍, 甲煎淺俗, 非惟無助馨烈, 乃彌增於尤疾也. 詩意謂蔚宗之論, 失於甲而得於麝. 詩序曰, 魯桓公不能防閑文姜. 二班謂彪固. 後漢書班彪傳贊曰, 二班懷文, 裁成帝墳.

11　갑전 : 향료 이름으로 갑향에 사향을 섞은 것이다.

4. 공택 외숙이 차를 나눠 준 것에 감사하다. 3수[12]

謝公擇舅分賜茶. 三首

첫 번째 수其一

外家新賜蒼龍璧	외가에서 새로 창룡벽 차를 주니
北焙風煙天上來	북원의 차 찌는 연기 바람에 실려
	하늘에서 오네.
明日蓬山破寒月	내일 봉래산에 차가운 달이 이지러지면
先甘和夢聽春雷	먼저 맛보고 꿈속에서
	봄날 우렛소리 들어야지.

【주석】

外家新賜蒼龍璧 北焙風煙天上來 明日蓬山破寒月 先甘和夢聽春雷 : 외가
는 모친의 친가를 이른다. 『사기·여후기』에서 "여씨들은 모두 왕의
외가라는 것을 믿고 악을 저질러 거의 종묘를 위태롭게 하였습니다"라
고 했다. '북배北焙'는 건계 북원에서 관청이 만든 차이다. 『후한서·두
장전』에서 "학자들이 동관을 칭하여 노씨 장실이라고 하였고 도가에

12　『외집』에 있는 「이노공소혜간아송공택차구운(以潞公所惠揀芽送公擇次舊韻)」의
운이 바로 이 시의 운이다. 그 시에서 "국로들에게 원년에 밀운용차를 하사했지.
[國老元年密賜來]"라 하였으며, 또한 이 시에서 "봄날 식사 후의 졸음을 깨끗이
씻어주니, 맑은 밤에 차 끓이는 시끄러운 소리 울리겠네[拚洗一春湯餅睡 亦知淸
夜有蚊雷]"라 하였으니, 원년 늦봄에 지은 것 같다.

서는 봉래산이라 하였다"라고 했다. 노동의 「다가」에서 "손으로 삼백 편의 월단차를 점열하네"라고 했다. 한유의 「합강정合江亭」에서 "새 달이 반쯤 이지러지니 가련쿠나"라고 했다. 또한 「석정연구서」에서 "도사가 담장에 기대 조는데, 콧소리는 우레가 치는 듯하네"라고 했다. 원진의 「팔준도시八駿圖詩」에서 "콧소리는 봄날 우레처럼 우네"라고 했다.

外家謂母家. 史記呂后紀曰, 呂氏皆以外家惡而幾危宗廟. 北焙謂建溪北苑官焙. 後漢書竇章傳, 學者稱東觀爲老氏藏室, 道家蓬萊山. 盧仝茶歌曰, 手閱月團三百片. 退之詩, 新月憐半破. 又石鼎聯句序云, 道士倚牆睡, 鼻息如雷鳴. 元稹詩, 鼻息吼春雷.

두 번째 수 其二

文書滿案惟生睡	책상 가득한 문서에 다만 졸음만 밀려오고
夢裏鳴鳩喚雨來	꿈속에서 우는 뻐꾸기 비를 불러들이네.
乞與降魔大圓鏡	잠에 항복하여 대원경을 주노니
眞成破柱作驚雷	우르릉하며 기둥 부서뜨린 번개가 되네.

【주석】

文書滿案惟生睡 夢裏鳴鳩喚雨來 乞與降魔大圓鏡 眞成破柱作驚雷 : 『한서·형법지』에서 "문서가 책상과 전각에 가득했다"라고 했다. 『문선』에 실린 혜강의 「여산거원절교서與山巨源絶交書」에서 "관청에 나가면 업무

가 많아서 서류가 책상 위에 가득하다'라고 했다. '마魔'는 잠을 말하고 '경鏡'은 차를 비유한다. '항마降魔'는 불서에 보이니, 『능엄경』에서 우바리[13]가 "또한 직접 여래께서 온갖 마군을 항복시키고 모든 외도를 제압하는 것을 보았습니다"라고 말한 것이 바로 그것이다. 『능엄경』에서 또한 "대원경[14]과 공여래장[15]을 설립하고"라고 했다. 『세설신어』에서 "하후현이 일찍이 기둥에 기대어 책을 읽고 있는데 폭우가 쏟아졌다. 번개가 기대고 있던 기둥을 부서뜨렸으나 하후연은 안색이 조금도 변하지 않았다"라고 했다. 『초사』에서 "우르릉 우는 천둥을 능멸하며 번쩍이는 번개를 앞지르네"라고 했다. 걸乞자는 주다라는 의미의 거성으로 읽는다. ○ 양원제의 『금루자』에서 "어떤 사람이 책을 읽으려고 하는데, 책만 잡으면 곧바로 졸았다. 양나라 사람들은 책을 황내라고 하는데, 마음을 편안하게 하고 본성을 기르는 것이 마치 젖먹이는 유모와 같다는 말이다"라고 했다. 소식의 「차운답방직次韻答邦直」에서 "잠을 자려 문서를 손 가는대로 적네"라고 했다.

漢書刑法志曰, 文書盈於几閣. 文選嵇康書曰, 人間多事, 堆案盈几. 魔以言睡, 鏡以比茶. 降魔見佛書, 如楞嚴經優波離言, 親見如來降伏諸魔, 制諸外道, 是也. 楞嚴經又曰, 立大圓鏡, 空如來藏. 世說曰, 夏侯玄嘗倚柱讀書, 時暴雨, 霹靂破所倚柱, 玄色無變. 楚辭曰, 凌驚雷, 軼駭電. 乞字作巨聲讀. ○

---

13 우바리 : 석가의 10대 제자 가운데 한 사람이다.
14 대원경 : 부처가 가지는 네 가지 지혜의 하나. 큰 거울에 만물이 비치듯이 모든 진리의 모습을 보여 주는 지혜를 이른다.
15 공여래장 : 일체 번뇌에 물들지 않고 청정한 법신(法身)인 진여(眞如)를 뜻한다.

梁元帝金樓子, 有人讀書, 握卷卽睡. 梁人謂書爲黃嬭, 言其怡神養性如乳媼也. 東坡詩, 引睡文書信手翻.

세 번째 수其三

細題葉字包靑箬[16]	푸른 대 잎에 싸서 가늘게 찻잎이라고 썼는데
割取丘郎春信來[17]	구 사위에게 주는 봄 소식을 잘라 보내왔네.
抃洗一春湯餠睡	봄날 식사 후의 졸음을 깨끗이 씻어주니
亦知淸夜有蚊雷	맑은 밤에 차 끓이는 시끄러운 소리 울리겠네.

【주석】

細題葉字包靑箬 割取丘郎春信來 抃洗一春湯餠睡 亦知淸夜有蚊雷 : 수나라 소대환의 「죽화부」에서 "옥색 가지는 이슬을 받고 담황색 껍질에 바람 불어오네"라고 했다. 『설문해자』의 주에서 "초나라에서는 대 껍질을 '약箬'이라고 한다. 음은 '而'와 '勺'의 반절법이다"라고 했다. 『옥편』에서 "약은 죽엽이다"라고 했다. 소유 진관이 지은 「이공택행장」에서 "차녀는 교사재랑 구즙에게 시집갔다"라고 했다. 이 차는 본래 그의 사위에게 주려고 했던 것인데 지금 이렇게 나눠 보낸 것을 말한다. 한

---

16 [교감기] '세(細)'는 고본에 '홍(紅)'으로 되어 있다.
17 [교감기] '구랑(丘郎)'은 문집과 고본의 시 끝에 두 줄의 소주가 있으니 "구자진(丘子進)으로 외가의 사위이다"라고 했다.

유의 「답도사기수계答道士寄樹鷄」에서 "괴룡의 왼쪽 귀[18]를 잘라 보내왔네"라고 했다. 『문선』에 실린 조식의 「공연公讌」에서 "맑은 밤에 서원에서 노니니"라고 했다. 『한서·중산정왕전』에서 "모기가 모여 우레처럼 윙윙댄다"라고 했다. ○ 유종원의 「유주동맹柳州峒氓」에서 "푸른 대로 소금을 싸서 골짝 손님에게 주네"라고 했다.

隋蕭大圜竹花賦曰, 縹枝承露, 緗箬來風. 說文注曰, 楚謂竹皮曰箬. 音而勺反. 玉篇云, 竹葉也. 秦少游作李公擇行狀曰, 次女適郊祀齋郎丘楫. 詩言此茶本欲留遺其壻, 今乃見分也. 退之詩, 割取乖龍左耳來. 選詩, 淸夜遊西園. 漢書中山靖王傳曰, 聚蟁成雷. ○ 柳子厚詩, 靑箬裹鹽歸洞客.[19]

---

18   괴룡의 왼쪽 귀 : 목이(木耳)를 가리킨다. 제목의 수계(樹鷄)가 바로 목이이다.
19   [교감기] 우너본과 부교본에는 '柳子厚詩靑箬裹鹽歸洞客'의 '귀(歸)'는 '송(送)'으로 되어 있다. 전본에는 이 조목의 주를 없앴다.

5. 벽향주를 정언능에게 보내면서 자첨의 운자를 써서 시를 지어 장난삼아 보내다[20]

送碧香酒用子瞻韻戲贈鄭彦能[21]

편조의 왕승이 술을 보내왔다. ○ 진경 왕선은 촉국 공주에게 장가 들었는데, 그 집안의 술은 벽향주로 유명하다. 언능의 이름은 근이다.

便耀王丞送酒來. ○ 王詵晉卿尙蜀國公主, 其家酒名碧香. 彦能名僅.[22]

食貧好酒嘗自嘲[23]	먹을 것도 없거늘 술을 좋아하여 항상 자조하는데
日給上尊無骨相	좋은 관상도 아닌데 날마다 상준주 보내오네.
大農部丞送新酒	대농부의 승이 새 술을 보내왔는데
碧香竊比主家釀	벽향주는 관청의 술과 비견되네.
應憐坐客竟無氈	손님에게 내줄 담요도 없어 가여운데
更遭官長頻譏謗	자못 장관의 비난을 듣는구나.
銀杯同色試一傾	은잔과 같은 색으로 한 번 마셔보니

---

20 차를 읊는 내용의 시를 모았으니 앞 작품에 첨부되어 있다. 자첨의 시는 대개 밀주(密州)을 맡았을 때 지었을 것인데, 지금 그 시의 운자를 사용하였다.

21 [교감기] 문집과 부교원본, 명대전본과 장지본, 그리고 전본에서 '送碧香酒用子瞻韻戲贈鄭彦能'이란 제목 위에 모두 '便耀王丞'이란 네 글자가 있다.

22 [교감기] '왕선(王詵)'부터 '명근(名僅)'까지 부교본과 명대전본에 큰 글자로 쓰여 있으며 시의 제목 안에 들어가 있다.

23 [교감기] '호주(好酒)'는 문집과 고본, 장지본에는 '호음(好飮)'으로 되어 있다.

排遣春寒出帷帳²⁴	봄날 추위를 휘장 밖으로 몰아내네.
浮蛆翁翁杯底滑	푸르고 흰 거품 뽀글뽀글
	잔 바닥에서 올라오는데
坐想康成論泛盎	이에 정현이 앙제 논한 것을 생각해 보네.
重門著關不爲君	중문을 닫아건 것은 그대 때문이 아니니
但備惡客來仇餉	다만 나쁜 손님이 와서
	술 보낸 것을 탓할까 대비해서라네.

【주석】

食貧好酒嘗自嘲 日給上尊無骨相 : 『시경』에서 "시집온 이후로 3년 동안 먹을 것도 없었네"라고 했다. 한나라에서는 승상에게 가장 좋은 상준주를 하사하였는데, 찰벼 쌀 2되에서 술 1되를 거른 것이 상준주가 된다. 『후한서·반초전』에서 "관상쟁이를 찾아가니 관상쟁이가 "제비의 턱에 호랑이 머리니 날아다니며 고기를 먹을 것이니 만리후가 될 상이다"라 했는데 후에 정원후에 봉해졌다"라고 했다.

詩曰, 三歲食貧. 漢賜丞相上尊酒, 糯米二斗酒一斗爲上尊. 骨相見上注.

大農部丞送新酒 碧香竊比主家釀 : 『한서·식화지』에서 "상홍양이 대농부승 수십 명을 두어 군국을 부로 나눠 맡을 것을 요청하였다"라고 했다. 소식의 「송벽향주送碧香酒」에서 "근래에 부마 댁에서 벽향주를 보

---

24 [교감기] '유(帷)'는 문집에는 '위(幃)'로 되어 있다.

내쳤는데"라고 했다. 『한서·위청전』에서 "아버지 위계가 관청의 노비 위온과 정을 통하여 위청을 낳았다"라고 했다. 두보의 「정부마댁연동중鄭駙馬宅宴洞中」에서 "그늘진 골의 공주댁은 옅은 연기에 쌓였는데"라고 했다. 『진서·하충전』에서 "유담이 늘 "하충과 술을 마시다 보면 집에 있는 술을 모두 기울이고 싶어진다""라고 했다.

漢書食貨志曰, 桑弘羊請置大農部丞數十人, 分部主郡國. 東坡詩, 碧香近出帝子家. 漢書衛靑傳曰, 季與主家僮衛媼通. 老杜詩, 主家陰洞細烟霧.[25] 晉書何充傳云, 令人欲傾家釀.

應憐坐客竟無氈 更遭官長頻譏謗 : 두보의 「희간정광문」에서 "광문이 관사에 이르러, 건물 계단 아래 말을 묶네. 취하면 말 타고 돌아가니, 자못 장관의 꾸중 듣는구나. 이름 드날린 지 30년이지만, 추운 날 손님에게 내올 담요도 없네. 그래도 도움 주는 소 사업이, 때때로 술값 주는구나"라고 했다. 『문선』에 실린 문거 공융孔融의 「논성효장서論盛孝章書」에서 "요즘 젊은이들은 선배들을 즐겨 비방하는데, 어떤 이는 효장을 기롱하며 평한다"라고 했다.

老杜戱簡鄭廣文詩, 廣文到官舍, 繫馬堂墻下. 醉則騎馬歸, 頗遭官長罵. 才名四十年, 坐客寒無氈. 賴有蘇司業, 時時與酒錢. 文選孔文擧書, 今之少年喜謗前輩, 或能譏評孝章.

銀杯同色試一傾 排遣春寒出帷帳：『진서·왕연전』에서 "매번 옥 자루로 된 털이개를 잡으면 손도 같은 옥색이었다"라고 했는데, 여기서의 '동색同色'은 이것을 차용하였다. 두보의 시에서[26] "하늘 같은 근심을 모름지기 풀어내야 하네"라고 했다. 『한서·문제찬』에서 "휘장은 화려한 무늬가 없었다"라고 했다.

晉書王衍傳, 每作玉柄麈尾, 與手同色. 此借用其字. 老杜詩, 乾愁要排遣. 漢書文帝贊曰, 帷帳無文繡.

浮蛆翁翁杯底滑 坐想康成論泛盎：『주례·주정』에서 "오제의 명칭을 분별하는데, 첫 번째는 범제이고 두 번째는 예제이며 세 번째는 앙제이다"라고 했는데, 강성 정현의 주에서 "술이 익으면 찌꺼기가 둥둥 떠다니니 지금의 의성의 막걸리와 같다. 앙盎은 옹翁과 뜻이 같으니, 술이 익으면 옹옹연翁翁然히 푸르고 흰빛이 나는 것으로 오늘날의 찬백鄭白[27]과 같다"라고 했다. '翁'의 음은 '烏'와 '動'의 반절법이다.

周禮酒正, 辨五齊之名, 一曰泛齊, 二曰醴齊, 三曰盎齊. 鄭康成注云, 泛者成而滓浮泛泛然, 如今宜城醪. 盎猶翁也, 成而翁翁然, 葱白色, 如今鄭白. 翁音烏動反.

重門著關不爲君 但備惡客來仇酬：『주역』에서 "문을 겹겹으로 세우고

---

26 두보의 시에서 : 사고전서에서도 검색되지 않는다.
27 찬백 : 백간(白干)이라고도 하는데, 현재의 소주와 같다.

딱따기를 쳐서 도둑을 방비한다"라고 했다. 『한서·진준전』에서 "매번 술을 많이 마실 때마다 손님들이 당에 가득하면 곧바로 문을 닫아걸었다"라고 했다. 『원차산집』에서 술을 마시지 않은 자를 나쁜 손님이라 했다. 『맹자』에서 "갈백이 그 백성을 거느리고 술과 음식, 벼와 기장이 있는 자를 위협하여 빼앗았는데 주지 않는 자는 죽였다. 어떤 어린아이가 기장과 고기를 제공하는데 그를 죽여 빼앗았으니, 『서경』에서 "갈백이 음식을 주는 이를 원수로 만들었다"는 것이 바로 이를 가리킨다"라고 했다.

周易曰, 重門擊柝, 以待暴客. 漢書陳遵傳曰, 每大飮, 賓客滿堂, 輒關門. 元次山集以不飮者爲惡客. 孟子曰, 葛伯率其民, 要其有酒食黍稻者奪之, 不授者殺之. 有童子以黍肉餉, 殺而奪之. 書曰, 葛伯仇餉, 此之謂也.

6. 복창현의 수령으로 가는 정언능 선덕을 전송하다[28]

送鄭彦能宣德知福昌縣[29]

往時河北盜橫行	지난날 하북에 도적이 횡행할 때
白晝驅人取城郭[30]	대낮에 사람을 쫓고 성곽을 차지했네.
唯聞不犯鄭冠氏	오직 관씨현의 정씨들은 해를 당하지 않았다고 들었으니
犬臥不驚民氣樂	개도 누워 놀라지 않고 백성들의 기상도 화락하네.
秪今化民作鋤耰	지금 백성을 교화하여 농사를 짓게 하니
田舍老翁百不憂	늙은 농사꾼이 조금도 걱정하지 않네.
銅章去作福昌縣	구리 인장 차고 복창현의 수령으로 가니
山中讀書民有秋	산속에서 책 읽고 백성들은 풍년 맞으리.
福昌愛民如父母	복창 수령으로 부모처럼 백성 사랑하며
當官不擾萬事擧	임무 수행에 흔들리지 않아 모든 일이 잘 되리.
用才之地要得人	사람을 써야 하는 자리는 모름지기 인재를 얻어야 하는데

---

28 앞의 작품에 첨부되어 있다.
29 [교감기] 문집과 고본에서 '送鄭彦能宣德知福昌縣'의 제목 아래의 주에 "언능의 이름은 근(僅)이다"라고 하였다.
30 [교감기] '취(取)'는 문집과 고본의 원주에서 "달리 입(入)으로 된 본도 있다"라고 했다.

眼中虛席十四五　현재 자리 비워 둔 지가 십사오 년이 되었네.

不知諸公用心許　알지 못게라, 제공의 마음 씀씀이를

魯恭卓茂可人否　노공과 탁무도 쓸 만한 인재가 아니란 말인가.

【주석】

往時河北盜橫行　白晝驅人取城郭 : 『한서·소제기』에서 "조서를 내려 "지난번 백성들로 하여금 말을 바치라 하였는데, 이제 그 명령을 멈춘다"라고 했다. 『맹자』에서 "한 사람이 천하에 횡행하면 무왕이 부끄럽게 여겼다"라고 했다. 『한서·가의전』에서 "대낮에 큰 도회지 가운데에서 관리를 노략질하여 금을 빼앗아가니"라고 했다.

往時見上注. 橫行見孟子. 漢書賈宜曰, 白晝大都之中, 剽吏而奪之金.

唯聞不犯鄭冠氏　犬臥不驚民氣樂 : 관씨현은 대명부에 속한다. 『후한서』에서 "잠희가 위군 태수로 옮기니, 백성들이 노래하기를 "개들도 놀래서 사납게 짖지 않으니 다리 긴 털이 멋있게 자랐네""라고 했다. 『한서·가의전』에서 "덕교가 두루 미쳐 백성의 기상이 화락하다"라고 했다.

冠氏縣屬大名府. 後漢, 岑熙遷魏郡太守. 人歌曰, 狗吠不驚, 足下生氂. 漢書賈誼傳曰, 德教洽而民氣樂.

祇今化民作鋤耰　田舍老翁百不憂 : 두보의 「취가행醉歌行」에서 "네 나이

이제 겨우 열 예닐곱"이라고 했다. 가의의 「과진론」에서 "호미와 고무래, 괭이자루와 창자루"라고 했는데, 안사고의 주에서 "우耰는 밭을 가는 도구이다"라고 했다. 『남사·송무제기』에서 "효무가 칡 등롱燈籠과 마승불麻蠅拂을 보고서 "시골 영감[무제]이 이런 것을 얻은 것은 이미 과분하다""라고 했다. 두보의 「서경이자가徐卿二子歌」에서 "서경이 어떤 일에도 근심치 않음을 내 아노니"라고 했다. 당 태종은 정국공 위징魏徵을 전사옹이라 하였다.

老杜詩, 祇今年纔十六七. 賈誼過秦論曰, 鋤耰棘矜. 注云, 耰, 摩田器也.[31] 南史宋武帝紀, 孝武曰, 田舍翁得此, 已爲過矣. 老杜詩, 吾知徐翁百不憂. 唐太宗以鄭公爲田舍翁.[32]

銅章去作福昌縣 山中讀書民有秋 : 『한관의』에서 "현령은 녹봉이 6백석으로 구리 인장에 검은 인끈을 찬다"라고 했다. 복창현은 서경에 속한다. 『서경』에서 "농부가 밭에서 힘써 일해야 가을에 추수할 수 있다"라고 했다. 이 구절 의미는 백성들이 시골에서 편안하게 지내 굶주리거나 추위에 떠는 근심이 없으니, 속된 문관이 할 일이 아니라는 것이다. 한유의 「현재독서縣齋讀書」에서 "산수 좋은 고을로 나와 수령이 되어, 소나무 계수나무 숲에서 책을 읽네"라고 했다.

---

31 [교감기] 원본과 부교본, 건륭본에는 '注云耰摩田器也' 위에 '한서(漢書)' 두 글자가 있고, 전본에는 위에 '사고(師古)' 두 글자가 있다. 또한 각각의 본에 '야(也)' 자 아래 '음우(音憂)'라는 두 글자가 있다.
32 [교감기] 전본에는 '唐太宗以鄭公爲田舍翁'라는 주가 없다.

漢官儀曰, 縣令秩六百石, 銅章墨綬. 福昌縣屬西京. 書曰, 乃亦有秋. 詩意謂使民安於田里, 無飢寒之戚, 必非文俗吏所能也. 退之詩曰, 出宰山水縣, 讀書松桂林.[33]

福昌愛民如父母 當官不擾萬事舉 : 『시경』에서 "화락한 군자여! 백성의 부모로다"라고 했다. 『좌전』에서 "벼슬 맡아 수행함에 어찌 억지로 함이 있으리오"라고 했다.

詩曰, 豈弟君子, 民之父母. 左傳曰, 當官而行, 何強之有.

用才之地要得人 眼中虛席十四五 不知諸公用心許 魯恭卓茂可人否 : 한유의 「천성송양응天星送楊凝」에서 "가까이 시종하는 신하 자리 모두 비워 두니, 공 지금 이렇게 떠난다면 언제나 돌아올까"라고 했다. 『후한서』에서 "노공이 중모현의 수령이 되어 오로지 덕화로써 다스렸다. 후에 시중과 사도가 되었다. 탁무가 밀현의 수령이 되었는데 아전들이 그를 사랑하여 차마 속이지 않았다. 광무제가 탁무를 태부로 삼았다"라고 했다.

退之詩, 侍從近臣有虛位, 公今此去何時歸. 後漢, 魯恭爲中牟令, 專以德化爲理. 後至侍中司徒. 卓茂爲密令, 吏人親愛而不忍欺, 光武以茂爲太傅.

---

33 [교감기] '계림(桂林)'은 원본과 부교본에는 '죽림(竹林)'으로 되어 있다.

7. 현성사 정원의 구기자[34]

顯聖寺庭枸杞

仙苗壽日月	구기자는 해와 달처럼 오래 사는데
佛界承露雨[35]	절에서 비와 이슬 맞고 자라네.
誰爲萬年計	누가 이 나무 심는 것을 위해
乞此一抔土[36]	이 한 줌의 흙을 주었는가.
扶疎上翠蓋	무성하게 자라 푸른 일산 펼친 듯
磊落綴丹乳	커다란 몸체에 붉은 씨가 달라붙었네.
去家尚不食	집은 떠나도 오히려 먹지 않는데
出家何用許	출가하면 어디에 쓸까나.
正恐落人間	참으로 두렵구나, 인간 세상에 떨어져
采剝四時苦	사철 내내 채집되는 고통을 받을까.
養成九節杖	길러서 구절장을 만들어
持獻西王母	서왕모에게 가져다 주어야지.

【주석】

仙苗壽日月 佛界承露雨 誰爲萬年計 乞此一抔土 : 『관자』에서 "백 년의

34　구본의 차례를 따랐다.
35　[교감기] '로우(露雨)'는 원래 '우로(雨露)'로 되어 있는데, 지금 문집, 원본, 장지
　　본, 전본을 따라 글자를 뒤바꿨다.
36　[교감기] '부(抔)'는 장지본에는 '배(杯)'로 되어 있다.

계책은 나무를 심는 것에 있다"라고 했다. 『한서·장석지전』에서 "종묘 안의 기물을 훔쳤다고 일족을 멸한다면 가령 어리석은 백성이 장릉의 한 줌 흙을 가져간다면 무슨 법으로 처벌하시겠습니까"라고 했는데, 주에서 "부抔의 음은 '步'와 '侯'의 반절법으로, 손으로 움켜쥔다는 의미이다"라고 했다. 걸乞자는 준다는 의미의 거성으로 읽는다. ○『본초강목』에서 "구기자는 달리 지선이라고도 불린다"라고 했다.

管子曰, 百年之計, 樹之以木. 漢書張釋之傳曰, 假令愚民取長陵一抔土, 何以加其法乎. 注云, 抔音步侯反, 謂手掬之也. 乞字去聲讀. ○ 本草, 枸杞一名地仙.

扶疎上翠蓋 磊落綴丹乳 : 『한서·유향전』에서 "가래나무에 가지와 잎이 자랐는데, 무성하여 지붕 위로 솟아 있다"라고 했다. 『촉지·선주전』에서 "뽕나무가 울창하여 마치 작은 수레 덮개 같았다"라고 했다. 육기의 『시소』에서 "구기자는 가을에 참으로 빨갛게 익는다"라고 했다. 『문선』에 실린 송옥의 「풍부」에서 "굽은 가시나무에 새가 와서 둥지를 틀고"라고 했는데, 이선의 주에서 사마표의 말을 인용하면서 "오동나무 씨는 젖을 먹이는 것과 같이 보이는데 잎에 달라붙어서 자란다"라고 했다. 여기서는 이것을 인용하였다.

漢書劉向傳曰, 梓樹生枝葉, 扶疎上出屋. 蜀志先主傳曰, 桑樹童童如小車蓋. 陸機詩疏云, 枸杞子秋熟正赤. 文選宋玉風賦, 枳句來巢. 李善注引司馬彪曰, 桐子似乳, 著其葉而生. 此借用.

去家尙不食 出家何用許 : 『본초강목·구기조』 도은거의 주에서 "세속에서 말하기를 "집안 멀리 떠나면 박주가리와 구기자는 먹어서는 안 된다"라고 하니, 이는 양기가 강성해지기 때문이다"라고 했다.

本草枸杞條, 陶隱居注曰, 俗諺云去家千里, 勿食蘿藦枸杞. 言其强盛陰道也.

正恐落人間 采剝四時苦 : 승방에 있으면 이것을 먹을 수 없으므로 채집 당하는 피해를 면할 수 있음을 말한다. 동파 선생의 「후기국부」에서 "내가 바야흐로 구기자로 식량을 삼고 국화로 건량을 삼아 봄에는 싹을 먹고 여름에는 잎을 먹고 가을에는 꽃과 열매를 먹고 겨울에는 뿌리를 먹으니, 서하에서 자하가 90의 수를 누린 것이나 남양 땅의 백성들이 국화가 자라는 계곡 물을 먹고 모두 장수한 것처럼 수를 누릴 것이다"라고 했다.

言在僧坊, 則不用食此, 故免采剝之害. 東坡先生後杞菊賦曰, 吾方以杞爲糧, 以菊爲糗, 春食苗, 夏食葉, 秋食花實, 而冬食根, 庶幾乎西河南陽之壽.

養成九節杖 持獻西王母 : 『본초강목』에서 "구기자는 달리 선인장이고 하며 또 달리 왕모장이라고 한다"라고 했다. 두보의 「망악望嶽」에서 "어찌하면 신선의 구절장을 얻어, 짚고 올라 옥녀의 세두분에 다다를까"라고 했다. 살펴보건대 도홍경의 『진고眞誥』에서, "양희楊羲가 꿈을 꾸었는데, 봉래산의 신선이 붉은 구절장을 치켜들고 흰 용을 바라보고 있었다"라고 했다.

本草, 枸杞一名仙人杖, 一名西王母杖. 老杜詩, 安得仙人九節杖, 拄到玉女洗頭盆.[37] 按眞誥, 楊羲夢蓬萊仙翁拄赤九節杖, 而視白龍.

37　[교감기] '주도(拄到)'는 원본과 부교본에 '주도(拄倒)'로 되어 있다.

8. 왕정국에게 준 자운의 시에 차운하다[38]

次韻子瞻贈王定國[39]

遠志作小草	원지는 작은 풀이었다가
薑衣生陵屯	언덕에서는 이끼로 자라네.
但爲居移氣	다만 거처에 따라 기상이 변하니
其實何足言	그 본질을 말할 가치가 있으랴.
名下難爲久[40]	명사라고 해도 오래 유지하지 못하니
醜好隨手翻	추함과 고움이 즉시로 뒤바뀌네.
百年炊未熟	백 년 인생은 꿈보다 짧은데
一垤蟻追奔	개미 굴속에서 바쁘기도 하구나.
夏日蓬山永	봉래산의 여름날은 기나긴데
戎葵茂牆藩	접시꽃은 담장 울타리에 무성하네.
王子吐佳句	왕자가 아름다운 구절을 토해내니
如繭絲出盆	고치의 실이 동이에서 나온 듯하네.
風姿極灑落	풍모와 자태는 대단히 쇄락하며

---

38 동파시에서 말한 "적선은 야랑으로 달아나고, 자미는 동둔에서 밭가네[謫仙竄夜郎 子美耕東屯]라 한 시가 바로 이 시의 운이다. 『동파집』으로 고찰해보건대, 이 해 늦봄에 지었다.

39 [교감기] 문집과 고본에서 '次韻子瞻贈王定國'이란 제목 아래의 주에 "정국의 이름은 공(鞏)이다"라고 했다. 명대전본의 시의 제목에 '자첨(子瞻)' 두 글자가 없다.

40 [교감기] 문집과 고본, 전본에 '난위구(難爲久)'의 '구(久)'는 '인(人)'으로 되어 있다.

雲氣畫罍樽	뇌준에 새겨진 구름 같은 기상이네.
屬有補袞章	마침 임금을 보좌해야 한다는 소장이 있었으니
自當寵頻煩	응당 자주 총애를 받아야 하네.
鄙夫無他能	다른 재주가 없는 비부는
上車問寒溫	저작랑으로 안부를 여쭙네.
惟思窮山去[41]	다만 깊은 산속으로 떠나서
抱犢長兒孫	송아지 기르며 아이들 키워야지.

【주석】

遠志作小草 䵷衣生陵屯 但爲居移氣 其實何足言 : 원지遠志와 소초小草는 위의 주注에 보인다. 『열자』에서 "개구리가 메추라기가 되는 것과 같으니, 수토水土의 사이를 얻게 되면 개구리밥이 되고 언덕에서 자라게 되면 능석陵舄, 질경이이 된다"라고 했고 그 주注에서 "자라는 곳에 따라 변한다"라고 했다. 『맹자』에서 "거처가 기질을 바꾸고 봉양이 체질을 바꾼다"라고 했다. 이 구절의 의미는 선비가 마땅히 우뚝 서 홀로 행하면서 처한 바의 궁달의 다름으로 인해 그 절조를 바꾸어서는 안 된다는 말이다. 정국은 본래 귀공자로 일찍이 동파 소식이 여러 차례 빈주賓州로 좌천된 것에 연루되었지만, 자못 이로써 자처했다고 말한 것이다.

遠志小草見上注. 列子曰, 若䵷爲鶉, 得水土之際則, 爲䵷蠙之衣. 生於陵屯, 則爲陵舄. 注云, 隨所生之處而變者也. 孟子曰, 居移氣, 養移體. 詩意謂

41　[교감기] '유사(惟思)'는 장지본에는 '유공(惟恐)'으로 되어 있다.

士當特立獨行, 不以窮達所居之異, 而易其操. 定國本貴公子, 嘗坐東坡累遷謫賓州, 頗能自處云.

名下難爲人 醜好隨手翻 : 명사名士가 반드시 그 실질이 갖추어져 있지 않으면 왕왕 세상의 흐름에 따라 부앙하면서 한순간 어질게도 행동하고 망령되게도 행동한다고 말한 것이다. 『사기』에서 "범려范蠡가 "큰 명성 아래에서는 오래 머물기 어렵다"라 했다"라고 했다. 『국사찬이國史纂異』에서 "염립본閻立本 장승요張僧繇의 옛 그림을 보고 "명사 아래 정말로 헛된 선비는 없다"라 했다"라고 했다. 『열자』에서 "현우賢愚와 호추好醜 그리고 성패成敗와 시비是非는 소멸하지 않음이 없다"라고 했다. 두보의 「견흥遣興」에서 "때가 오면 재주를 펼칠 것이니, 늦었다고 화를 내지 말라"라고 했고 또한 「빈교행貧交行」에서 "손을 펴면 구름이요 뒤집으면 비인가"라고 했다. 『한서・한신전韓信傳』에서 "공도 뒤를 이어 죽을 것이요"라고 했다.

言名士未必有其實, 徃徃隨世俯仰, 乍賢乍佞也. 史記, 范蠡曰, 大名之下, 難以久居. 國史纂異, 閻立本見張僧繇舊畫曰, 名下定無虛士. 列子曰, 賢愚好醜, 成敗是非, 無不消滅. 老杜詩, 時來展材才, 先後無醜好. 又詩, 翻手作雲覆手雨. 漢書韓信傳曰, 公隨手亡矣.

百年炊未熟 : 『이문집異聞集』에 실린 한단침중몽邯鄲枕中夢의 일을 인용한 것으로 위의 "개세성공서일취蓋世成功黍一炊"의 주注에 보인다.

用異聞集邯鄲枕中夢事, 見上蓋世成功黍一炊注.

一垤蟻追奔:『이문집異聞集』에 남가태수南柯太守 순우분淳于棼의 일이 실려 있는데, 다음과 같다. "순우분이 병이 났는데, 꿈에 두 사자를 보았다. 그 두 사자는 순우분을 데리고 집의 남쪽에 있는 오래된 홰나무 구멍속으로 들어갔다. 앞쪽으로 수십 리를 가니 큰 성이 있었고 문루門樓에 '대괴안국大槐安國'이라고 쓰여 있었다. 괴안국의 왕은 자신이 딸 요방瑤芳을 순우분의 아내로 삼게 했으며, 순우분을 남가 군수로 삼았다. 순우분은 그 고을을 이십 년 동안 다스렸는데, 단라국檀蘿國이 침범해 왔고 왕의 명으로 인해 순우분이 가서 토벌했으나 패하고 말았다. 순우분의 아내가 병으로 죽자, 왕은 순우분에게 "잠시 고향으로 돌아가는 것이 좋겠소"라 했다. 이에 순우분이 수레에 올라 길을 갔는데, 잠시후 하나의 구멍을 빠져 나오자 고향 마을이 보였다. 그 문으로 들어가 보니 자신의 몸이 처마 아래 누워 있는 것이 보였다. 이에 처음처럼 잠에서 깨어났다. 꿈속에 한 순간이 마치 일생을 보낸 듯하여, 드디어 두 객을 불러, 옛 홰나무 아래 구멍을 찾아보았다. 큰 구멍을 보니 훤히 뚫려 있고 흙이 쌓여 있었는데 성곽이나 대전의 모습이었다. 개미 몇 곡斛이 그 가운데 숨어서 모여 있었다. 가운데에 작은 누대가 있었고 두 마리의 큰 개미가 거기에 거처했는데, 곧 괴안국의 도읍이었다. 또 다른 구멍 하나를 파고 들어가 곧장 남쪽 가지 위로 오르니 또한 토성의 작은 누대가 있었으니, 이것이 바로 남가군이다. 집에서 동쪽으로 1리쯤 가니, 계곡 옆에 큰 박달나무가 있었고 등나무 넝쿨이 박달나무를 칭칭 감고 있었다. 그 옆에는 개미굴이 있었으니, 이것이 단라국이 아니겠는가" 산곡 황정견이 순우분의 일을 인용하기 좋아하기에 그 내용을 모두 기록해 둔다. 『동산시주東山詩注』에서 "'질垤'은 개미 무덤이다"라고 했다. '추분追葬'은 『장자』에 보이는 "달팽이 오른편 뿔의 나라인 만蠻과 달팽이 왼편 뿔에 나라인 촉觸이 서로 싸워, 시체가 뒤엎어져 있고 도망가는 군대를 쫓는다"라고 한 의미를 이용한 것이다. 『문선』에 실린 이릉李陵의 서書에서 "패주하는 군대를 추격한다"라고 했다.

異聞集載南柯太守淳于棼事云, 棼疾,[42] 夢見二使者, 扶生入宅南古槐穴中. 前行數十里, 有大城, 門樓題曰大槐安國. 其王以女瑤芳妻生, 使爲南柯郡守. 在郡二十年, 有檀蘿國來伐, 王命生征之, 敗績. 生妻病死, 王謂生, 可暫歸. 生上車行, 俄出一穴, 見本里閭巷, 入其門, 見己身臥堂廡下, 發悟如初. 夢中倏忽若度一世矣. 遂呼二客, 尋古槐下穴. 見大穴, 洞然明朗, 有積土壤, 以爲城郭臺殿之狀. 有蟻數斛, 隱聚其中. 中有小臺, 二大蟻處之, 卽槐安國都邑也. 又窮一穴, 直上南枝, 亦有土城小樓, 卽南柯郡也. 宅東一里, 澗側有大檀樹, 藤蘿擁織, 傍有蟻穴, 檀蘿之國, 豈非此耶. 山谷喜用此事, 故具載之. 東山詩注曰, 垤, 蟻冢也. 追葬用莊子蝸角蠻觸相戰, 伏尸逐北之意. 文選李陵書曰, 追葬逐北.

---

42 [교감기] '棼疾'이 전본(殿本)·건륭본(乾隆本)에는 '棼沉醉致疾'로 되어 있으니, 그 의미가 더욱 명료하다.

夏日蓬山永 戎葵茂墻藩 : 『후한서·두장전寶章傳』에서 "이때 학자들은 두장을 동관東觀이라고 불렀는데, 노가老家의 장실藏室이며 도가道家의 봉래산蓬萊山이다"라고 했다. 『이아』에서 "'미瞢'는 융규戎葵이다"라고 했고 그 주注에서 "지금의 촉규이니, 접시꽃과 비슷하고 그 꽃은 목근의 꽃과 같다"라고 했다. 구양첨의 「답한십팔노기음答韓十八駑驥吟」에서 "파초의 한 잎은 아름답고 융규의 한 꽃도 곱구나. 재목과 열매 등의 다름 상관 않고, 손수 계단 앞에 심었구나"라고 했다. 『한서』에 실린 양웅의 「감천부甘泉賦」에서 "번개가 한순간 담장에 내리쳤다"라고 했는데, 그 주注에서 "'장번墻藩'은 울타리이다"라고 했다.

後漢書寶章傳, 學者稱東觀, 爲老氏藏室, 道家蓬萊山. 爾雅, 瞢, 戎葵. 注云, 今蜀葵也, 似葵, 華如木槿華. 歐陽詹詩云, 芭蕉一葉妖, 茇葵一花妍. 異無材實資, 手植階墀前. 漢書揚雄甘泉賦曰, 電倏忽於墻藩, 注云, 藩, 籬也.

王子吐佳句 如繭絲出盆 : 『진서·호모보지전胡母輔之傳』에서 "왕징王澄이 "언국彥國 호무보지가 아름다운 말을 하는 것은 톱밥이 쏟아져 나오는 것과 같다"라 했다"라고 했고 또한 『진서·손작전孫綽傳』에서 "손작이 「천태산부天台山賦」를 지어 범영기范榮期에게 보여 주었는데, 범영기는 늘 좋은 구절에 이르면 곧바로 "역시 내 친구가 지은 것이다"라 했다"라고 했다. 구양수의 「회숭루만음시서무당무일懷嵩樓晚飲示徐無黨無逸」에서 "헤어진 뒤의 학문에 대해 물으니, 비로소 고치에서 실 뽑는 것 같다 하네"라고 했다. 『예기』에서 "부인은 누에고치를 넣은 물그릇에 손

을 세 번 담근다"라고 했다.

晉書胡母輔之傳, 王澄曰, 彦國吐佳言, 如鋸木屑. 又孫綽傳, 作天台山賦,
示范榮期, 每至佳句, 輒云, 應是我輩語. 歐公詩, 問其別後學, 初若繭抽緒.
禮記曰, 夫人繰三盆手.

風姿極灑落 雲氣畫罍樽:『진서·왕연전王衍傳』에서 "왕연은 풍채가 자
상하고 온화했다"라고 했다. 강엄의「의허징군擬許徵君」에서 "오난五難[43]
이 이미 깨끗이 사라졌네"라고 했다.『주례·사존이司尊彝』의 주注에서
"산존山尊은 술잔으로 또한 새기고 그려 넣어 구름 낀 산의 형상을 만든
다"라고 했다.

晉書王衍傳, 風姿詳雅. 江淹擬許徵君詩曰, 五難旣洒落. 周禮司尊彝注曰,
山尊也, 罍也, 亦刻而畫之, 爲山雲之形.

屬有補袞章 自當寵頻煩: 사마온공이 일직이 왕정국을 추천했는데,
이 구절이 혹 이것을 가리키는 듯하다. '촉屬'의 음은 '지之'와 '욕辱'의
반절법으로 가깝다는 의미이다.『좌전』에서 "마침 종묘 제사를 위해
무성武城에서 사냥하고 계시다"라고 했다.『시경·증민烝民』에서 "임금
님 의복에 터진 곳이 있으면, 우리 중산보가 꿰매어 드린다네"라고 했
다. 두보의「촉상蜀相」에서 "자주 세 번 찾음은 천하를 위함이네"라고
했다. 살펴보건대,『한서·왕망전王莽傳』의 주注에서 "정중鄭重은 빈번頻

43　오난(五難): 양생(養生)을 방해하는 다섯 가지 정욕(情欲)을 말한다.

煩과 같다"라고 했다.

司馬溫公嘗薦定國, 句或指此. 屬音之欲反, 近也. 左傳曰, 屬有宗祧之事 於武城. 詩曰, 袞職有闕, 維仲山甫補之. 老杜詩, 三顧頻煩天下計. 按漢書王 莽傳注曰, 鄭重猶頻煩也.

鄙夫無他能 上車問寒溫 : 두보의 「송솔부정록사환향送率府程錄事還鄕」에 서 "비루한 나 노쇠한데"라고 했다. '비부鄙夫'는 『노론』에서 나왔다.[44] 『사기·맹산군전孟嘗君傳』에서 "대사代舍의 손님 풍환은 다른 재능이 없 다"라고 했다. 『통전』에서 "제나라와 양나라 말기 때부터 귀족의 자제 들이 많이 비서랑이 되었는데, 재주와 내실을 갖추지 못했었다. 그래 서 당시에 민간에서는 "떨어지지 않고 수레를 탈 나이만 되면 저작랑 이 되고, 안부를 올릴 식견만 들면 비서랑을 삼는다"라 했다"라고 했는 데, 이 일은 본래 『안씨가훈』에서 나왔다. 산곡 황정견이 이때 관중館中 에 있었기에, 이 일을 인용한 것이다.

老杜詩, 鄙夫行衰謝. 字出魯論. 史記孟嘗君傳, 代舍客馮驩無他技能. 通 典曰, 秘書郎自齊梁之末, 多以貴游子弟爲之, 無其才實. 當時諺曰, 上車不落 則著作, 體中何如卽祕書. 事本出顔氏家訓. 山谷時在館中, 故用此事.

---

44 '비부(鄙夫)'는 『노론』에서 나왔다 : 『논어·자한(子罕)』에서 "내가 아는 것이 있 느냐, 아는 것이 없다. 무식한 사람이 내게 물을 경우 그가 아무것도 모른다 하더 라도 나는 그 양쪽의 실마리를 따져 빠짐없이 말해 줄 뿐이다[吾有知乎哉, 無知 也. 有鄙夫問於我, 空空如也, 我叩其兩端而竭焉]"라고 했다.

惟思窮山去 抱犢長兒孫 : 『한서·엄안전嚴安傳』에서 "깊숙한 산 계곡으로 통하네"라고 했다. 또한 『문선』에 실린 왕강거의 「반초은反招隱」에서 "청운의 밖에서 맘껏 정신 노닐고, 깊숙한 산속에서 자취 끊었다오"라고 했다. 당唐나라 왕유의 「귀산가歸山歌」에서 "구름속으로 들어가 닭을 기르고, 산꼭대기에 올라 송아지를 기르네. 재주 없어 어진 인재 등용 방해될까 부끄럽고, 이미 늙었으니 벼슬 탐하는 것도 싫어라"라고 했다. 산곡 황정견이 대기 이 뜻을 취한 것이다. 살펴보건대, 『신선전』에서 "왕열王烈이 하동河東의 포독산抱犢山으로 들어가 하나의 석실을 보았는데, 소서素書 두 권이 있어 혜강嵇康 함께 가서 그 책을 읽었다"라고 했다. 그리고 『환우기』에 "노주潞州 호관현壺關縣에 포독산이 있다"라고 했다. 도서道書인 『복지기福地記』에서 "포독산은 상당上黨 동남 을지乙地에 있는데, 높이 십여 장의 석성이 있다. 옥조玉照라는 풀이 있는데, 그 잎을 따 먹으면 이삼일 동안 배가 고프지 않다"라고 했다. 또 살펴보건대, 『산수지』에서 "포독산은 북악北嶽 좌명佐命의 산이다. 훗날 한漢나라 갈영葛榮의 난리 때에, 백성들이 송아지를 안고 이 산 위로 올라갔다고 해서 붙여진 명칭이다"라고 했다. 『한산자寒山子』의 「장부막수곤丈夫莫守困」에서 "대장부여 곤궁함 고수하지 말고, 돈이 없어도 큰 뜻을 갖게. 암소 한 마리만 길러도, 송아지 다섯 마리 낳아 얻을 수 있네. 송아지가 또 새끼를 낳으면 그 수가 늘어 끝이 없으리라. 도주공[45]에게 말

---

45 도주공 : 춘추시대 월(越)나라 대부(大夫) 범려(范蠡)의 별칭이다. 월왕(越王) 구천(句踐)을 도와 오왕(吳王) 부차(夫差)를 죽여서 회계(會稽)의 치욕을 씻은

전하노니, 부유함 그대와 비슷하다오"라고 했다. 육구몽陸龜蒙의 「자견自遺」에서 "오 년 만에 거듭 고향 마을로 돌아오니, 나무는 가지 늘어났고 송아지도 손자 있어라"라고 했다. 두보의 「소년행少年行」에서 "거기에 술 거르며 아이 손자 길렀다네"라고 했다.

漢書嚴安傳曰, 窮山通谷. 又文選王康琚反招隱詩曰, 放神靑雲外, 絶迹窮山裏. 唐人王維歸山歌曰, 入雲中兮養雞, 上山頭兮抱犢. 媿不才兮妨賢, 嫌旣老兮貪祿. 山谷蓋采此意. 按神仙傳, 王烈入河東抱犢山中, 見一石室, 有素書兩卷, 與嵇康共徃讀之. 而寰宇記載, 潞州壺關縣有抱犢山. 道書福地記云, 抱犢山在上黨東南乙地, 有石城高十丈. 有草名玉照, 取其葉服之, 二三日不飢. 又按山水志云, 抱犢山, 北嶽佐命之山也. 後漢葛榮亂, 百姓抱犢於山上, 因名. 寒山子詩曰, 丈夫莫守困, 無錢卽經紀. 養得一牸牛, 生得五犢子. 犢子又生兒, 積數無窮已. 寄語陶朱公, 富與君相似. 陸龜蒙詩曰, 五年重到舊山村, 樹有交柯犢有孫. 老杜詩, 自從盛酒長兒孫.

뒤에, 일엽편주로 강호(江湖)를 떠돌아다니다가, 뒤에 도(陶) 땅에 들어가서는 주공(朱公)으로 이름을 고치고 수만 금을 모아 거부(巨富)가 된 고사가 전한다.

9. 장순의 「재중만춘」이란 시에 차운하다[46]

次韻張詢齋中晩春

순의 자는 중모이다.

詢字仲謀

學古編簡殘	옛 것을 익히려 떨어진 죽간을 편차하고
懷人江湖永[47]	오래 이별한 강호의 임을 그리네.
非無車馬客	거마 타고 온 손님이 없지 않지만
心遠境亦靜	관심이 없으니 경내가 조용하구나.
挽蔬夜雨畦	밤비에 젖은 두둑의 푸성귀를 따고
責茗寒泉井	시원하고 단 우물물에 차를 끓이네.
春去不窺園	봄이 가도 정원을 구경하지 않으니
黃鸝頗三請	노란 꾀꼬리 세 번 오라고 노래하네.
立朝無物望	조정에 서서 물망이 없으니
補外儻天幸[48]	외직에 보임됨도 매우 다행스러운 일이네.
想乘滄浪船	생각해 보건대, 창랑의 배를 타고 가서
濯髮晞翠嶺	푸른 고개에서 감은 머리 말리겠지.

---

46 구본의 차례를 따랐다.
47 [교감기] '강호(江湖)'는 장지본에는 '강남(江南)'으로 되어 있다.
48 [교감기] '보외(補外)'는 고본의 원교에는 "달리 '득읍(得邑)'으로 되어 있는 것
    도 있다"라고 했으며 또 석본에서는 '득방(得邦)'으로 되어 있다.

【주석】

學古編簡殘 懷人江湖永 非無車馬客 心遠境亦靜 : 『서경』에서 "옛 것을 배우고 관원에 들어간다"라고 했다. 『한서·유흠전』에서 "학관에 전한 것을 살펴보면 경은 간혹 죽간이 떨어졌거나 전은 간혹 순서가 뒤바뀌었다"라고 했다. 『시경』에서 "아아! 내 님 그리워하여, 소쿠리를 저 길에 버리네"라고 했다. 『문선』에 실린 육기의 「문유거마객행門有車馬客行」에서 "문 앞에 거마 타고 온 손이 있는데"라고 했다. 도잠의 「음주」에서 "마음이 멀어지면 사는 곳도 외지네"라고 했다.

書曰學古入官. 漢書劉歆傳曰, 經或脫簡, 傳或間編. 詩曰, 嗟我懷人, 寘彼周行. 選詩, 門有車馬客. 淵明詩, 心遠地自偏.

挽蔬夜雨畦 賣茗寒泉井 : 두보의 「증위팔처사贈衛八處士」에서 "밤 비 젖은 봄 부추 베고"라고 했다. 『주역』에서 "우물물이 달고 깨끗하여 시원한 샘물을 먹는다"라고 했다.

老杜詩, 夜雨剪春韭. 易曰, 井洌寒泉食.

春去不窺園 黃鸝頗三請 : 『한서·동중서전』에서 "공부하느라 삼 년 동안 정원을 엿보지 않았다"라고 했다. 두보의 「촉상蜀相」에서 "나뭇잎에 숲은 꾀꼬리 부질없이 곱게 울어대네"라고 했다. 『주례·사의』에서 "나가서 수레를 보낼 때 세 번 청하고 세 번 나아가서 재배한다"라고 했다.

漢書董仲舒傳, 三年不窺園. 老杜詩, 隔葉黃鸝空好音. 周禮司儀曰, 及出車送, 三請三進, 再拜.

立朝無物望 補外儻天幸 : 『맹자』에서 "남의 조정에서 벼슬하다"라고 했다. 『후한서·제오륜전』에서 "결원이 생기면 물망을 했다"라고 했는데, 주에서 "망望은 관직 후보 명단인 물망이다"라고 했다. 『당서·마주전』에서 "간혹 도성의 관리가 직무에 맞지 않거든 외직으로 내보내었다"라고 했다. 『장자·어부편』에서 "지금 제가 선생을 뵙게 된 것은 참으로 다행한 일입니다"라고 했다. 『한서·오피전』에서 "만약 요행이라면 열에 하나는 얻을 수 있습니까"라고 했다.

孟子曰, 立乎人之本朝. 後漢第五倫傳曰, 有損事望. 注云, 望, 物望也. 唐書馬周傳曰, 或京官不稱職, 始出補外. 莊子漁父篇, 孔子曰, 今者吾得遇也, 若天幸然. 漢書伍被傳曰, 儻可以僥倖.

想乘滄浪船 濯髮晞翠嶺 : 『초사』에서 "어부가 노를 두드리면서 떠나며 노래하기를 "창랑의 물이 맑으면 나의 갓끈을 빨고, 창랑의 물이 탁하면 나의 발을 닦을 것이다""라고 했다. 또한 「원유」에서 "아침에 양곡에서 머리를 감고 저녁에 구양에서 몸을 말리네"라고 했다. 『문선』에 실린 평자 장형張衡의 「사현부」에서 "아침에 청원에서 목욕하고 저녁에 조양에서 머리 말리네"라고 했는데, 이선의 주에서 "희晞는 말리다"라고 했다. 산동을 조양이라 한다. ○『노자』에서 "노자가 목욕하

고 뜨락에서 머리를 말릴 때"라고 했다.

楚辭, 漁父鼓枻而去, 歌曰滄浪之水淸兮, 可以濯我纓. 滄浪之水濁兮, 可以濯我足. 又遠遊曰, 朝濯髮於暘谷兮, 夕晞余身乎九陽. 文選張平子思玄賦曰, 旦余沐於淸源兮, 晞余髮於朝陽. 李善注云, 晞, 乾也. 山東曰朝陽. ○ 老子, 新沐晞髮於庭.[49]

10. 조무구가 보내 준 시에 차운하여 답하다[50]

次韻答晁無咎見贈[51]

翕翕一日炎	데일 듯한 권세는 하루만 뜨겁고
耽耽萬年永	변함없이 바르면 만년토록 오래가네.
四海仰首觀	사해가 머리 들어 바라보는데
頃復歸根靜	지난번 고요한 원래 자리로 돌아갔네.
時雨瀉玉除	때 맞는 비가 옥 계단에 쏟아지고
潢流漲天井	천정강 넘쳐 길가에 흐르네.
性不耐衣冠	본래 의관 차려입는 것 견디지 못해
入門疎造請	권세가의 문에 찾아가 요청하지 않네.
煮餠臥北窻	구운 떡 먹으며 북창 아래 누우니
保此已徼幸	이런 삶 지키는 걸 바란다오.
空餘見賢心	부질없이 어진 이 뵈려는 마음만 넘치니
忍渴望梅嶺	목마름을 참으며 매령을 바라보네.

【주석】

翕翕一日炎 : 손을 데일 정도의 권세 있는 가문도 오래가지 못함을

이른다. 『세설신어』에서 "사안이 동산에 있을 때 포의였는데, 형제들은 이미 부귀하게 되어 가문에 모이면 세간의 이목이 집중되었다"라고 했다. 한유가 지은 「정군묘지」에서 "열성적으로 영합하려 하지 않았다"라고 했다. ○ 『시경』에서 "구차하게 영합하다가 서로 헐뜯는다"라고 했다.

謂權門炙手可熱, 曾不幾時. 世說, 謝安在東山, 兄弟已有富貴者, 集翁家門, 傾動人物. 韓退之作鄭君墓誌曰, 不爲翕翕熱. ○ 詩云, 翕翕訛訛.

耽耽萬年永 : 정도를 지키고 욕심이 적게 하는 것이 불후의 계책임을 말한다. 『주역·이괘』의 육사에서 "호시탐탐 노려보며 하고자 함이 계속되면 허물이 없으리라"라고 했는데, 주에서 "그 스스로 기름을 보면 자취가 바르고 그 기르는 바를 살펴서 양을 기르니, 이괘의 귀함이 이에 성대하게 된다"라고 했다.

言守正而寡欲, 可爲不朽計也. 易頤之六四曰, 虎視耽耽, 其欲逐逐. 无咎. 注, 謂觀其自養則履正, 察其所養則養陽, 頤爻之貴, 斯爲盛矣.

四海仰首觀 : 달리 "영화로운 명성이 세상에 울리네"라고 된 본도 있다.
一作榮名響六合.[52]

頃復歸根靜 : 영화는 이처럼 믿을 수 없음을 말하고 있다. 『노자』에

---

52 [교감기] 문집과 원본, 부교본과 장지본에 모두 '一作榮名響六合'이란 주가 없다.

서 "만물이 눈앞에 나란히 줄지어 있을지라도, 나는 그것이 원래 없음을 살핌으로서 마음을 망령되이 움직이지 않는다. 만물은 나란하게 줄지어 있지만, 모두 텅 빈 없는 근본으로 돌아간다. 근본으로 돌아간 것을 정이라 하고, 정은 본성을 돌이킨 것이라 이른다"라고 했다.

榮華之不可恃如此. 老子曰, 萬物並作, 吾以觀其復. 夫物芸芸, 各歸其根. 歸根曰靜, 靜曰復命.

時雨瀉王除 潢流漲天井 : 『주례·소축』에서 "때에 맞게 내리는 비를 맞이하다"라고 했다. 『예기』에서 "공자가 "하늘이 때에 맞는 비를 내리니 산과 바다에서 구름이 솟는다"라고 했다. 두보의 「대운사찬공방大雲寺贊公房」에서 "저물녘 처마 아래 대나무에 비 흩뿌리고"라고 했다. 제除는 대전의 계단을 이른다. 『문선』에 실린 조식의 「증정의贈丁儀」에서 "서리는 옥 섬돌 위에 덮이고"라고 했다. 사형 육기의 「증상서랑贈尙書郎」에서 "거센 빗줄기는 기다란 낙숫대에서 넘치고, 누런 흙탕물은 계단까지 올라오네"라고 했다. 『좌전』에서 "고인물이나 길에 흐르는 물"이라고 했다. 한유의 「개장開張」에서 "이때 비 막 개어 천정 넘쳐흐르니, 누가 장검 가져다가 태항산에 기대놓았다"라고 했다. 천정天井은 강 이름으로, 『수경주』에서 말한 "성의 서쪽을 감싸 돌아 분수로 흘러들어간다"고 한 것이다. 이것을 차용하였다.

周禮小祝, 逆時雨. 禮記, 孔子曰, 天降時雨, 山川出雲. 老杜詩, 雨瀉暮簷竹. 除謂殿階. 選詩曰, 凝霜依玉除. 陸士衡詩曰, 豐注溢脩霤, 黃潦浸階除.

左傳曰, 潢汙行潦之水. 退之詩曰, 是時新晴天井溢, 誰杞長劍倚大行. 天井蓋
水名, 乃水經注所謂經堯城西, 流入汾水也. 此蓋借用.

性不耐衣冠 人門疎造請 : 『세설신어』에서 "왕 승상은 본래 술을 견디
지 못하였다"라고 했다. 『남사』에서 "장부가 "신은 본래 잡스러운 것
을 참지 못합니다""라고 했다. 『한서・장탕전』에서 "여러 공을 찾아가
요청하였는데 추위와 더위를 가리지 않았다"라고 했다.

世說, 王丞相性不耐酒. 南史, 張敷曰, 臣性不耐雜. 造請見上注.

煮餅臥北窗 保此已微幸 : 도잠의 「여자소」에서 "일찍이 말하노니 5~6
월에 북창 아래 누워 잠시 불어오는 서늘한 바람을 맞으면 희황 시대
의 백성인가 생각이 든다. 생각이 좁고 지식은 적지만 뱉은 말을 지키
려고 했다. 세월은 흘러가는데 기교는 적으니 먼 옛날을 찾으려 해도
아득하니 어찌할까"라고 했다. 『세설신어』에서 "진장 유염劉惔이 단양
의 수령이 되었다. 현도 허순許詢이 도성을 나와 유의 집에 유숙했는데,
침상과 휘장이 새롭고 아름다웠으며 음식은 풍부하고 맛있었다. 허현
도가 말하기를 "만약에 이러한 생활을 누린다면 아마도 동산당시은자들
이 숨어 살던 곳보다 나을 듯합니다"라 하자, 유진장이 대답하기를 "경이
만약 길흉이 사람에게서 비롯된다는 것을 안다면, 내가 어째서 이러한
생활을 누리지 못하겠습니까""라고 했다. 이 시는 이러한 의미를 겸하
여 취하였다. 최식의 「사민월령」에서 "입추에 자병과 수수병을 먹지

말라"라고 했다. 『예기·문상』에서 "부모를 종묘에서 제사하여 귀신으로 섬겨 제수를 올림은 행여 다시 돌아오실까 바라서요"라고 했다.

陶淵明與子疏曰, 常言五六月中, 北窻下臥, 遇凉風暫至, 自謂是羲皇上人. 意識淺罕, 謂斯言可保. 日月逝徃, 機巧好疎. 緬求在昔, 眇然如何. 世說, 劉眞長爲丹陽尹, 許玄度出都就劉宿. 牀帷新麗, 飲食豐甘. 許曰, 若保全此處, 殊勝東山. 劉曰, 卿若知吉凶由人, 吾安得保此.[53] 此詩兼采其意. 崔寔四民月令曰, 立秋無食煑餅及水溲餅. 禮記問喪曰, 徽幸復反也.

空餘見賢心 忍渴望梅嶺：『촉지·제갈량전』에서 "제갈양이 선주에게 답하기를 "장군께서는 영웅을 널리 부르고 현자를 사모하심이 목이 마르듯 해야 합니다""라고 했다. 『세설신어』에서 "위 무제가 한 번은 행군하다가 길을 잃어서 군사들이 모두 목이 말랐다. 무제가 명령을 내려 "앞에 큰 매실 숲이 있는데, 달고 신 열매가 많으므로 갈증을 해소할 수 있다"라 하자, 사졸들이 듣고 입안에 모두 침이 고였다"라고 했다. 『후한서·종리의전』에서 "공자는 도천이라고 하는 지명의 물이라는 말을 듣고 목이 말라도 참으며 그 물을 마시지 않았습니다"라고 했다. 「백씨육첩」에서 "대유령의 매화는 남쪽 가지가 지면 북쪽 가지는

53　[교감기] '세설(世說)'부터 '보차(保此)'까지에 대해 살펴보면, 이 주는『세설신어·언어』편에서 나왔는데, 문장을 인용하면서 오류가 발생하였다. '취유숙(就劉宿)' 앞에는 원래 '출도(出都)' 두 글자가 빠졌고, '안득(安得)' 아래에 또 '불(不)'자가 빠졌다. '보전차처(保全此處)'는 원래는 '차보전(此保全)'으로 되어 있다. 지금 분혼각본에 의거, 교정하여 바로잡는다.

핀다"라고 했다. 두보의 「곡리상시봉哭李常侍峰」에서 "짧은 해에 매령을 지나네"라고 했다.

蜀志諸葛亮傳, 亮答先主曰, 將軍總攬英雄, 思賢如渴. 世說曰, 魏武行失道, 三軍皆渴. 帝令曰, 前有大梅林, 饒子甘酸, 可以解渴. 士卒聞之, 口皆水出. 後漢書鍾離意傳曰, 孔子忍渴於盜泉之水. 白氏六帖曰, 大庾嶺上梅, 南枝落, 北枝開. 老杜詩, 短日行梅嶺.

11. 장문잠이 보내준 시에 차운하다[54]

次韻答張文潛惠寄[55]

문잠은 「초도도하공직기황구」를 지었으니, 바로 이 시의 운자이다.
문잠의 이름은 뢰이다.

文潛有初到都下供職寄黃九詩, 卽此韻. 文潛名未.

短褐不磷緇	짧은 갈옷으로도 지조는 변하지 않고
文章近楚辭	문장은 『초사』에 가깝네.
未識想風采	알지 못할 때 풍채를 상상했는데
別去令人思	이별한 뒤로 그리운 마음 이네.
斯文已戰勝	과장에서 이미 싸워 이겼으니
凱歌偃旂旗	개선가 부르며 깃발 펄럭이네.
君行魚上冰	그대 갈 때 물고기가 얼음 위로 뛰더니
忽復燕哺兒	벌써 제비가 새끼 먹이는구나.
學省得佳士	태학에서 훌륭한 선비를 얻었으니

---

54 문잠의 이름은 뢰이다. 살펴보건대 『실록』에서 "이해 12월에 태학에서 시험을 보았는데, 장뢰를 뽑아 비서성 정자로 삼았다"라 하였다. 이 시는 대개 초여름에 태학에 막 도착하여 임무를 맡았을 때 지은 것이다. 그러므로 시에서 "벌써 제비가 새끼 먹이는구나[忽復燕哺兒]"라 하거나 "태학에서 훌륭한 선비를 얻었으니 [學省得佳士]"라고 하였다.

55 [교감기] 문집에서는 '次韻答張文潛惠寄'의 제목 아래의 주에서 "이름은 뢰이다" 라고 했다.

催來費符移	재촉하여 부신을 보내 옮겨 오게 하네.
方觀追金玉	인재 양성함을 바야흐로 보고 있는데
如許遽言歸	이리 갑자기 돌아간다고 하시는가.
南山有君子	남산에 군자가 있으니
握蘭懷令姿	난초 캐서 품은 아름다운 자태라네.
但應潔齋俟	다만 응당 순결하고 정숙하게 기다려야 하니
勿詠無生詩	살고 싶지 않다는 시는 노래하지 마시라.

【주석】

短褐不磷緇 : 영척의 「반우가」에서 "짧은 갈베의 홑옷이 정강이에 이르네"라고 했다. 『열자·역명편』에서 "북궁자가 "나의 옷은 짧은 갈옷이다""라고 했다. 『세설신어』의 주에서 "채홍이 「여주준서」에서 "장창은 갈아대고 물들여도 검게 되지 않거나 갈리지 않는다"라고 했는데, 인치磷緇란 말은 『논어』에서 나왔다.[56] 두보의 「별최이인기설거맹운경別崔漢因寄薛據孟雲卿」에서 "다만 닳고 검어지지 않으려고 힘썼는가"라고 했다.

甯戚飯牛歌曰, 短褐單衣適至骭. 列子力命篇, 北宮子曰, 朕衣則短褐. 世說注, 蔡洪與周俊書曰, 張暢居磨涅之中, 無緇磷之損. 其字本出魯論. 老杜詩

---

56 인치란 (…중략…) 나왔다: 『논어·양화(陽貨)』에 "아무리 갈아도 얇아지지 않으니, 견고하다고 해야 하지 않겠는가. 아무리 물을 들여도 검어지지 않으니, 결백하다고 해야 하지 않겠는가[不曰堅乎 磨而不磷 不曰白乎 涅而不緇]"라 하였다.

亦云, 但取不磷緇.

文章近楚辭 : 두보의 「희위륙절구戱爲六絶句」에서 "비록 노조린, 왕발이 시를 지어도, 『시경』과 『이소』에 가까운 한위보다 못하네"라고 했다. 『사기·굴원전』에서 "굴원이 이윽고 죽은 뒤에 초나라에는 송옥, 당륵, 경차 등의 무리가 사를 좋아하여 부로서 세상에 칭송을 받았다"라고 했다. 『한서·지리지』에서 "그러므로 세상에 『초사』가 전한다"라고 했다.

老杜詩, 縱使盧王操翰墨, 劣於漢魏近風騷. 史記屈原傳曰, 原既死之後, 楚有宋玉唐勒景差之徒, 皆好辭, 而以賦見稱. 漢書地理志曰, 故世傳楚辭.

未識想風采 別去令人思 : 한유의 「증별원십팔贈別元十八」에서 "내가 그대를 알지 못한 때에, 이미 유종원이 그대에게 준 글을 읽어보았네. 자나 깨나 풍채를 상상했는데, 지금 벌써 3년이 되었네"라고 했다. 살펴보건대 『한서·곽광전』에서 "천하 사람들이 그의 풍채를 우러러 존모하였다"라고 했다. 『세설신어』에서 "태부 사안謝安이 안북을 두고 말하기를 "볼 때는 남을 실증나게 하지는 않지만 그가 문밖으로 나가면 다시는 그를 그리워하지 않게 된다""라고 했다. 안북은 왕탄지를 가리킨다. 이것은 그 의미를 반대로 하여 인용하였다. 『노자』에서 "오색은 사람의 눈을 멀게 한다"라고 했다.

退之詩, 吾未識子時, 已覽贈子篇. 寤寐想風采, 於今已三年. 按漢書霍光傳, 天下想聞其風采. 世說, 謝太傳云安北, 見之, 乃不使人厭. 然出户去, 不復使人思. 安北, 王坦之也. 此反其意而用之. 老子曰, 五色令人目盲.

斯文已戰勝 凱歌假旌旗 : 문잠이 학관에서 시험 중인 것을 이른다. 『논어』에서 "하늘이 사문을 사라지게 하지 않는다면"이라고 했다. 위응물의 「송장팔원수재送張八元秀才」에서 "대과 시험장의 싸움이 이미 달아오르니"라고 했다. 『주례·대사마』에서 "만약 군대가 공을 세우면 왼쪽에는 악대가 오른쪽에는 의장대가 앞장서며 사직에서 개선악을 올린다"라고 했는데, 주에서 "군대의 음악을 개凱라고 한다"라고 했다. 사마양저의 「사마법」에서 "전투에서 이기면 개선가로 기쁨을 표현한다"라고 했다. 살펴보건대 자서에서 "개愷와 개凱는 같다"라고 했다. 정旂과 정旌은 같으니, 『문선』에 실린 왕자연의 「사자강덕론」에서 "갑사가 잠을 자는데 깃발이 넘어졌다"라고 했다. 또한 「위도부」에서 "깃발이 깃대에서 펄럭인다"라고 했다. 『진서·석륵재기』에서 "기치를 눕혀서 보관하니, 고요하여 사람이 없는 것 같다"라고 했다.

謂文潛試中學官. 魯論曰, 天之未喪斯文也. 韋應物詩曰, 決勝文場戰已酣. 周禮大司馬, 若師有功, 則左執律右秉鉞以先. 愷樂獻于社. 注謂兵樂曰凱. 司馬法曰, 得意則愷歌示喜也. 按字書, 愷與覬同. 旂與旌同, 見上注. 晉書石勒載記曰, 偃藏旗幟, 寂若無人.

君行魚上冰 忽復燕哺兒 : 『예기·월령』에서 "맹춘에 물고기가 얼음 위

로 나온다"라고 했다. 『문선』에 실린 안인 반악의 「재회현在懷縣」에서 "내가 올 때 얼음이 반쯤 풀렸는데, 지금은 더위가 성큼 다가왔네"라고 했다.

月令, 孟春, 魚上冰. 文選潘安仁詩, 我來冰未泮, 時暑忽隆熾.

學省得佳士 催來費符移 : 문잠은 원우 초기에 태학박사가 되었다. 『문선』에 실린 휴문 심약의 「학성수와시」의 주에서 "학성은 국학이다"라고 했다. 『진서 · 임개전』에서 "손륜이 맑은 행실로 칭송을 받아 청평가사가 되었다"라고 했다. 『진서 · 왕맹전』에서 "군현이 이미 부신으로 다스림을 받으니 일의 지체가 없었다"라고 했다. 『한서 · 유흠전』에서 "『이서태상박사』를 지었다"라고 했다.

文潛元祐初爲太學博士. 文選沈休文有學省愁臥詩, 注云, 學省, 國學也. 晉書任愷傳, 孫倫以淑行致稱爲淸平佳士. 王猛傳, 郡縣已被符管攝. 漢書劉歆傳, 移書太常博士.

方觀追金玉 如許遽言歸 : 『시경 · 역박』에서 "아로새기고 쪼은 그 문장이오, 금옥이 그 바탕이로다"라고 했는데, 이것을 인용하여 학성에서 인재를 양성함을 말한다. 『후한서 · 좌자전』에서 "돌연 늙은 숫양 하나가 두 앞다리를 굽히고 사람처럼 일어서며 말하기를 "급하게도 구는 군""라고 했다. 『시경』에서 "발길 돌려 돌아가리라"라고 했다. 문잠의 원래 시에서 "오월 오일 먼지 속 장안에서, 고향을 꿈속에서 돌아가네"

라고 했다. 그러므로 이 구에서 그 의미를 확대하였다.

梜樸詩, 追琢其章, 金玉其相. 此引用, 以言學省作成人材也. 後漢左慈傳
曰, 老羝人立而言曰, 遽如許. 詩云, 言旋言歸. 文潛元韻曰, 五日長安塵, 故
山夢中歸. 故此句廣其意.

南山有君子 握蘭懷令姿 : 이 구는 마땅히 소식과 소철을 말한 것으로
보아야 하니, 문잠은 그의 문하 선비이다. 「소아」에서 "남산에 잔디가
있고, 북산에 쑥이 있도다. 즐거운 군자여, 국가의 터전이로다"라고 했
다. 『한관의』에서 "상서랑은 향을 품고 난초를 잡고 있다"라고 했다.
동파는 원우 초기에 예부낭중이 되었다. 그러므로 산곡이 이 전고를
인용하였다. 사령운의 「종근죽간從斤竹澗」에서 "산에 사는 선인을 만나
보고 싶었는데, 선인의 거처가 눈앞에 있네. 난초 캐서 찾아갈까 했는
데, 도롱이 꺾으니 마음 편치 않네"라고 했는데, 이선의 주에서 "난초
뿌리 캐서 방문할 때 주려고 한 것이다"라고 했다. 마지막 구는 이런
의미로 끝을 맺고 있다. 『문선』에 실린 관휴의 「의제량체擬齊梁體」에서
"환하게 빛나는 아름다운 자태"라고 했다.

此句當以屬二蘇, 文潛蓋其門下士也. 小雅曰, 南山有臺, 北山有萊. 樂只
君子, 邦家之基. 漢官儀, 尙書郞懷香握蘭. 東坡元祐初爲禮部郞中, 故山谷用
此事. 謝靈運詩云, 想見山阿人, 薜蘿若在眼. 握蘭勤徒結, 折麻心莫展. 李善
注曰, 握蘭以相贈問也. 末句蓋終此意. 選詩云, 煌煌發令姿.

但應潔齋俟 勿詠無生詩 : 송옥의 「등도자호색부」에서 "진의 장화대부
가 말하기를 "신이 일찍이 정와 위의 진수와 유수 사이에서 조용히 지
내고 있었습니다. 어느 날 무리의 여자들이 뽕밭에서 나오는데 신은
그 가운데 아름다운 여인을 보고 시를 지어 "큰 길을 따라가다 그대의
옷자락을 잡고서, 활짝 핀 꽃을 주니 말이 매우 아름답네"라 했습니다.
이에 처녀가 밝은 얼굴로 가볍게 웃음 지으며 옆 눈으로 샐쭉히 바라
보았다. 다시 시를 지어 "봄바람에 깨어 선명한 꽃을 피우니, 미인이
순결하고 정숙하게 나의 시를 기다리네. 나에게 이런 미인을 주니 맺
어지지 않는다면 죽는 것이 나으리"라고 하였습니다. 그러나 머뭇거리
다가 사절하고 피하였습니다""라고 했는데, 이선의 주에서 "작약으로
주는 것은 은정을 맺고자 함인데 여자가 받지 않았다"라고 했다. 『시
경』에서 "내 이럴 줄 알았다면, 태어나지 않을 것을"이라고 했으니, 한
스러운 말이다. 산곡이 이를 인용하였으니, 난초의 향기는 작약처럼
보통 풀이 비교할 것이 못 된다. 나를 아는 자는 반드시 이렇기 때문이
좋다고 하니, 나는 일단 몸을 닦고 기다리는 것이 옳겠다. 선비가 세상
에 태어난 것은 참으로 여자가 남편을 따르는 것과 같으니 자신을 바
칠 수 없다. 그러므로 산곡은 이것으로 비유를 삼았다. ○ 방거사가 지
은 노래에서 "온 가족이 단란하게 모여, 무생無生의 도리를 함께 이야기
하네"라고 했다.

宋玉登徒子好色賦, 秦章華大夫曰, 臣嘗從容鄭衛溱洧之間. 羣女出桑, 臣
觀其麗者, 因稱詩曰, 遵大路兮攬子祛, 贈以芳華辭甚妙. 於是處子含喜微笑,

竊視流盼. 復稱詩曰, 寤春風兮發鮮榮, 潔齋俟兮惠音聲. 贈我如此兮不如無
生. 因遷延而辭避. 李善注, 謂贈以芍藥, 欲結恩情, 而女不受. 詩曰, 知我如
此, 不如無生. 恨之辭也. 山谷引用, 意謂蘭草之芳馨, 非芍藥凡草之比, 知我
者必以是爲好, 姑修潔以俟之可也. 士之于世, 正如女之從人,[57] 不可自獻. 故
山谷以此爲況. ○ 龐居士頌, 大家團圞頭, 共說無生話.

---

12. 전지중과 함께 적전의 전유문의 관사에서 식사하다[58]

同錢志仲飯籍田錢孺文官舍[59]

帝籍開千畝	황제의 적전이 천 마지기 열렸는데
農功先九州	농사일을 구주에 솔선하기 위해서네.
王孫守耒耜	왕손이 쟁기와 보습을 지키는데
吏隱極風流	아전으로 숨으니 풍류가 대단하네.
永夏豐草木	긴 여름 초목은 무성하고
五雲衛郊丘	오색 구름은 남교의 원구를 지키네.
牛羊臥籬落	소와 양은 울타리에 누워 있고
賓客解衣裘	빈객은 옷을 벗네.
汲井羞熱啜	우물물 기니 뜨거워 부끄러워
挽溪供甘柔	달고 부드러운 계곡물 질러오네.
倒鞬收蓮的	활집을 거꾸로 하여 연밥을 담고
剖蚌煮鴻頭[60]	조개를 가르고 가시연 씨를 굽네.
野日草光合	들판의 해는 풀빛과 합쳐지고
水風荷氣浮	강물에 바람 일어 연잎이 떠오르네.
稻畦下白鷺	논둑 벼에 백로 내려앉고

---

58 구본의 차례를 따랐다.
59 [교감기] 문집과 고본의 '同錢志仲飯籍田錢孺文官舍'의 제목 아래의 주에서 "전지중의 이름은 구(觳)이고, 전유문의 이름은 '경상(景祥)'이다"라고 했다.
60 [교감기] '홍두(鴻頭)'는 명대전본에는 '계두(鷄頭)'로 되어 있다.

林樾應鳴鳩	숲 그늘에 뻐꾸기 울어대네.
主人發淸賞	주인이 맑은 자연을 감상하는데
況復佳同遊	더구나 아름다운 벗이 함께 노니누나.
歸扇障小雨	돌아올 때 부채로 가랑비 막으니
眞成一賜休	한 번 휴가를 제대로 즐겼네.

【주석】

帝籍開千畝 農功先九州 : 『예기·월령』에서 "황제의 적전의 수확을 신창에 보관하였다"라고 했다. 『국어』에서 "선왕이 즉위한 뒤에 천묘의 적전을 돌보지 않았다"라고 했다. 『오경요의』에서 "천자의 적전은 천묘로 공경을 거느리고 친히 농사를 지으니 백성에게 솔선수범을 보이며 효와 공경을 지극히 하기 위해서이다"라고 했다. 『좌전』에서 "정사는 농사 짓는 일과 같다"라고 했다.

禮記月令曰, 藏帝籍之收於神倉. 國語曰, 宣王卽位, 不籍千畝. 五經要義曰, 天子籍田千畝, 率公卿親耕, 所以先百姓而致孝敬. 左傳曰, 政如農功.

王孫守末耜 吏隱極風流 : 전 씨는 아마도 오월왕 전류의 후손일 것이다. 『한서·한신전』에서 "내가 왕손이 불쌍해서 먹을 것을 가져왔다"라고 했다. 『예기·월령』에서 "맹춘의 달에 천자가 몸소 쟁기와 보습을 이고 직접 황제의 적전에서 농사를 짓는다"라고 했다. 『여남선현전』에서 "정흠은 아전으로 의파의 남쪽에 숨어 살았다"라고 했다. 두

보의 「백수최소부십구옹고재白水崔少府十九翁高齋」에서 "세상 숨는 게 마음 편한 관리, 이곳이 그 은거지라네"라고 했다. 풍류風流는 전현들의 유풍과 유속을 이른다. 그러므로 『전한서·조충국등전찬』에서 "풍성과 기속이 예로부터 그러하였다. 지금의 가요에 강개한 풍류가 아직도 남아 있다"라고 했다. 혜강의 「금부」에서 또한 "체제와 풍류를 서로 따르지 않음이 없다"라고 했는데, 이선의 주에서 『회남자』와 중장통의 『창언』을 인용하였는데 아름다운 의미를 지닌 말은 아닌 것 같다. 이선이 또 주에서 휴문 심약沈約이 지은 「사령운전론」을 인용하면서 "아랫사람들이 따라 배우기를 마치 바람이 흩어지듯 물이 흐르는 듯하였다"라고 했다. 대개 풍류란 두 글자는 어떤 경우는 좋은 의미로 어떤 경우는 나쁜 의미로 사용되었으니, 사용된 뜻이 어떠한가를 살펴보아야 한다.

錢氏蓋吳越王錢鏐之後. 漢書韓信傳曰, 吾哀王孫而進食. 禮記月令, 孟春之月, 天子親載耒耜, 躬耕帝籍. 汝南先賢傳曰, 鄭欽吏隱于蟻陂之陽. 老杜詩, 吏隱適情性, 玆焉其窟宅. 風流見上注.

永夏豐草木 五雲衛郊丘:『서경』에서 "해는 길고 별은 대화大火이니 바른 중하가 된다"라고 했다. 굴원의 「회사」에서 "햇볕 내리쬐는 첫여름, 초목은 무성하네"라고 했다. 『효경수신계』에서 "덕이 산처럼 쌓이면 경운이 나온다"라고 했는데, 경운은 오색구름이다. 교구郊丘는 남교의 원구[61]를 이른다. 『문선』에 실린 육수陸倕의 「석궐명」에서 "학교를 세

우고 교구를 설치하였다"라고 했다.

書曰, 日永星火, 以正仲夏. 屈原懷沙曰, 陶陶孟夏兮, 草木莽莽. 孝經援神契曰, 德至山陵則景雲出. 景雲, 五色雲也. 郊丘, 謂南郊之圓丘. 文選石闕銘曰, 興建庠序, 啟設郊丘.

牛羊臥籬落 賓客解衣裳 汲井羞熱歠 挽溪供甘柔 : 한유의 「하남령사河南令舍」에서 "층층으로 높이 지어 담벼락을 내려다보려고 하였네"라고 했다. 사령운의 「전남수원田南樹園」에서 "흐르는 계곡물을 우물 대신 길어"라고 했다. 『사기 · 장의전』에서 "조양자가 대왕과 술을 마실 때 은밀히 요리사에게 말하기를 "주연이 한창 오르면 금두에 뜨거운 음식을 내다가 그것으로 대왕을 치라""라고 했다. 『국어』에서 "공보문백이 남궁경숙을 초대하여 술을 마시는데 노도보를 상객으로 초대하였다. 음식으로 나온 자라가 작자 노보도는 수치스럽게 여겼다"라고 했다. 『좌전』에서 "진실로 신의만 있다면 산골 물이나 못가에 난 물풀이라 할지라도 귀신에게 음식으로 올릴 수가 있다"라고 했다. 한유의 「원유연구遠遊聯句」에서 "들 채소는 부드러운 새 잎을 따고"라고 했다. 또한 「제여라문」에서 "음식이 부드럽고 달았다"라고 했다.

退之詩, 欲將層級壓籬落. 謝靈運詩, 激澗代汲井. 史記張儀傳, 趙襄子與代王飲, 陰告廚人曰, 卽酒酣樂, 進熱歠. 國語曰, 公父文伯飲南宮敬叔酒, 羞鼈焉. 左傳曰, 澗溪沼沚之毛. 退之詩, 野蔬拾新柔. 又祭女拏文曰, 飲食柔甘.

---

61 원구 : 천자가 하늘에 올리는 제사를 지내는 곳이다.

倒鞴收蓮的 剖蚌煮鴻頭 : 『운서』에서 "차비는 활과 화살집이다"라고
했는데, 음은 차꾸이다. 『이아』에서 "하荷는 부거芙蕖로, 그 열매는 연蓮
이고 그 씨는 적的이다"라고 했는데, 주에서 "적은 씨다"라고 했다. 『주
례』의 주에서 "검芡은 계두로 달리 안두라고도 한다"라고 했다. 한유의
「성남연구城南聯句」에서 "가시연 열매가 가시연에 줄지어 있네"라고 했
다. 구양수의 「식계두」에서 "바다 밑 조개 갈라 구슬 얻네"라고 했다.
살펴보건대 『촉지』에서 "진복이 아뢰기를 "조개를 갈라 구슬을 얻었
습니다""라고 했다.

韻書, 靫鞴, 弓箭室也, 音叉. 爾雅曰, 荷, 芙蕖, 其實蓮, 其中的. 注云, 的,
子也. 周禮注, 芡, 雞頭, 一名鴈頭. 退之聯句云, 鴻頭排刺芡. 歐陽公食雞頭
詩云, 剖蚌得珠從海底. 按蜀志, 秦宓奏記曰, 剖蚌求珠.

野日草光合 水風荷氣浮 : 두보의 「만성漫成」에서 "들판의 해는 뿌옇게
하얗고"라고 했다. 『문선』에 실린 사조의 「화서도조和徐都曹」에서 "풍광
이 풀잎 끝에 떠 있네"라고 했다. 위응물의 「남당범주南塘泛舟」에서 "가
랑비 내리니 연잎의 기상이 시원하네"라고 했다.

老杜詩, 野日荒荒白. 選詩, 風光草際浮. 韋應物詩, 雨微荷氣凉.

稻畦下白鷺 林樾應鳴鳩 : 왕유의 「적우망천장積雨輞川莊」에서 "넓은 논
에는 백로 수시로 날아오르고, 그늘진 여름 나무에는 꾀꼬리 지저귀
네"라고 했다. 『자림』에서 "'월樾'은 나무의 그늘이다"라고 했다.

王維詩曰, 漠漠水田飛白鷺, 陰陰夏木囀黃鸝. 林樾見上注.

主人發淸賞 況復佳同遊 歸扇障小雨 眞成一賜休 : '장障'은 막다는 의미의 평성으로 읽는다. 『남사·유상전』에서 "저언회가 배가 잘룩한 부채로 해를 가렸다"라고 했다. 한유의 「조춘정수부早春呈水部」에서 "장안 거리의 가랑비가 우유처럼 촉촉하고"라고 했다. 한나라 법에 사고와 여고[62]가 있는데, 『한서·풍야왕전』에 보인다. 태수 설선이 명령을 내려 "동지와 하지에 아전에게 휴가를 내렸다"라고 했으니 유래가 오래되었다. 두보의 「상우두사上牛頭寺」에서 "참으로 거리낌 없는 나들이로구나"라고 했다.

障字作平聲讀, 南史劉祥傳, 褚彦回以腰扇鄣日. 退之詩, 天街小雨潤如酥. 漢律, 有賜告, 有予告, 見漢書馮野王傳. 又薛宣出敎曰, 日至, 吏以令休, 所由來久. 老杜詩, 眞成浪出遊.

---

62   사고와 여고 : 둘 다 휴가를 의미한다.

13. 사인 증자개의 「유적전재화하귀」에 차운하다[63]

次韻曾子開舍人遊籍田載荷花歸[64]

維王調玉燭	왕이 세상을 조화롭게 다스려
時夏雨我田	여름에 우리 밭에 비가 내리네.
壁掛蒼龍骨	벽에는 푸른 용골이 걸려 있고
溜渠故濺濺	흐르는 도랑은 짐짓 세차구나.
三推勸根本	세 번 쟁기 밀어 농사를 권면하니
百穀收皁堅	온갖 곡식의 단단한 낟알을 수확하네.
官司極齋明	백관이 지극히 재계하여
崇丘見升煙	높다란 원구에서 피어오르는 연기를 보네.
繫馬西門柳	서문의 버들에 말을 묶으니
憶聽去夏蟬	지난여름 매미 듣던 일 생각나네.
剝芡珠走盤	가시연을 벗기니 구슬이 쟁반을 구르는 듯
鈎魚柳貫鮮[65]	물고기를 낚아 버들에 신선하게 꿰어놓네.
掃堂延枕簟	당을 쓸고 베개와 대자리를 펼치니
公子氣翩翩	공자의 기상은 훌륭하구나.

---

63 앞 작품에 첨부되어 있다. 자개의 이름은 조이다.

64 [교감기] 문집과 고본의 '次韻曾子開舍人遊籍田載荷花歸'의 제목 아래의 주에서 "증자개의 이름은 조(肇)이다"라고 했다.

65 [교감기] '구어(鈎魚)'는 장지본과 전본에는 '조어(釣魚)'로 되어 있는데, 의미가 더 낫다.

自爾欲繼往	자연스레 계속 찾아가려 했으나
阻心如壅泉	막힌 샘처럼 마음이 주저하였네.
紫微樂暇日[66]	자미성에서 한가로운 날 즐기며
披襟詠風漣	옷깃을 풀어 헤치고 바람과 물결을 읊조리네.
紅粧倚荷蓋	붉게 단장하며 연잎에 기대었는데
水鏡寫明蠲	거울 같은 강물에 환하게 비추네.
美物有佳實[67]	아름다운 여인이 좋은 과일이 있어
剪房助加籩	연밥을 잘라 제기에 담네.
珠宮紫貝闕	구슬 궁전에 붉은 조개 대궐
足此水府仙	신선의 용궁이라 해도 괜찮겠네.
鬱鬱冠蓋宅	일산 수레 빽빽한 저택에서
追奔易彫年	분주하느라 쉬이 한 해가 지네.
能從物外賞	능히 물외에서 감상하니
眞是區中賢	참으로 인간 세상의 어진이로다.
仍聞載後乘	뒤 수레에 탔다고 들었는데
籠燭照嬋娟	촉롱 너머로 미인을 비추네.

---

66 [교감기] '자미낙가일(紫微樂暇日)'은 원본과 부교본, 그리고 장지본에는 '자미낙하일(紫薇樂夏日)'로 되어 있다.
67 [교감기] '유가실(有佳實)'은 장지본과 전본, 그리고 건륭본에는 '역유실(亦有實)'로 되어 있다.

【주석】

維王調玉燭 時夏雨我田 : 『이아』에서 "사시가 조화로운 것을 옥촉이라 한다"라고 했는데, 주에서 "도의 빛이 빛난다"라고 했다. 『시경』에서 "우리 공전에 비가 내리고 드디어 우리 사전에도 미치네"라고 했다.

爾雅曰, 四時和謂之玉燭. 注云, 道光照. 詩曰, 雨我公田, 遂及我私.

壁掛蒼龍骨 溜渠故濺濺 : 용골은 수차를 이른다. 왕안석의 「후원풍행」에서 "용골을 오래 말려 처마 밑에 거네"라고 했다. 이상은의 「십자수기위반시어十字水期韋潘侍御」에서 "저 강은 서로 등지고 빠르게 흐르네"라고 했다.

龍骨謂水車. 王介甫詩曰, 龍骨長乾掛梁梠. 李商隱詩, 伊水濺濺相背流.

三推勸根本 百穀收早堅 : 『예기·월령』에서 "맹춘의 달에 천자가 몸소 쟁기와 보습을 이고 직접 황제의 적전에서 밭을 가는데 천자가 쟁기를 잡고 세 번 민다"라고 했다. 『한서』에서 "문제가 조서를 내려 "농사는 천하의 대본이다. 적전을 개간하여 짐이 친히 농사를 짓겠다"라고 했다. 『시경·대전』에서 "이윽고 이삭이 패고 열매 맺으며, 이윽고 단단하고 좋은 낱알이로다"라고 했는데, 주에서 "열매가 아직 단단하지 않은 것을 조라한다"라고 했다.

禮記月令, 孟春之月, 天子親載耒耜, 躬耕帝籍, 天子三推. 漢書, 文帝詔曰, 農, 天下之本也. 其開籍田, 朕親率耕. 大田詩曰, 旣方旣皁, 旣堅旣好. 注, 實未堅者曰皁.

官司極齋明 崇丘見升煙 : 『좌전』에서 "노공에게 관사와 이기[68]를 나누어 주었다"라고 했다. 『예기』에서 "재계하고 성대한 의복으로 제사를 받들게 한다"라고 했다. 또한 「월령」에서 "맹춘의 원일에 상제에게 풍년이 들게 해달라고 기도한다"라고 했는데, 주에서 "임금이 교외에 행차하여 하늘에 제사한다"라고 했다. 「감천부」에서 "높고도 높은 원구여, 높고도 아득한 하늘이여"라고 했다. 『주례·대종백』의 주에서 "희생을 구워서 연기가 오르는 것은 양에 보답하는 것이다"라고 했다.

左傳曰, 分之官司彝器. 禮記曰, 齋明盛服. 又月令, 孟春, 以元日祈穀于上帝. 注, 謂以上辛郊祭天也. 甘泉賦, 崇崇圓丘, 隆隱天兮. 周禮大宗伯注曰, 燔燎而升煙, 所以報陽也.

繫馬西門柳 憶聽去夏蟬 : 『문선』에 실린 유곤의 시에서 "산 아래의 소나무에 말을 묶네"[69]라고 했다. 육기의 「의명월하교교擬明月何皎皎」에서 "추운 매미는 높은 버드나무에서 우네"라고 했다.

文選劉琨詩, 繫馬山下松. 陸機詩, 寒蟬鳴高柳.

剝芡珠走盤 鉤魚柳貫鮮 : 한유의 「배두시어유상서陪杜侍禦遊湘西」에서 "수

68　이기 : 상용하는 그릇이다.
69　산 (…중략…) 묶네 : 출전이 분명하지 않다.

중 과일로 마름과 가시연을 벗기며”라고 했다.『박물지』에서 “교인이
울자 진주로 변하여 쟁반에 가득하였다”라고 했다. 두목의「주손자서」
에서 “구슬이 쟁반을 구르는 것과 같다”라고 했다.「석고문」에서 “그
생선은 무엇인가, 연어와 잉어라네. 무엇으로 꿸 것인가, 버드나무 줄
기라네”라고 했다. ○ 육일거사 구양수의「식계두」에서 “바다 밑 조개
갈라 구슬 얻네”라고 했다.

退之詩, 水果剝菱芡. 博物志曰, 鮫人泣而成珠滿盤. 杜牧注孫子序曰, 猶
丸之走盤. 石鼓文曰, 其魚維何, 維鱮與鯉. 何以貫之, 維楊與柳. ○ 六一居
士雞頭詩云, 剖蚌得珠從海底.

掃堂延枕簟 公子氣翩翩 自爾欲繼往 阻心如壅泉 :『예기·내측』에서 “베
개를 거두고 대자리와 자리를 상자에 넣는다”라고 했다.『사기』에서
“태사공이 “평원군은 혼탁한 세상에 풍모와 문채가 훌륭한 아름다운
공자이다””라고 했다. ○ 한유의「신정新亭」에서 “물결 문양이 베개와
대자리에 떠 있네”라고 했다.

禮記內則云, 歛枕篋簟席. 史記, 太史公曰, 平原君翩翩, 濁世之佳公子也.
○ 退之詩, 水紋浮枕簟

紫微樂暇日 披襟詠風漣 : 당나라 개원 5년 중서성을 자미성으로 고쳤
다. 원우 초기에 자개는 중서사인이 되었다. 송옥의「풍부」에서 “바람
이 휘이하고 불어오니 왕이 이내 옷깃을 풀어 헤치고 맞았다”라고 했

다. 『시경』에서 "하수가 맑고 또 잔물결이 일도다"라고 했는데, 주에서 "바람이 수면 위로 불어와 무늬를 만드는 것을 '연漣'이라 한다"라고 했다. ○『맹자』에서 "젊은이는 한가로운 날에 효제와 충신을 닦는다"라고 했다.

唐開元五年, 改中書爲紫微省. 元祐初, 子開爲中書舍人. 宋玉風賦曰, 有風颯然而至, 王乃披襟而當之. 詩曰, 河水淸且漣猗. 注曰, 風行水上成文曰漣. ○ 孟子, 壯者以暇日, 修其孝弟忠信.[70]

紅粧倚荷蓋 水鏡寫明鐪 : 『문선』에 실린 고시에서 "단아하고 정갈하게 붉게 화장하였네"라고 했다. 『옥대신영』에 실린 양무제의 「도의시」에서 "붉은 단장 밑에 연한 비취빛이네"라고 했다. 『청상잡기』에 실린 조수고의 「지상池上」에서 "연잎은 연꽃을 감싸니 둥글게 푸른색이 고운 붉은색에 비추네. 남쪽 길가의 가인은 봄바람 맞으며 푸른 일산 들고 서 있네"라고 했다. 한유의 「봉수노급사奉酬盧給事」에서 "드넓은 곡강 가을 물결 맑으니, 평평하게 펼쳐진 붉은 연이 밝은 거울을 덮네"라고 했다. 『진서·악광전樂廣傳』에서 "위관衛瓘이 악광을 보고 "이 사람은 수경水鏡과 같아서 구름과 안개를 헤치고 하늘을 보는 것 같다""라고 했다. 양원제의 「종군행」에서 "텅 빈 산은 징과 나팔에 화답하고, 맑은 물에 누대와 강이 비추네"라고 했다.

---

70 [교감기] '맹자(孟子)'부터 '충신(忠信)'까지 원본과 부교본에는 이 조목의 주가 없다.

文選古詩曰, 娥娥紅粉妝. 玉臺新詠梁武擣衣詩曰, 弱翠低紅粧. 靑箱雜記曹修古詩, 荷葉罩芙蓉, 圓靑映嫩紅. 佳人南陌上, 翠蓋立春風. 退之詩, 曲江千頃秋波淨, 平鋪紅蕖蓋明鏡. 水鏡見上注. 梁元帝從軍行曰, 山虛和鐃管, 水淨寫樓舡.

美物有佳實 剪房助加籩：『국어』에서 "여자가 셋이면 찬粲이라 한다. 세 명의 여자가 모두 미인인데, 사람들이 이 미인들을 너에게 바쳤으나 네가 무슨 덕으로 감당하랴"라고 했다. 『주례·변인』에서 "대나무 제기에 넣은 열매로 마름과 가시연과 밤과 포이다"라고 했는데, 이것을 인용하였다.

國語曰, 三女爲粲, 夫粲, 美物也. 衆以美物歸汝, 而何德以堪之. 周禮籩人曰, 加籩之實, 菱芡栗脯. 此借用.

珠宮紫貝闕 足此水府仙：『초사·구가』에서 "붉은 조개 대궐이여 구슬 궁전이로다"라고 했다. 『문선』에 실린 목화의 「해부」에서 "수부의 안에 지극히 깊은 뜰"이라고 했다. 『악부해제』에서 "백아는 수선조를 지었다"라고 했다.

楚辭九歌曰, 紫貝闕兮珠宮. 文選木華海賦曰, 水府之內, 極深之庭. 樂府解題, 伯牙作水仙操.

鬱鬱冠蓋宅 追奔易彫年：『문선』의 고시에서 "낙양성은 어찌도 북적

북적한가, 높은 분들끼리 어울리네. 큰 거리 작은 골목 널렸으니, 왕후의 저택은 많기도 하네"라고 했다. 또한 태충 좌사의 「영사詠史」에서 "일산 수레는 사방 거리를 덮고, 붉은 수레가 긴 거리를 내달리네"라고 했다. '추분追奔'은 『장자』에 보이는 달팽이 뿔에 있는 촉씨와 만씨가 서로 싸워 주검이 수만이며 도망가는 군배를 쫓아갔다가 15일이 지난 뒤에 돌아왔다는 내용을 인용하였다. 『문선』에 실린 이릉의 「답소무서答蘇武書」에서 "달아나는 적을 추격하였다"라고 했다. 포조의 「무학부」에서 "촉급한 그림자에 해는 지네"라고 했다.

文選古詩曰, 洛中何鬱鬱, 冠帶自相索. 長衢羅夾巷, 王侯多第宅. 又左太沖詩曰, 冠蓋蔭四術, 朱輪竟長衢. 追奔見上注. 鮑照舞鶴賦曰, 急景彫年.

能從物外賞 眞是區中賢 : 『문선』에 실린 평자 장형의 「귀전부」에서 "세상 밖에서 얽매임 없이 내 마음대로 하니, 또한 어찌 영욕이 어떠한지 알랴"라고 했다. 한유의 「노낭중운부기시盧郞中雲夫寄示」에서 "깊은 이치 탐색하여 자못 마음대로 지냈는데, 물외의 세월은 본래 바쁘지 않네"라고 했다. 『한서』에 실린 사마상여의 「대인부」에서 "인간 세상이 비좁다고 여겨, 깃발을 펼쳐 들고 북극으로 나아가네"라고 했다.

文選張平子歸田賦曰, 苟縱心於物外, 又焉知榮辱之所如. 退之詩, 窮探極覽頗恣橫, 物外日月本不忙. 漢書司馬相如大人賦曰, 迫區中之隘狹兮, 舒節出乎北垠.

仍聞載後乘 籠燭照嬋娟 : 『맹자』에서 "뒤따르는 수레가 수십 대이다"
라고 했다. 이상은의 「무제無題」에서 "촛불은 금비취 휘장에 가려 반쯤
비추는데"라고 했다. 『문선』에 실린 장형의 「서경부」에서 "날씬함으
로 요염함을 더하고"라고 했는데, 주에서 "선연은 자태가 요염함이다"
라고 했다. 『왕립지시화』에서 이 시의 다른 본을 실었으니, "아름다운
그대 참으로 귀중한 손님이니, 식사 전이라 자못 음식을 더 내오네. 서
한에서 높은 벼슬할 만한데, 동관에는 파리한 신선이 많도다. 언제나
술과 안주 싣고 와서, 함께 들어가 소년을 볼까. 이때 일찍 휴가를 받
아, 종사의 일을 조금 쉬었네. 술잔 돌리며 취하더니, 주렴 아래 미녀
가 나오네"라고 했다.

孟子曰, 後車數十乘. 李商隱詩, 蠟照半籠金翡翠. 文選西京賦曰, 增嬋娟
以跐豸. 注云, 姿態妖蠱也. 王立之詩話載此詩一本云, 令君誠重客, 食前頗
加籩. 西漢足膴仕, 東觀多臞仙. 何時載尊俎, 坌入觀少年. 及此歸沐早, 少休
從事賢. 傳觴定可醉, 下箔出嬋娟.

14. 복건의 전운판관으로 부임하는 유사언을 전송하다[71]

送劉士彦赴福建轉運

秋葉雨墮來	가을 잎이 비에 떨어지고
冥鴻天資高	기러기는 하늘 높이 아득히 나네.
車馬氣成霧	거마의 기운이 안개를 이루고
九衢行滔滔	널따란 도성 길에 행렬은 끊임없네.
中有寂寞人	그중에 적막한 사람이 있으니
靈府扃鎖牢	마음에 빗장을 굳게 질렀네.
西風持漢節	서풍에 한나라 부신 잡으니
騎從嚴弓刀	기마는 삼엄한 활과 칼을 따르네.
維閩七聚落	다만 민 지역 일곱 부락에
惸獨困吏饕	홀아비와 고아가 탐욕스런 아전에 곤욕 당하네.
土弊禾黍惡	토양이 황폐하니 벼와 기장이 나쁘고
水煩鱗介勞	수재가 빈번하니 물고기와 조개가 자라지 않네.
南驅將仁氣	남쪽으로 어진 기운 지니고 달려
百城共一陶	많은 성에서 좋은 정사 이루겠지.
察人極涇渭	사람은 살핌에 청탁을 분명히 하고

---

71 살펴보건대 『실록』에서 "원우 원년 6월에 조청랑 유사언이 복건로전운판관이
되었다"라 하였다. 이 작품은 후에 산거(刪去)되었다.

問俗及豚羔	풍속과 목축까지 살펴보네.
官閒得勝日	공무가 한가로워 좋은 날을 얻거든
杖屨之林臯	지팡이 짚고 숲으로 들로 노니시길.
人間閱忠厚	인간세상에서 충후한 이를 살펴보고
物外訪英豪	물외에서 영웅호걸을 찾아보시길.

【주석】

秋葉雨墮來 冥鴻天資高 : 백거이의 「추석秋夕」에서 "잎 지는 소리 비 내리는 듯"이라고 했다. 맹교의 「추회秋懷」에서 "가을 잎에 눈이 떨어지네"라고 했다. 양웅은 "기러기 아득히 날아가면 사냥꾼이 어찌 도모하리오"라고 했다. 『영릉선현전』에서 "제갈량이 유파에게 "그대는 자질이 뛰어나고 명석하다""라고 했다.

樂天詩, 葉聲落如雨. 孟郊詩, 商葉墮乾雨. 揚子曰, 鴻飛冥冥, 弋人何慕焉. 零陵先賢傳, 諸葛亮謂劉巴曰, 足下天資高亮.

車馬氣成霧 九衢行滔滔 : 이 이하 네 구의 의미는 대개 『문선』에 실린 좌사의 「영사」 시의 내용과 같으니, 즉 "번화한 도성 안에, 빛나는 왕후의 집들. 일산 수레는 사방 거리를 덮고, 붉은 수레가 긴 거리를 내달리네. 고요한 양자의 집, 문에 경상의 수레가 없네"라고 한 것이 바로 이 의미이다. 『사기・천관서』에서 "수레의 기세가 언뜻 높았다가 언뜻 낮았으며, 기마의 기세가 낮게 펼쳐졌다"라고 했다. 『한관전직』에서

"설날에 음악 연주하니 수수에 안개가 이네"라고 했다. 백거이의 「송객귀경送客歸京」에서 "말이 아홉 마차 지나는 먼지 길로 들어가네"라고 했다. 도도滔滔는 『논어』에 보인다.[72]

此以下四句, 大率用文選左太冲詠史詩, 意所謂濟濟京城內, 赫赫王侯居. 冠蓋蔭四術, 朱輪竟長衢. 寂寂揚子宅, 門無卿相輿. 是也. 史記天官書曰, 車氣乍高乍下, 騎氣卑而布. 漢官典職曰, 正旦作樂, 漱水成霧. 樂天詩, 馬入九衢塵. 滔滔見魯論.

中有寂寞人 靈府局鎖牢 : 『문선』에 실린 곽경순의 「유선시」에서 "천여 길의 청계, 그 가운데 한 도사가 있네"라고 했다. 『한서·양웅전』에서 "도읍에서 그를 위해 말하기를 "다만 고요해서 천록각에서 뛰어내렸다""라고 했다. 『장자』에서 "영부에 들어오게 해서는 안 됩니다"라고 했는데, 주에서 "영부란 정신이 안주하는 집이다"라고 했다. 도잠의 「우화遇火」에서 "몸은 변화 따라가지만 마음은 언제나 다만 한가롭네"라고 했다. 『회남자』에서 "안으로 빗장을 지르고 밖으로 닫으면 무슨 일인들 조절하지 못하겠는가"라고 했다. 구양수의 「답사경산答謝景山」에서 "비로소 문경한문제의 기반이 굳건한지 알겠네"라고 했다.

文選郭景純游仙詩曰, 靑溪千餘仞, 中有一道士. 漢書揚雄傳, 京師爲之語

---

72 도도는 (…중략…) 보인다 : 초(楚)나라 은자 걸닉(桀溺)이 자로(子路)에게 "큰물
    에 휩쓸려 흘러가는 꼴이 천하가 모두 한 모양이니, 누구와 함께 이 세상을 바꿀
    수 있겠는가[滔滔者天下皆是也 而誰以易之]"라고 하였다. 『논어·미자(微子)』에
    보인다.

曰, 惟寂寞, 自投閣. 莊子曰, 不可入于靈府. 注云, 靈府者, 精神之宅. 淵明詩
曰, 形迹憑化往, 靈府長獨閑. 淮南子曰, 中局外閉, 何事之不節. 歐陽公詩,
始知文景基局牢.

西風持漢節 騎從嚴弓刀 : 『한서·소무전』에서 "한나라 부신을 짚고 양
을 길렀다"라고 했다. 당나라 노륜盧綸의 「새하곡塞下曲」에서 "많은 눈이
활과 칼에 가득하니, 선우가 밤에 달아났네"라고 했다.

漢書蘇武傳曰, 杖漢節牧羊. 唐人詩曰, 大雪滿弓刀, 單于夜遁逃.

維閩七聚落 悍獨困吏饕 : 『주례·직방씨』에서 "칠민의 백성을 맡았
다"라고 했다. 『장자』에서 "구락의 일"이라 했는데, 주에서 "구주 취락
의 일이다"라고 했다. 『서경』에서 "홀아비와 고아를 사납게 대하지 않
으며 고명한 이를 외경한다"라고 했다. 살펴보건대, '경悍'은 '경猰'과
같다. ○『좌전』에서 "진운 씨에게 불초한 자식이 있었는데, 천하의 사
람들이 그를 사흉에 비유하여 도찬이라 불렀습니다"라고 했는데, 주에
서 "재물을 탐하는 것을 도饕라하고 음식을 탐하는 것을 찬餮이라 한
다"라고 했다.

周禮職方氏, 掌七閩之人民. 莊子曰, 九落之事. 疏云, 九州聚落之事. 書曰,
無虐煢獨, 而畏高明. 按悍與猰同. ○ 左傳曰, 縉雲氏有不才子, 天下之民,
以比四凶, 謂之饕餮. 注曰, 貪財爲饕, 貪食爲餮.[73]

73 [교감기] '진운(縉雲)'부터 '위찬(爲餮)'까지 부교본에는 이 조목의 주가 없다. 살

土弊禾黍惡 水煩鱗介勞 : 『한서·구혁지』에서 "관개하고 거름을 대어 나의 벼와 기장을 기른다"라고 했다. 한유의 「제유주이사군祭柳州李使君」에서 "물고기와 조개들이 놀라 자빠진 것을 보고"라고 했다. 살펴보건 대『주례·대사도』에서 "시내와 못은 물고기에게 맞고, 갯벌은 조개에 맞다"라고 했다. 『시경·여분』의 주에서 "물고기는 힘들면 꼬리가 붉어진다"라고 했다. 『악기』에서 "토질이 황폐하면 나무들이 자라지 않고 수재가 빈번하면 물고기와 자라 등이 자라지 않는다"라고 했다. 산곡의 이 두 구는 대개 이에서 근본하였다.

漢書溝洫志曰, 且漑且糞, 長我禾黍. 退之祭文曰, 覿鱗介之驚透. 按周禮大司徒曰, 川澤宜鱗物, 墳衍宜介物. 汝墳詩注曰, 魚勞則尾赤. 樂記, 土弊則萬木不長, 水煩則魚鱉不大. 山谷此兩句, 蓋本諸此.

南驅將仁氣 百城共一陶 : 『주례·향음주』에서 "천지의 온화한 기운은 동북에서 시작하여 동남에서 성하다. 이것이 천지의 어진 기운이다"라고 했다. 『후한서·가종전』에서 "기주 자사가 되니 백성들이 소문을 듣고 자연스럽게 두려워하고 조심하였다"라고 했다. ○ 최인의 『달지』에서 "도자기를 굽듯이 다스렸다"라고 했다.

禮鄉飮酒曰, 天地溫厚之氣, 始於東北而盛於東南. 此天地之仁氣. 後漢書賈琮傳曰, 爲冀州刺史, 百城聞風, 自然震竦. ○ 崔駰達旨, 坏冶一陶.[74]

_____

펴보건대 이 글은『좌전』문공 18년에 보이며, '사흉(四凶)'은 원래 '이흉(二凶)'으로 되어 있다.

人極涇渭 問俗及豚羔 : 『문선』에 실린 임방任昉의 「출군전사곡범복야」에서 "저 사람의 경수와 위수는, 내가 맑고 흐림을 도운 것이 아니네"라고 했다. 이선의 주에서 손작을 이끌어와 "경수와 위수는 흐름이 다르니, 『시경』의 「아」와 「정풍」이 곡조가 다른 것과 같다"라고 했다. 『예기』에서 "국경 안에 들어오면 풍속을 묻는다"라고 했다. 『주례·포인』에서 "봄에는 양고기, 돼지고기의 기름으로 조리하여 향기롭게 한다"라고 했다. 마지막 구는 백성의 질곡을 구제함에 매우 상세한 것을 이른다.

文選任彦升哭范僕射詩云, 伊人有涇渭, 非余揚濁淸. 李善注引孫綽曰, 涇渭殊流, 雅鄭異調. 禮記, 入境而問俗. 周禮庖人曰, 春行羔豚膳膏香. 末句謂求民疾苦, 委曲詳盡.

官閒得勝日 杖屨之林皐 : 『진서·위개전』에서 "우연히 좋은 날에 친한 벗들이 한 마디 말을 청하였다"라고 했다. 「곡례」에서 "어른이 기지개를 펴면 돌아가기 위해 지팡이와 신을 대령한다"라고 했다. 『장자』에서 "산림에서건 평원에서건 노니는 것은 우리들로 하여금 흔연하게 즐기게 한다"라고 했다.

晉書衛玠傳曰, 遇有勝日, 親友時請一言. 曲禮曰, 君子欠伸撰杖屨. 莊子曰, 山林歟, 皐壤歟, 使我欣欣然而樂此歟.

74　[교감기] '최인(崔駰)'부터 '일도(一陶)'는 원본과 부교본에 이 조목의 주가 없다.

人間閼忠厚 物外訪英豪 : 위구는 달리 ‘功名付簪紱’로 지어진 본도 있다. ○ 영웅호걸의 선비가 때로는 산림에 숨어 있기도 한다.

上句一作功名付簪紱. ○ 英豪之士, 往往隱約於山林.

15. 봉사 한천의 「서태일궁」에 차운하다. 4수

次韻韓川奉祠西太一宮. 四首

『춘명퇴조록』에는 "천성 연간에 서태일궁을 지었다"라고 했다.

春明退朝錄曰天聖中建西太一宮[75]

첫 번째 수其一

萬靈未對甘泉	만령을 아직 감천에서 제사하기 전에
五福間祀迎年	오복에게 틈틈이 제사 지내 새해 맞이했네.
旂旗三斿半偃[76]	깃발에 세 수술이 반쯤 누워 있는데
風馬雲車闖然	바람처럼 내달리는 운거가 들어오네.

【주석】

萬靈未對甘泉 五福間祀迎年 旂旗三斿半偃 風馬雲車闖然 : 『한서·교사지』에서 "황제가 명연에서 만령과 접하였다. 명연은 감천이다"라고 했다. 또한 "무제가 교사의 예를 정하였는데 감천에서 태일에게 제사 지내기 위해 양위에 나아갔다"라고 했다. 시의 의미는 황가에서 만령을

---

75 [교감기] '태일(太一)'은 전본에는 '태을(太乙)'로 되어 있다. 아래도 같으니, 다시 교감한 것을 더이상 쓰지 않는다.
76 [교감기] '유(斿)'는 문집과 고본에는 '유(游)'로 되어 있다.

접하기 전에 특별히 오복에 제사 지냈으니, 백성을 위해 오래 살기를 바란 까닭이라는 것이다. 오복은 오복 태일을 이르니 대개 열 신 가운데 하나이다. 『태일금강경』에 그에 대한 내용이 자세히 갖춰져 있다. 「교사지」에서 또한 "태시단을 세워 가을과 섣달에 제사 지냈다"라고 했다. 또한 "황제가 5성과 12누대를 지어 신인을 맞이하였으니, 그것을 영년이라 한다"라고 했는데, 주에서 "새해에 기도하는 것과 같다"라고 했다. 또한 "남월을 치기 위해 태일에게 고유했다. 그 제사에서는 모형牡荊으로 깃대를 만들고 깃발에는 해, 달, 북두칠성과 비룡飛龍을 그려서 태일삼성泰一三星을 상징했으며, 태일신에게 제사 지낼 때는 이것을 제일 앞에 두는 깃발로 사용해 '영기靈旗'라고 불렀다"라고 했다. 『안씨가훈』에서 "『설문해자』를 살펴보건대, 물勿자는 마을에 세운 깃발로 깃발 자루와 세 수술의 모양을 형상한 것이다"라고 했다. 「예악지」에서 "교사가에서 "영거에 검은 구름이 맺혀 있고, 영거의 아래는 바람처럼 말이 내달리네""라고 했다. 한유의 「맹동양실자孟東野失子」라는 작품에서 "머리 들고 문 안으로 들어가니, 세 번 "아이고 하늘이여라" 외치더니"라고 했다. '틈연闖然'이란 글자는 『공양전·애공 6년』에서 나왔다.

漢書郊祀志曰, 黃帝接萬靈於明廷. 明廷者, 甘泉也. 又曰, 武帝定郊祀之禮, 祠太一於甘泉, 就陽位也. 詩意謂皇家未接萬靈, 而特祀五福, 以爲民祈年之故爾. 五福謂五福太一, 蓋十神之一. 太一金鏡經具載其詳. 郊祀志又曰, 立泰時壇, 秋及臘間祠. 又曰, 黃帝爲五城十二樓, 以候神人, 名曰迎年. 注謂,若云祈年也. 又曰, 爲伐南越, 告禱泰一, 以牡荊畫幡, 象泰一三星, 爲泰一絳旗, 命曰靈旗. 顏氏家訓曰, 按說文, 勿者州里所建之旗, 象其柄及三斿之形. 禮樂志, 郊祀歌曰, 靈之車結玄雲, 靈之下若風馬. 退之詩, 闖然入其戶, 三稱天之言. 字出公羊哀六年傳.

두 번째 수其二

白髦下金神節[77]	흰 털의 신령이 금 부절을 내리니
靑祝攜御鑪香	청사[78]를 내와 화로에 향기를 쐬네.
百禮盡修亳祀	온갖 예절이 박 땅의 제사와 비슷한데
九歌不取沉湘	구가의 상수에 투신한 상부인은
	취하지 않았는가.

【주석】

白髦下金神節 靑祝攜御鑪香 百禮盡修亳祀 九歌不取沉湘 : 『진어』에서 "괵공이 꿈에 사당에 있었는데 사람 얼굴에 흰 털, 호랑이 발톱으로 서쪽 모퉁이에서 창을 잡고 서 있는 신령이 보였다. 꿈에서 깨자 사은을 불러 점을 치게 하니, 대답하기를 "임금의 말과 같다면 그 신은 오행 중에 금을 담당하는 욕수입니다""라고 했는데, 주에서 "서방은 백호로

77　[교감기] '호(毫)'는 문집과 고본에서는 '모(旄)'로 되어 있다.
78　청사 : 제사에 쓰이는 문체나 그 문장을 이른다.

금을 맡았다"라고 했다. 청축靑祝은 안에서 나온 청사를 향기로 쐰 후에 사관에게 주어 제사에 고하게 함을 이른다.『시경』에서 "온갖 예에 어울리며"라고 했다.『한서·교사지』에서 "박 땅 사람 무기가 태일을 제사 지내는 법에 대해 천자에게 아뢰기를 "천신 중에 제일 귀한 이가 태일이며 태일을 보좌하는 자들이 오제입니다"라 하였다. 이에 천자가 태축에게 명하여 장안성 동남쪽 교외에 그 사당을 세우게 하였다"라고 했다. 왕일의『초사장구』에서 "구가는 굴원이 지었다. 원수와 상수 사이의 세속에서 귀신을 믿어 제사 지내기를 좋아하였다. 가무를 즐기며 놀았는데 그 가사가 비루하였기에 인하여 구가의 노래를 지었다"라고 했다.『문선·운명론』에서 "굴원이 상수에 빠져 죽었다"라고 했다. ○『초사·구가』의 내용 중에 동황태일이 나오며 상군과 상부인이 나오는데, 어찌하여 동황태일만 취하였는가.

晉語曰, 虢公夢在廟, 有神, 人面白毛, 虎爪, 執鉞立於西阿. 公覺, 召史嚚占之. 對曰, 如君之言, 則蓐收也. 注云, 西方白虎, 金正之官. 靑祝謂內出靑詞, 以香熏之, 乃授祠官, 使祭告也. 詩曰, 以洽百禮. 漢書郊祀志曰, 毫人謬忌, 奏祠泰一方, 曰天神貴者泰一, 泰一佐曰五帝. 於是天子令太祝立其祠長安城東南郊. 王逸楚辭章句曰, 九歌者, 屈原所作. 沅湘之間, 俗信鬼而好祠. 歌舞之樂, 其辭鄙陋, 因爲作九歌之曲. 文選運命論曰, 屈原以之沉湘. ○ 楚辭九歌有東皇太一, 有湘君湘夫人, 豈獨取東皇太一耶.[79]

---

79 [교감기] '초사(楚辭)'부터 '태일야(太一耶)'는 원본과 부교본에는 이 조목의 주가 없다.

세 번째 수其三

紫府侍臣鳴玉 　　자부의 가까이 모시는 신하 옥이 울리고

霜臺御史生風 　　어사대의 어사는 찬바람이 이네.

官燭論詩未了 　　곽촉 켜고 시를 찾다 마치지 못했는데

知秋自屬梧桐 　　오동잎 지는 가을인 줄 절로 알겠네.

【주석】

紫府侍臣鳴玉　霜臺御史生風　官燭論詩未了　知秋自屬梧桐 : 『포박자』에서 "항만도가 말하기를 "천상에 올라가 자부를 지나니 금 책상과 안석이 휘황찬란하였다"'라고 했다. 『예기』에서 "다니면 패옥이 울린다"라고 했다. 최전의 「어사잠」에서 "종이 위에 서리가 어리고, 붓끝에서 바람이 인다"라고 했다. 『후한서』에서 "파지가 객과 어두운 곳에 앉아 관촉을 사르지 않았다"라고 했다. 마지막 구는 시를 구상함에 운치를 얻었는데, 그렇게 된 것은 추석이 되었기 때문임을 깨닫지 못했다는 의미이다. 『세설신어』에서 "정현이 복자신에게 말하기를 "내가 오랫동안 『춘추전』의 주를 내려고 하였는데, 아직도 마치지 못하였다"'라고 했다. 왕안석의 「오경五更」에서 "다만 벌레 소리 들으니 잠은 이미 달아나고, 오경의 오동잎에서 가을인 줄 잘 알겠네"라고 했다.

抱朴子曰, 項曼都自言, 到天上, 過紫府, 金牀几晃晃昱昱. 禮記曰, 行則鳴佩玉. 崔篆御史箴曰, 簡上霜凝, 筆端風起. 後漢, 巴祇與客暗坐, 不然官燭. 末句意謂論詩得趣, 不覺其爲秋夕也. 世說, 鄭康成語服子愼曰, 吾久欲注春秋傳, 尙未了. 王介甫詩, 只聽蟲聲已無夢, 五更桐葉强知秋.

네 번째 수其四

泰壇下瑞雲黃	태단에서 상서로운 노란 구름이 내리며
雨師灑道塵香	우사가 먼지 길을 쓸어 향기롭게 하였네.
便面猶承墜露	부채로 떨어지는 이슬을 받는데
金鉦半吐東牆	쇠 징은 반쯤 동쪽 담장에 나왔네.

【주석】

泰壇下瑞雲黃 雨師灑道塵香 : 『예기』에서 "태산에서 섶을 불살라 하늘에 제사 지낸다"라고 했다. 하서下瑞는 상서로움을 내린다는 의미이다. 한유의 「동생행董生行」에서 "상서로움을 내고 내리기를 때도 없이 하였네"라고 했다. 『한서·교사지』에서 "무제가 솥을 맞이하여 감천에 이르렀다. 다시 중산에 이르니 날씨가 따뜻해지고 황운이 나왔다"라고 했다. 「동도부」에서 "우사가 물로 쓸고 풍백이 먼지를 깨끗이 쓸어갔다"라고 했다. ○『당사』에서 "천자의 행차에 풍백이 먼지를 쓸어가고 우사가 길을 물로 쓸었다"라고 했다.

禮記曰, 燔柴于泰壇, 祭天也. 下瑞謂降瑞也. 退之詩, 生祥下瑞無時期. 漢書郊祀志, 武帝迎鼎至甘泉,[80] 至中山, 晏溫有黃雲焉. 東都賦曰, 雨師汎灑,

---

80 [교감기] '감천(甘泉)'에서 '감(甘)'은 원래 잘못 '중(衆)'으로 되어 있었는데, 지

風伯淸塵. ○ 唐史, 天子之行, 風伯淸塵, 雨師灑道.[81]

便面猶承墜露　金鉦牛吐東牆 : 편면은 부채를 이른다. 『한서·장창전』에 보인다. 「서도부」에서 "선인장을 들어 이슬을 받네"라고 했다. 『이소』에서 "아침에 목란에 떨어진 이슬을 마시고"라고 했다. 소식의 「신성도중新城道中」에서 "나무 위 떠오르는 해는 구리 징을 걸어놓은 듯"이라고 했다. 두보의 「법경사法鏡寺」에서 "솟는 해가 가렸다가 이내 빛을 토하네"라고 했다.

便面謂扇. 見漢書張敞傳. 西都賦曰, 抗仙掌以承露. 離騷曰, 朝飮木蘭之墜露. 東坡詩, 樹頭初日掛銅鉦. 老杜詩, 初日翳復吐.

81　[교감기] '당사(唐史)'부터 '쇄도(灑道)'는 원본과 부교본에 이 조목의 주가 없다. 전본에는 '당사(唐史)'는 '당서(唐書)'로 되어 있다.

16. 왕형공이 서태일궁의 벽에 쓴 시에 차운하다. 2수[82]

次韻王荊公題西太一宮壁. 二首

첫 번째 수其一

風急啼烏未了	바람이 거세니 우는 까마귀 멈추지 않고
雨來戰蟻方酣	비가 오는데 술이 바야흐로 달아오르네.
眞是眞非安在	참으로 옳고 참으로 그르단 게 어디 있는가.
人間北看成南	인간은 북에서 보면 남쪽이 되네.

【주석】

風急啼烏未了 雨來戰蟻方酣 : 양대년의 시구에서 "바람이 궁궐에 불어오면 까마귀가 먼저 안다"라고 했다. 살펴보건대 『회남자』에서 "까마귀와 까치는 그해 바람이 많이 불 것을 알아 높다란 나무를 떠나 얽어진 가지에 둥지를 튼다"라고 했다. 두보의 「청청晴」에서 "울어대는 까마귀는 새끼를 데리고 가고"라고 했다. 이백의 「기위남릉빙寄韋南陵氷」에서 "말을 다 마치기 전에 바람 불어 소리 끊겼네"라고 했다. 전소도의 「야서하만野墅夏晚」에서 "술에 흥건히 취했는데 산비가 오고"라고 했다. 살펴보건대 초감의 『역림』에서 "개미 성의 구멍에 큰비가 장차 오리라"라고 했다. 『한비자』에서 "초와 진이 언릉에서 싸우는데, 전투가

---

82 『동파집』에 또한 이 시가 들어 있으니, 『동파집』으로 고증하건대 이해 가을에 지었다.

한창 무르익을 때 사마자반이 목이 말라 마실 것을 찾았다"라고 했다.

楊大年詩, 風來玉宇烏先覺. 按淮南子曰, 烏鵲識歲之多風, 去喬木而巢扶枝. 老杜詩, 啼鳥爭引子. 太白詩, 語笑未了風吹斷. 錢昭度詩, 白蟻戰酣山雨來. 按焦贛易林曰, 蟻封穴戶, 大雨將至. 韓非子曰, 楚晉戰于鄢陵, 酣戰之時, 子反渴而求飮.

眞是眞非安在　人間北看成南 : 『장자』에서 "저것도 하나의 시비이고 이것도 또한 하나의 시비이다. 과연 저것과 이것이 있는가. 과연 저것과 이것이 없는가"라고 했다. 『능엄경』에서 "왜냐하면 사람이 중간이라고 표시를 할 때 동쪽에서 보면 서쪽이 되고 남쪽에서 보면 북쪽이 되기 때문에 표시 자체가 이미 혼란스러워 마음이 혼란스러워질 것이니라"라고 했다. 희풍 연간에는 형공이 옳고 원우 연간에는 형공은 그르다. 사랑하고 미워하는 논의는 다만 정해지지 않았다.

莊子曰, 彼亦一是非, 此亦一是非. 果且有彼是乎哉. 果且無彼是乎哉. 楞嚴經曰, 如人以表爲中時, 東看則西, 南觀成北, 表體旣混, 心應雜亂. 在熙豐, 則荊公爲是, 在元祐, 則荊公爲非. 愛憎之論, 特未定也.

두 번째 수其二

| 晚風池蓮香度 | 저물녘 바람이 연못의 연 향기를 전하고 |
| 曉日宮槐影西[83] | 새벽에 궁궐 회나무는 서쪽에 |

그림자 드리우네.

| 白下長干夢到 | 백하현의 장간이 꿈에 보이는데 |
| 靑門紫曲塵迷 | 청성문의 장안 길 먼지 속에서 헤매네. |

【주석】

晩風池蓮香度 曉日宮槐影西 白下長干夢到 靑門紫曲塵迷 : 형공이 장안과 낙양의 풍진을 싫어하고 금릉의 산수를 그리워함을 말한다. 왕안석의 본래 시에서 "서른여섯 언덕의 이내와 강물, 흰머리 되어도 강남을 그리워하네"라고 했다. 『법화경』에서 "맑은 연못의 연꽃처럼 장엄하다"라고 했다. 『열반경』에서 "해가 지려고 할 때 산과 언덕의 그림자가 동쪽으로 옮겨가니 이치상 서쪽으로 갈 일이 없는 것과 같다"라고 했다. 이 시는 그 의미를 채택하여 반대로 사용하였다. 왕유의 망천장에 궁괴맥이 있다. 『환우기』에서 "백하현 옛 성은 금릉 상원현 성의 서쪽에 있다. 본래 강승현의 백석루였는데, 제나라 무제가 낭야 백성을 이주시켜 거처하게 하였다"라고 했다. 『문선』의 「오도부」에서 "장대가 이어져 있다"라고 했는데, 이선의 주에서 "강동에서는 산등성이 사이를 간幵이라고 부른다. 건업의 남쪽에 산이 있는데, 그 사이 평지에 관리와 백성이 거주하니 그러므로 간이라 부른다"라고 했다. 살펴보건대 지금 금릉의 성 남문 밖에 장간사가 있다. 형공의 시에 "백하의 장간을 어찌 보려나, 풍진은 유난성을 근심에 젖게 했네"[84]라고 한 구절이 있

---

83 [교감기] '궁괴(宮槐)'는 장지본에서는 '정괴(庭槐)'로 되어 있다.

는데, 이 시에서 그것을 인용하였다. 장필張泌의 「주천자酒泉子」에서 "장안 거리의 청문, 서른여섯 궁에 봄날이 기네"라고 했다. 『삼보황도』에서 "장안성의 동쪽으로 나와 남쪽 머리 첫 번째 문을 패성문이라 하는데, 백성들이 문의 색이 푸른 것을 보고 청성문이라 불렀다"라고 했다.

言荊公厭京洛風塵, 而思金陵山水. 公詩蓋云, 三十六陂煙水, 白頭想見江南. 法華經曰, 如淸淨池蓮花莊嚴. 涅槃經曰, 如日垂沒, 山陵堆阜, 影現東移, 理無西逝. 此詩采其意, 反而用之. 王摩詰輞川有宮槐陌. 寰宇記, 白下縣故城, 在金陵上元縣城西, 本江乘縣白石壘, 齊武帝移琅邪居之. 文選吳都賦曰, 長干延屬. 李善注云, 江東謂山岡間爲干. 建業之南有山, 其間平地, 吏民居之, 故號爲干. 按今金陵城南門外有長干寺. 荊公詩有白下長干何可見, 風塵愁殺庾蘭成之句, 故此詩引用. 唐人樂府云, 紫陌靑門, 三十六宮春晝永. 三輔黃圖曰, 長安城東出, 南頭第一門曰霸城門, 民見門色靑, 名曰靑城門.

---

84 유난성을 (…중략…) 하네 : 난성은 유신(庾信)의 자이다. 추부가 인생에서 즐거운 것은 거의 없다고 하니, 유신이 한 달에 즐거운 것은 4~5일 뿐이라고 하였다.

17. 반산 노인을 그리며 다시 차운하다. 2수[85]

有懷半山老人再次韻. 二首

형공이 거처하는 곳은 종산의 중간쯤에 있다. 그러므로 호를 반산이라 한다.

荊公所居在鍾山之半, 故號半山.

첫 번째 수其一

短世風驚雨過	짧은 세상에 바람 거세고 비가 지나니
成功夢迷酒酣	이룬 업적은 꿈인 듯 술에 취한 듯하네.
草玄不妨準易	『태현경』을 지음은 『주역』에 비견될 만하고
論詩終近周南	시를 논해 보면 끝내 「주남」에 가깝네.

【주석】

短世風驚雨過 成功夢迷酒酣 : 희녕 연간을 회상해 보니, 일시에 건립했던 일이 지금 이미 없어져 아득하니 마치 술에 취한 듯 꿈을 꾸는 듯하다. 그러나 전해질 만한 일로 훌륭한 업적이 있다는 말이다. 뒤의 두 구는 이 의미를 맺고 있다. 반고의 「유통부」에서 "도는 유장하고 세대는 짧다"라고 했다. 『문선』에 실린 이강李康의 「운명론」에서 "거센 바

람 불어와 먼지가 이니 흩어져서 멈추지 않네"라고 했다. 두보의 「만청晚晴」에서 "저물녘 시골에 강풍이 지나가자, 고요한 뜨락은 지나는 비에 젖었네"라고 했다. 좌사의 「영사詠史」에서 "술이 거나해져 흥이 더욱 오르네"라고 했다.

追念熙寧間, 一時建立之事, 今已墮洴茫, 如醉鄕夢境.[86] 至其所可傳, 則有不朽者在. 後兩句終此意. 班固幽通賦曰, 道脩長而世短. 文選運命論曰, 風驚塵起, 散而不止. 老杜詩, 村晚驚風度, 庭幽過雨霑. 左太沖詩, 酒酣氣益振.

草玄不妨準易 論詩終近周南 : 위구는 그의 경학을 말하고 아래구는 그의 시를 말한다. 『한서·양웅전』에서 "내가 바야흐로 『태현경』을 지어 자신을 지키려고 하였으니, 찬에 "경전은 『주역』보다 위대한 것이 없다. 그러므로 『태현경』을 지었다"라고 했다. 『문선』에 실린 좌사의 「영사詠史」에서 "적막한 양웅의 집, 문에는 경상의 수레가 없네. 언론은 공자를 표준하였고, 사부는 상여에 비기네"라고 했다. 『논어』에서 "사람이 되어 「주남」과 「소남」을 배우지 않으면 담장을 마주 보고 서 있는 것과 같다"라고 했다.

上句謂其經學, 下句謂其詩. 漢書揚雄傳曰, 雄方草創太玄, 有以自守. 贊曰, 以爲經莫大於易, 故作太玄. 文選左太沖詩曰, 寂寂揚子宅, 門無卿相輿. 言論準仲尼, 詞賦擬相如. 魯論曰, 人而不爲周南召南, 其猶正牆面而立也歟.

---

86 [교감기] '몽경(夢境)'의 '경(境)'자는 원래 없었는데 전본에 의거하여 보충하였다.

두 번째 수 其二

啜羹不如放麑	자식 끓인 국을 먹음이 사슴을 풀어줌만 못하니
樂羊終愧巴西	악양은 끝내 파서에 부끄럽구나.
欲問老翁歸處	노옹이 돌아갈 곳을 묻노니
帝鄉無路雲迷	제향은 길에 헤매는 구름이 없네.

【주석】

啜羹不如放麑 樂羊終愧巴西 :『한비자』에서 "악양이 위나라 장수가 되어 중산을 공격하였다. 마침 악양의 아들이 중산에 있었는데, 중산의 임금이 그 아들을 삶아 그 국을 악양에게 보냈다. 약양은 막하에 앉아서 그 그릇을 전부 마셨다. 문후가 이를 알고 도사찬에게 "악양이 나 때문에 그 아들의 살까지 먹었구나"라 하자, 대답하기를 "그 아들인줄 알고서 먹었으니 장차 누구의 살을 먹지 않겠습니까"라 했다. 악양이 중산을 깨트리자 문후는 그의 공을 치하하면서도 그의 마음을 의심하였다"라고 했다.『한비자』에서 또한 "맹손이 사냥을 하다가 노루 새끼를 잡아 진서파를 시켜 수레에 싣고 돌아가게 하였다. 진서파는 어미 사슴이 따라오면서 우는 것을 보고 차마 어쩔 수 없어서 풀어주었다. 이에 맹손이 크게 노하여 그를 내쫓았다. 3달이 지나서 다시 그를 불러 아들의 사부로 삼으면서 "사슴에게도 차마하지 못하는데 어찌 우리 아들에게 차마 나쁜 일을 하겠는가"라 하였다. 그러므로 옛말에도 "교

묘한 속임이 서투른 진정만 못하다"라고 했으니, 약양은 공이 있으나 의심을 받았고 진서파는 죄가 있어도 더욱 믿음을 받았다"라고 했다. 살펴보건대 여혜경이 형공을 배반할 때 그의 사적인 편지 내용 중 "주상으로 하여금 알게 해서는 안 된다"라는 말을 공개하였다. 산곡의 뜻은 혜경의 잔인함은 참으로 악양과 같고 형공의 허물은 마땅히 서파와 같은 종류라는 것이다. 자유 소철이 혜경을 탄핵한 소장에서 "사슴을 풀어주고 명령을 어겼지만 그의 인을 미뤄보면 충분히 나라를 맡길 만하고, 자식의 살을 먹고 임금의 명령을 따랐으나 그 잔인함을 미뤄보면 임금을 시해할 만하다"고 하였다. 서파는 다른 책에서는 파서라고 했는데, 옳지 않다.

韓非子曰, 樂羊爲魏將, 而攻中山. 中山之君烹其子, 而遺之羹. 樂羊坐於幕下而啜之, 盡一杯. 文侯謂堵師贊曰, 樂羊以我故, 而食其子之肉. 答曰其子而食之, 且誰不食. 樂羊罷中山, 文侯賞其功而疑其心. 韓非子又曰, 孟孫獵得麑, 使秦西巴載之持歸, 其母隨之而啼. 秦西巴弗忍而與之, 孟孫大怒, 逐之. 居三月, 復召以爲子傅曰, 夫不忍于麑, 又且忍吾子乎. 故曰巧詐不如拙誠, 樂羊以有功見疑, 秦西巴以有罪益信. 按呂惠卿叛荆公, 發其私書, 有勿使上知之語. 山谷意謂惠卿之忍, 正如樂羊. 荆公之過, 當與西巴同科也. 蘇子由彈惠卿章, 蓋云放麑違命也, 推其仁則可以託國, 食子徇君也, 推其忍則至於弑君. 西巴, 他書或作巴西, 非是.

欲問老翁歸處 帝郷無路雲迷 : 『장자』에서 "천 세를 누리다가 세상이

싫어 떠나 저 흰 구름을 타고 제향에 이르렀다"라고 했다. 신종이 형공을 대우함은 시종 식지 않았으니 신종이 승하한 지 1년 만에 공도 또한 죽었다. 시의 의미는 신종의 위령이 하늘에 있어서 공은 마땅히 그를 좇을 것이니, 참소하는 사악한 이들이 이간질할 수 없다는 것이다.

莊子曰, 千歲厭世而去, 乘彼白雲, 至於帝鄕. 神考眷遇荊公, 始終不衰, 升遐之一年, 而公亦薨. 詩意謂神考威靈在天, 公當從之, 非讒邪所能間也.

18. 전목부가 읊은 「성성모필」에 화답하다
和答錢穆父詠猩猩毛筆

『계림지』에서 "고려의 붓은 갈대 대롱에 노란 털로 튼튼하지만 쉽게 닳아버린다. 옛날 말에 성성모라고 하였는데, 어떤 이는 이 동물은 네 발에 긴 꼬리로 나무를 잘 탄다고 하니 대개 원숭이 털이나 쥐 수염 같은 종류이다"라 하였다.

雞林志云, 高麗筆, 蘆管, 黃毫, 健而易乏. 舊云猩猩毛, 或言是物四足長尾, 善緣木, 蓋狄毛或鼠鬚之類耳.

愛酒醉魂在	술을 좋아하여 취하기도 하고
能言機事疎	말을 할 줄 알아 비밀이 새어 나가네.
平生幾兩屐	평생에 몇 켤레 신발 신었나
身後五車書	죽은 뒤에 다섯 수레의 책 남겼네.
物色看王會	이리저리 찾다가 「왕회」에서 보니
勳勞在石渠	그 공적은 석거각에 있네.
拔毛能濟世	터럭을 뽑아 세상을 구제하니
端爲謝楊朱	결단코 양주에게 따지리라.

【주석】

愛酒醉魂在 能言機事疎 : 성성이에 관한 것은 『통전』의 애뢰국에 매

우 자세하게 말하고 있는데, 대개 『화양국지』와 『수경주』에서 그 말이
나왔다. 『당문수』에서 배염이 성성이에 대하여 한 말을 싣고 있는데
대체로 이에서 따왔는데, 그 대략은 다음과 같다. "완연이 봉계의 사신
으로 가서 고을 사람을 만나니 그들이 말하기를 "성성이는 산의 계곡
에서 수백 마리가 무리를 이루고 삽니다. 사람들이 길옆에 술을 마련
해 놓는데, 또한 신발 신기를 좋아합니다. 사람들이 풀을 짜서 신발을
만들어 두 짝을 연결해 놓습니다. 성성이가 술과 신발을 보고는 마을
사람이 속이려고 하는 것을 알고는 속인 자의 조상의 이름을 부르면서
꾸짖기를 "네놈이 나를 속이려 하는구나"라고 하면서 버려두고 갑니
다. 두세 차례 이렇게 반복하면 성성이들이 서로 "시험 삼아 함께 술을
맛보자"라고 하고는 그 맛을 보는데, 술에 취하면 인하여 신발을 가져
다가 신어봅니다. 이에 사람들에게 사로잡히게 됩니다. 그 피를 내서
피륙을 물들이고 채찍으로 때려 옮기게 하여 한 말에 이르게 합니다."
한유의 「답장철答張徹」에서 "근심스런 원숭이는 한이 맺혀 죽고, 괴이
한 꽃은 꿈에 취해 향기롭네"라고 했다. 『곡례』에서 "성성이는 말을 할
줄 알지만 금수에 지나지 않는다"라고 했다. 『주역』에서 "기밀이 새어
나가면 해를 당하게 된다"라고 했다.

猩猩事, 通典於哀牢國言之甚詳, 蓋出於華陽國志及水經注. 唐文粹載裴炎
猩猩說, 大率本此, 其畧云, 阮研使封溪, 見邑人云, 猩猩在山谷間, 數百爲羣.
人以酒設於路側, 又愛著屐, 里人織草爲履, 更相連結. 猩猩見酒及屐, 知里人
設張, 則知張者祖先姓字, 乃呼名罵云, 奴欲張我. 捨之而去. 復自再三, 相謂

曰, 試共嘗酒. 及飮其味, 遂乎醉, 因取屐而著之, 乃爲人所擒獲. 刺其血染毳
罽, 隨鞭箠輸之, 至於一斗. 退之詩, 愁狖酸骨死, 怪花醉魂馨. 曲禮曰, 猩猩
能言, 不離禽獸. 易曰, 機事不密, 則害成.

平生幾兩屐 身後五車書 : 위구는 이미 앞에 주가 설명되어 있다. 『진서
·완부전』에서 "평생 몇 켤레의 신을 신었는지 모르겠다"라고 했다. 하
구는 붓을 만들어 글씨를 씀을 이른다. 『진서·장한전』에서 "죽은 뒤에
명성을 얻기보다는 생전에 마시는 한 잔의 술이 낫다"라고 했다. 『장
자』에서 "혜시의 저술은 다방면에 걸쳐 다섯 수레나 된다"라고 했다.

上句已具上注. 晉書阮孚傳曰, 未知一生能著幾兩屐. 下句謂作筆寫書. 晉
書張翰傳曰, 使我有身後名, 不如卽時一杯酒. 莊子曰, 惠施多方, 其書五車.

物色看王會 勳勞在石渠 : 『열선전』에서 "함곡관의 영윤이 노자가 마
땅히 지나갈 것을 알고 그를 찾아 머무르게 하였다"라고 했다. 소명태
자가 『문선』에 실린 여러 부들을 수집하여 물색문에 눈과 달 등을 읊
은 것을 모았다. 『급총주서』에 「왕회편」이 있는데, 정현이 "왕성이 이
미 완성되면 제후와 사이를 크게 모은다"라고 했다. 『당서·힐알사
전』에서 "이덕유가 소장을 올려 말하기를 "정관 시기에 안사고가 주나
라의 사신과 같은 직책을 만들어 사방 오랑캐 나라의 일을 수집하여
왕회편을 만들자고 요청하였습니다. 지금 힐알사는 중국과 통하니 마
땅히 「왕회도」를 그려 후세에 보여줘야 합니다""라고 했다. 산곡의

「송선시」로 고찰해 보면 성성필은 전목보가 고려로 사신을 갔다가 얻은 것으로 보인다. 『예기』에서 "옛날 주공 단이 천하에 공적에 세웠다"라고 했다. 반고의 「서도부」에서 "천록각과 석거각은 전적을 모은 부서이다"라고 했다.

列仙傳曰, 關令尹知老子當過, 物色而留之. 昭明太子集文選諸賦, 有物色門若雪月之類是也. 汲冢周書有王會篇, 鄭康成曰, 王城旣成, 大會諸侯及四夷也. 唐書黠戛斯傳, 李德裕上言, 貞觀時, 顔師古請如周史臣, 集四夷朝事, 爲王會篇. 今黠戛斯大通中國, 宜爲王會圖, 以示後世. 以松扇詩考之, 猩猩筆蓋穆父使高麗所得. 禮記曰, 昔者周公旦有勳勞於天下. 班固西都賦曰, 天祿石渠, 典籍之府.

拔毛能濟世 端爲謝楊朱 : 『맹자』에서 "양자는 자신을 위하여 한 터럭을 뽑아 천하를 이롭게 한다 해도 하지 않는다"라고 했다. 『열자·양주편』에서 "금자가 양주에게 묻기를 "그대 몸의 한 터럭을 뽑아 한 세상을 구제한다면 그대는 할 것인가"라 하자, 양자는 "세상은 참으로 한 터럭으로 구제할 수 없네""라고 했다. 『문선』에 실린 포조의 「행락行樂」에서 "결단코 누구를 위해 고생하는고"라고 했다.

孟子曰, 楊子爲我, 拔一毛而利天下, 不爲也. 列子楊朱篇, 禽子問楊朱曰, 去子體之一毛, 以濟一世, 汝爲之乎. 楊子曰, 世固非一毛之所濟. 選詩, 端爲誰苦辛.

19. 장난삼아 성성모의 붓을 읊다. 2수[87]

戲詠猩猩毛筆. 二首

산곡은 이 시의 발문을 지었는데, "전목보가 고려에 사신을 가서 성성모로 된 붓을 얻어와 대단히 아꼈다. 나에게도 주고서 시를 지어달라고 요구하였다. 소식이 부드러우면서도 강건하여 글쓰는 사람의 의도대로 써지는 것을 사랑하여 매번 나를 찾아오면 책상에서 붓을 잡고 쉬지를 않았다. 이 당시 두 공은 모두 자미성에서 근무하고 있었다. 그러므로 내가 두 시를 지었으니, 전편은 목보에게 바치는 것이고 후편은 소식에게 바치는 것이다"라 하였다.

山谷有此詩跋云, 錢穆父奉使高麗, 得猩猩毛筆, 甚珍之. 惠予, 要作詩. 蘇子瞻愛其柔健可人意, 每過予書案, 下筆不能休. 此時二公俱直紫微閣, 故予作二詩, 前篇奉穆父, 後篇奉子瞻.

첫 번째 수其一

桃榔葉暗賓郞紅	광랑의 잎은 붉은 빈랑에 가려 어두우니

이상 두 작품은 『난성집』에 화답시가 있으니, 지금 대략 그에 의거하여 차서를 삼는다. 또 살펴보건대 산곡의 이 시는 옛날 제목에 "전편은 전목보에게 보냈고 후편에 자첨에게 보냈다. 이 당시 두 공은 모두 중서사인으로 있었다"라 하였다. 또한 발문이 있으니, 시의 주에 실려 있다. 살펴보건대 동파는 이해 9월에 막 한림학사로 옮겼다.

朋友相呼墮酒中　　붕우가 서로 불러 술독에 빠져보네.

政以多知巧言語　　참으로 많이 알고 말을 공교롭게 하지만

失身來作管城公　　관성공이 된 이후로 몸을 지키지 못하네.

【주석】

桃榔葉暗賓郞紅 朋友相呼墮酒中 : 『화간집』에서 "구양형의 사 작품인 『남향자』에서 "길이 남중으로 들어오니 광랑잎이 붉은 여귀에 가려 어둡네""라고 했다. 『본초강목』에서 "광랑은 영남의 산골짜기에서 나고, 빈랑은 남해에서 난다"라고 했다. '타주중墮酒中'은 앞의 주에 보인다.

花間集, 歐陽炯南郷子詞曰, 路入南中, 桃榔葉暗蓼花紅. 本草, 桃榔生嶺南山谷, 賓郞生南海. 墮酒中見上注.

政以多知巧言語 失身來作管城公 : 두보의 「앵무」에서 "붉은 주둥이는 부질없이 많이도 아네"라고 했다. 한유의 「감춘感春」에서 "안타깝게도 이 사람들 말은 공교로웠지만"이라고 했다. 또한 「모영전」에서 "관성에 봉해져 관성자라 불리었다"라고 했다. 『주역』에서 "신하가 비밀을 지키지 않으면 몸을 잃게 된다"라고 했다. 살펴보건대 유몽득의 「화낙천앵무」에서 "누가 총명하고 어여쁜 안색을 보내주어, 다투어 깊은 새장에 두려고 하는가"라고 했으니, 이 시의 의미와 같지만 산곡의 시어가 더욱 뛰어나다.

老杜鸚鵡詩, 紅觜漫多知. 退之詩, 惜哉此子巧言語. 又毛穎傳曰, 封諸管城, 號管城子. 易曰, 臣不密, 則失身. 按劉夢得和樂天鸚鵡詩曰, 誰遣聰明好顔色, 爭須安置入深籠. 與此詩意同, 而山谷語尤工.

두 번째 수其二[88]

明窓脫幘見蒙茸	밝은 창에 뚜껑 벗기니 털이 수북한데
醉著靑鞋在眼中	술에 취해 푸른 신발 신는 모습
	눈에 선하네.
束縛歸來儻無辱[89]	꼭꼭 묶어 붓이 된 이후로
	욕을 당하지 않았으니
逢時猶作墨頭公	때를 만나면 오히려 흑두공이 되었네.

【주석】

明窓脫幘見蒙茸 醉著靑鞋在眼中 : 붓 뚜껑을 제거하면 성성이가 술을 마시고 신을 신을 때처럼 털이 수북한 모양을 볼 수 있음을 말한다. 두보의 「음중팔선가飮中八仙歌」에서 "상투 벗고 맨머리로 왕공 앞에 나서"라고 했는데, 이것을 차용하였으니, 한유의 「모영전」에서 "관을 벗고 사죄한다"고 한 것과 같다. 『시경』에서 "여우 갖옷이 수북한 것처럼 나

---

88 [교감기] '기이(其二)'는 문집과 고본에 해당하는 시에 따로 제목을 '客有和予前篇爲猩猩解嘲者復戱作詠'이라 했다.
89 [교감기] '무욕(無辱)'은 명대전본에는 '무치(無恥)'로 되어 있다.

라가 어지럽다"라고 했다.[90] 착혜著鞋는 앞 시에 주가 보인다. 두보의
「봉선류소부신화산수장기奉先劉少府新畫山水障歌」에서 "푸른 신과 베 버선
으로 이제 떠나련다"라고 했다. 『문선』에 실린 사령운의 「종근죽간從斤
竹間」에서 "벽라가 눈앞에 있는 듯"이라고 했다. 두보의 「추흥秋興」에서
"무제의 깃발들이 눈앞에 선하네"라고 했다.

謂去其管弢, 覩蒙茸之狀, 如見其飮酒著屐時. 老杜詩, 脫帽露頂王公前.
此借用. 如退之毛穎傳所謂免冠謝也. 詩曰狐裘蒙茸. 著鞋見上注. 老杜詩. 靑
鞋布襪從此始. 選詩, 薛荔若在眼. 老杜詩, 武帝旌旗在眼中.

束縛歸來儻無辱 逢時猶作墨頭公 : 동파가 귀양에서 풀려난 것을 이른
다. 포숙아가 "관중은 노나라에 속박되었던 때를 잊어서는 안 된다"라
고 했다. 「모영전」에서 "그 족속을 모아서 그와 함께 묶었다"라고 했
다. 『진서』에서 "제갈회의 명성은 왕도와 유량의 아래였다. 왕도가 일
찍이 이르기를 "명부는 마땅히 흑두 삼공[91]이 될 것이다""라고 했다.
또한 「왕순전」에서 "왕연은 응당 흑두공이 될 것이다"라고 했다. 살펴
보건대 『북사·고필전』에서 "고필의 머리가 뾰쪽하여 황제가 항상 필
두라고 불렀다. 당시 사람들이 필공이라 불렀다"라고 했는데, 산곡이
붓에 관한 시를 쓰면서 이 고사를 인용하였다.

意謂東坡起自謫籍也. 鮑叔牙曰, 使管仲無忘束縛於魯時. 毛穎傳曰, 聚其

90　『시경』이 아니라 『좌전·희공 5년』에 나오는 말이다.
91　흑두 삼공 : 흑두공은 젊은 나이에 고관에 오른 사람을 이른다.

族而加束縛焉. 晉書, 諸葛恢名亞王導庾亮. 導嘗謂曰, 明府當作黑頭三公. 又

王珣傳, 桓溫曰, 王掾當作黑頭公. 按北史古弼傳, 弼頭尖, 帝常名之曰筆頭,

時人呼爲筆公. 故山谷於筆詩, 參用此事.